中国新动力

ZHONGGUO
XIN
DONGLI

栾希亭

主编

陕西新华出版传媒集团
陕 西 人 民 出 版 社

图书在版编目（CIP）数据

中国新动力 / 栾希亭主编 . —西安：陕西人民出版社，2019（2021.12 重印）

ISBN 978-7-224-11621-2

Ⅰ. ① 中… Ⅱ . ①栾… Ⅲ . ①报告文学—作品集—中国—当代 Ⅳ . ① I25

中国版本图书馆 CIP 数据核字（2020）第 110417 号

责任编辑：王　辉
整体设计：开　朗

中国新动力

主　　编　栾希亭
出版发行　陕西新华出版传媒集团　陕西人民出版社
（西安北大街 147 号　邮编：710003）
印　　刷　广东虎彩云印刷有限公司
开　　本　787mm × 1092mm　1/16
印　　张　31.25
字　　数　365 千字
版　　次　2020 年 7 月第 1 版
印　　次　2021 年12月第 2 次印刷
书　　号　ISBN 978-7-224-11621-2
定　　价　66.00 元

序言

PREFACE

发展航天，动力先行。

在半个多世纪波澜壮阔的航天液体动力发展历程中，中国航天科技集团有限公司第六研究院干部职工践行“汇聚能量、推举梦想；先行一步、领先一路”的发展理念，先后成功研制了上百种不同性能、不同用途、不同类型的液体火箭发动机和空间推进系统，创造了航天动力发展史上的数十个第一，铸造了令国人骄傲和自豪的火箭发动机金牌品质，为发展航天事业、建设航天强国做出了不可替代的突出贡献。

而新一代液氧煤油发动机的成功研制，无疑是航天液体动力发展征程中，值得大书特书的一段辉煌史诗。

液氧煤油发动机的研制成功，与实现长征五号、长征六号、长征七号新一代三型运载火箭的首飞，标志着中国航天液体动力技术实现了革命性的跨越，为中国由航天大国迈向航天强国提供了稳定、可靠、强劲的新动力。既彰显了中国航天液体动力“国家队”的创新风采，又展示了航天六院干部职工的报国情怀和奋斗精神。

最近几年来，液氧煤油发动机及其研制团队，赢得了党和国家及社会各界的充分肯定和广泛赞誉。2015 年，荣获全国“十大科技创新团队”称号；

2017年，党的十九大召开期间，作为首个国家战略工程形象，以为国家品牌计划代言的形式，在中央电视台所有频道持续播出一年时间；2018年，在全国科学技术奖励大会上，120吨级液氧煤油发动机荣膺国家科技进步一等奖。

液氧煤油发动机艰苦卓绝的研制经历，是一部史诗。它记载了航天六院液氧煤油发动机研制团队从秦岭三线红光沟起步，筚路蓝缕、艰辛探索，不断追求卓越的研制征程。

液氧煤油发动机豪迈激越的研制历程，是一首交响曲。它奏出了航天六院研制团队心怀航天报国梦想、矢志攀登液体动力高峰的创新乐章。

液氧煤油发动机艰辛曲折的研制历程，更是一部大片。它刻画出了航天六院研制团队从总设计师、总指挥到研制一线普通员工不忘初心、牢记使命，不畏艰难、不惧失败、不断前进并最终走向成功的人物众生相。

所有这些，都值得我们去记录，去书写，去描绘，去传承，去弘扬。

呈现在读者面前的《中国新动力》这本报告文学集，真实记录了液氧煤油发动机极其艰难的研制历程，书写了研制人员先行一步、领先一路，不断攻坚克难的可歌可泣的感人故事，描绘了航天六院坚持创新驱动战略、推动液氧煤油发动机技术转化、推进军民融合深度发展的鲜活画卷，展示了液氧煤油发动机研制团队大力弘扬航天“三大精神”，传承六院动力文化的卓然风采。

通过这本书，我们可以了解到，液氧煤油发动机研制过程中从设计、制造到试验的全过程；感受到研制团队始终遵循“图新图强、领先领航”“严格严谨、精益精品”“求真求稳、测准测全”的火箭发动机研制理念，弘扬踏实务实、纳新创新的工作作风，践行“心思用到位、工作做到位、自律严到位”工作准则的时代强音。

中国航天液体动力走过了半个多世纪风雨征程。中国人太空征程的每一个如画美景，都凝聚着航天液体动力人的心血汗水。我们有幸赶上了航天事业发展的黄金时代。进入中国特色社会主义新时代，航天液体动力迎来了全新的发展机遇。让我们心怀梦想，脚踏实地，创新拼搏，埋头苦干，履行“发展航天、动力先行”的崇高使命，加快液体动力支撑航天强国建设步伐，为实现中国梦、强军梦、航天梦做出新的更大贡献！

六院院长　刘志让

党委书记　周利民

2019 年 12 月

目录

CONTENTS

TEAM 团队

FIGURE 人物

设计篇　丹心碧血飞天路

制造篇　三箭穿云惊寰宇

试验篇　驯火驭天永登攀

中国新动力

TEAM

团队

ZHONGGUO
XIN
DONGLI

设计篇
丹心碧血飞天路

序章

“我们的液氧煤油发动机喜获国家科学技术进步一等奖！”

喜讯传来，液氧煤油发动机研制团队全体成员不禁潸然泪下，喜极而泣。

从秦岭深处一个设想，到新一代运载火箭长征五号、长征六号、长征七号首飞成功。回首，从青丝到白发，凝聚了这支团队为了国家强盛，刻苦钻研、勇于创新、为国奉献的大爱情怀。

国家科学技术进步奖，是奖励在应用推广先进科学技术成果、完成重大科学技术工作计划或项目等方面做出突出贡献的公民、组织。液氧煤油发动机荣膺国家科技进步一等奖，是我国由航天大国向航天强国迈进的标志，是展示航天高科技魅力、承载民族优秀文化的平台，为推动人类文明进步提供了新的动力。

今天，当我们享受着科技文明扮靓生活的同时，不能忘记那些在历史发展的关键时刻挺身而出、以敢于担当的精神改变历史进程、推动科技进步奠定未来格局的功勋人物。

2016 年 8 月 19 日，“长五”首飞动员大会上，航天科技集团六院院长刘志让的讲话犹在耳边，“首飞必成，首飞必胜！”液氧煤油发动机能否成功并接受检阅和挑战，一时成为世人关注的焦点，所有参与研制的人员心都提到了嗓子眼。

该次首飞，是对近年研制的新一代火箭发动机全面系统的考核，是实现“航天强国梦”的标志性试验。它标志着新型液氧煤油发动机登上了中国航天的舞台，揭开了中国运载火箭全面升级换代的序幕，开启了中国航天动力发展史上一个崭新的篇章。

11 月 3 日晚上 8 点 43 分，晚风徐徐，清波潋滟，海面星光点点，正是劳碌了一天的人们阖家欢娱之时，文昌发射中心却躁动着一群航天人的热望，它已成为世人瞩目的焦点。一声惊雷，“长五”冲天！作为中国运载火箭升级换代的里程碑工程，“长五”的工程技术跨度、攻关难度以及任务实施规模在我国运载火箭研究史上堪称之最。

又一个创举开启，又一个时刻需要铭记！

这是关于“长五”的，也是关于中国航天史的！

这是一个庞大的系统工程，在令人欢欣鼓舞的背后，是无数航天科技工作者几十年如一日的默默奉献。这是希望疯长、理想收获的时刻，一代伟人毛泽东“可上九天揽月，可下五洋捉鳖”两句所蕴含的高科技盛举再一次在祖国的最南端唱响。

中国运载火箭的升级换代，很大程度上得益于 120 吨级液氧煤油发动机的研制成功，它为中国的飞天梦想提供了强劲的动力。世间的任何事情，都不是一蹴而就的，蕴含众多高科技的运载火箭技术更是如此，事实上，为了这一刻的腾飞，中国航天人在 20 世纪 80 年代就已经开始出发……

请留步，有句话要说

1987 年，金秋，秦岭深处，层林尽染。车，在弯曲的山道上一路疾驰，窗外的景色扑面而来，飞驰而去，一路的好风景盈盈入怀，天空高远，天蓝云白。彼时，时任〇六七基地主任的张贵田送航空航天工业部副部长刘纪原去机场。

张贵田，高高的个头，挺拔的身姿，看上去精干帅气，典型的北方大汉。给人印象最深的是其浑身散发的儒雅之气，但这并不能掩盖他的倔强和争强好胜的个性。上学时，他是那种勤奋刻苦的“拼命三郎”，读书时的成绩永远是拔得头筹，赢得一片赞叹。

端坐在车里的张贵田没有一点儿心思关注身边的风景，而是满腹心思，几次挑起话头，又欲言又止。倒是一旁的刘纪原一直微笑颔首，满面阳光。

快到安检口了，刘纪原颔首微笑，和一路相送的老友挥手道别。

“刘部长，请留步，有句话要说。”

“说吧！我一直等着。”鼓励、信任、默契。此刻，两位多年的至交，目光彼此交融，两只手紧紧握在一起。

所有的设想，竹筒倒豆子般地，全部掉进了芳香的泥土。起先，刘部长仅仅漫不经心地听着，一会儿，不由得站直了，满脸严肃，间或，插上一两句询问。

一个宏伟的计划，就此吐芽。液氧煤油发动机——世界航天动力领域的珠峰，而我们的攀登，即将起航。

“我们为什么要下定决心、竭尽全力研制液氧煤油发动机？因为这是一个造福于国家、造福于人民，使我国快步跨入世界航天强国之林的大工程。该发动机的魅力是显而易见的，一是推力大，比现有长征系列发动机推力大60%，并具有进一步提高的潜力；二是没有污染，液氧和煤油都是环保燃料，而且易于存贮和运输；三是成本低，液氧和煤油的价格比较低廉，可以使每枚火箭节省约3000万元的推进剂费用；四是可靠性高，采用一系列新技术，可大大提高运载火箭的可靠性；五是可重复使用。我国现有的长征系列运载火箭发动机均为一次性使用，而液氧煤油发动机可多次试车，并具有重复使用的潜力。这样利国利民、独具魅力的液氧煤油发动机，我们没有理由不研制……”

张贵田，作为一个团队的领军人物，有着高瞻远瞩、精准定位的目光，更有睿智深远的智慧，运筹帷幄的信心。液氧煤油发动机推力大，性能高，能进一步满足未来航天发展，特别是建立空间站的要求；无污染，成本低，可靠性高，最主要的是，可重复使用。这是世界航天大国梦寐以求的目标。

张贵田（前排中）院士给时任航空航天工业部副部长刘纪原（前排左）介绍发动机研制情况

要保持我国在航天动力这一高科技领域的发展势头，提高我国火箭的国际竞争力，满足我国航天事业发展的要求，就必须紧跟这一趋势，勇于攀登液体动力的“珠穆朗玛峰”。

液氧煤油发动机就是在这样的环境条件下，酝酿、提出、立项。张贵田用自己敏锐的目光，按响了新一代运载火箭发动机研制的门铃。

历史将张贵田等一大批科研工作者推到了液氧煤油发动机主要设计者的位置上。

科学探索从来不可能凭着一种愉悦慵懒的姿势，享受岁月静好的闲适，便能收获成果。要有一番建树，你得有猎豹飞奔的动力、鹰隼高远的眼力和蜜蜂不辍劳作的精力才行。只有成倍汗水的付出，才能收获成倍的鲜花和掌声。

历史是一本书，轻轻一翻就会出现新的一页。就像鲁班的手指被草叶划破，牛顿被树上掉落的苹果砸到了脑袋。此刻，这航天史上小小的决定，便改写了人生，造就了伟大，创造了历史。

惊见艺术珍品

1990 年 6 月，航空航天工业部派出了访问团，对苏联的两款发动机进行了考察，当 11 所技术专家看到那台 RD-120 液氧煤油发动机时，心里不由得发出惊叹：“这简直就是一件艺术品呀！”

巨大的发动机静静矗立在车间一角，灰色的喷管像武士的盔甲般沉稳，主管路弯成一个巨大的 S 形曲线，外面包裹着耐热的金黄色织物，众多管线的转角都有着优美的弧度。技术专家们震撼了，多年从事发动机专业的他们清楚地知道，那美观的外形远非好看那么简单，它饱含了优秀的设计理念和思想、整体工业基础的雄厚，以及材料的优质性能、加工技术水平的精湛。

“啧啧啧，你看这卡箍！”老技术专家孙宏明也连声赞叹。其实这仅仅是一个普通的连接件，一个小小的金属片，它特殊的造型非常流畅，顺势就卡住两根导管，用特制的软材料垫在管子与金属片之间，管子端头的两头螺纹涂有一种特殊的胶，中间一个小螺丝钉轻轻一拧，就能起到稳固定位的作用。而此时我们的发动机全部采用螺纹连接，如果发动机在起动过程中振动过大，接口处就会断开。仅就这一小小的细节，就能说明其设计、材料和加工质量非常过硬。

苏联，对中国这一代航天科技工作者来说，是一个难以言表的复杂存在，但唯一不变的是对他们航天科技领域的敬仰和叹服。这发自心底的敬畏不是因为他们是中国航天的启蒙老师，也不是因为他们在航天领域取得的辉煌成就，让大家心悦诚服的是他们在科技研究方面的细致和严谨。他们撰写的科技论文极少有废话，研究中做了哪些基础实验，技术报告中都能看得清清楚楚，连论文的格式都条理清晰，值得学习。有这种严谨、扎实的科研作风，能在航天技术上取得辉煌成就也是理所当然的事情。

这是一台新型的、采用补燃循环方式的发动机，而我们以前设计制造的火箭发动机都是采用燃气发生器循环，这种循环技术，推进剂有较大的损失。补燃循环方式就是利用技术手段，将吹动涡轮后的燃气重新引入主燃烧室进行充分燃烧，最大限度利用了推进剂燃烧发出的能量。高压补燃循环的技术关键在于，要保持很高的压力才能将不完全燃烧的燃气压入主燃烧室。当时，只有苏联掌握这一技术。

考察回国后的老专家王桁，知道仅凭转述的情况无法取得任新民的认同，便说：“任老总，我建议您亲自去苏联看看那台发动机。”

“任老总”是中国航天业内对任新民的尊称，他 1980 年当选中国科学院院士已经是七十五岁的高龄，虽已卸任副部长的行政职务，但依旧担任着航空航天工业部的高级顾问，作为航天技术重要开拓者之一，任新民在航天界拥有极高的威望，他的意见和建议对航天重大决策依然起着重要的作用。

RD-120 发动机上使用的先进技术，让访问团的所有成员都感到吃惊，任新民也改变了此前的观点，认为这款发动机有着极高的技术含量，确实值得学习。

启航

1991 年 2 月 2 日，航空航天部工业下发通知，由多家单位派人成立联合设计室，也就是“高技术组”，共同进行液氧煤油发动机技术攻关。张贵田是该课题的行政负责人，组织领导相关工作。

11 所大发动机研究设计室副主任设计师葛李虎接受了一项新的任务，负责液氧煤油发动机推力室的消化吸收工作，面向未来，开展我国大型运载火箭和天地往返运输系统用液体火箭发动机概念研究和可行性论证。

1966 年 9 月，在祖国利益高于一切的号召下，葛李虎从西北工业大学火箭发动机系硕士研究生毕业后，就参与了祖国的国防现代化建设。就是这样一位铮铮铁汉，在航天型号研制的路上经历了太多的风雨和坎坷，却从未有过流泪的记忆。但当“长五”首飞成功后，面对媒体镜头，回顾整个研制历程的艰难，多次止不住热泪长流。这一刻的荣光和欣喜，彻底驱散了心头的阴霾，像母亲温暖的大手，将他过去历经的所有苦难与委屈轻轻抚平。

葛李虎曾参与我国第一代战略导弹发动机和长征系列运载火箭发动机推力室的改进研制工作。推力室是发动机核心部件之一，他和同事们一道对一级发动机提高推力进行改进，通过改进推力室的结构和材料，进行极限工况论证和试验，突破了多项发动机薄弱环节，安全裕量增强，可靠性大幅提升，发动机震动减小，最终将发动机推力定位为 75 吨。在二级发动机改进中，他创新性地提出大喷管方案，将推力室喷管面积比提高了一倍，使发动机性能进一步提高，这在世界上也是个了不起的创举。同时在功率不变的情况下，可靠性裕量也得到大幅提升。

当时的 11 所所长褚祥生把情况介绍完后，已近知天命岁数的葛李虎异常兴奋，感觉眼前突然一亮，仿佛一道闪电划过天际。他高兴地说："这一天终于到来了，我们确实到了要研制大型运载火箭的时候了！只要领导确定的事，我都会坚决服从。"他清楚地知道，30 多年来，在战略导弹和航天运载兼顾的方针下，通过改型、扩展、专门研制，形成了我国长征系列运载火箭，不仅满足了我国自行研制的不同类型卫星发射任务的需要，并打入国际卫星发射市场，取得了举世瞩目的成就。但由于未进行大推力发动机的研

老专家葛李虎（左一）和科研人员一起攻关

制，拉大了与先进国家的差距，使我国在航天领域缺乏竞争力。因此，必须根据我国国情，以 21 世纪航天发展需求为背景，瞄准目前世界先进水平及发展趋势，尽快研制出既能适应我国航天发展需要，又能缩小与国外航天技术水平的差距，为未来型号研制奠定技术基础的运载火箭和发动机，才能保持我国在航天领域中应有的地位。

高技术组成立后，聚集了孙宏明、葛李虎、黄崇锡、董锡鉴等一批长期从事大型液体火箭发动机研究设计的专家，开展液氧 / 烃发动机燃烧试验基础性探索研究工作，从此开始谱写我国液体火箭发动机技术向世界先进水平迈进的新篇章。这个历程一点儿也不轻松，肩上是国家的使命和担当，更是民族的责任和未来。

通过开展大型运载火箭和天地往返运输系统用液体火箭发动机概念研究和可行性论证工作表明，要满足我国未来大型运载火箭的需要，必须研制大推力的无毒、无污染、廉价、高可靠、可重复使用的液氧 / 烃发动机。

随后，在理论分析研究的基础上，甲烷、丙烷电传热试验和液氧 / 丙烷、液氧 / 甲烷推力室和点火燃烧试验等关键技术研究便轰轰烈烈地开展起来。而早在 1984 年，11 所就与一院一部、101 站等单位共同对液氧 / 烃发动机进行了探索研究，1986 年进行了煤油的电传热和点火试验研究。这些探索性研究，对于液氧 / 烃推进剂组合（液氧煤油、液氧 / 丙烷、液氧 / 甲烷）作为大型运载火箭发动机推进剂的可行性意义重大，同时也使 11 所科研人员对其关键技术有了一个全面的认识，并初步论证了大型运载火箭发动机采用液氧 / 烃推进剂的可行性，明确了采用液氧 / 烃推进剂发动机作为未来大型运载火箭运载器既符合我国国情，又符合世界航天发展方向的目标。

就这样，张贵田带领着这支科研团队马不停蹄地向大推力运载火箭技术高峰进军，追赶世界先进水平，他亲自担任课题总负责人，提出了坚持在现有技术基础之上，走消化、吸收再创新的技术路线。

1986 年，刘站国开始攻读 11 所硕士研究生，他的硕士研究生论文就是关于液氧 / 烃发动机研究方面的，他也是最早涉猎该项研究的青年高层次人才。

那时候的 11 所，由于十年“文革”造成的影响，绝大多数设计师都是 1966 年以前参加工作的“老设计员”，从北京到三线的二十多年里，几乎再没有高层次的科研人员加入。其实，这种窘状在全国军工科研单位和研究院所是普遍现象，并一直延续到 20 世纪 80 年代中期，那时老一代的科研人员大都年逾五旬，出现了严重的人才“断层”。由于 11 所地处秦岭腹地的大山深处，老一辈的科技人员因身体不适或两地分居等多种原因，调离的也不少；而年轻的高学历人才不愿到条件艰苦的三线工作，造成后续乏人、青黄不接的严重状况。

1983 年以后，11 所才陆续招收到一批新的大学生和硕士研究生。1987 年，雷凡培、谭永华等一批硕士研究生分配到 11 所，在当时是少有的高层

设计团队科研人员商讨攻关方案

次人才，被分配在重要岗位，并委以重任。在此之前的 1986 年，11 所与国防科技大学合作，获得硕士学位授予资格，开始自行培养研究生。1989 年，刘志让、刘站国等成为 11 所第一届自行培养的研究生，毕业后留所工作。1990 年，张民庆、魏超、胡旭东等第二批研究生入所工作。

参加工作伊始，刘站国就参加了我国“长二捆”火箭发动机的研制。一年后，他调入高技术组，与师弟张民庆、魏超等在组长董锡鉴、副组长葛李虎等老一辈设计人员的带领下，开展烃类推进剂研究工作，通过多次电传热和各种烃类推进剂推力室和发生器共10个方案试验件的点火燃烧试验研究，得到了大量的试验数据，对各种推进剂的特性有了清晰认识，通过对三种推进剂全面对比研究，液氧煤油推进剂的优越性，开始深深地印入大家的头脑……

然而从这里起步，一走就是二十多年，历史也会以它轻盈的舞步留下美好的回响。

从那时开始，11 所前前后后大约有 300 人参加了液氧煤油发动机的研制。在实现梦想的征程上，雄关漫漫真如铁，一路风云，一路凯歌。

辉煌十秒

1995 年 12 月 15 日傍晚 6 时许，用国产煤油对引进的发动机进行首次热试车十秒获得圆满成功！这里，清冷的山风，低吟浅唱着一段传奇。一群人在这里埋首奋斗，他们的精神，在清瘦的山谷里，一曲曲回旋。那腾起的团团烟雾，是内心绽放的最美花海！屏幕上，跳动着欢快的字符，瞬间，沸腾所有双眸。谁知道它的内核里，凝聚着多少心酸？是奉献，是自强不息，是忠诚，是遵从内心，是无问西东。

尽管，此次试车只有短短的十秒钟，却蕴含了全体研制人员一千多个日日夜夜的不懈努力和执着追求。

从1990年到1995年，历经五年的消化、吸收等一系列艰苦的预研工作，终于完成了全部组件的相关分析、试验和计算，攻克了关键组合件试验技术80余项，基本摸清了液氧煤油发动机的工作机理和实现途径。

1995年初，时任航天工业总公司总经理的刘纪原到〇六七基地视察，专门问起了液氧煤油发动机预研的进度。

“老董，怎么样呀？”关切的目光落在老专家董锡鉴的脸上。

“目前，仍然处在资料整理阶段。”性格严谨的董锡鉴回答的时候字斟句酌。

“搞科学研究，怎么能光做纸面上的文章呢？还得要做试验呀！”刘纪原的声音里有迫切和隐忍。

“既然刘部长都这么问了，我也就打开天窗说亮话了，技术上的困难还好克服，就是资金……”董锡鉴时而侃侃而谈，时而神采飞扬，一派学者风范，谈起经费问题却有些犹豫不定。

“要抓紧干，机不可失，时不再来。”刘纪原强调说，“无论遇到多大的困难，部里都坚决支持你们干下去！”

“谢谢刘部长，可是……”

“嗯……我知道了。没有钱，干什么事都难……这样吧，用其他项目的经费先干起来，国防科工委和部里正在千方百计给你们筹措资金，不会让你们白干。现在要紧的是先拿出东西来……”

董锡鉴，山东人，1960年毕业于当时的华东航空学院，现合并为西北工业大学，进行航空发动机的学习，1960年分配到国防部五院一分院11所工作。他中等个头，身姿矫健，风润饱满的额头，加上一副有两片玻璃瓶底似的镜片的眼镜，时时挂着笑意的嘴唇，如邻家大伯，很容易让人产生亲切感。

其实，作为研制技术人员、专家，何尝不想早一点进行试验？纸上得来终觉浅，绝知此事要躬行。然而，这项研究工作还没有立项，也就没有经费支持。试车，也被大家戏称为“烧钱”，一次发动机试车，动辄几百万的资金，经费从何而来？

刘纪原清楚了原委，当场拍板：“试验经费由我们总公司出，你们准备一下，用一台原装发动机准备试车！”

“你知道试车技术吗？”刘纪原回头问身后的老专家雷茂长。

雷茂长一脸茫然，摇了摇头。

“虽然是完全不一样的系统，但我们可以重新改造、学习。”身边的董锡鉴诚恳地说。

试车台改造工作悄悄拉开了序幕……

〇六七基地 165 所只有位于鹿母寺旁边的两台常规推进剂发动机专用试车台，要进行液氧煤油推进剂的试验，就必须对试车台工艺、管道、控制、电路等系统进行大规模的适应性改造。

1995 年 5 月，董锡鉴带领着刘站国、刘红军等十几名技术人员住在山沟里，对即将进行试车的发动机状况进行检查。火箭发动机上的密封元件、电子元器件都有自己的储存期限，必须对发动机气密性和电路进行细致的检查。

此时的红光沟已基本完成了搬迁，仅剩下两座试车台进行相关发动机试验工作。整个红光沟凋敝，荒凉，早已失去了往日的生机。厂房、试验室人去楼空，职工家属楼也被附近的农民购买。唯一的家属院在零区，还保持着当年红火时的模样，这里驻扎着所有回沟工作的人员。三线建设时期，大队人马来此选址、筹建时，零区是基建人员在红光沟的第一个驻扎地。

沟里现有的条件实在太简陋了！如何找到一处洁净的厂房，用于重新装配拆卸下来的发动机？

难题再一次摆在这些科研人员的面前。他们除了要解决技术上的难题，还要和恶劣的自然环境作斗争，似乎又回到了难忘的“三线时代”，没有条件，创造条件也要上！

董锡鉴、来代初带领着各自的参试人员一起，清扫蜘蛛网，粉刷墙壁，冲洗、打磨地面，改装吊车，不几天的工夫，一个破旧的仓库在大家齐心协力的合作下焕然一新，变成了临时的总装车间。

发动机的气密性检查和电子元器件的测试，是一个复杂的工作，为了保险起见，他们分别做了两次检测。毕竟，从技术上来说，这是一次全新的挑战，即便是经验丰富的老专家董锡鉴内心都没底。

与此同时，165 所的试车台改造、调试工作也在如火如荼地进行，不仅要解决硬件方面遇到的困难，试验流程等软件方面的技术更需要迅速地解决。

矛盾，纷至沓来；问题，接踵而至。正当技术人员奋力对试车的发动机重新组装时，苏联专家的一席话石破天惊！

“这台发动机根本就不能参与试车，会爆炸的！”

大家听着倒吸一口凉气，多日的辛苦和劳碌，却换来这样的结果。一腔热情迅速地降到了冰点，情绪，像被戳破的气球，原本昂扬的斗志顷刻间偃旗息鼓。

“为什么？”大家异口同声。

“这种发动机分为地面和飞行两种状态，现在的发动机是飞行状态的，根本就不具备地面试车资格。”

这完全在所有中国航天科技人员的意料之外，我国研制导弹火箭发动机都有几十年的历史了，地面试车和飞行状态一直保持一致，从没有听说这样的蹊跷事。

张贵田听到这个消息，也是大吃一惊，迅速下达指令：“必须搞清楚这件事情，再把现在的飞行状态发动机改到试验状态。”

董锡鉴带着几名技术人员和苏联专家真诚地进行几次深度沟通以后，终于明白了地面试验状态和飞行状态的区别。

举步维艰的董锡鉴带着身边的弟子们向困难发起了进攻，并对如何解决问题充满了必胜的信心。他们尽力搜寻当时所能搜寻到的最新技术资料，埋首苦苦钻研。图纸、资料充斥着办公室的每一寸空间。

组织座谈、讨论、方案论证，广泛征询专家意见，大胆创新，提出符合要求的一个个技术设想。他们紧急设计、生产出许多专用阀门、接头等管接件，慢慢地，一步一步将发动机改制成符合地面试车状态。根据苏联专家要求，165 所试验台在试车台上增加了一个 50 立方米的液氧贮箱。

然而，一波刚平，一波又起。1995 年 12 月，试车台的改造和发动机的调试、检测工作完毕，此时，又与国外专家发生了一次更大的争执。

争执的原因，出自试验所用的推进剂国产煤油。此时，本次试验所需的 15 吨煤油已经运到了试车台，这是中国自行生产的煤油，准备首次运用到发动机试验中。

“不行！中国的煤油不能用，如果试车，必须从苏联进口专用煤油，否则，试车还是会出现爆炸。”并且，专家还透露美国在试车时从苏联进口煤油的信息，言下之意是发动机用的煤油是特制的，对其有特殊的要求。

大量的事实表明，苏联专家的话并非危言耸听。但苏联专家说话时轻视的态度，深深地刺痛了老专家葛李虎，在他的心上留下了伤痕，也激发了他强烈的民族自尊心。从那一刻起，他坚定了要寻找中国火箭煤油的决心。

煤油，这种普通的燃料，此刻，却成为研制团队前进路上最大的“拦路虎”。煤油并非一种纯净的化合物，而是从石油中萃取的烃类混合物，即便是热值相当的同种标号煤油，也会因为产地和制取方法的不同，在各种物质的成分含量和理化性能上存在巨大的差异。对于普通的用途，这些差异并不影响使用，但对于火箭发动机，微小的差异就会带来严重的影响。

老专家葛李虎在全国范围内开始了“寻找煤油”大行动，他像一头发怒的雄狮，奔走在全国各地，在煤油基地和试验站之间奔波。有心人，终不负，他终于找到了可以满足发动机工作要求的中国煤油。

坚守，殚精竭虑。在研制团队一再坚持下，苏联专家只好同意使用中国煤油，但对试验的结果不做保证。

“你真的确定国产煤油能用？”时任所长雷凡培问。

“我敢保证，绝对能用！”专家梁克明的回答斩钉截铁，并将手上的一摞传热试验数据计算结果在空中摇得哗啦作响。

“好！如果试车成功，我请你吃你爱吃的甲鱼。”雷凡培拍拍梁克明的肩。有鼓励，有安慰。

终于，万事俱备，只欠东风。试车一事提上了议事日程，暂时确定试车的时间为 10 秒。其实，每一个参试人员内心都是忐忑的，所有的一切都是第一次。但人生，有许多关键的时刻需要硬着头皮往前走，扛一扛，也就水落石出，柳暗花明。

河汉浩瀚，前路漫漫。

华灯初上，星光竞辉。

在虫豸鸣唱的深山，有多少双眼睛在仰望，在翘首期盼。这一刻，即将载入中国航天发展史上的一页，大家在这里静静感受时间和空间的交织和变奏。

随着点火的一声命令，发动机发出雷霆万钧般的轰鸣，喷吐出耀眼的火焰，巨大的水雾从暮色苍茫的山谷中腾然升起，如同一条翻卷升起的巨龙……

——3 秒——5 秒——8 秒——10 秒！

试车刚刚结束，守候在外面的时任基地主任胡鸿福激动地向刘纪原总经理汇报：“液氧煤油发动机首次热试车取得圆满成功！国产煤油完全符合使用要求！”

总结会上，张贵田激动地说："发动机热试车的成功，表明中国煤油完全可以作为液体火箭发动机的推进剂和冷却剂，同样表明我们对液氧煤油发动机的热试车工艺有了进一步的了解……"

科学之神，给了这群辛苦耕耘的科技工作者以公正的回报。在这艰难的岁月里，作为液氧煤油发动机研究室第一任主任的董锡鉴，不改锷刺云天的顽强和执着，带领着自己的弟子和团队，不停地对设计进行修改，提高发动机的可靠性和其他的技术性能。

惊险连连的起动

人的一生中有很多个第一次：第一声嘹亮的啼哭，第一次蹒跚学步，第一天上学，第一次离开家乡……每一个"第一"都是生命的拐角，每一个"第一"都值得留恋回味，每一个"第一"都是经年后回忆里的美好。

2001 年 4 月 15 日，我国第一台液氧煤油发动机整机在〇六七基地发动机生产厂总装车间诞生。

第一次整机试车就此排上了日程。

如同飞机的起飞和降落最难控制、也是出事最多的时候一样，液体火箭发动机的起动和关机亦是最复杂、最难研制的过程。尤其是起动过程，在零点几秒内，发动机的转速要从静止状态加速到每秒几万转的高转速，燃烧组件要从几十摄氏度的环境温度达到三四千摄氏度高温，起动过程的每个指令都必须精确到毫秒级。任何一个环节设计有偏差，都可能导致发动机出现故障甚至发生爆炸。

液氧煤油发动机的整机试车起动，从一开始就困难重重，起动问题仿佛一座云遮雾障的大山，令身陷其中的攻关团队左突右冲，难以突围。起动问题久攻不克，一试就炸，研制人员使出浑身解数，也难以制服这头咆哮的“雄狮”。

从 2001 年开始起动整机试车，四次整机试车起动爆炸了三次，还有一次是以为要爆炸，提前实施了关机。试车台上的工作人员常说：“不炸是石灰窑，炸了就是锅炉房。”

2001 年 4 月 26 日，液氧煤油发动机第一次整机试车起动。参试人员的心情之紧张可想而知。试车起动时的爆炸十分吓人。只听得“轰”的一声，先是一个黑球从台子冒出来，接着从蘑菇云里喷出来一团大火，紧接着试车台旁边辅助设施的门窗都被冲击波掀得变了形，玻璃全碎了。

让张贵田和研制人员不堪回首、身心俱碎的是，7 月 25 日液氧煤油发动机整机试车起动过程第二次失败。

2001 年 9 月 28 日，液氧煤油发动机整机第三次试车开始前，张贵田对液氧煤油发动机试车指挥员李伟民说：“小李，还是那句话，试车过程出现任何问题都由你全权决定，出了问题责任归我！”

每一次整机试车起动时出现的情况都不一样，这次一出来一片火光通红，李伟民迅速实施了关机。关机以后产品没有爆炸——正因为没有爆炸，不但保住了产品，而且还拿到了 2.84 秒的试车数据，为液氧煤油发动机转为初样研制做了铺垫。

然而，祸不单行！

12 月 6 日的液氧煤油发动机整机试车在第四次起动过程中又失败了——厚达 17 毫米的高温抗氧化合金钢 1 秒左右就被烧穿，发动机支离破碎……

不了解研制情况的人们开始怀疑：接二连三的爆炸，靠我们自己的力量，液氧煤油发动机到底能不能干下去，能不能实现点火起动？集团公司的领导也在不断地询问、指示，上上下下、左左右右的无形压力，让研制人员的头比斗大，心似油煎。失落的表情挂在脸上，失败的阴影撞击着心扉。吃饭不知道啥滋味，夜里更加睡不着觉，辗转反侧，一睡着就梦见发动机试车爆炸，火光冲天，浓烟滚滚……

基地领导通过各种场合给情绪低落的攻关团队撑腰鼓劲。

基地主任雷凡培说："研制中遇到困难是正常的，没有困难才不正常。国家花那么多钱搞立项研制，就说明有困难、有风险。大家要坐下来冷静分析、研究，要树立雄心壮志，要树立我们战胜困难的勇气。"

基地党委书记戴证良说："当年研制东风五号火箭发动机初期，失败的次数也很多。那还是开式循环，现在搞的是闭式循环，比那时的困难不知要大多少倍。我们要有充分的思想准备，不达目的，决不罢休！"

基地副主任谭永华说："失败可遇不可求，当失败出现的时候，就应该在失败中成长起来。对于负结果，我们既不沮丧也不漠然处之，而是应该分析研究，打破砂锅问到底。天无绝人之路！从某种情况看，失败也是一种财富，要善于从失败中孕育成功。只要我们找出问题的症结和解决问题的方法，就不会重蹈覆辙，负结果就会引出正结果来。"

张贵田院士激励大家说："我们是第一次接触液氧煤油发动机，补燃循环也是第一次采用，自身起动也是第一次研制，起动是目前最难的技术关键。发动机的研制是一个从设计、生产、试验到再修改设计、再生产、再试验……直到成功的螺旋式上升的认识过程，这是铁的客观规律。从苏联、美国到欧洲航天局，他们哪一款先进的发动机不是从无数次失败挫折中诞生的？面对挫折和困难，我们决不能因此丧失信心。首先要认清闭式循环和开式循环的区别，改变设计的思维模式，最后解决问题的不是别人，正是我们自己。只要我们坚持下去，锲而不舍，金石可镂。液氧煤油发动机就不会在我们手中成为遗憾！而将会在我们手中光荣诞生……"

基地领导三番五次苦口婆心、入情入理的动员和鼓励，使攻关团队放下了包袱，开拓了思路；鼓起了干劲，开动了机器。大家心往一处想、劲往一处使、汗往一处流，互相支持、互相协作、互相体谅，坚持全局一盘棋、一条心、一个目标，荣辱与共，共渡难关。

张贵田、谭永华召集了相关的专家、学者开分析会，群策群力查找问题的根源。

为了找到起动问题的症结，在时任11所所长栾希亭的组织领导下，李斌、刘站国、陈建华等11所专家，放弃了和家人相伴的快乐，一心扑在工作上，千方百计收集资料，绞尽脑汁寻找故障的症结，利用数字模拟技术模拟出起动失败和爆炸的过程……经过半年夜以继日的艰苦攻关，设计师终于找到了起动问题的根源：一是补燃循环这种闭式系统在起动过程中对各组件的协调性要求特别高，必须对推力室和燃气发生器的压力上升过程进行精确的设计；二是起动过程中的涡轮泵要从静止上升至每分钟两万转的高速，上升过程的效率与额定值相差很大，与国内外资料相比也有较大的差别；三是由于液氧煤油非自燃推进剂，其点火过程与额定工况的燃烧过程差别也很大，这些因素导致仿真结果偏差；四是前几次试车中，流量调节器和燃料节流阀等控制起动关键组件与设计预期有较大差别。

在找出起动问题的根源之后，设计师提出了多种新的起动方案。攻关团队通过大量的仿真模拟，对各种方案和程序的组合进行对比和优化后，最后选定了最理想的起动方案和起动程序，并改进了流量调节器和燃料节流阀，开展了多项冷调试验，吃透了发动机起动过程的各种细节，做到心中有数。为了确保方案的正确性，集团公司召集了国内液体火箭发动机相关的专家，进行了审查。至此，液氧煤油发动机起动难关的攻克迈出了可喜的一步。

为了生产出高水平的液氧煤油发动机的起动零部组件，发动机设计所的设计师和发动机生产厂的干部职工，牺牲业余时间，奉献出了一个个夜晚，放弃了一个又一个节假日，向发动机倾注了火一样的热情。“白加黑”“夜总会”“5 + 2”……这些带有浓浓中国航天色彩的工作状态，对攻关团队来说如同“家常便饭”。

集思广益，绞尽脑汁，独辟蹊径，一个个绚丽的创新“亮点”，在研制的各个阶段掀起了阵阵波涛。大家忘记了疲劳，只有责任装在心中。靠着顽强拼搏、严谨务实的工作作风，大家攻难关，夺险隘，对零部组件的攻关进行了深入细致的分析和大量计算，对关键技术分别进行单项论证和技术攻关。正是凭着这种孜孜不倦、严肃认真的态度和精神，终于保质保量地为第五次整机起动试车生产出了一台新的液氧煤油发动机。

春夏之交的秦岭深处，天湛蓝湛蓝，试验台旁的安河水亮丽如绸，清澈见底，在崇山峻岭之间穿行着；山野中的空气散发着野花和农作物的芳香气息；杜鹃藏在白杨树的枝头，发出圆润、甜蜜、动人心弦的鸣啭……

这是一个令人难忘的日子，攻关团队心血和智慧的结晶，将再次经受考验。

2002 年 5 月 16 日下午 2 时 45 分，在安河畔的试车台上。发动机试验所的同志们，经过日夜鏖战，为液氧煤油发动机第五次整机起动试车做好了一切准备。

现在，身穿白色抗静电工作衣帽的张贵田神情肃穆地坐在指挥控制大厅，带着一种胜券在握的安详。

几十年来，张贵田积累了丰富的实践经验，形成了自己独特的工作作风——在工作中不断地发现问题，研究问题，并上升到理论，再去指导实践，提出解决问题的办法。所以，每次发动机试车，有张贵田院士“坐阵”，攻关团队就感觉到心里踏实了许多。

“开车！”随着指挥员的一声令下，发动机爆发出雷鸣般的吼声——发动机起动了，喷出连续的火焰，工作正常。发动机按程序关机，起动过程与仿真结果完美吻合，试验获得圆满成功。

“啊！成功了！”

“终于成功了！”

“太令人振奋了……”

观察室里爆发了一阵阵热烈的掌声。人们欢呼着，跳跃着，拥抱着，张贵田和大家一样，沉浸在无比激动的氛围中……他的眼睛被喜悦的泪水模糊了。

张贵田深有感触地说：“整机起动试车成功最大的收获并不仅仅在于技术上的突破，而是这支团队的成长。很多的设计、计算、工艺、试验都是在填补国内空白，我们没有任何的经验可以借鉴，唯一能够依靠的是我们这支攻关团队雷打不动的信心、脚踏实地的苦干和对于成功的渴望。正是这些品质带我们走出了每一个困境。而这些年轻的设计师、工艺师、生产工人和试验人员也凭借着自己的才华与努力正在成为我们液氧煤油发动机研制的重要力量。有这些人在，一切就有希望……”

首次整机试车成功后，科研团队沉浸在巨大的喜悦之中

幻灭与新生

暮色苍苍，山水隐隐，层林青黛，宛若画卷。

主涡轮泵联动试车即将在这里进行。

大厅观测间内，人们的眼神像彩蝶恋花似的目不转睛，须臾不离。

以燃气发生器——主涡轮泵联动试车为目标，突破大推力的液氧煤油发动机关键技术，成为研制工作中急需攻克的关键技术。它的试验成功将标志着这一关键技术获得基本突破，为下一步的研制工作打下坚实的基础。

刚刚点火，只见闪电似的一道光悠忽而过，腾然升起一个巨大的火球，随即传来一声震耳欲聋的声响，浓烟烈火迅速地弥漫了整个试车台。

涡轮泵爆炸了！强烈的气浪像撒野的猛兽，爆裂声撞击着观测室的防震玻璃，似乎要将整个试车台掀翻了才好，门、窗、墙在猛烈地冲击下，瑟瑟发抖。

一团团乳白色的难闻的有毒气体从缝隙里汩汩往外冒，像一个巨大的妖怪，张着大口，向观测室这边游移。

脸色煞白、双眼通红的刘站国却不管不顾地扑向试车台。同事拽都拽不住。

“当心！有毒！”同事善意地提醒，爆破的声音一浪高过一浪。

“没事！”他的声音更响。他踉跄身影的背后，李向阳也紧紧跟随。

世上有不爱自己孩子的父母吗？没有的！

此刻，试车台上爆炸的产品就是一群科技工作人员用自己毕生心血孕育的另一个孩子，同样倾注了无尽的爱、无限的责任。这世上，哪有不怜悯自己孩子的父母，哪有看见自己孩子遇难还能泰然处之的父母？

火箭发动机，力拔山，气吞河，行如闪电，动若惊雷，它足以托举起千百吨重的航天器，并能轻而易举地将它们送入太空。它是科学的举重冠军，是最棒的太空铅球运动员。然而，它的脾气却桀骜不驯，稍有不适，必定暴跳如雷，撒起野来足可以破石惊天，崩山裂地，沸海焦石。

调教这桀骜不驯的科学猛兽，是轰轰烈烈、惊心动魄的壮丽事业，选择航天，也是一种高风险的职业。在产品的成长记录中，到处充斥着爆炸、燃烧、起火、卡滞等极具杀伤力的字眼。不过，既然选择了航天，他们也深知“科学家就是冒险家”的道理，选择航天，必须有一种献身精神和牺牲精神，必须有一种对事业的大爱情怀。历史上，居里夫人为了找到铀，被放射性元素夺去了宝贵的生命；诺贝尔发明了炸药，却倒在了爆炸的血泊中，罗伯特制造出世界上第一台火箭液态燃料发动机，却被无情的癌症侵蚀了生命。

陌生、恐惧、疑惑、担忧在不懈地学习中消融，从事航天事业，对于年轻的刘站国、李向阳、陈建华是一种荣耀，他们深深地爱着这充满着光明和美好的事业，他们多么想借助火箭发动机的巨大威力，来推动古老的中国在航天强国的大路上迅速腾飞。

然而，涡轮泵联动试车，产品直接爆炸，残缺的产品掉在了导流槽内，整个场面惨不忍睹，触目惊心。

刘站国本来就是一个急性子的人，说话干脆利落，走起路来带着一阵风，性格爽朗，办事果敢，此刻，看着面目全非的推力室一筹莫展，默默无声。

多年的经验告诉他，涡轮泵出现了问题。技术上的日臻成熟使他发现问题总能一针见血，直指问题中心。

“向阳，说说吧，你们的涡轮泵到底怎么了？”要真正解决问题，不是指责，而是要迅速找到问题症结。

李向阳，陕西合阳人，1990 年分配到 11 所工作，毕业于甘肃工业大学水力学专业，专门跟发动机的心脏涡轮泵打交道。参加工作后，先后两次去苏联航空大学学习火箭发动机，具有深厚的理论基础和丰富的实践经验。

此刻的李向阳，呆呆地看着眼前的产品，像一个自己的孩子闯了大祸的家长，满心都是愧疚。几分钟之前还是光洁如新的产品，此刻支离破碎，不忍直视。

涡轮泵是高速旋转件，它由涡轮泵体、带叶片的转子、静叶轮和驱动系统组成。工作时，利用高速旋转的动叶轮将动量传给气体分子，使气体产生定向流动而工作。它的工作始终是一个动态的过程。

大家集思广益，在一起找原因，绞尽脑汁。刘站国、陈建华、黄智勇、李妙婷、李向阳等开起了圆桌会议。

涡轮泵里每一个组件都必须排查，一个疑点都不放过，工作状态是否正常，第几秒钟出现异常，谁先出现的问题，问题的根源到底在哪里……

这到底是怎么回事呀？在这关键技术攻关的时刻却告失败？一时间揪心的表情写在了试验团队每一个人的脸上。

故障一个个排除，到底是谁先产生了依恋的情怀，阻断了大家共同前进的步伐呢？渐渐地大家把目光聚焦到涡轮泵的装配上来。

未知的神秘就在前方幽幽地蛰伏，神圣的使命成了全体科研人员无穷的

研制人员判读试验数据

动力。

分析，分析，无限度地接近事实的真相，即使困难再大，也要群策群力，攻克这些难关。

随着探究的深入，思路越来越明晰，此刻的李向阳反而无所畏惧，大胆提出自己的揣测结果。突然，他觉得人生中如果没有一点冒险精神，实在是一种可悲。

在寻找问题答案的过程中，大家的心中都有一种期待，看着分析得出的数据，内心升腾的是自豪，在无限接近真相的过程中，一种幸福感更是分外强烈。

这次爆炸，也让大家深深知道，只有设计时把问题、风险尽可能考虑充分，不疏漏任何一个环节，把风险降低到零，只有始终如一保持这样扎实的的工作作风，才能赢得最后完美的胜利。

涡轮泵组件在高速旋转过程中，组件之间的装配间隙减小，产生了卡滞，最后导致涡轮泵整体爆炸。

以前，涡轮泵的装配仅靠工人凭借自己的手感拧紧，如今，重新完善装配工艺，每一个紧固件的拧紧必须有相应数值的力矩。

大家长吁一口气，几个拧紧力矩数据的产生，促进了涡轮泵以后装配过程中的新生。

特殊的生日

那是一次集体的生日，那是一次特殊的生日，那是让所有参试人员都终生难忘的生日。

2005 年 9 月 8 日，120 吨级液氧煤油发动机最后一次在沟里试车，代号为 028 次。不久前，位于西安终南山麓的抱龙峪液氧煤油发动机试车台已经建好，并已通过了考台试车，后续的试车将在抱龙峪进行。

028 次试车，原计划试三次，整机不下台，通过多次不停反复试车对发动机的性能进行考核，通过一次次考核，探索发动机的性能裕度，摸清性能边界，也是发动机研制中的一项重要工作。

为了这次试车，所有参试队员在八月底就进驻了山沟里的试车台。这是一次持久战，对所有参试人员的耐力都是一个极大的考验。

沟里的生活环境实在是太清苦了，业余生活几近等于零，大家除了工作还是工作。

作为此次带队队长，陈建华和工会主席谢宁一起商讨、策划如何缓解参试队员精神压力，丰富业余生活。此次试车势头良好，各项数据指标皆在预想之中，呈现出台阶式的美好。陈建华与专家组反复思虑，决定将试车次数增加到五次，这就意味着全体人员还要在封闭的山沟多待半个多月。

陈建华和谢宁平日里对待同事和蔼可亲，平易近人，尤其是对待团队的年轻人，不仅在技术上诲人不倦，发扬民主，而且对待年轻人的生活也是倍加关心，热心帮助。他们害怕参试队员因环境艰苦，情绪上有失落，工作上会不安心。他俩带着稍稍年长的同事精心策划了一场活动，并到一百公里之外的宝鸡去采买礼物。

个人的力量毕竟是有限的，所以一定要发挥团队的作用，调动团队的积极性，将会收到意想不到的作用。聚会的致辞，悄悄地在谢宁的脑海里形成。

亲爱的参试队员们：

你们好！大家辛苦了！

在这液氧煤油发动机研制的历史性时刻，它昭示着我们又送走了一段埋首奋斗的日子，新的挑战也会向我们走来。

回顾研制路上一次次在沟里试车艰苦的日子，大家一起攻坚克难，将会一起见证伟大的历史时刻。当有一天，遥远的太空高高飘扬着五星红旗，那一刻，你们将会自豪，因为这一切都源自可爱的你们。从蹒跚学步到中坚力量，从优秀到卓越，这是每一个科研人员所要走的必经之路。我们今天所从事的行业，关乎民族的强大、民族的命运、民族的地位，虽然这不是战争，但它同样的惊心动魄，同样的惊天动地，同样关系到民族的兴衰和国家的强弱。

作为航天人，我们应该高举航天报国的大旗，为打造卓越一流的技术做出我们的贡献，我们必须在这规模宏大、技术追求永无止境中坚强起来，未来不相信眼泪，只相信实力。

何尝不是呢！国家把使命交给了他们，也把信任和责任交给了他们。在任何技术攻关中，不要存在任何幻想，而是脚踏实地，攻关，攻克，一步一步搭建登天的阶梯。为了研制路上的快速前进，为了技术上的日臻成熟，常年奋战在一线的科研人员，与家人离多聚少。因此，他们推出了“集体生日计划”，让长期奋战在秦岭深处的队友们享受家庭般的温暖。

细心的陈建华发现此次试车的队伍中居然有五个人的生日都在9月份，为了体现一种人文关怀，一场集体生日晚会正在悄悄酝酿中……

这支参试队伍里，有新婚不久的年轻人，有上有老、下有小的中年人，每一次试车的成功，背后都有一个家庭在默默奉献。在特殊的日子里，理应让他们享受大家庭的温暖。

为了每一次试车的成功，为了每一个技术问题的解决，大家经常加班加点，长年累月出差在外，日复一日地辛勤工作，无怨无悔。

人常说，科技是第一生产力，人是第一生产力的创造者，人，才是最根本的生产力。科技是人类最宝贵的精神财富，而航天人最宝贵的财富不是像外界所说的专利，不是业绩，不是效益，而是一种精神，一种团队精神，这是最大的财富。

聚会紧锣密鼓地准备着，第三次试车却出现了小小的意外。

燃气管路有泄漏。问题机理清楚，但如何排除泄露却不容易。此时的产品装在试车台上不能轻易拆卸，一旦拆卸将影响下一次的试验数据，前面的几次试车也会功亏一篑。

燃气阀里的泄露是由多余物产生的，但如何排除多余物却是摆在陈建华面前的一道难题。产品不能拆卸，试验管路更不能破坏，大家一筹莫展。

9 月的山沟，已经有了寒意，身穿军大衣的陈建华急得在厂房里不停地踱步。经过反复确认，大家运用敲击法，借用外力的震动去掉多余物。深夜，测试人员一寸寸地躬身排查，终于泄露停止了，没有再听见泄露的嗤嗤声。陈建华将耳朵一次次贴在管壁上倾听，脸上的笑容如菊花瓣似的灿烂。

终于，生日聚会如期举行，当事人事先并不知晓。被众人一路簇拥的李辉、刘军、杨永红、李妙婷、马红宇走入了聚会的大厅，看见了巨大的生日蛋糕惊呆了！温馨的礼物和饱含着浓浓温暖的祝福声缓缓响起。谢宁作为分会主席发表了情意浓浓的讲话，也把融融的暖意送到了在座的每一个员工的心坎上。谢宁最后的寄言发自肺腑：亲爱的战友们，长风破浪会有时。既然历史选择了我们，那么就让我们携起手来，同舟共济，从优秀到卓越，共扛航天报国的旗帜，共创航天美好的明天。

这一幕，成为每一个参试队员心中永远的风景。

晶莹的泪珠

2008 年 5 月 19 号，会议室冷峻严肃，18 吨级液氧煤油发动机产品试车动员会。“那么多的型号研制都排上日程，这批产品是该走进试车台上了！我们需要试验的探索，更需要精确的数据，为后来的研制指明方向。”领导的话，振聋发聩。

前不久的5月12日，四川汶川发生了8.0级地震，那一刻，世人瞩目，苍生动容。一座座城市、一所所学校顷刻间被撕裂的大地无情地吞噬。这些日子以来，余震仍然一次次袭击。此次试验的地点，在秦岭深处的安河畔边，那里也是山的褶皱深处，距离震中仅有区区几百公里。

深夜，杨永强的家。妻子辗转反侧，明天丈夫就要作为参试人员回沟了，此次试车与以往截然不同，大地无情人有情，不敢去想即将发生的事情，但理智告诉她，只能一如既往地支持，尽管情深意长，但现在什么也不敢说，唯有祈祷，悄悄地在心里为他祈求平安与福祉。

不善言辞的杨永强故作轻松，轻描淡写地说：“单位是个人的本体，研制的需要，就是使命，是担当，一个人如果离开了本体，还有什么价值和意义？”

每个人都应该有一种执着的追求和向往，在行走的路上也会有着千丝万缕的情缘。航天梦、强国梦不仅仅承载着记忆中的梦想，更是他无法释怀的爱。在实现梦想的路上，必须付诸行动，当一种可能成为现实，人生才不会有任何遗憾，这也是杨永强一直前进的动力。

参试的车义无反顾驶向了山沟，也带走了每一个参试队员亲人的牵挂，他们的心被带到了试车台，那离废墟和流血不远的地方。工作按部就班地进行，本就寂寥的山沟更加清瘦了，汶川地震发生后，当地不少居民都选择了离开，暂时去远方避难。只有这支航天“敢死队”长驱直入。

试车台上，大家对待试的产品有条不紊地进行测试检查。余震袭来，大家纷纷放下手中的工作，奔向楼下的空地里暂且躲避，余震一过，马上回到自己的工作岗位。一天下来，记不清已经往楼下奔跑过多少趟……

余震，频发在崇山峻岭之中，却丝毫吓不倒这群科研人员前进的步伐。

深夜，大家仍旧在试车台上忙碌，不知从哪里传来的消息，说是马上又有很强的余震，11 所试验队队长刘红军出于安全考虑，命令所有的人撤离试车台。一分钟，两分钟，五分钟，时间一点点过去了，传说中的强余震并没有出现。而此刻，又是试车前检测的关键时候，每一次拖延产品的调试参数就会受到影响，十分钟后，刘红军，一个坚定的身影义无反顾地冲进了试验大厅，不到一分钟，所有人员全部就位，无一遗漏。

在余震中的坚守，参试队员们常常被自己感动着，常常被一种精神激励着，鼓舞着。

夜晚,参试队员宿舍内,坐着一群风华正茂的青年,都是精挑细选过来的“敢死队员”。十几天了，这是他们第一次走进带着床铺的房间。随着时间的推移，大家都放松了警惕，躲在宿舍内，在闷热中享受电扇徐徐吹来的清凉。

突然，没有任何征兆，宿舍楼开始摇晃，大家纷纷以逃离的姿势离开了，老老实实睡回了防震棚。

防震棚太简陋了！周围的篷布散发出刺鼻的味道，打开透气，外面的雨洋洋洒洒往里飘，一群群蚊子好奇地飞进来打量。

即便如此，这些仍然不是困扰所有参试人员的难题，余震后产品状态的变化，才是他们最为担心的事情，那是他们用自己的心血孕育出的另一个孩子，孩子稍有差池都会让他们痛心疾首，夜不能寐。

本次产品已经转入初样阶段，这是对产品工作可靠性、环境适应性条件的探索。如今的余震会对台上的产品产生很大的影响，既要考虑到试车台上本身工作特性中的振动，又要考虑到余震的共振。

果不其然，第二次试车前状态检查，线路导通居然没有通过。

一遍遍的排查，寻找故障的起始点。所有的人员齐心协力，尽管他们是多么不希望看见这一幕的发生。

科技人员、参试人员屏声敛气，聚精会神盯着屏幕上数字的每一个细微变化。唏嘘、哀叹、沉重、恼恨，这些情绪一次次袭来，年轻的杨永强，心，降至了冰点。

本该试验结束回家的日子，家里的亲人翘首以盼，在这特殊的历史时刻，平安尤其重要。杨永强按约定的时间给家里电话报平安，语气沉重，愁肠百结。“不要自责了，试验过程出点状况是正常的，这也不算完整意义上的失败，只要潜下心来，查出原因，达到后续试验的目的就好了。家里的一切，你都不用操心，注意自己的安全，孩子、爸妈都好着呢。”贤惠体贴的妻子和这个小家，永远是他疲倦时的港湾。

彼时，杨永强的妻子其实正在医院的各个窗口之间疲惫地穿梭，急性肺炎，刚刚出来的化验结果。坐在一旁的孩子小脸蛋烧得通红，却一声不吭配合着医生的各项检查。

看着懂事的女儿，想着这些年来所经历的一个人带着孩子的种种辛酸、对丈夫的思念与担忧，此刻都化作委屈的泪水，汹涌而出，情感也如秋风落

抗震期间，科研人员仍坚守岗位，奋战在试验任务一线

叶般地剥落、崩溃、迷蒙。理智告诉她，丈夫的身上肩负着航天强国的重任，而且，参与新型号试车是多么严肃而又神圣的事业，每一台参试的产品都是千百人劳动的结晶。

试车台边的杨永强，此刻也是一股热辣辣的情绪直逼眼眶，清亮的泪从他清瘦的脸颊上潸然而下，这是感激的泪，感动的泪。这也是多年相濡以沫的温情，多年的心有灵犀，作为一个永远向未知挑战的科技工作者，还有什么比在挫折和逆境中来自家人的理解和支持更可贵呢？

稍稍平定自己的情绪，他又义无反顾地奔上了试车台……

苦乐年华

这又是一个愁云惨淡的夜晚。天幕之际，薄薄的云层，菊花瓣似的，开在苍白的月亮之上。

已经凌晨 3 点了，八室系统组办公室仍灯火通明，足足半个月了，办公室的灯成了长明灯。在徐浩海、杨永强的带领下，所有的相关设计人员都埋首在图纸堆里，查找原始记录、对比分析数据，不分昼夜地奋战在可靠性增长试车归零的第一线。

这次试车，既是针对型号产品要求探索发动机组部件工作可靠性要求的第一次关键性试车，也是进行状态改进、提高工作可靠性以及对整机进行整体考核。此次试车是基于以前的组建试车之上的，已经有了一定的成熟度，原本用十台产品进行发动机性能裕度探索，可是，第三台产品试车就惨遭了“滑铁卢”。

金秋十月，万山红遍，有着迷人的秋色，也有收获的喜悦。试验队的“专列”一路高歌，向终南山脚下的抱龙峪试验区驶去，满车笑语喧喧。

也许，在一次次成功面前大家的期望值太高了，也许大家对自己的产品过于自信了。试验，轻松，惬意。一切按部就班进行。

“点火！”

巨大的烟雾腾然升起，一切正常，兴奋洋溢在每一张脸上，喜悦之情溢于言表。

然而，高兴得太早了！成功的欢呼还没有钻出嗓子，发动机突发性爆炸了！

人们一个个傻了眼，情知出现了问题，却瞬间大脑发蒙，呆了，僵了，不知其所以然。

原计划试车时间600秒。运行到第131秒，产品爆炸了！刚才还光洁如新的产品，瞬间支离破碎，氧泵低压区烧穿，推力室相邻部位烧蚀、剥落，喉部燃气导管面目全非……蘑菇云仍然笼罩在试车台的上空。

秋叶簌簌落，像大家纠结痛苦的心。

每一次试车都是向未知世界的探索，在探索的过程中不可能没有闪失。面对着突发结果，没有一个人说话，死一样沉寂。

中午，食堂里。偌大的餐厅，平日里聚集的是欢声笑语，此刻，却悄然无声，每个设计人员内心如灌铅般沉重。

归零工作，迅速全面地展开……

查故障，看外观，查数据，排疑点，分析失败原因。从总体方案设计到各分系统之间的技术协调。各组部件的测量数据、缓变数据、渐变数据，对故障慢慢进行锁紧、定位。如果把故障当成一个枝条，引起故障的原因就是深藏在地底下的根，他们要做的不仅是把枝条砍掉，还要把根挖出来，如此才能归零。

“两个月了，从金秋到深冬，为了拿出《氧泵二级密封归零报告》，确保后续任务高质量地圆满完成，大家几乎每天都要奋战到凌晨。”杨永强回忆起那段风雨兼程的日子，有些伤感，说话缓慢，在尘封的记忆里挣扎，透过他的表情，似乎看到了他们那段时间的艰辛。

每一次爆炸似乎都与涡轮泵结下了不解之缘，作为发动机重要零部组件“心脏”，属于高速旋转件，它的质量直接决定着发动机的质量。涡轮泵不但结构复杂，承受的工况要求也非常高，所以设计对铸件的内外部质量、力学性能都提出了很高的要求。而每个零部组件的铸造过程中，工序多达二十余道，全部为手工操作，工序细节多，影响质量的环节和因素非常复杂。

自归零工作开展以来，全体设计人员眼睛向内，举一反三，结合组件和本分系统的特殊情况，全面开展了查生产历史记录、查生产过程控制、查设计图纸的“三查”工作。

为了做到过程清楚，定位准确，杨永强和他的团队在试车台做了无数次运转试验、振动冲击试验、试验结果仿真试验，同时，对密封产品的理化分析和机械性能都进行了系统的复查，对密封件生产的工艺文件、跟踪卡、工装量具的使用情况以及生产过程中人员操作情况进行了仔细的梳理。为了控制动环尺寸精度、寻找变形原因，到生产车间组织对毛坯、样件以及原材料的入所试验数据进行一一分析，对数据进行统计、对比，力求找准问题根源，采取相应措施。

“由于前些年生产过程中的质量信息主要依靠纸质表格记录，查找工作异常艰苦，车间职工夜以继日地对上百个待查铸件、上千张记录表格、上万条质量信息，逐条逐句地进行核对、排查，在浩如烟海的信息记录中，寻找每一个可能存在的蛛丝马迹。在此期间，院领导、所领导的亲切关怀给了我们莫大的鼓舞，每一位职工克服工作生活中的种种困难，全力投入，默默奉献的精神更令人感动。”谈到那次试车的归零工作，杨永强每一句话缓慢、有力，字斟句酌。似乎还能感受到当时的压力，也能感受到巨大的欣慰。

“贺师傅，我想请你帮我测测这批 B-1 石墨的开口气孔率、石墨化度。”

“贺师傅，你再帮我测测这 M246 石墨。”

“不好意思，贺师傅，麻烦你重新操作一下……”杨永强一边认真地做着记录一边仔细地观察。

突然，电话铃声突兀地响起。“爸爸，你今天回家吗？你是不是离家出走了呀？”电话那头是童声稚语。

是呀，时间紧，任务重，加班加点已经成为家常便饭。常常工作至凌晨，回家了，孩子已进入香甜的梦乡，清晨，离家，孩子仍在香甜的梦中。几天下来，和家人说不上几句完整的话。

“涡轮氧泵，发动机上的关键件，生产过程中每一个细小的环节出现问题，都可能对产品质量造成巨大影响。”杨永强认为，要确保产品质量万无一失，就必须将各工序工作分解细化，找关键特性点，进行讨论分析，提出确保质量的办法和措施。

故障归零，如渔夫撒网，终于渐渐收拢。慢慢地，问题抽丝剥茧般地浮出水面。一条为今后的产品顺利交付的经验被总结出来了。在设计发动机组建连接的密封过程中，一定要考虑到材料的特性、冲击和韧性。

走出试验区，此时已是寒风凛冽，不远处的柿子树上还挂着灯笼似的果子，明艳，夺目。苍茫的暮色中，群山庄严静默，无言地注视这群中国航天的脊梁。偌大的试验区悄无声息。这一刻，对于杨永强和他的团队是难得的轻松和舒适，多日的苦与累已随着清风销声匿迹，一种巨大的幸福溢满心房……

解决“6Hz 难题”

2016 年 11 月 3 日，晚上 8 点 43 分，此刻，正在文昌发射基地的专家李妙婷望着“长五”渐行渐远的背影，泪，如滂沱的雨，怎么也擦不干，这是喜极而泣的泪。近二十年的埋首奋斗，只为这一刻的腾飞，一个团队，携手成长，一个民族，翘首以盼。

总归是要哭一场的，要不然执着地爱了那么久，显得没什么分量，人们只看到这一刻高科技的华彩与光鲜，也以为这一路走来，只经历过小坑小洼，没有什么大风大浪。其实不然。这份爱到底有多深沉，到底有多刻骨铭心，李妙婷和团队里的每一个人都苦乐自知。但抽刀断水，情感之弦，却又是那么灵动和敏感，情之所至，难免泫然。

从事科研工作，每天就是埋头设计、计算、讨论，有条有理，由此及彼，都是冷冰冰的理性思维，其实大家也是一个个有血有肉有激情的性情中人。此刻，相信所有参与攻关的人员都情深至此，泪水潸然而下。

没有稻花香浓静寂的绽放，怎会有丰硕富饶的收获？往事一幕幕涌上了心头……

2005 年 8 月，120 吨级液氧煤油发动机与伺服机构联合进行冷摆试验时出现了低频谐振现象，发动机、试车台、地面都发生明显的异常振动，数据分析发现谐振发生在 6Hz 附近。这一问题的后果是将直接威胁火箭结构安全、控制指令执行和航天员生命安全。事关重大，此问题不但受到发动机研制团队的重视，而且引起了 921 载人航天工程总设计师们的关注。

严峻的问题摆在了 11 所液氧煤油发动机研制团队面前！

2006 年初，11 所成立设计、试验、仿真相结合的低频课题联合攻关小组。液氧煤油发动机研制团队从源头出发，深入研究，对不同状态进行模态试验分析、动力学仿真建模、结构方案择优及强度校核等任务。

一场为期四年的艰苦攻关，就此拉开序幕。

液氧煤油发动机系统复杂，部件繁多，影响发动机结构低频的因素很多，改进方案受结构变形、空间布局、摇摆要求及主要部件研制等众多限制。面对如此复杂的问题，11 所液氧煤油发动机研究设计团队全力攻关，在要求时间内完成了 200 多个改进方案，对每个方案进行大量的结构分析、仿真计算，编写了上百份分析报告。

要解决这样的“6Hz 难题”，必须要实施巨大的技术创新与突破。因为当时整个发动机状态都已经固化了，工作期间的频率是固定的，在路径摇摆上面最薄弱的环节只有常平座了，而常平座与发动机紧紧相连，不可能拆卸，如果这“6Hz 难题”不予解决，整个发动机的状态就存在颠覆性的可能。当时，没有任何的经验可以借鉴，因为常规发动机没有提出这样的要求。怎么来认识发动机的特征，如何摸索发动机固有频率特征，所有的科技人员一筹莫展，不知道下一步该干什么，怎么来做这个实验，如何梳理这些数据，怎样的摇摆会引起共振。

人生如棋，步步为赢，一步错，满盘输。迢迢旅途，每一步都承担着艰

科研人员正在研究解决方案

巨的使命。这一路走来历经了太多的艰辛，凝聚着太多人的热望，不敢失败呀！而现实与理想如今又存在着不可逾越的鸿沟，对问题的认识存在着不可预知的障碍。

据当时负责低频问题的科研人员回忆，在技术攻关期间，由于长时间操作电脑，导致手臂酸痛、颈椎错位，经常凌晨后才回家，闭上眼睛，眼前出现的都是传力结构和分析图。为了保证试验进度，强度与模态组的科研人员通常只能利用其他单位同志休息的时间进行试验，曾有多个晚上在冰天雪地的试车台忙碌至凌晨三四点钟……

团队里的领军人物刘站国，此刻面对问题更是殚精竭虑，忧心忡忡。“真想此刻有人能站在发动机前，一针见血地告诉我问题到底出在哪里。”一向治学严谨的他，此刻脑海里也充满了幻想。

说者无心，听者有意。坐在一旁的一室主任李峰脑海里有一道光掠过，何不借助于高校最前沿的学术理论指引前行的方向呢？

西北工业大学的文教授，被请到了现场进行指导。文教授是火箭发动机专业的学术带头人，他的到来，拨开了挡在问题前面的层层云雾，指明了大家前进的方向。文教授一边指导大家做实验，一边跟大家讲解发动机产生频率的原因，以及如何调整，如何分析数据。文教授的到来给陷入迷茫的团队注入了一剂强心针。

理论指导实践，实践验证理论。攻克难关，迢迢旅途，每一步都记录着这群科研工作者艰难的历程。

队员们开始一个个排查影响产品固有频率的因素，常平座、机架、产品吊装的角度都被大胆地列入考核范围之内。

为了方便解决问题，一室的杨全杰、孙白红把自己的工作电脑搬到了八室总装组，只是为了方便沟通，为了及时对设计提出的方案经过仿真计算，得出准确的数据。

“陈师傅，把你那么多的设计方案一一计算了以后，产品的固有频率也就提高了 0.1Hz。”杨全杰有点灰心丧气。

设计员陈守芳为了提高 6Hz 光机架的改进设计就提出了 200 多种方案。说实话，大家的内心多少都有一些失望、沮丧。

刘站国笑眯眯地在每一个人的身后轻轻踱步，故作轻松，又语重心长地说：“咱们科技人员写一篇论文，只有薄薄的几页，但底稿却可以是一大箱子，咱们研究设计的道路走到今天这一地步，失败了多少次，数也数不清了，如果每一次都能成功，又何必做试验呢？试验就是探索，挫折和失败会让我们变得更加聪明。”

这话其实很普通，但从团队的领军人物嘴里说出来的时候，却自有一番厚重。恢复一个团队的自信当然不会仅仅靠几句简短的话语，更多的是和团队一起排除疑点，分析问题存在的原因。

从总体的设计到分系统之间的装配，从稳定系统到分系统的协调，各个分系统之间的相互影响，一次又一次的仿真分析、计算。发动机质心惯量计算、测量和模态试验，建立泵前摆结构特性仿真模型，重新设计单机助推、双机主推发动机机架，通过设计与试验相互反复验证，最终确定了机架和发动机的布局方案。

计算，更改，调试，试验，一次又一次，一天又一天。坚持不懈，一次次重复，单调乏味的行动付出积累到一定的程度，也会创造惊人的奇迹！

2008 年 8 月，在发动机试车中，“6Hz 难题”终于解决！这一备受总体部门关注的问题、困扰了全体设计人员长达四年之久的问题终于守得日出云开，这一问题的解决，被誉为发动机结构设计由静态转为动态的里程碑。

把产品固有的频率由原来的 6Hz 调制到后来的 11Hz，这条艰辛的路，这个团队，走了四年。其间，经历了跌宕起伏，充满了酸甜苦辣，经受了锤炼，取得了成绩。四年的艰辛跋涉，四年的殚精竭虑，四年如一日，每一天，

技术人员专注地看着试验数据

大家脑海里的弦都是紧绷着，不敢有丝毫的懈怠。这样的一个技术难关，就是靠着这样的坚持，做成了崇高和传奇。

2009 年 6 月，长征五号助推双机并联发动机模态试验顺利完成，验证了改进方案的有效性。随后，助推双机与伺服机构首次联合热试车获得成功，低频问题得到完美解决。

三战三捷的双机并联试车

长征五号运载火箭双机并联发动机地面试车，是 120 吨级液氧煤油发动机研制过程中具有里程碑的一次大型试验，这项试验是对 120 吨发动机前期研制成果的一次集中、综合考核，也是确定动力系统试车乃至飞行用发动机状态的一次关键试车。

然而，如何才能实现双机并联，试车方案成为面临的首要难题。

2008 年，11 所开始双机试车可行性论证。双机试车耗资巨大，如何在有限的几次试车中实现更多的考核目的，成为试车方案的难题。11 所液氧煤油发动机研制团队的科研人员查阅国内外大推力火箭发动机多机并联试车文献资料，同时积极吸取我国 20 世纪 60 至 70 年代进行四机并联试车的成功经验，梳理出关键技术及风险点，制定出双机试车流程及试车台适应双机试车改造方案，提出在双机发动机试车前对试车台进行多种改进性试验，开展试车台与发动机联合模态试验等先行验证性试验。

双机并联发动机的起动方案，是关键技术之一。如何保证双机并联发动机的可靠起动？双机并联发动机与单机发动机结构差异很大，如何预估双机并联发动机振动情况？双机试车时两喷管距离较近，如何对突出、暴露的热影响敏感部位进行保护？

未知的难题，是对科研人员智慧的挑战和毅力的考验！

为者常成，行者常至。通过对双机并联试车关键技术和风险点的深入分析、开展大量的仿真计算、对每一个问题和步骤采取针对性的措施，一道道难题被 11 所科研人员一一化解。

2010 年 10 月，双机并联发动机“箭至弦上”。

本次试车参与单位多、系统多、任务量大、持续时间长，在两个多月的试验过程中，11 所科研人员与多个单位的同志密切配合，各方不断协调、调整，发现问题、解决问题，同时不断思考试车的各种细节。

为了获得摇摆发动机各个方向的间隙状况，11 所液氧煤油发动机试验队员制定了周密的测量方案，在仔细检查各个工况发动机与伺服机构、发动机自身间隙时爬高、匍匐、深蹲、马步，仔细检查发动机的每一个部位。

试验时间正处于深秋冬初，山里已在零摄氏度以下，同时山风凛冽，站

科研团队正在研讨双机并联试车方案

在钢铁铸成的试车台上，穿再厚的鞋都无法抵御脚底的寒气，试验队多名队员都得了重感冒，但大家依然坚持在试车台上。

临近新年，双机并联发动机试车三战三捷。这既是对新年的献礼，也是对所有科研人员不懈努力的回报！

试车成功后，试验队员本可以松口气休息一下，然而由于两台发动机试后处理更为复杂，并且常常要持续到后半夜，总装组的试验队员仍一丝不苟地守护在发动机旁……

翻过了一山又一山。发动机研制初期，经与总体部门协商结果，高压补燃液氧煤油双机并联发动机采用氧自生增压方案。然而，到了 2009 年，新一代大型运载火箭长征五号和中型运载火箭长征七号总体却提出了新的增压方案。该方案的提出，迫使已经过 20000 余秒热试车考核确立的基本型发动机系统、总体布局状态发动机不得不进行调整。

为适应改进要求，从 2010 年初开始，11 所液氧煤油发动机研制团队的科研人员对发动机大量的专项数据进行调整计算分析，并对增压系统及某关键部件重新进行热性能计算、仿真分析，对发动机总体布局、摇摆特性及大量零部组件进行适应性改进，重新设计增加组件。经过 11 所科研人员与相关单位的同志两年时间的攻关，完成了新的增压方案考核，首次实现了发动机可适应新一代三型火箭总体要求的两种增压方案。

回想起这段经历，增压方案主管设计的同志感慨地说，为了在总体要求时间内完成新的增压方案设计，大家常常连续加班至凌晨，完成了结构设计改进等大量工作。当时，大家像上紧了发条的闹钟，一刻不停地运转。首台新的增压方案发动机热试车正值隆冬腊月，科研人员常常在秦岭山脚下试车台上加班至晚上 10 点。在试车台铁板活动平台上，即使穿着登山靴，双脚仍然被冻得发麻，虽然穿着羽绒服，刺骨的寒风仍然让人觉得异常寒冷。从试车台回来后，还要返回办公室对试车技术状态进行复核、复算。

历经两个月的高强度工作，试车终于成功了，而进行攻关的科研人员却病倒了……

凡是过往，皆为序章。长征五号自 2006 年国家正式批准立项研制，可谓“十年磨一箭”。为了给长征五号运载火箭打造安全可靠、脉搏强劲的“心脏”，11 所科研人员经历了无数次的技术攻关，付出了艰辛的努力，同时也迎来了液体动力技术的巨大跨越，实现了长征系列运载火箭的升级换代。

“合练”冲刺前的准备

冬日的海南，气候依旧宜人。试验队即将迎来一个收获的季节，诱人的果实在暗地里茁壮成长，空气中飘荡着甜蜜的芬芳。

2015 年 11 月 23 日，CZ-5 合练箭顺利完成转场，液氧煤油发动机试验队队伍收起转场兴奋激动的心情，马上投入到后续紧张的测试工作中。

这是首飞前最后的一次合练，大家摩拳擦掌，掩饰不住心中的激动。这么多年了，付出巨大心血的产品终于即将远行，在浩瀚宇宙间振翅翱翔。

全箭合练，是火箭首飞前的重要环节，在各模块动力系统试车、模振试验、负载试验、全箭振动试验等发动机与箭体的联合专项试验后，发动机再次参加箭体装配，并对发动机随箭体参加靶场发射全流程的适应性进行演练。全系统采用实物，对箭体、靶场、人员等发射流程开展全面演练，内容包含箭体总装测试、航天器和整流罩总装测试、与发射场接口协调、模拟发射、真实推进剂加注、故障演练等大项。通过芯一级、助推、芯二级发动机参加全箭合练工作的总结，对发动机在合练流程中存在的问题进行了分析，提出了改进措施，并提出了发动机相关总体问题及其建议，目标是获得相关工艺参数、优化发射流程、暴露问题，为首飞奠定基础。

六院液氧煤油发动机研制队伍高度重视本次合练任务，组建了 11 人的常驻队伍，另外配置了多名临时队员，紧密配合总体测试安排，保证人员就位，为按计划完成合练任务提供了有力保证。从 8 月份天津火箭出厂测试开始，多名队员放弃中秋、国庆假期，坚守在合练一线。

从 9 月 25 日箭体运抵发射场的两个多月以来，液氧煤油发动机合练队伍配合总体完成了产品交接检查、箭体吊装、分系统测试、匹配测试及四次总检查等全部技术区测试内容，终于在 11 月 23 日迎来了合练任务的重要里程碑——器箭组合体转场。

CZ-5 运载火箭是我国新一代大型运载火箭，配套四个助推器，每个助推器采用 2 台 120 吨液氧煤油发动机，芯一级和芯二级采用液氢液氧发动机，首次采用了五米箭径，运载能力达到 25 吨，成为我国运载能力最大的火箭，将用于发射嫦娥五号月球探测器。

通过本次合练，发动机满足火箭在靶场测试、加注、停放、泄出等全流程任务需求，虽然这期间发现了一些问题，但未影响整个合练任务的正常进行。根据合练过程中发现的使用维护不协调问题、设计不协调问题、流程不协调问题、测试不协调问题等，对其进行了改进完善，确保发动机在首飞测发流程中的协调性和适应性，圆满完成首飞任务。

暗夜深沉，多少人睡了，却依旧辗转反侧。此时，陈建华、刘站国、杨永强睡不着，披衣而起，讨论白天测试中存在的问题，分析、思考、意见碰撞，再初步形成工作流程。在思路逐渐清晰地时刻，才回去匆匆囫囵一觉，迎来晨星隐退的清晨。

上午 8 时许，高耸的脐带塔抱着巨大的火箭缓缓移出总装厂房，CZ-5 运载火箭第一次在世人面前露出了真容。无数工作人员注视着他们倾注了万千心血的火箭，追随着缓缓移动的火箭，一直到火箭进入发射塔。

火箭进入发射区，标志着合练第一阶段任务进入冲刺阶段。在发射区进行最后的发射测试和准备工作后，12 月上旬开展真实加注、模拟发射和后处理流程，液氧煤油发动机试验队将迎来工作最为繁忙的时刻。

在为期 130 多天的工作中初步验证了全新火箭、全新发射场、全新地面发射支持系统的接口协调；验证了吊装起竖、测试、转运等流程为首飞的发射奠定了扎实的技术基础。

可以说这是航天史上流程最为复杂、组织难度最大、安全风险最高的一次发射，全面验证了航天史上多项具有开创性的关键技术。

从当初的一个设想，到今天产品真实地伫立在眼前，整装待发，几十年来，大家坚持不懈地坚守，技术攻关的路上以蚂蚁噬骨般的精神一点点行进，才创造出今天惊人的奇迹。也见证了这群人对航天液体动力事业的不懈追求和奋斗，对梦想不辍前行夜以继日的追随。

靶场合练难得有一次合影照相的机会

本次合练，得到了院所领导的关心。时任副院长栾希亭于箭体匹配测试期间到场指导工作；时任院长谭永华、副院长周利民，11 所所长李斌、7103 厂厂长魏超在火箭转场前到场指导工作，并共同见证了 CZ-5 火箭首次亮相的历史时刻。

首飞前一波三折

2016 年 11 月 3 日上午 10 点。长征五号运载火箭已经完成了液氧的加注工作，但是，一个不祥的数据如巨大的阴影笼罩在所有人的心头——助推器的排气管发现泄漏。历史，有时在某一个重大的节点总会惊人地相似，给人以警醒。刚刚过去的 9 月，美国太空探索技术公司的“猎鹰 9 号”火箭，当时也完成了液氧的加注，却在随后做相关测试的时候发生了爆炸。紧张，无处不在，空气，遇火能燃。相似的情况，会不会出现相似的结果？

逐一排查，结果很快水落石出。

长征五号运载火箭被很多人称之为“冰箭”。为什么这样说？因为它使用的是液氢、液氧这类的低温推进剂，特别是液氧，可以达到零下 200 多摄氏度。如果想让火箭正常点火，就必须把火箭发动机的温度降下来。

“你们的发动机已经加注液氧了，产品已经处于负压状态，如果这种状态不能得到解决，只能推迟发射时间，你们的发动机在加注液氧负压状态下，还能不受任何影响，完成后续的工作，最长能保持多长时间？”总体院急切地询问本次带队的 11 所型号总设计师。

此刻真是一语值千金！所有的压力顷刻间都落到型号总师的双肩上，他的内心变得相当的冷静，这不是一个简单的承诺，一个凭空臆想的数据，而是需要无数次地面试验技术，热试车技术进行攻关作为支撑，但愿这是本次发射前最后的一道坎。

“二十分钟。”根据相关组件反向防泄露设计、相关组件的结构，还有以前地面试车突发情况积累，型号总师艰难地得出这一数据，这一简单的数据饱含着作为一个科技工作者的艰巨使命。

长征五号发动机研制过程中，开展过很多模拟试验及验证工作。比如，对一些关键组部件进行反向泄露设置，对发动机的负压承受能力进行逐一分析。为了降低发射实施风险，研制团队已经开展了低温推进剂加注后连接器不脱落状态下推迟发射技术的专项研究工作。

通过细致入微的仿真分析、严谨全面的试验论证，整个研制团队先后攻克了液氧蒸发量的控制、输送系统阀门低温防护等难题，取得了大量的技术突破和成果。“如果把低温推进剂加注作为火箭发射准备就绪的标志，那么通过对这些工作的研究，提高了发动机对任务的适应性。”队员杨永强补充介绍。

其实，为了确保发射取得圆满成功，这支发动机研制队伍在日常的工作中采取了一系列加严措施，强化质量管控。团队带头人刘站国经常说：我们不怕暴露问题，只要发生问题，一定要真抓实干，举一反三，解决问题，积累经验。通过全面落实责任制，择优配套产品、加强实验考核、严格技术状态管控、加强风险分析等各个方面的工作做好研制过程中的质量控制。

“严、慎、细、实”的工作作风，始终如一地贯穿于整个工作中。在地面做了许多的可靠性试车，一步一个脚印。为了尽可能地降低风险，减少技术首次应用带来的不确定性，研制人员一直在努力。比如，建立故障树，多做预案分析。他们对推力室系统进行了严格的设计，采用了大量创新技术和产品。

一直以来，航天产品都是以高质量、高要求著称。对每一个零部组件都有完整的考核体系，任何一个指标的瑕疵都逃脱不了被淘汰的命运，就这样通过层层筛选、优中选优，在点滴中汇集能量，在细节中见证不凡。

万事俱备的胜利当然不少，但机会却总是在悬崖峭壁或风急浪高中稍纵即逝。

当晚 7 点 28 分，试验队员冒着危险，往返于加注完毕的火箭周围，参数一个个调整，火箭终于“退烧”了。

处理这个故障耗费了许多的时间，发射的窗口不得不调整到当晚的 8 点 40 分。发射前的负三分钟，发射口令已经发出，但是，有一个连接器未反应完成返回信号。万万没想到，就在发射前的几分钟却出现了这样的中止发射的请求。这应该也是中国航天发展史上的第一次。

时间不等人，怎么办？

排除故障，紧急进行中……

所有的相关单位都被调动起来了，大家的心都提到了嗓子眼。卫星方设计站出来了，给出结论：可以完成本次发射任务。连接器未及时返回信号要求仅仅是为了满足发射窗口的要求，为的是让卫星更加精确地入轨。

终于“10，9，8，7……”这一连串的数字在试验大厅响起，空气似乎都凝固了，大家瞬间大脑一片空白，这是极度紧张后的一种“思维短路”。

这一刻，地动山摇！这一刻，载入史册！掌声、欢呼声、哭声连成一片。一路走来，真是太不容易了，太多的艰辛、辛酸，每一步都是洒下的汗水。如今，终于成功了，胜利的凯歌奏响在祖国的最南端。

在这个不寻常的夜晚，团队里年过八旬的老院士张贵田，他爬满皱纹的额头，书写着的是厚重的欣慰和狂欢，每个毛孔都洋溢着开心。这是中国航天发展史上的一座丰碑，这丰碑凝聚了团队成员渐次风化的青春，记录了那激情燃烧的岁月，还有无数跋涉的艰辛。

尾声

回顾120吨级液氧煤油发动机研制的历程，从对发动机的“一无所知”到掌握了一大批具有自主知识产权的成果；从国产煤油发动机可行性试车到关键技术集成联试成功，从面对起动技术的一次次失败到发动机的长程试车。研制之路披荆斩棘，硕果累累，带动了一系列新技术的拓展。

二十多个春夏秋冬，忆往昔，峥嵘岁月稠。你我携手，攻坚克难，终于托举了一个民族飞天的梦想。

二十多年的技术攻关，一分耕耘，一分收获。广大科技人员顽强拼搏、团结协作，突破了一个又一个的关键技术，使发动机的设计、生产和试验技术跨上了新高度，达到了国际先进水平。

人们不会忘记历史，更不会忘记这段航天发展史上的一段传奇。带着对探索太空之谜的渴望，带着对神秘太空的美好遐思和向往，这支队伍将精诚团结，乘胜前进。

（本章节照片由11所宣传部提供）

制造篇
三箭穿云惊寰宇

序章

“现在播送一条刚刚收到的消息：我国新一代大推力、高性能、无毒、无污染、低成本、高可靠性的 120 吨级液氧煤油发动机 600 秒试车成功！”

2006 年 7 月 3 日晚 7 时，中央电视台《新闻联播》播出了一条令美国、俄罗斯等世界航天大国对中国航天表示惊愕和赞誉的新闻——在液氧煤油发动机试车轰鸣、火光耀眼的电视画面背景中，时任航天科技集团六院（航天推进技术研究院）院长谭永华面对中央电视台记者的采访，侃侃而谈：

“120 吨级液氧煤油发动机的试车成功，将为我国载人航天工程、月球探测工程以及下一步深空探测工程奠定坚实的动力基础，将使我国长征火箭近地轨道的运载能力从现在的 9.2 吨提高到 25 吨。这意味着，中国走向太空的‘天梯’将延伸得更高更远……”

“啊！成功了！我们终于成功了……”

刹那间，位于十三朝古都的西安南郊，被誉为“中国航天动力之乡”的航天六院沸腾了，人们欢呼着，跳跃着，每个人的心里都绽放着绚丽的火花。

这是理想的火花，更是智慧的火花。

此时此刻，航天六院 7103 厂的 3000 余名职工，更是热泪盈眶，沉浸在常人无法体会的幸福与喜悦之中，激动的心情，无法用语言来形容。为了这一刻的到来，7103 厂人为之奋斗了多少个日日夜夜，有谁说得清？战严寒、斗酷暑，洒下了多少辛勤的汗水，放弃了多少休息，割舍了多少至亲至爱至情，忍受了多少病痛折磨，克服了多少难以想象的困难……不就是盼着这一天吗？

借得他山石　圆我飞天梦

“一代新设计、一代新材料，一代新工艺。”没有好的设计、材料、工艺和制造技术，搞航天发动机等于无米之炊。强调自主创新，既不是闭关锁国，也不是关起门来一切从头做起，而是积极创造条件，引进新技术，提高新起点，少走弯路；更不是单纯的测绘仿制，而是在技术引进的过程中，特别注重消化、吸收环节，从而实现再创新。

20 世纪 80 年代，中国的长征系列火箭虽说有自己独特的优势，但与世界航天大国相比，还有不小的差距。单就火箭动力系统来看，中国的航天发动机推力小、循环方式落后、性能低，采用偏二甲肼有毒有污染的推进剂，与世界航天发达国家相比，至少落后了十年。中国航天要想在未来世界占有一席之地，就要尽快研制新一代火箭发动机，而且要高起点、高标准、向国际一流水平看齐。

发展航天，动力先行。从国内外研制情况看，每一个新型号火箭的投入使用，发动机的研制往往要提前 5 至 10 年。对未来大型运载火箭和天地往返运输系统的研究，世界航天大国都在寻求一种高性能、廉价、无毒、无污染和便于维护使用的运输工具及发动机。凡事预则立，不预则废。所以，中国也不能落后，从现在开始，就应该探索研究……

1988 年 11 月 15 日，苏联能源号火箭从拜科努尔发射场 2 号发射台发射升空，进入一条近地点 247 公里、远地点 256 公里的轨道。这是一次无人测试飞行，由于计算机存储能力限制，“暴风雪号”只环绕地球飞行了 2 圈，3 小时 25 分后成功返回地面。

“暴风雪号”航天飞机发射以后，苏联公布火箭所用的燃料是液氧/烃，美国人也不知道苏联用什么烃，性能很高，高出常规发动机 30% 以上。1991 年 12 月 25 日苏联解体后，因俄罗斯经济极端困难，对外出售航天发动机以解燃眉之急，秘密这才得以揭开。原来，他们使用的是，液氧煤油发动机！

1989 年，苏联领导人戈尔巴乔夫访华，标志着中苏关系开始正常化。中国航空航天工业部领导不失时机地抓住这千载难逢的大好机遇，组织早期留苏归国人员积极与苏联航天机构沟通、交流，以加速我国航天技术的发展进程。

1990 年初，中国航天高层人士去苏联，看到苏联的 RD-120 液氧煤油发动机采用了高压补燃循环等一系列先进技术，解决了美国人没有解决的技术难题。该发动机是苏联十多年技术研究的结晶，代表着液体火箭发动机技术的世界先进水平。

1990 年 7 月 12 日至 25 日，苏联通用机械工业部副部长高普捷夫访华，同航空航天工业部副部长刘纪原正式签订中国购买苏联三台 RD-120 液氧煤油发动机的协议书。由此，中国航天人，踏上了一条布满荆棘的引进、消化、吸引再创新的研制之路。

“涡轮盘”巧夺天工谁能比

创新，是液氧煤油发动机研制的根本道路。核心技术和关键技术的每一次突破，都凝聚着 7103 厂攻关团队勇于创新的心血和善于钻研的智慧，流淌着甘于寂寞的汗水，浸润着乐于奉献的情怀。

“听说〇六七基地要搞液氧煤油发动机？这不是在开玩笑吧？”

正当〇六七基地 11 所、7103 厂、165 所研制攻关团队经过多方论证，将液氧煤油发动机作为未来航天动力的发展方向，同心协力地开始研制时，质疑声不绝于耳。

国内有个别专家担忧：我国基础研究较为薄弱，要研制出这样的高技术航天发动机很难，不管是在设计上，还是在材料上、工艺上、试验上，都很难突破这些关键技术和核心技术。

国外有的专家疑虑：即使中国能把液氧煤油发动机设计出来，也无法制造出来。该发动机是世界航天动力的“珠穆朗玛峰”，只有苏联掌握其设计制造技术，连美国试了试都觉得太难，只能做罢，现在只买苏联的成品发动机。中国能研制成功吗？

……

1991 年 3 月 29 日晚上，秦岭深处的嘉陵江畔，垂柳依依，江水潺潺，春风习习。

此刻，位于江畔的〇六七基地大礼堂内，灯火辉煌，气氛热烈。〇六七基地主任张贵田在基地所、厂领导和各军品处室、车间领导、设计、工艺人员参加的液氧煤油发动机研制动员大会上强调指出：

“我们为什么要下定决心、竭尽全力研制液氧煤油发动机？——因为这是一项造福于国家、造福于人民，使我国快步跨入世界航天强国之林的史无前例的大工程。

“RD-120 液氧煤油发动机的魅力是显而易见的，一是推力大，二是没有污染，三是成本低，四是可靠性高，五是可重复使用。”

说到这里，张贵田沉思了一下，睿智的双眼望着台下的航天精英说：“古人说得好，‘不谋全局者不足以谋一域，不谋万世者不足以谋一时’。现在，我们遇上了这天时、地利、人和的大好时机，遇上了这利国利民、独具魅力的新一代航天发动机，我们有什么理由不尽快拿下它！志不休者虽难必易，行不止者虽远必臻。正因为液氧煤油发动机是当今世界航天动力的‘珠峰’，我们的攻关团队才要顽强拼搏、百折不挠、扎扎实实，一步一个脚印地突破每一个关键技术和核心技术，才要登上液氧煤油发动机这座‘珠峰’，把我国航天发动机技术推向世界领先水平，而懦夫和懒汉是永远不可能享受到攀登峰顶时的喜悦和幸福的！

“现在，摆在我们面前的问题不是液氧煤油发动机干不干的问题，而是如何快上、快干、大干的问题——引进、消化、吸收和再创新几个阶段的目标是什么？用多少时间？什么条件？什么措施？从现在起我们就要做好准备，一分钟也不能耽搁……”

张贵田充满激情的讲话，赢得了一阵暴风雨般的掌声……

“要知道梨子的滋味，就得吃一口！”在国防科工委和航天部领导的亲切关怀、大力支持下，〇六七基地加快了液氧煤油发动机研制的步伐。

通过不断与苏联同行专家进行技术交流，7103 厂攻关团队对 RD-120

液氧煤油发动机技术的认识在不断深化，从而使工艺人员获得了材料和关键工艺技术等方面的大量技术信息，初步摸清了该发动机的核心技术和关键技术，初步掌握了突破这些核心技术和关键技术的途径和方法，进而为跟踪和研究世界航天动力高科技、研制我国新一代航天发动机奠定了坚实的基础。

微石能铺千里路，努力能攀万丈峰。

从此，英勇善战的 7103 厂研制攻关团队，以“一万年太久，只争朝夕”的精神在搏击着，创造着，正张开风帆，开足马力，驶向胜利的彼岸，用自己的汗水、智慧，描绘着液氧煤油发动机美好灿烂的蓝图，书写着无愧于时代的篇章。

“你俩先看看！”

时任厂长王新敏拿出了一张图纸对谢林军和邹裔说。

“这是什么图纸？”面对着那曲里拐弯的图纸，两人一头雾水，看了半天也没看出所以然来。

“它叫涡轮盘。”

“涡轮盘？”

“对！它的全名应该是——‘带叶冠变截面扭曲叶片涡轮盘’。”

“这么拗口的名字！”两人对视一笑。

“如果说，液氧煤油发动机是火箭的‘心脏’，涡轮泵是发动机的‘心脏’，是衡量一个国家科技工业实力和综合国力标志的话，那么，这个‘带叶冠变截面扭曲叶片涡轮盘’，就是液氧煤油发动机的‘心脏’中的重要部件，它被誉为航天动力皇冠上一颗璀璨夺目的明珠。可以这样说，谁掌握了这项尖端技术，谁就拿到了攻克液氧煤油发动机的金钥匙。”

“皇冠上一颗璀璨夺目的明珠！？”两人愈加惊愕。

“对！”王新敏肯定地说，“在由数以万计的零组件组成的发动机中，‘带叶冠变截面扭曲叶片涡轮盘’是不可或缺的核心技术和关键技术之一。

它的研制成功与否，直接关系到整个发动机的成败。”

“这么厉害！”

“是啊，你俩千万别小看这个涡轮盘，它的结构极为复杂，工作环境异常恶劣，性能要求特别高。由于传统的铸造等工艺方法本身的缺陷，难以保证涡轮盘在那种高温、高速、高压的环境中万无一失地工作，因此需要进行整体加工。”

“对于这种‘带叶冠变截面扭曲叶片涡轮盘电火花整体加工’，国内就没有一家涉足吗？”谢林军问。

“没有。”王新敏说，“通过互联网搜索国际上关于这方面的资料，也是一无所获。为此，航天工业总公司和〇六七基地专门立项进行研究，在咱厂成立了以郭国长为组长的‘带叶冠变截面扭曲叶片涡轮盘电火花整体加工’课题攻关组。你们两人主要负责加工。怎么样？小谢、小邹，你们有信心攻克这座‘珠峰’吗？”

“组织上这么信任我，我当然有信心……只是，这样的工作我可从来没干过呀！”谢林军说。

“没干过——学呀！学在苦中求，艺在苦中练！对你这个计算机专家来说，一张白纸，没有负担，好写最新最美的文字，好画最新最美的图画呀！”王新敏鼓励道。

“电火花加工我倒是经常干，只是不知道从国外购买的六轴设备回来了没有？”工艺员邹裔问。

“这正是我要告诉你俩的——”王新敏说，“由于美国及欧洲一些国家禁止向我国出售六轴设备，致使当初立项报告里的六轴电火花加工方案无法开展。怎么办？求人不如求己。现在，唯一的办法就是在现有的五轴基础上做六轴电火花加工方案！我知道，缺少一个轴，其加工难度则是指数级数上升，无形中增加了攻关的难度。然而，人要闯，马要放，只要脑筋动得好，不怕窍门找不到。你俩就大胆地干、大胆地闯吧！有什么困难找我……”

这是一个锻炼人的技术领域，“带叶冠变截面扭曲叶片涡轮盘电火花整体加工”的课题在中国几乎是前所未有的；这是一个出成果、出人才的年代，一个有才华的新兵，很快就能成为将军！

“他们可以对我们进行技术封锁，不向我们出售六轴设备，但没有人能封锁得住我们创新的激情！”在无数个夜以继日的攻关中，谢林军和邹裔刻骨铭心地铭记这句话、践行着这句话。

为了做出五轴电火花加工方案，谢林军和小邹查阅了大量的资料，经过反复论证，认为可以将第六轴的动作分解到电极本身，然后设计异型电极来解决涡轮盘的加工。该方案得到航天工业总公司、〇六七基地和工厂的批准。

然而，说起来容易做起来难！实际攻关的过程中难度比想象的要大得多。一度几乎使整个攻关工作无法继续进行。

“成功的花儿，人们只惊羡它现时的明艳，然而当初它的芽儿，却洒遍了牺牲的雨雪，渗透了奋斗的泪泉。”

不知经过了多少次的全面反复，不知熬过了多少个沉沉的黑夜，草图画了一张又一张，数据算了一遍又一遍。谢林军急得嘴角起了泡，邹裔急得整夜睡不着觉……谢天谢地，终于设计出了加工用的电极！这犹如在黑暗中前行的人们看到了一丝希望。

然而，当谢林军和邹裔寻找加工单位时，却没有一家单位能够完全看明白设计的图纸！尽管经过耐心的沟通，但一说到加工，没有一个人不摇头的：“你还是另找高人吧，这活儿我们可实在干不了……”

一时间，“带叶冠变截面扭曲叶片涡轮盘电火花整体加工”，成为张贵田院士和王新敏厂长牵挂的大事。

张贵田说：“我们办事，从来不在一棵树上吊死，但涡轮盘却只能挂在电火花整体加工这棵树上了。我们能不能换一个思路——利用别人的设备，自己去解决电火花加工的问题，也就是说，在别人的树上，结出我们自己的果实。”

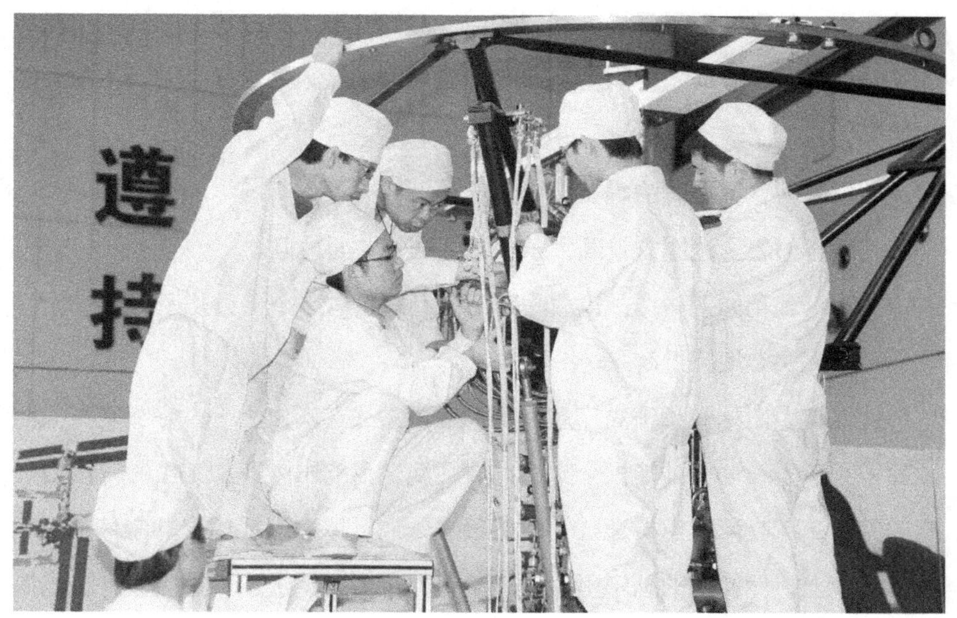

总装车间职工正在研究装配布局

王新敏说：“这倒是个绝好的创意，求人不如求己，小谢、小邹，你们就大胆地干吧，时间紧迫，要确保后墙不倒，有什么困难，我们全力支持你……”

于是，谢林军和邹裔带着程序和数据，在别人的设备上自己进行试验。遇到加工时解决不了的问题，就修改电极的设计图纸……

1998 年 1 月，工作最紧张的时候，谢林军的儿子出生了，初为人父的谢林军哪有时间照顾孩子和妻子。他亲了亲儿子红彤彤的脸蛋，内疚地对妻子说：“对不起，那活儿正处在关键时刻，一分一秒都不能耽搁，我实在脱不开身……”

“你去吧，这里有咱妈呢。”妻子说。

“咦，你怎么刚去就回来了？”课题攻关组组长郭国长关心地问。

“嗨！我放心不下咱们涡轮盘这个宝贝儿子！”

没多久，邹裔的儿子也出生了。他匆匆忙忙地看了一眼，握着儿子胖乎乎的小手，为难地对妻子说：“你知道，‘带叶冠变截面扭曲叶片涡轮盘电火花整体加工’，可是〇六七基地专门立项的关键攻关零件，千万不敢有任何闪失，我得走了……”

“你去吧，这里有咱妈呢。”妻子说。

“咦，你怎么也刚去就回来了？”郭国长关心地问。

“嗨！我和你们一样，也放心不下咱们涡轮盘这个宝贝儿子呀！”

三个人会心地笑了起来……

就这样，谢林军和邹裔栉风沐雨、日夜鏖战在岗位上……好在有家人照顾妻子和孩子，他们才能把全部精力放在涡轮盘的电火花加工上——没日没夜的劳累，邹裔两眼熬得通红，依然顽强作战；体力消耗透支的谢林军也倒在了病床上，然而他的脑子里却丝毫没有停止考虑精加工电极的设计，当病情刚刚有了好转，他拔掉针头，赶往机房……

涡轮盘采用某型号高温合金锻件，其具有 34 个带叶冠的三维扭曲叶片，叶片间最小间距仅为 4 毫米。经论证，若采用高温合金铸造成形，叶型精度低、缺陷多，无法承受高温、高速等强冲击动载荷；其叶片最佳工艺方案是采用电火花加工成形，这是联试装置研制最关键的技术。

谢林军和邹裔在泵高压壳体涡道叶栅电火花成型技术的基础上，通过对涡轮盘三维扭曲叶片结构和技术要求的分析，调研国内外情况，查阅大量技术文献，讨论制定了攻关技术方案：首先开展二维带冠不扭曲叶片的加工试验，在取得成功经验后，开展三维带冠扭曲叶片整体涡轮盘电火花加工；采用计算机工作站，解决带叶冠扭曲叶片整体涡轮盘的数学模型的建立、叶型特征参数的分析提取、加工电极的设计、加工运动轨迹的计算模型建立与分析、电火花加工程序设计与编制；利用慢走丝线切割机床，解决特型电极的制造；开展电极材料的对比分析研究、关键工装的设计与制造、利用三坐标测量机对扭曲叶型面的检测；通过先粗加工去除大部分加工余量，再精密成型叶片……

精加工电极有点像用紫铜做的勺子，工作型面为特型曲面，仅约 2.5 毫米厚。经分析研究，电极特型工作曲面是由一条线沿着一条空间曲线运动而成，所以在五坐标慢走丝线切割机床上利用电极丝的摆角和各坐标轴的运动是可以将电极型面加工出来的。由于是在外协单位进行试加工，发生了加工不稳定、断丝、型面不光滑、误差大、工件变形等问题。为了解决此问题，郭国长和谢林军、邹裔与外协单位的技术人员在现场分析讨论，查阅资料，讨论改进、优化线切割工艺，并在计算机上反复分析、计算，加密坐标点，采取了一系列改进措施。每天加班到深夜，有时，肚子饿得咕咕叫，实在撑不住了，就在路边的小吃店买碗面条充饥……经过半个多月上百次试切，最终加工出了合格的精加工电极。

凭着扎实的功底和不达目的誓不罢休的韧劲，谢林军和邹裔删繁就简，科学求证。智慧，总是在最困难的时候迸发出来的；创新，来源于技术与知识的坚实储备，来源于精益求精的科学精神。一次次不厌其烦地创新试验，一个个不断优化的设计方案，一回回独出心裁的精雕细刻——经过无数个日日夜夜的刻苦攻关，“带叶冠变截面扭曲叶片涡轮盘电火花整体加工”的难题获得突破，最终在五轴电火花机床上加工出符合要求的带叶冠变截面扭曲叶片涡轮盘，并独创性地使用了电火花加工领域里的“鼹鼠加工法”……

不受一番风霜苦，哪得梅花放清香。

1998 年 11 月 15 日，当一个银光闪闪、精美绝伦的涡轮盘展现在航天工业总公司前来进行课题鉴定验收的领导和专家的眼前时，专家们惊讶得睁大了双眼，仿佛看见了稀世珍宝——

“啧啧！这么漂亮的涡轮盘我还是第一次见，太完美了！”总公司领导由衷地高兴。

“我真没有想到，你们在加工条件这么艰苦的情况下，匠心独运，能干出这样高难度的零件，可喜可贺啊……”总公司领导充分肯定。

“可不，玲珑剔透、巧夺天工啊！”航天专家们翻来覆去地用手抚摸着，欣赏着，赞不绝口。

在听完了技术总结报告和各项创新报告后，总公司专家组的鉴定结论是：“‘带叶冠变截面扭曲叶片涡轮盘电火花整体加工’属国内首创，达到国际先进水平，并有所创新。”

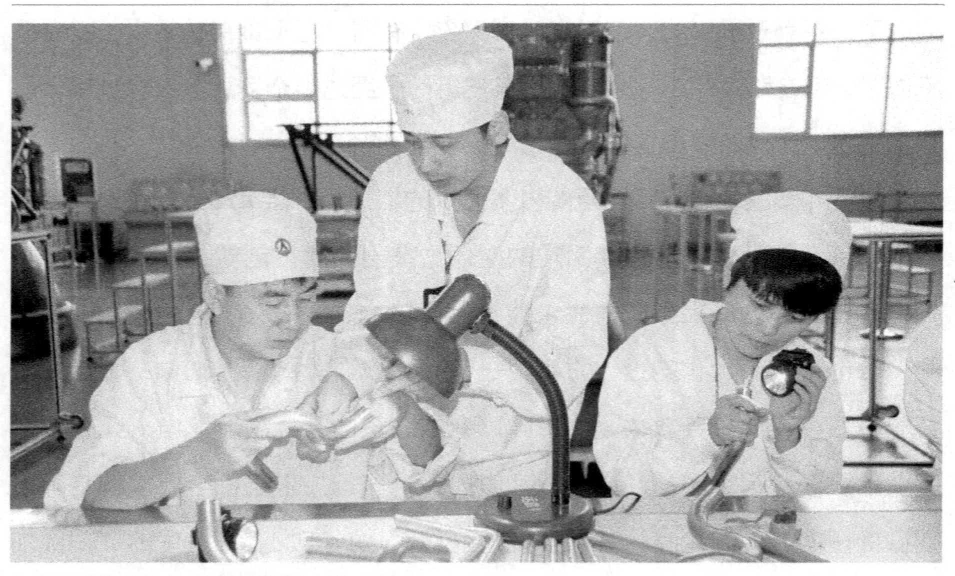

生产装配人员认真分析零部组件制造工艺

在随后的日子里，这个航天发动机的“心脏”涡轮盘——这个一次成功的“皇冠上的明珠”，经受了液氧煤油发动机首次热试车的考验，其涡轮效率完全达到甚至超过原先的预期值。该课题成果也被评为国防科技进步二等奖。

1999 年 6 月 20 日，《带叶冠变截面扭曲叶片涡轮盘电火花整体加工》论文被录为“第八届环太平洋国际空间会议论文”。

领奖归来，张贵田语重心长地对谢林军和邹裔说：“‘带叶冠变截面扭曲叶片涡轮盘电火花整体加工’，你们只有经历过才知道其中的艰辛，这种艰辛，你们只有体会过才知道其中的快乐，这种快乐，你们只有拥有过才知道其中的珍贵。好好干吧，航天事业需要你们这样的青年才俊……”

不克“铣槽”不歇心

这是一个多么可敬可爱的课题攻关团队啊！正是由于他们倾注了满腔的热血，才会以如此神奇的速度创造出了举世瞩目的辉煌成就。也许，正是由于他们如此锐意进取，才使中国航天动力技术实现了一次又一次辉煌的跨越。

古人云：“凡事预则立，不预则废。”

俄罗斯和美国研制航天发动机的实践证明：给大型液体火箭发动机大喷管内壁铣槽，可以显著提高发动机的可靠性。

为了跟上世界航天发动机研制的步伐，填补我国大型液体火箭发动机大喷管内壁铣槽加工设备和加工产品的空白，为我国将来的天地往返系统的动力装置提供必要的条件，早在 20 世纪 80 年代初，〇六七基地和 7103 厂未雨绸缪，笨鸟先飞，将大型液体火箭发动机大喷管内壁铣槽作为预研项目。然而，大喷管内壁铣槽件设计出来了，如何铣槽却成为最大的“拦路虎”——普通机床无法完成。国内也没有现成的专用设备。怎么办？经航天部批准，大喷管发动机铣槽机床由 7103 厂提前研制。工厂高级工程师方群担任研制铣槽专机课题攻关团队的负责人。

这时，美国一家火箭公司知道后，愿意出售这种发动机大喷管铣槽机床。

“我们想自己干。”时任厂长张志新说。

“你们的工业基础这么薄弱，肯定干不了，也干不好的！”大鼻子美国人鄙视地说，“要知道，我们也是费了九牛二虎之力才研制出来的。这样吧，给你们算便宜一点，250 万美元一台。”

“这么贵！我们可买不起，还是自己干吧。”张志新婉言谢绝。

“等你们干不了的时候，可以随时来找我们。”大鼻子美国人说。

“外国人能干出来的，我们中国人也能干出来！不等、不靠、不要！中国的大型数控仿型铣槽机床，要流淌着中国航天人自己的血液！”时任〇六七基地主任张贵田坚决支持 7103 厂自力更生，自己研制。

从此，方群带领课题攻关团队跋山涉水，日夜兼程，走上了一条布满荆棘的道路……

这是一个风雪交加的早晨。

此刻，面容憔悴、精神极度疲惫的方群刚走出北京火车站——由于车上人太多，他几乎是站了一天一夜。刚出北京站，风卷着雪花，呲裂地痉挛地怒吼着、咆哮着，蛮横地卷起漩涡，在地上旋转、奔腾、乱滚着向他扑来。马路上遍地是雪。迎着风雪，方群踉踉跄跄地走着，忽然“唰——”的一声，方群脚往后一滑，整个人朝前重重地摔倒了，面部着地，两颗门牙磕掉在雪地上。方群挣扎着爬起来，步履蹒跚地向汽车站走去……

“李厂长，”方群用手绢擦一下嘴里伤口流出来的血，对北京机床厂李厂长说，“关于数控仿型机床的部件，我们急等着用，希望你们赶快交货……”

“哎呀，你怎么成了这般模样？”李厂长望着他肿得老高的嘴唇，忙让他到厂医院去治疗。

“不要紧，办完公事再说吧！”方群连连摇手，“我们着急呀！”

“行，就冲着你这精神，咱们马上就办！”

方群和课题攻关组的陈永利、徐新、郭忠富、邵建华等同志，不但没有搞过数控机床的设计，就连普通机床的设计也没有搞过。现在要搞一台大型数控仿型铣槽机床，谈何容易！

方群和课题攻关组不想就此放弃，他们咬紧牙关，对总体方案和机床的技术指标，反复调整设计思路，反复进行理论推导，反复进行试验，终于找到了一个较为实际的数控仿型铣槽机床方案：有针对性地购买国内各机床厂最先进的部件，进行改装和组装；自己只设计生产一些必要的连接件和专用工装。这样，不仅不需要去开发一套全新的系统和技术，而且可动用全国最先进的产品组合大型铣床。

铣槽机床配备的大型数控滑台，如到机床厂订货，需要30多万元，两年后才能交货。方群为了省钱，在这家机床厂的废料堆里找到一台废滑台，以废铁价格每公斤0.17元买了回来。另找一家机床厂加工；另买来滚珠丝杠、伺服电机进行组合装配。只用了一年时间，花了不到7万元就把承重7吨的数控滑台搞好了。数控分度装置，买一台需要25万元。方群他们自己设计制造零部件，只花了2万多元买了一个分度头就搞成了。

有一年3月，方群为一个急件在北京奔忙，刚有了头绪，又买了当日去大连的车票，请大连理工大学的一位老师搞协作。正当他要动身时，突然接到厂里医院的长途电话：妻子胆结石病重住院，要他立即返厂签字，给妻子动手术。怎么办？一手拿着火车票，一手拿着话筒，方群心急如焚。但他知道，此时此刻，没有什么比祖国的航天事业更重要。他对着话筒，向千里之外的妻子道歉，并恳求领导和医生，根据妻子的病情，全权处理。放下话筒，他毅然登上了去大连的火车……

铣槽机床已进入了安装调试的关键时刻，工艺审查亦进入大忙季节。

为了按时交付大喷管发动机，厂里采取了应急措施，准备购进一家机床厂液压仿型机床——这不但要花费几十万元，而且会降低大喷管铣槽的技术要求。

方群听后，心急如焚。他向厂领导立下了军令状：我们课题攻关组一定按时研制出数控仿型铣床，保质保量地完成大喷管铣槽加工的任务；绝不能让型号任务在我们这里误点！请不要外购那台已经过时的机床，把这几十万元省下来，用到更紧要的地方吧。

“方工啊，”时任厂长郑东方握着方群的手，感慨地说，“你们课题攻关组的军令状我看过了——艰苦奋斗、发愤图强、敢想敢为的精神令人可佩可敬！现在，外购计划立即取消！人常说，顶峰属有志之人，困难欺无名之辈！我深信你们能够排除万难，再接再厉，早日研制出我们自己的大喷管铣槽机！”

“厂长，你就等好消息吧！”

军令状激发了课题攻关组的创造力。为了尽快研制出数控仿型铣槽机床，大家夜以继日，为大喷管铣槽机倾注着烈火一样的热情，涌泉一样的智慧——集思广益、绞尽脑汁、独辟蹊径……为了抢时间，争速度，方群他们全方位“一条龙”作战，既是设计员，又是工艺员，既当采购员，又当搬运工，既当安装工，又当操作工……工作中需要干什么就干什么，根本无分内分外之分。

“千淘万漉虽辛苦，吹尽黄沙始到金。”

1989 年 5 月，大型液体火箭发动机大喷管数控仿型铣槽机床终于研制成功！研制经费仅用了 41 万人民币。用它加工的发动机大喷管燃烧室符合设计要求，完全满足了生产任务的需要，解决燃眉之急，经受住了主机 600 秒的长程热试车考验。

1990 年后，7103 厂开始研制液氧煤油发动机，然而它的关键件——推力室多段内壁铣槽，和传统的直线槽却大相径庭，它采用了螺旋槽结构——

槽子似九龙缠柱，盘旋在工件表面。螺旋槽不仅轨迹复杂，而且槽深、槽宽随轴向位置变化，槽子窄而深——最大槽深5毫米，最窄槽宽只有1毫米……当时像这样特别复杂的螺旋槽加工技术和加工设备，别说在7103厂处于空白状态，就是在全国亦无先例。一时间，如何加工出推力室多段螺旋槽内壁成为液氧煤油发动机研制的瓶颈。

工厂极为重视，立即组织副总师方群和高级工程师李红丽为首的螺旋槽铣槽专机课题攻关组进行攻关。

历经艰辛研制的螺旋槽铣槽专机为液氧煤油发动机研制立下了汗马功劳

山高高不过意志，石硬硬不过决心。在长达两年多的螺旋槽铣槽专机研制工程中，方群、李红丽和课题攻关组的同事们与北京第二机床厂、大连理工大学教授、技术人员一起，讨论、设计螺旋槽铣槽专机的整体结构，分析、优选电器控制系统。为寻求耐磨性能高的B轴转台，课题攻关组东奔转台之乡烟台；为寻找保证螺旋角的角度铣头，南赴云南机床附件厂；为解决高强度的铣头转接装置，北上河北黄骅……

在那难忘的日日夜夜，一个个方案艰难的诞生，一次次试验不断地进行。每当遇到险关阻拦、大河挡路，攻坚失败，大家情绪有些低落，气氛也变得格外沉重时，时任厂总工程师王亚平总是在最需要的时候来给课题攻关组鼓劲打气，激励大家：

“螺旋槽铣槽专机的研制是一个从设计—试验—修改设计—再试验—成功的螺旋式上升的认识过程，这是客观规律。国内外任何先进的设备都是从无数失败的挫折中诞生的。成功绝非一蹴而就。成功者往往是经过千敲百打的，失败是家常便饭，如果一遇到失败就放弃，那永远也别想得到成功的喜悦。我们决不能因为‘拦路虎’当道就丧失信心，决不让螺旋槽铣槽专机在我们手中成为遗憾！只要我们坚持下去，锲而不舍，一代名机就将诞生……”

在螺旋槽铣槽专机的研制过程中，作为主管工艺，李红丽已经多次往返北京，与机床厂协商讨论制定方案。那次，恰逢铣槽专机设计的关键时期，她不得不又一次丢下刚一岁半的孩子去了北京。李红丽的丈夫也是厂里液煤型号的主管工艺师，常年奔波在外。夫妻俩对自己的小孩，纵是千般不舍，但对“液煤”这个大孩子，更是心神所系，两人狠狠心咬着牙，把自己的小孩托付给了退休的老研究员邱师傅照看……

白天，李红丽忙着查阅图纸、提出改进要求，再连夜加班与设计员讨论方案，一遍一遍地演算，一张草图一张草图地勾画，一个方案一个方案地设定，一张张图纸飘过去了，一个个长夜流过去了，她揉了揉干涩的眼睛坚持着，第二天再做新的改善……

2012 年春节，李红丽一家到山东看望年迈的婆婆。谁知大年初二，厂里工人们在加班时，铣槽机刀杆断了，生产不得不中断。科研生产正处在紧锣密鼓、不可开交的关键时期，一接到电话，李红丽又风风火火赶回工厂——她心中比任何人都清楚：这些大宝贝们，都是非标准设备，没有成形的图纸和规程，样样都得工艺、维护齐上阵，商量着改进维修，遇上机器有毛病，真是比孩子头疼脑热还让人操心！

几度春风暖，几度秋风凉。课题攻关组驾驭着昼与夜疾驰，干得如痴如醉，多梦的泉水浸润着成功的种子——螺旋槽铣槽专机终于研制成功了！皇冠上的明珠光彩照人，色彩斑斓的梦想变为现实。对于李红丽和课题攻关组来说，苦是苦了点，可乐也在其中，但他们更看中的是万般苦中的那么一点儿甜。苦也苦到底，甜也甜到底！

部分参与铣槽研究的技术人员和技能人员合影

成功与汗水相伴，精品用心血凝就。

螺旋槽铣槽专机荣获航天六院科技成果二等奖。

课题攻关组马不停蹄，乘胜追击。

●攻克了复杂结构的螺旋槽加工工艺技术——

液氧煤油发动机推力室的五种零件都涉及螺旋槽铣槽加工工艺。螺旋槽在复杂型面零件上的槽深、槽宽、槽旋角度各不相同，传统的加工工艺已无法解决。课题攻关组通过计算机三维造型和计算机模拟加工，摸索出了在复杂型面上铣加工螺旋槽的工艺方法，通过大量的工艺实践，掌握了加工的一系列重要参数，针对不同结构的螺旋槽，编制出了不同的加工软件，完善了加工设备，成功地解决了各种螺旋槽的加工工艺难题。

压力逼出了胆量，胆量凝成了智慧，智慧结出了硕果。

几年过去了，在11所设计人员的紧密配合下，经过夜以继日的艰苦鏖战，7103厂各个课题攻关团队在液氧煤油发动机的研制中攻克了数十项新材料和关键工艺技术。

●攻克了32种特殊新材料的工程化应用技术——

由于液氧煤油发动机涉及液氧低温环境并采用高压补燃循环方式，长征系列发动机现有材料不能满足研制需要，在对引进发动机材料分析的基础上，课题攻关团队开展了对32种特殊新材料的研究和工程应用。这些新材料各自具有不同的特性和适应性，我国原来基本都没有研制和应用过，课题攻关团队对32种材料进行仔细地分析和工程应用研究，并制定其锻造、铸造、焊接、热处理、表面改性等各种规范和标准。这些新材料包括超低碳马氏体时效不锈钢、耐超低温铸造高强不锈钢、高强马氏体不锈钢、耐富氧燃气高温合金、耐热铜合金和一些焊料和焊丝、高密度石墨材料、抗氧化涂层等等。

●攻克了复杂结构喷注器钎焊工艺技术——

液氧煤油发动机推力室上的喷注器结构复杂，由内底、中底和数百个喷嘴组成，各零件之间采用了钎焊焊接，涉及的焊接材料有铜—铜、铜—钢、钢—钢。课题攻关团队通过对喷注器各零组件焊接过程中的热促导过程、热应力、热膨胀特性、钎焊料的填缝机理等理论分析和相应的理化分析，从钎焊间隙、产品结构和钎焊参数等方面制定了钎焊工艺方案和工艺参数。这些工艺参数经过了全尺寸模拟件的验证和喷注器的钎焊，证明工艺参数合理、有效，满足了使用要求。

●攻克了推力室铜—钢异种材料电子束焊工艺技术——

液氧煤油发动机推力室收扩段与扩展段内壁焊接，属铜—钢异种金属焊接，由于异种金属之间熔点、导热系数等的差别，研制存在连接强度低、气孔多、焊缝塌陷等问题。课题攻关团队通过大量的工艺试验研究，完成了铜合金—双相钢异种材料焊接性分析试验，焊接工艺对接头力学性能影响分析试验等工作，采取调整优化电子束流大小、焊接速度等工艺参数，采取背面垫板保护的方法，解决了推力室收扩段与扩展段内壁间的铜—钢焊接难题。通过艰辛的技术攻关，在 QCr0.8 铜与 S-03 钢焊接方面实现了航天领域的三个第一：第一次解决了发生器身部铜—钢扩散加压钎焊难题，并获得国防科技成果三等奖；第一次解决了发生器喷注器复杂结构铜—钢钎焊问题；利用电子束焊技术第一次解决了铜—钢熔焊技术难题；利用精密车削中心解决了离心式喷嘴精密加工问题等等。

●攻克了高强不锈钢精密铸造工艺技术——

120 吨液氧煤油发动机涡轮泵上使用了多种高强不锈钢铸件，主要包括八种铸件，涉及 S-08、S-04 两种新材料。课题攻关团队通过对这两种材料的铸造性能研究，对不同铸件进行了严格的补缩计算，通过工艺装备的设计制造和大量铸造工艺试验，已经掌握了 S-04 钢的铸造性能。

●攻克了隔热抗冲刷复合镀层电镀工艺技术——

为了满足推力室工作中抗燃气氧化的冲刷要求，120 吨液氧煤油发动机推力室收扩段和燃烧室的内壁表面，需要镀覆隔热抗冲刷复合镀层。课题攻关团队通过对复合镀层结合机理、影响镀层结合力主要因素的理论分析和模拟试验，制定了诸多工艺流程和行之有效的控制措施，通过收扩段模拟件试验验证，用改进后的镀层工艺生产的产品经过了单台发动机长程试车的考验，满足了液氧煤油高压补燃发动机的使用要求。

●攻克了抗氧化、耐高温的搪瓷涂层工艺技术——

涡轮泵燃气通道内表面要经受来自燃气发生器的高温、高压、高速燃气气流的冲刷，工作环境恶劣。为保证涡轮泵工作的可靠性并提高其使用寿命，在涡轮泵燃气通道内表面要求喷涂抗氧化、耐高温搪瓷涂层。课题攻关团队通过对搪瓷涂层成分、配比的研究及制粉工艺、涂层工艺研究，解决了抗氧化、耐高温搪瓷涂层喷涂工艺方法。通过大量的烧结工艺试验，摸索出了涂层的烧结温度，降低了烧结温度对基体材料的影响，消除了崩瓷和皱纹现象。完成了涡轮转子、涡轮静子、涡轮壳体以及燃气通道等产品零件的搪瓷涂层喷涂，达到了设计技术要求，并通过了试车试验。

●攻克了涡轮泵制造一系列关键技术——

经过大量分析、研究和试验，课题攻关团队建立了 S-04、S-08 高强不锈钢热处理制度，确保了产品的机械性能；用五轴五联动数控技术攻克泵扩压锥管空间特型面加工难题；用精密数控车削中心完成了泵壳体精密加工；由于泵离心轮 S-04 钢强度高、韧性好，加工黏刀，内花键无法用机械加工完成，课题攻关团队采用电火花、慢走丝线切割解决了内花键的精密加工难题。

●攻克了涡轮壳体技术堡垒——

涡轮壳体由高、低温段焊接而成；高温段由多个高温合金 GH202 锻件和涡轮静子 GH4202 焊接而成，课题攻关团队在研制中攻克了多项技术难题：运用线切割技术解决了大尺寸 GH202 棒材电锯无法下料问题；利用加热模压成型技术解决了 GH202 板材涡轮入口半弯管成形问题；通过优化机加与热处理工艺流程、优选刀具解决了 GH202 高温合金难切削的难题；通过优化焊接工艺和焊丝解决了 GH202 高温合金与高强不锈钢 S-03 焊接产生裂纹难题；利用真空气淬炉进行固溶合时效热处理，确保了涡轮壳体高温段机械性能；利用数控设备完成了涡轮壳体大尺寸精密加工等。

●与此同时，多项关键工艺技术亦被各课题攻关团队攻克——

7103 厂各个课题攻关团队的同事们是平凡的，就像是铁道线上那一颗颗不起眼的螺钉。然而他们的胸膛里、血液中，却律动着一个不朽的声音：

“为什么我的眼里饱含着泪水，因为我深爱着脚下这片土地。”

“联试”攻关捷报传

“周虽旧邦，其命维新。”液氧煤油发动机研制攻关如逆水行舟，再硬的骨头也得啃，再深的险滩也得蹚，再高的山峰也得攀。只有以“逢山开路、遇水搭桥”的精神，以超常的胆识不失时机地开拓创新，才能闯出一片新的天地，写下实现中国梦、航天梦、强军梦的历史新篇章。

从 1995 年开始，7103 厂有关液氧煤油发动机的工艺预研和工艺攻关课题就超过 110 项。时任该型号副总工程师李护林自身就负责或参与了近 20 项。这些课题项目涉及焊接、电火花加工、精密铸造、表面改性等多个领域，是 7103 厂有史以来攻关课题最多、参与人员最广、难度最大、持续时间最长的研制型号。这些工艺攻关课题没有任何经验可以借鉴，每一项课题都是在攀登耸入云天的悬崖峭壁，每一项课题都是在抢渡波涛汹涌的大江大河。

1998 年前后，随着液氧煤油发动机所需的超低温铸造高强不锈钢等 32 种新材料的研制成功、20 多种新加工工艺技术的重大突破——例如，攻克了复杂结构喷注器钎焊工艺技术、复杂结构推力室的铜—钢异种材料扩散钎焊和电子束焊工艺技术、高强不锈钢精密铸造工艺技术、涡轮盘整体电火花加工工艺技术等，使我国液体火箭发动机制造技术水平得到了大幅度的跨越和提升，这就为液氧煤油发动机首先将涡轮泵、发生器、阀门、调节器组成一个整体——“发生器—涡轮泵联试”打下了坚实的基础。

1998 年初，为尽快突破 120 吨推力液氧煤油发动机“发生器—涡轮泵联试”难关，〇六七基地提出了用一年的时间完成联试装置研制和点火试验的要求。

4月，“发生器—涡轮泵联试”装置设计方案通过了航天工业总公司组织的专家评审。

于是，联试装置研制生产工作的重担就压到7103厂人的肩上，这就意味着，联试装置的所有零部组件——涡轮泵、燃气发生器、调节器、工艺喷管、工艺机架、试车机架、预压泵及配套的各种阀门等，要在基地领导要求的10个月时间内完成。

为了按要求完成〇六七基地布置的艰巨任务，7103厂生产计划处确定了各阶段的研制目标、主要内容。对关键技术和核心技术集中力量打歼灭战，一个一个攻克——先把“发生器—涡轮泵联试”分解成若干项大的关键技术，其中关键材料、工艺技术等又分成若干小项。在每项关键技术攻关中，又科学地制定了详细的攻关计划——每个项目成立了课题攻关组，确定了攻关组负责人，制定了攻关计划，发挥全厂技术力量和资源展开了全面的攻关工作。在攻关过程中，尽可能通过零部组件的模拟、缩尺、水力、吹风、介质试验，选择合理的方案和参数。关键技术和核心技术先在零部组件状态获得解决，为后面的部件和发动机的研制奠定基础，节省研制经费和周期。

为了按要求完成〇六七基地布置的艰巨任务，7103厂成立了以总工程师郝忠文为组长的联试研制领导小组，组建了以设计、工艺处、生产处、质量处和有关车间领导、主管人员共同组成的研制工作协调小组。各处室、车间各司其职、迅速行动，立即组织开展了联试装置研制工作的策划与实施。厂每周四召开联试装置研制工作综合协调会，协调小组有关人员每天深入现场检查、随时协调技术、质量、生产进度、材料等各类问题。对泵、发生器、涡轮和氧主阀等关键、重要零部组件的加工、试验制定并实施了人休息，产品加工、试验不停，全天24小时进行工序周转或处理问题，加快研制进度，日夜鏖战。

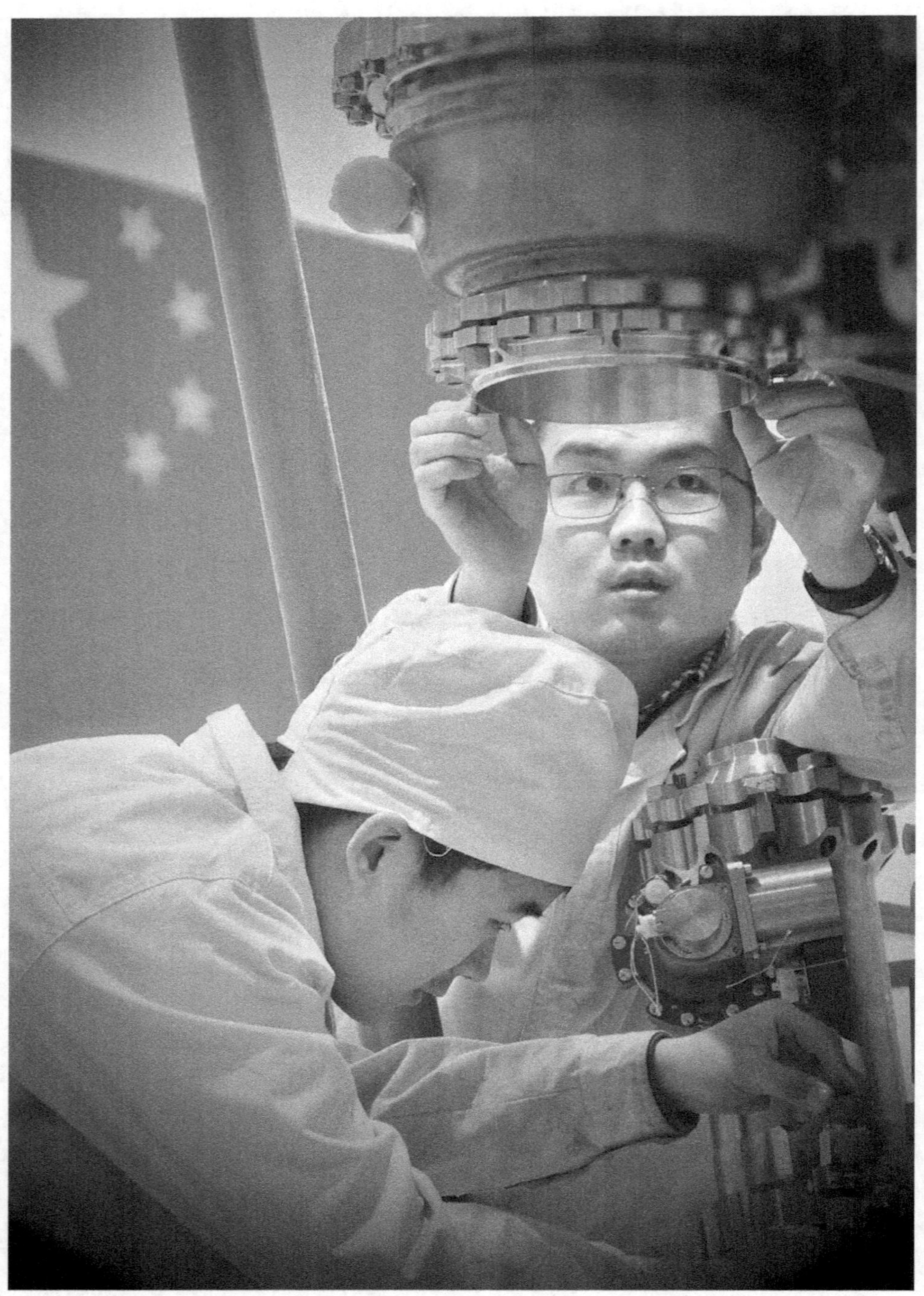

针对新结构、新材料、新工艺，开展工艺攻关

“只有找准方向，才能事半功倍！”郝忠文要求各课题攻关团队在研制之初将“建队伍、做计划”作为工作的重中之重，并亲自牵头规划出常规工作和关键技术攻关专题。用他的话说：“既要避免将苍蝇当老虎打浪费时间，又要避免将老虎当苍蝇打造成技术风险。”他从不担心研制团队告诉自己某项目无法推进，因为他坚信“办法总比困难多”。在他看来，液氧煤油发动机的研制就像跑长跑，在快接近终点的时候就会出现“高原期”，这就需要课题攻关团队的力量。因此，他很喜欢和研制团队讨论问题。他说，“理不辩不明，讨论问题、寻求答案的过程同时也是压力释放的过程。整个任务不是孤军奋战，是课题攻关团队的大力协同，从不同角度看待问题，会为解决问题提供更开阔的思路和更多方法。”

联试装置的涡轮泵、发生器结构复杂，课题攻关团队采用了大量复杂的新结构、新材料和新工艺。这些新结构、新材料和新工艺，都必须开展工艺技术攻关，要在短期内突破其关键技术，难度极大。工艺处首先组织厂技术人员开展关键技术及其解决方案的分析、梳理、讨论，并经〇六七基地组织的技术评审……

古人云：“天下事有难易乎？为之，则难者亦易矣；不为，则易者亦难矣！”

为了攻克喷注器钎焊、燃烧室钎焊、电子束焊接、铣槽、电镀、钣金喉部胀形等研制难关，在日夜鏖战的日子里，课题攻关团队的每一次技术攻关，从零起步，自主创新。像燕子垒窝一样，坚持不懈，一点一点地把窝加高；以水滴石穿的韧劲，攻克了研制过程的一个个技术难题；又用愚公移山的精神完成了难以计数的各种试验。

喉部收扩段的加工难度之大，令人望而生畏。喉部是发动机热流密度最大的地方，加工工艺稍有不慎将导致其烧蚀甚至烧毁，为此需要进行整体胀形。由于加工的变形量大，产品成型时多次撕裂，光模具就研制了几十套。

虽然经历了失败、改进、再失败、再改进等几十个回合，但大家毫不气馁，而是互相鼓励，总结经验，跌倒了爬起来再干，最后终于攻克了这道难关。

喷注器钎焊更是一只“拦路虎”！喷注器是液氧煤油发动机组织燃烧的关键，发动机的喷注器由大量直流离心式喷嘴钎焊而成，并采用隔板喷嘴分区。喷注器在钎焊的过程中，钎焊料的流失、喷嘴口的堵塞、钎焊缝的渗漏以及重复钎焊时喷嘴腐蚀等关键工艺困扰着课题攻关团队。

经过课题攻关团队的精心研究和反复试验，在成百上千次试验件加工和试验验证之后，终于研制出了可靠、合格的喷注器。

十几个回合的艰难攻关后，氧水试泵的零部组件终于齐套了。看看时间，已快到年底，基地要求两天后将组装好的氧水试泵送到 11 所进行水试，必须抓紧时间进行水试泵装配。经过产品配套、试装和返修，时间已过去了两个白天和一个夜晚，明天早上必须将氧水试泵送到 11 所，留给装配的时间就仅有一个夜晚。

当天晚上，厂副总工艺师郭国长、11 所设计人员和 35 车间的同志们吃过晚饭后就准时来到装配现场，课题攻关组下定决心：今晚一定要完成氧水试泵装配。

由于是首次装配这么复杂的氧水试泵，郭国长和大家一边研究、分析，一边指导工人装配，发现问题就停下来讨论解决措施。从泵架（水试工装）的装配，到水试泵产品轴承装配、间隙调整，密封与转动件跳动量的保证，几乎每装配一个主要零件、每检查一个技术指标都要多次反复装拆；有的零件装上不合适，大家立即分析原因，提出返修方案后又分解下来，马上拿到机加厂房去返修，技术人员现场配合，达到要求后，拿回来又继续装配；如此反复了十几次，才终于将氧水试泵装配完成……

看看窗外，东方的天空已出现了鱼肚白——整整加班了一个通宵。虽然大家已是精疲力竭，但是看到第一台氧水试泵产品在自己手中诞生，心里仍

1998 年 12 月，液氧煤油发动机研制攻关现场、联试装置正在紧张装配中

充满了无限的喜悦。

攻克了一系列技术难关之后，在第一台液氧煤油发动机涡轮泵装配前，首先对涡轮转子、离心轮、诱导轮进行单独动平衡，并通过外协，第一次实现了转动件整体动平衡；由于第一件涡轮盘电火花加工造成叶片缺陷，使涡轮转子平衡时去重量极大，无法进行动平衡，正当课题攻关组一筹莫展时，前来助战的时任厂长王新敏对大家说："不要着急，想想看，办法总会有的。挑战一件尚未有人做过的事情，这个过程本身就是一种宝贵的人生财富。咱们现在做的这个产品，就像是画家的作品一样，无论是否被世人所欣赏，都会令自己牢记终生。"

经过大家的集思广益，决定在涡轮盘上焊接一个大螺母，最终解决了动平衡问题。

接着，课题攻关组利用精密坐标镗床解决了涡轮与泵的精确定位、同轴度要求高等问题；经过多次试验，并改进工装解决了涡轮脱开式密封的装配、试验问题；调研氢氧发动机装配经验，利用螺纹涂 780 油膏，解决了氧系统螺纹副装配螺纹咬死问题；在 11 所六室的配合下，利用多个传感器，完成了轴向力加载与测试。

经过无数次艰苦努力，联试的各种零组件终于齐套了，这时已是 1999 年 1 月初，按照基地领导要求，务必于 1 月 25 日前完成联试装置装配，1 月 26 日回沟参加试车。在 10 车间的组织、动员下，由工人、检验、设计和工艺组成了联试装配突击队，迅速开始了联试产品的装配，每天晚上加班到深夜。由于第一次装配，各种条件都很不具备，大家充分开动脑筋，出主意、想办法，利用已有工装、工具、量具和设备等进行装配。设计、工艺现场配合，出现问题立即解决，有效保证了装配的顺利进行。

1 月 25 日，终于完成了联试装置的装配。

26 日，将联试装置运到了凤县红光沟厂房。当天试验队吃了晚饭后连夜开展了联试装置的再次内、外泄漏检查，电性能测试等工作，一直干到 27 日上午 10 点多才完成；接着又马不停蹄地开始装配点火导管，并对相关部位进行气密检查，合格后立即将联试装置装上卡车，下午 3 点左右运到 165 所 2 号试车台，进行交接检查后，成功交付 165 所。此时 7103 厂的工作才算是告一段落。

张贵田院士在联动试验前对课题攻关团队强调指出：

“与常规发动机不同的是，液氧煤油发动机补燃循环的氧化剂全部进入燃气发生器，流量达到每秒数百千克，压力达到几百个大气压，无法采用传统的挤压式试验方法。特别是高温燃气的安全排放成了研究的焦点，每秒数百千克的高温，富氧燃气排放后到底是烟还是火，是否遇物即燃，如何排放，如何消防？诸多问题都需要验证试验。所以说，这次‘燃气发生器—涡轮泵’

1999 年 1 月首台液氧煤油发动机研制攻关联试装置装配完毕厂领导与现场工作人员合影

联动试验，在世界航天界没有首例，这是咱们〇六七基地液体火箭发动机研制史上的创举。面对如此重要的试验，我们要全力以赴，做好各种预案，确保试验成功！”

1999 年 2 月的秦岭深处，报春的燕子在安河的水面上往来逡巡，空气中充满了它们呢喃的声音；太阳照射到的地方暖洋洋的，虽然有些角落还有已被阳光吸吮过的、没有融化净的残雪，但蓝湛湛的天空却显得更加深邃。河岸边，去年枯黄的野草下面，已经有了新的绿意……

2 月 6 日，在基地主任胡鸿福、基地副主任雷凡培和张贵田院士的陪同下，国防科工委的领导沈荣骏，航天总公司的领导、著名火箭专家刘纪原、任新民、沈辛逊、闵桂荣等来到了耸立在安河畔的试车台。

试车台上不断冒着白白的氧气，并发出“嗤嗤”声，喇叭里不断传来试验综合测试的指令，“啪”——试车台上偶尔传出电动气阀打开的声音，让大家紧张的心又砰砰加速跳起来。上午 11 点左右，拉响了第一次警报，液氧和煤油加注到泵前，并开始对联试产品进行预冷；到了 12 点半左右，预冷达到要求，一切准备就绪，拉响了第二次警报，台上人员全部撤离，消防抢险队整装待命。几分钟后，喇叭里传出指挥员的声音："开车前点名……10，9，8……2，1，开车！"刹那间只听得"砰——"的一声巨响，在导流槽水的汹涌澎湃声中，只见"燃气发生器—涡轮泵"喷管射出一股白烟，像一条巨龙，发出了雷霆万钧的吼声，直冲云霄。

"3 秒……5 秒……8 秒……10 秒！"

"关机！"

成功了！观察室里爆发了一阵热烈的掌声。"燃气发生器—涡轮泵"联动试验获得圆满成功！

"哎呀，太激动人心了！"观察室里，握着基地领导的手，沈荣骏说；"这是一个里程碑，这是一个新起点！希望你们再接再厉，争取液氧煤油发动机早日立项！"

国家"863"计划航天领域首席专家闵桂荣更是感慨万千："〇六七基地创造了'863'精神！在航天系统开展的诸多项目中走在了最前面！"

"不鸣则已，一鸣惊人！"刘纪原总经理的话语中充满着掩饰不住的欣慰："燃气发生器—涡轮泵联动试验圆满成功，标志着〇六七基地提前两年完成了'863'计划攻关任务，标志着中国人有志气、有能力研制出液氧煤油发动机——尽管这种发动机目前还处在初级阶段，但毕竟是第一次，是从零到一的突破……"

10 秒钟的试车，成功验证了燃气发生器、涡轮泵和 5 种阀门的设计方案与工艺路线的正确性，考核了闭式循环发动机的工况调整方法和起动过程动态仿真技术，全面考验了液氧煤油发动机核心技术和关键技术的攻关成果，验证了试车技术和试车程序，为发动机整机研制奠定了坚实的基础。

“863”专家委员会、国防科工委发来了热情洋溢的贺电：“此次联试成功标志着我国初步掌握了新一代液氧煤油发动机核心技术和关键技术，为我国火箭发动机技术发展掀开了新的篇章，为今后开展新一代运载火箭动力系统的工程研究打下了良好的基础，奠定了我国 21 世纪航天技术发展的基石。”

联试产品能够保质保量、按时研制生产出来是 7103 厂精心组织、周密安排、集智攻关，充分运用先进技术、先进工艺、先进设备的结果；也充分体现了 7103 厂的技术能力和职工顽强拼搏、甘于奉献的精神。

屡败屡战　丹心可鉴

鏖战液氧煤油发动机研制现场的 7103 厂人，绝不为艰难险阻所屈服。高度的责任感和使命感，被落实到每一个工作环节和细节上，睿智善战的攻关团队，用他们滚烫的热血和挥洒的热汗，攻克了一道道险阻难关，确保了液氧煤油高压补燃发动机研制的高起点、高质量、高速度。

在研制液氧煤油发动机的那些日日夜夜，7103 厂人心往一处想，劲往一处使，汗往一处流，互相支持、互相协作、互相体谅，坚持全局一盘棋、一条心、一个目标，荣辱与共，共渡难关。

参与，调动了课题攻关团队的积极性；

创意，激活了课题攻关团队的创造力。

为了研制出高质量、高水平液氧煤油发动机，各个组合件的课题攻关团队，牺牲业余时间，奉献出了一个又一个夜晚，放弃了一个又一个节假日，为发动机倾注了火一样的热情。集思广益，绞尽脑汁，独辟蹊径，一个个绚丽的创新“亮点”，在研制发动机各个阶段的大干中掀起了阵阵波澜。大家忘记了疲劳，只有责任装在心中。靠着顽强拼搏、严谨务实的工作作风夺险隘；靠着别出心裁的新思路、新技术攻难关。

然而，研制过程中的“拦路虎”，总是不期而至。

2001 年 4 月 15 日，中国航天史上第一台液氧煤油发动机整机在航天六院 7103 厂总装车间诞生。

如同飞机的起飞和降落是飞机最难控制，也是出事最多的时候一样，液体火箭发动机的起动和关机亦是最复杂、最难研制的过程，尤其是起动过程。在零点几秒内，发动机的转动要从静止状态加速到每分钟几万转的高转速，燃烧组件要从几十摄氏度的环境温度达到三四千摄氏度高温，起动过程的每个指令都必须精确到百分之几秒。任何一个环节设计有偏差，都可能导致发

液氧煤油发动机整机

动机故障甚至爆炸。

液氧煤油发动机的整机试车起动，从一开始就困难重重，起动问题仿佛一座云遮雾障的大山，令身陷其中的研制攻关团队，左突右冲，难以突围。起动问题久攻不克，一试就炸，大家使出浑身解数也难以制服这头咆哮的“雄狮”。

研制攻关团队永远也忘不了连续四次整机试车失败的骇人场景。

2001 年 4 月 26 日、7 月 25 日、9 月 28 日、12 月 6 日，四次整机试车，都先后遭遇到了失败。其中三次出现了爆炸。

在那“黑云压城城欲摧”的日子里，液氧煤油发动机整机试车起动过程连续四次失败，似黑云团团，压得发动机研制攻关人员抬不起头来，直不起腰来；似恶风嗖嗖，呛得发动机研制攻关人员喘不过气，迈不开步。

面对上上下下、左左右右、里里外外、前前后后的无形压力，研制攻关人员头比斗大，心似油煎。失落的表情挂在脸上，失败的阴影撞击着心扉。吃饭不知道啥滋味，睡觉不知道颠和倒，辗转反侧，一睡着就梦见发动机试车爆炸，火光冲天，浓烟滚滚……

一时间，国内外议论纷纷。

热嘲冷讽者有之：“没有金刚钻，就敢揽瓷器活，这回感受头碰南墙的滋味了吧？”

表示同情者有之：“这么难研制，没有几十个回合的跌爬滚打，是轻易上不去的。〇六七基地人屡败屡战，丹心可鉴……”

支持鼓励者有之：“为有牺牲多壮志，敢教日月换新天！从来炎黄多豪杰，千难万险我敢攀！六院航天健儿们，加油啊！”

面对情绪有些低落，气氛也变得格外沉重的液氧煤油发动机研制攻关团队，张贵田院士到 7103 厂给攻关团队撑腰、鼓劲、打气：

“液氧煤油发动机，是我们第一次接触，补燃循环也是第一次采用，自身起动也是第一次研究，所以，研制过程中遇到失败，这是自然而然的事情，就像小孩子学走路跌跤，这是铁的客观规律。没有什么值得畏惧的。从俄罗斯、美国到欧洲航天局，他们哪一款先进的发动机不是从无数次失败挫折中诞生的？有关数据表明，苏联在研制 RD-120 液氧煤油发动机期间，失败了多少次，恐怕连他们自己也记不清了。仅地面试车就进行了 392 次，共用了 137 台发动机，累计工作时间达到 97000 秒。”

张院士喝了口水，接着又说：“我们决不能因为这只‘拦路虎’就丧失信心，现在，我们首先要认清闭式循环和开式循环的区别，改变设计的思维模式，最后解决问题的不是别人，正是我们自己。只要我们坚持下去，锲而不舍，金石可镂。液氧煤油发动机就不会在我们手中成为遗憾！而将会在我们手中光荣诞生……”

基地领导三番五次，苦口婆心、循循善诱、入情入理的动员和鼓励，使攻关团队放下了包袱，开动了机器；鼓起了干劲，开拓了思路。

为了找到液氧煤油发动机起动接连失败的症结，11 所课题攻关团队，绞尽脑汁寻找问题的症结，利用模拟技术起动失败和爆炸的过程……经过半年夜以继日的艰苦攻关，设计师们终于找到了起动问题的根源。通过大量的仿真模拟，改进了流量调节器和燃料节流阀，开展了多项冷调试验，吃透了发动机起动过程的各种细节，在对各种方案和程序的组合进行对比优化后，选定了最理想的起动方案和起动设计程序。

摆在 7103 厂攻关团队的繁重任务，就是按照设计工艺要求，生产制造出全新的一台液氧煤油发动机。

攻关团队相信自己的力量，“明知山有虎，偏向虎山行”，只要是航天事业的需要，他们就要去奋力攀登，数月来，他们把多少个黑夜熬成了白昼，把多少次似火的朝阳熬成了满天繁星……他们也记不清了。经过昼夜奋战，终于保质保量地为第五次整机起动试车生产出了一台新的液氧煤油发动机。

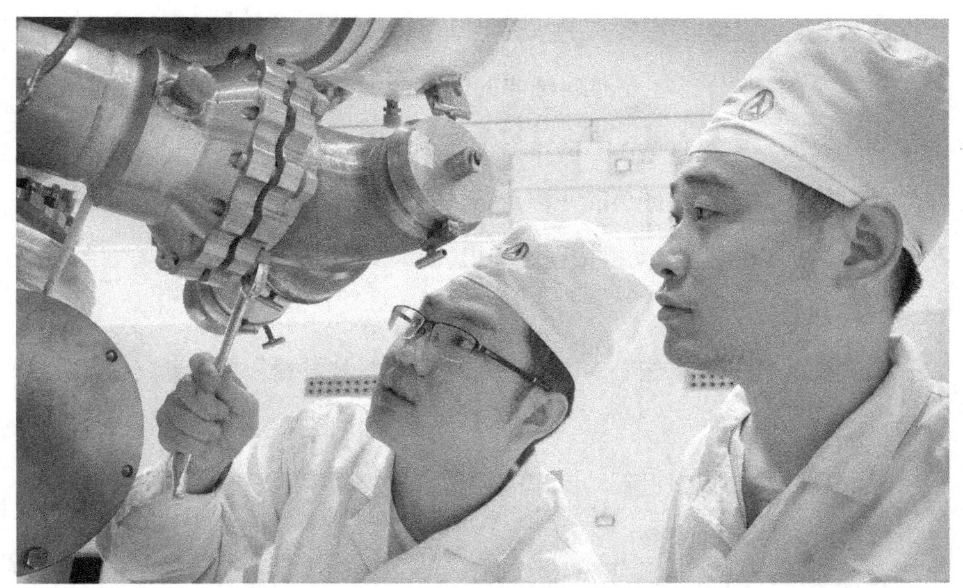

7103 厂人员开展工艺攻关

当课题攻关团队工作推进得不顺利时，时任 7103 厂厂长尹宝宜就会积极鼓励大家："创新是艰难的，因为咱们常常不被别人理解；创新是痛苦的，因为咱们要忍受一般人不曾有过的寂寞……但创新更是幸福的，因为咱们为中华民族的伟大复兴做出了应有的贡献。遇到困难，千万不要急躁，要潜下心来，一点点去排查，相信问题总能找到。"

当工作推进得顺利时，尹厂长又会及时"泼冷水"："要静下心来，去回顾所做的工作，不要留下隐患。"就这样，进展不顺利时鼓励大家坚定信心要自信，进展太顺利时提醒大家反思问题要谨慎。一轮轮地做工作，使得型号成功的同时，也打造了一支高素质的技术攻关队伍，而后者，是作为厂长的尹宝宜更为看重的。

2002 年 5 月 16 日的秦岭深处，是多么色彩绚烂、多么令人陶醉啊！此刻，安河两岸黛青色山峦上，青翠挺拔的松树、高耸入云的橡树，闲散而恬静地挺立着；一只只云雀，从天际深处飞来，发出动听的颤音，银铃样的歌声穿过云层，在山谷、在安河的水面上回荡……

下午2时45分，在安河畔雄伟的试车台上。165所的同志们，已经为液氧煤油发动机第五次整机起动试车做好了一切准备。

“开始！”随着指挥员的一声令下，发动机爆发出雷霆万钧的吼声——起动平稳，工作正常。发动机按程序关机，起动过程与仿真结果完美吻合——试验获得圆满成功。

攻关队员们抑制不住心中的激动，欢呼着，跳跃着，拥抱着，任泪水顺着脸颊流淌……

液氧煤油发动机整机起动试车的成功，标志着我国已成为世界上第二个成功掌握此项技术的国家！

壮怀不逐秋容变，为国效力不记年。

披星戴月，坚忍不拔，过关斩将，一座座堡垒在7103厂研制攻关团队的群体智慧和力量面前土崩瓦解，人们已经看到了“明珠”在前方不远的地方闪耀。

2006年7月，首台双向摇摆液氧煤油发动机单次试车工作时间突破600秒，中央电视台、凤凰卫视台同时播出了这一振奋人心的消息。

2007年4月，液氧煤油发动机首次突破万秒试车大关。

7月30日上午，古城西安的后花园——终南山北麓的抱龙峪，此刻，亚洲最大的液体火箭发动机试车台正在做液氧煤油发动机试车前的最后准备。观察室内，陕西省省长及众多来宾及六院职工，翘首以待那夺人心魄、撼天动地的热试车。随着指挥员一声令下——“点火”，液氧煤油发动机以雷霆万钧的吼声使天地间所有的声音为之逊色，似山崩地裂，似惊涛扑岸，似火山爆发。发动机喷出的熊熊烈焰与哗哗的导流槽水相遇后，变幻出一团团橘黄色、乳白色的烟云，袅袅升空，与蓝天、白云、青峦相辉映，真可谓“一山占尽秋山月，万火催开春树花”。

严格严谨装配发动机

50 秒……100 秒……300 秒……600 秒！

发动机关机。热试车获得了圆满成功！

观察室里，来宾们赞不绝口：

“气魄，壮观，真可谓惊天地、泣鬼神啊！”

“百闻不如一见，大开眼界，不虚此行！”

“嘿，航天六院，不愧为航天动力之乡、藏龙卧虎之地……”

当省长赞扬航天六院圆满完成液氧煤油发动机热试车任务，为人民又立新功，为共和国献上一份厚礼时，全场爆发出一阵热烈的掌声……

2008 年 12 月，首次飞行状态液氧煤油发动机试车成功。

2009 年 1 月，单台液氧煤油发动机累积实现 2000 秒试车。

2009 年 6 月，第 100 次试车获得成功。

液氧煤油发动机的研制成功，标志着我国已完全掌握了包括起动、大范围变工况、高压推力室燃烧、冷却、大功率涡轮泵和大推力发动机在内的数十项高压补燃液氧煤油循环关键技术；标志着我国航天动力设计、生产和试验技术迈入新的发展阶段；标志着影响我国新一代运载火箭进程的核心技术和关键技术已成功解决，并为今后火箭与发动机的系列化发展奠定了坚实的基础。

张贵田院士说："学习国外先进经验、先进技术是最大的节约，不学习国外的先进经验、先进技术，只顾自己埋头搞试验，那不知要花多少时间，付出多大的代价！学习国外先进技术要采取分析的态度，要联系自己的实际，不要盲从。要善于在国外研究成果的基础上，有所发现，有所创新，有所前进。最终，推导出准确的计算公式，应用到生产实践中去。液氧煤油发动机是在国外先进技术的起点上走出了一条'短程线'，使我国液体火箭发动机的研制水平向前跨了一大步。可谓'走捷径''高速度'。"

注入"液煤"的满腔热血

在 7103 厂，有多少个人、多少个家庭、多少对夫妻为液氧煤油发动机魂牵梦绕啊，从酷暑到严冬，从白天到黑夜，他们恨不得把自己紧紧地铆在液氧煤油发动机的周围，将汗水、心血和智慧倾注在它的体内，让它承载着炎黄子孙飞翔的梦想穿云破雾，直飞苍穹……

故事一

当把液氧煤油发动机难啃的硬骨头——主阀壳体螺纹孔的加工任务交给装配钳工杨峰时，25 车间主任的心里，顿时轻松起来。他知道，这个质量要求之高、加工难度之大、时间要求之紧的新型号、新材料、新工艺的“重活”，只有让杨峰去干，他才能百分之百地放心。

他知道，杨峰最喜欢干挑战性的工作，越难，他越感兴趣，越是要千方百计攻克它！饭可以不吃，觉可以不睡，不攻克难关决不撒手。心里在想着克敌制胜的妙招，灵巧的双手一刻不停，直到把妙招变为精美的零件。他的事业在航天，他的追求在航天；他的情，他的爱，更是倾注在火箭发动机零件的加工中。

有活抢着干，有苦抢着吃，有险关抢着攻，这是杨峰的品格。杨峰知道，搞科研既要有严密的逻辑思维，更要有坚韧不拔的执着坚定。

无数个朝阳落日，无数个圆月残钩。杨峰完全沉浸在为液氧煤油发动机研制的一种亢奋、热烈地创造意境中，忘记了吃饭、忘记了休息，熬通宵是常有的事。

“儿子啊，这几天咋不回来吃饭了？”妈妈来电话了。

“妈，我忙！”

“一天就知道忙、忙、忙！这样吧，今天中午你一定要回来，妈给你做好吃的。”

“好！我一定回来……”

可意想不到的是，父母在买菜的途中，遭遇严重的车祸，父亲受伤，深爱他的母亲永远地离开了他……

抱着母亲的遗体，杨峰泣不成声：

“妈妈，儿子不要好吃的，儿子只要妈妈……”

慈祥的母亲再也听不到儿子的呼唤了……

处理完母亲的后事，杨峰又投入紧张的工作之中。为了排遣对母亲的思念，他把全部身心用在工作上，平常每月加班 80 小时，母亲去世后的两个月里，他加班达 200 多小时。他的苦干和科研的水平成正比，他的科学态度和拼命工作的精神同样成正比。经过潜心钻研，他不仅圆满完成了任务，而且摸索总结出了一套加工液氧煤油发动机主阀壳体螺纹孔的“快、精、巧、好”的绝活绝技，为加快液氧煤油发动机研制进度，打下了坚实的基础。

7103 厂人为了使命在燃烧着自己的生命，为了胜利在进行着寂寞的长途跋涉。他们那一个个为了大家舍小家的故事，让人唏嘘不已。

故事二

夜阑人静，万籁俱寂。

月亮把碎银似的光辉，投射到偌大的车间厂房内，看着青年女工秦利云在埋头干活。晚上光线太差，机床冷却液却还是深棕色，她不得不小心翼翼地盯着零件看了又看。

“呀，坏了，好像零件出问题了！”

她不由得心里一惊，赶紧用毛刷清除附在零件上的铁屑，定睛一看，“没事儿，好着呢”，悬着的心又放了下来，眼前的一切都变得美好了。

秦利云和陈曦，是 35 车间一对夫妻档。他们两人共同工作的机床名叫螺旋槽铣槽机，是工厂为液氧煤油发动机加工螺旋槽而研制的精密机械，也是厂里的“宝贝疙瘩”。由于铣槽加工耗时长、难度大、时间紧、任务重，车间从来都是人停班机不停，常年实行倒班制。多年来，夫妻两人总是你上班我下班。在机床前交接完工作后，小两口的两双眼睛对视的那一刻，一切情意尽在不言之中。于是，一个开始工作，一个匆匆回家——两点一线，日复一日，年复一年。

那一年，秦利云有了身孕，为了让妻子多休息一些，陈曦主动承担了妻子的一部分生产任务，一天十几个小时都扑在了工作上。一个扩张段就有

500 多条槽，加工一个槽就得耗费 20 分钟时间，开弓没有回头箭，为了不耽误生产进程，他连回家吃饭的时间都省了下来，累了喝口水，饿了干脆就忍着，时间允许就泡一包方便面。久而久之，陈曦只要一闻着方便面的味儿就想吐，可为了节约时间，又不得不吃……一年下来，陈曦在家吃了几顿饭，用十个手指头都能数清楚。秦利云心疼丈夫，趁着休息时间做了可口饭菜给他送去。而命运就是那么捉弄人，送饭回来的路上，她羊水破了，那时候也没有手机，一个人捂着肚子无助地站在路旁眼泪汪汪地干着急，幸好遇到两个熟人，把她送到了医院。等她安顿下来，陈曦才火急火燎地赶来……

二十年光阴眨眼过，从新婚燕尔到熬成了孩儿爹妈，从青春年少到头发斑白，然而，对加工液氧煤油发动机螺旋槽的那份挚爱、那份深情，却似陈年老酒，又浓又烈……

故事三

春节期间，小王回老家探望父母，父母给他介绍了一位名叫小惠的姑娘。见面以后，彼此十分中意——他爱她温柔贤淑的性格，更爱她一对毛茸茸的杏子眼；她爱他高大帅气和不俗的谈吐，更爱他是一个航天人。春节那几天，俩人恋恋不舍，有着说不完的话。可是回到厂里后，作为液氧煤油发动机课题攻关组组长的他，日夜攻关，忙得连轴转。

“五一”快到了，小惠在电话那头柔柔地问：“能回来吗？”

“不行，得加班！”

“十一”快到了，小惠在电话那头柔柔地问：“能回来吗？”

“对不起啊，小惠！实在忙得很，还得加班……”因为液氧煤油发动机正处在关键的攻关时刻，实在抽不开身，小王竟一年多时间回不了家和小惠见见面。电话、短信毕竟维持不住这段分隔两地刚刚建立的感情，小惠再也不来电话了……

甘蔗没有两头甜。分就分吧！这样的相亲经历，小王已经不是第一次遇到，如今他已经习惯于被人拒绝，因为他深知自己肩上的千斤重担——课题攻关组日夜鏖战，忙得火烧眉毛，也没有精力维系和照顾感情。然而小王的父母不干了，儿子已经33岁了，还能往后拖吗？父亲在电话那头对儿子说："小惠不来电话，那是生气——嫌你不回来。谁知你竟当真了。现在，小惠还在等着你，常来咱家，你还愿不愿意跟她谈？"

儿子说："我咋能不愿意吗？都谈了一年多了，也知根知底，好吧，还是我跟她说吧……"

"小惠，千错万错，都是我的错，如果你没意见的话，咱们'五一'结婚吧……"

"你那么忙，连谈恋爱的时间都没有，哪有时间结婚呀？"

"结婚岂是儿戏，这回是真格的！我一定回来！"小王信誓旦旦。

"那好吧，随你……"

好！就在双方家长高高兴兴地为儿女"五一"结婚做准备时，车间主任突然通知小王，要他"五一"到北京参加一个重要会议，从来以工作为重的小王二话不说就答应了。当他把推迟婚礼的决定告诉小惠时，小惠在电话那头为难地说：

"结婚的请帖都已经发给了双方的亲戚朋友，现在你让我怎么办……你要为航天事业做奉献，我坚决支持，可你什么时候为我奉献一回呀？唔唔唔……"电话里传来姑娘忍不住的哭泣声……

"你甭哭！你这一哭，把我的心都哭软了……"正当小王左右为难、左劝右劝不知如何是好时，主任来了：

"小王啊，你小子也太能保密了，结婚这么大的事也不告诉我一声？是怕我吃你的喜酒啊？刚刚听说你'五一'要结婚，咱再忙也不能误你的终身大事啊——我已经安排别人替你出差了！你都 33 岁的人了，婚期还要推迟到猴年马月？咳，都怪我太官僚，只知道鞭打快牛，不停地给你压担子，没把你这婚事放在心上……不说了！你赶快回家结婚吧……"

"谢谢主任！谢谢主任！"小王先敬了一个礼，又鞠了一个躬，屁颠屁颠地跑了……

这是一个多么可敬、可爱的英雄群体，正是由于他们倾注了满腔的热血，才会以如此神奇的速度创造出了举世瞩目的辉煌成就；正是由于他们如此锐意进取，才使中国航天动力技术出现了一次又一次的辉煌跨越。

现在，那些亲眼所见、亲耳所闻的关于液氧煤油发动机研制的可歌可泣、可吟可诵的感人故事，早已点点滴滴汇聚成为中国航天人的精神食粮，入脑润心，在低首迷惘时言犹在耳，在坎坷焦灼时令人振奋，更在成就初著时令人莞尔，好像通过时光隧道，与前辈相视一笑。

一年三百六十日，都是横戈马上行 。

在为长征五号、长征六号、长征七号首飞日夜研制液氧煤油发动机的那些日子里，时任厂长魏超表情异常严肃地对大家说："此时此刻，航天科技集团公司、全国人民、全世界都在注视着我们，长征五号、六号、七号能否首飞成功，关键在其心脏——液氧煤油发动机能否保质保量并及时生产出来，同志们，我们别无他法，只有豁出命来干！无功便是过，现在是考验我们的时候了！"

这是一幅蕴含成熟企业的理性和冷峻的国画，这是一道凝聚航天骄子的豪迈和神圣的风景，这是一声倾注出征将士血气的刚烈和激越的呐喊，令人心神俱醉、荡气回肠。全厂上下只有一个心愿：干！舍生忘死地干！没日没夜地干！各车间机床日夜旋转，焊弧闪烁，汽锤铿锵，业务处室全部深入生产一线，现场解决问题。人们一心扑在工作上，几天几夜不回家，住院的亲人、年幼的孩子、怀孕的妻子，都顾不上照顾，他们心中只有液氧煤油发动机，他们把发动机和自己“捆”在了一起。当一个民族被一种伟大的思想武装起来的时候，一定会创造出惊天动地的业绩；当一个企业被一种共同的理想和信念凝聚在一起的时候，也一定会创造出惊天动地的业绩。

铆足冲天劲，打赢首飞仗。全厂各个发动机课题攻关团队把“精心”的管理思想始终贯穿于研制全过程，细致检查，严格考核；在工艺技术上做到精心设计、精心验证、精心研判、科学改进、准确把握技术状态和实物状态；在试验和试制上做到精心操作、精心计算、精心实施，努力保证各个环节不出纰漏、不留隐患……

一台台凝聚着全厂干部职工的血汗情泪和酸甜苦辣的液氧煤油发动机，运往火箭总装厂……

2015 年 9 月 20 日早上 7 时 01 分，是 7103 厂人永远也不能忘怀的日子——他们亲手研制生产的新一代液氧煤油发动机作为长征六号火箭的一级动力，在太原卫星发射中心首次发射成功，并将 20 颗卫星送入预定轨道，开创了我国一箭多星发射的新纪录。

也许正是因为有“一箭 20 星”这样的大热点、大亮点吸引了国内外最多的目光，很多人反而忽视了这一次中国 120 吨级液氧煤油发动机首次发射成功，同样是一个巨大的、更有突破性的胜利时刻。

2016 年 6 月 25 日晚 8 时，海南文昌新航天发射中心，由 7103 厂生产制造的液氧煤油发动机把长征七号运载火箭顺利送入苍穹，圆满完成首次飞行任务，这是我国新一代中型运载火箭的首次研制性飞行试验。

2016 年 11 月 3 日晚，我国长征火箭家族中推力最大的运载火箭——长征五号在海南文昌发射场一飞冲天，实现了完美首飞。 长征五号火箭助推级采用 7103 厂研制生产的 8 台 120 吨液氧煤油发动机，该型发动机已经在长征七号、长征六号首飞任务中表现完美。

7103 厂人创造了中国航天的奇迹，奇迹是辉煌的前奏，7103 厂人有一个始终不渝的梦想——他们要用双肩扛起更多的中国骄傲。历史记得，古城西安这块沸腾的热土记得，7103 厂人是怎样在它的寻找跋涉中、开拓中，永无止境地追求辉煌梦想的，正是他们用血肉、用挺起的脊梁，支撑起共和国航天动力事业的大厦。

长征五号首飞之际，时任厂长马双民激情满怀，语气铿锵地对研制攻关团队说："120 吨液氧煤油发动机只是走向'中国制造 2025'的征途中完成的一个小目标。目前，我厂根据航天科技集团公司和航天六院的安排，正

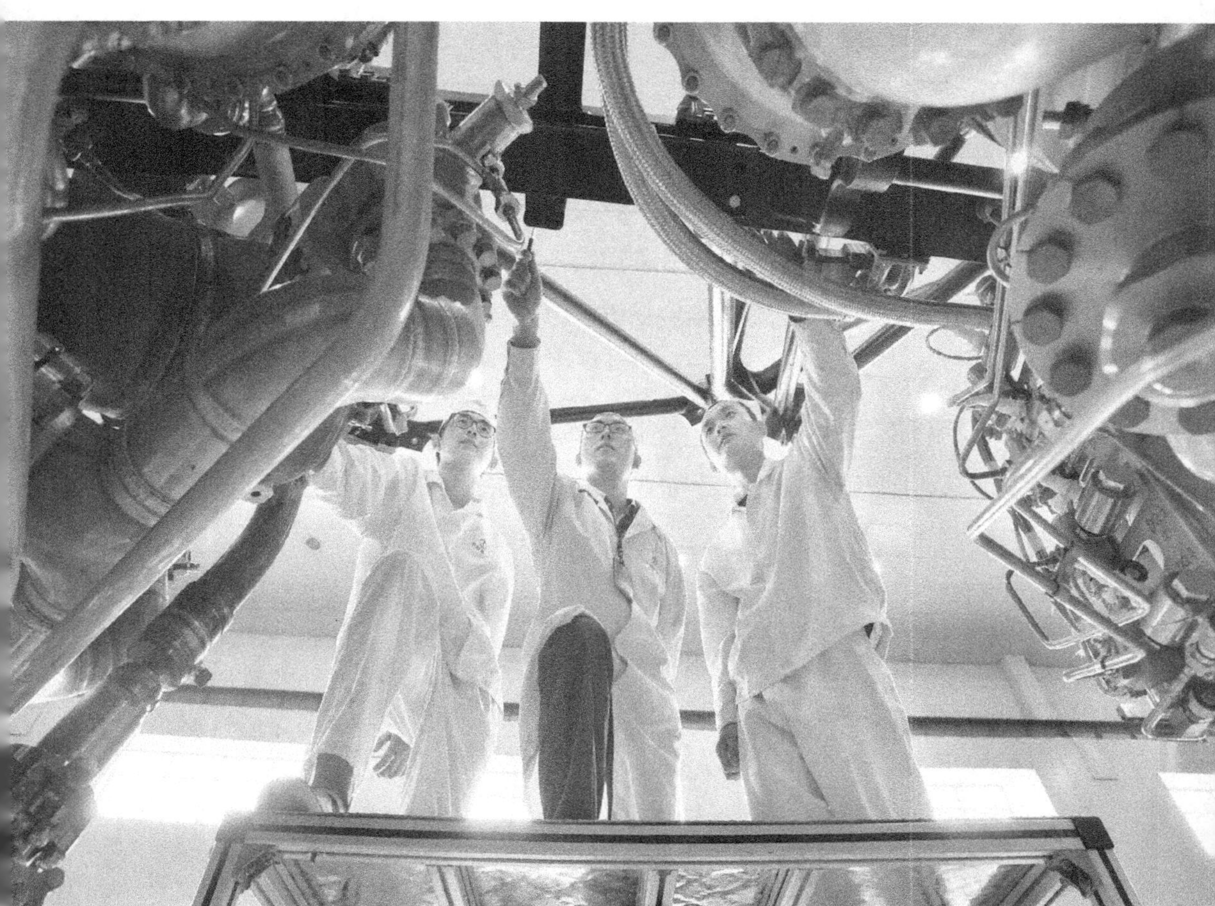

7103 厂干部职工不断追求卓越品质，不断铸就金牌动力

在开展 480 吨液氧煤油发动机重型火箭核心技术和关键技术的工艺攻关和方案深化论证工作。”

马双民指出：“重型火箭是我国未来进行大型空间基础设施建设、深空探测、载人登月等重大科技工程所必需的运载装备，是我国完成航天强国建设的重要标志，计划在 2030 年前后首飞。随着长征五号、六号、七号等新一代火箭的研制和任务实施，我国新型火箭动力技术已具备一定基础，正在走向成熟。我们有信心，也有能力，在重型火箭发动机的研制中，再次彰显 7103 厂人的风采。”

此时此刻，重型火箭动力核心技术和关键技术攻关，正在如火如荼地进行。

2019 年 4 月，同立军接过了 7103 厂厂长的接力棒。他说：“谁掌握了科技创新的话语权，谁就能成为规则的制定者。为了这个梦想，我们一直在路上。液氧煤油发动机对于中国的意义，已远远不只是一型装备。现在，重型运载火箭发动机的研制，更是被称作航天强国的‘名片’，被寄托了浓浓的民族感情。实现重型运载火箭发动机的早日首飞，就是全厂干部职工的美好梦想！”

大江流日夜，慷慨歌未央。站在新的起点，7103 厂液氧煤油发动机研制攻关团队将以更坚实的脚步，走稳走好自主研发新的长征路，努力实现中国梦、强军梦、动力梦。

人才“高地”托起科研“高峰”

7103 厂坚持以“完成一个型号，培养一批人才”的育人思路，结合液氧煤油发动机等重点型号研制任务，给年轻技术人员以实践锻炼的机会，结合建立有效的激励机制，创造有利于人才成长的文化氛围，凝聚和稳定科技人才队伍。现在，液氧煤油发动机研制团队先后成长出多名厂领导、总工程师、副总工程师、学术技术带头人、工艺师、技师……这些人如今已成为厂、车间、处室、型号、重要岗位的带头人和专业技术骨干，成为液氧煤油发动机研制的中坚力量。一大批年轻人在实践中成长起来，形成了一支有较高素质的、较强实力的航天发动机精益制造的技术梯队。

在构筑人才"高地"到打造科研"高峰"的征程中，7103 厂从来都不会落伍。

7103 厂——一个 1965 年诞生在秦岭深处大山褶皱里的默默无闻的军工厂，为何能研制出金牌系列长征火箭发动机，世界排名第二研制出液氧煤油发动机，并能荣获"全国先进集体"称号、"五一"劳动奖章?

"因为 7103 厂在人才、科研上，既有'高地'，又有'高峰'。"时任厂党委书记郭宽峰一语道破玄机。

人才是创新的核心要素，抓人才集聚，是 7103 厂 50 多年来坚持的优良传统。近年来，随着航天领域人才和科技竞争日趋激烈，工厂紧盯培养新兴学科和航天发动机前沿领域拔尖人才，实施系列育才接力工程，建立起总师型人才、学科带头人才、工艺型人才、机械加工型年轻尖子骨干等人才体系。时代赋予了年轻人大好的机遇，但机遇总是给有准备的人。系列育人超常之举，换来创新之才聚集，人才"高地"托起科研"高峰"。

数十年来，7103 厂把人才聚焦在一个目标上持续奋斗，攻坚克难，日夜鏖战，从没有动摇过，就如同是从一个孔喷出来的水，从而产生了今天这么大的成就。这也是力出一孔的威力。

厂党委书记郭新峰说："液氧煤油发动机研制期间最大的收获，不仅仅在于技术上的突破，而是一支研制攻关团队的成长——数十项工艺攻关填补了国内空白，我们没有任何的经验可以借鉴，唯一能够依靠的是我们这支团队的信心与对成功的渴望，正是这些品质带我们走出了每一个研制困境，而这些年轻的工艺师、技师也凭借着自己的才华与努力正在成为攻坚克难的重要力量，有这些人在，一切就有希望。”

伟大的精神，常常具有强大的感召力。随着航天发动机迭代研制在不断加速，技术人才队伍在实战中得到培养和锻炼，技术基础积蓄优势的不断显现，走出了我国航天装备的技术自信。现在，7103 厂一支具有先进理念、敢于创新、掌握着航天先进发动机研发技术和经验的优秀人才队伍如雨后春笋般快速成长起来，他们是站在航天科技前沿的工艺、管理、机械加工的优秀人才，是工厂的栋梁。

当初的初生牛犊，今日已经成为中流砥柱。近年来，7103 厂先后涌现一批在全国、航天科技集团公司、省市、航天六院都叫得响的创新精英——张勇峰、杨峰、曹玉玺、李红丽……“后继有人是航天动力事业永恒的基础。”厂党政领导思考最多的是如何把团队凝聚起来，发挥团队的协同作战能力。

一个科研团队就像一个篮球队，既有前锋又有后卫，合作是基础，赢球是关键；又像是一条船，这条船要想走得快，必须有掌舵的、有拉帆的、有摇桨的，各司其职。攻关团队里的每个人都明白，大家处在同一条船上，必须同舟共济，齐心协力，让船快速到达胜利的彼岸，才能使国家和职工同时受益；如果船走得慢或是翻了船，大家都耗着甚至是落了水，则是害人又害己。这种凝聚力来自大家对团结的理性认知，未来是属于年轻人的，科研工作也必须要有传承，后继有人，才是事业永恒的基础。在传承中坚守，在开拓中创新。7103 厂从老专家身上总结出一条经验：“一定要让年轻人站在自己的肩膀上继续前进。”

我劝天公重抖擞，不拘一格降人才。

历经了 20 多年的液氧煤油发动机的研制洗礼和砥砺奋进，7103 厂的人才队伍一代接着一代茁壮成长，不论时代如何变化，始终不改的是他们浓烈的奉献之情、炽热的报国之心。

百舸争流，奋楫者先。

当今世界航天龙吟虎啸，市场竞争风云跌宕，靠什么打出自己的天下？7103 厂人的回答是：高科技人才、高科技产品、高质量、 高速度！

从白手创业托举金牌长征火箭腾飞，到研制生产液氧煤油发动机横空出世，50 多年来，7103 厂用数十项国家奖项、发明专利，镌刻出自主创新的醒目年轮。

7103 厂人是一群攀登者，他们以睿智的眼界确立创新高度，目光始终锁定在世界航天高新技术前沿，见之于未萌、识之于未发，只要选准主攻方向和突破口，就快马加鞭不下鞍，足踏山巅我为峰。

7103 厂人是一群拓荒者，他们以强烈的担当彰显创新力度。创新之途充满风险和挑战，失败和困难总是不期而至，他们临难遇险迎着走，惊涛骇浪不回头，交出一份份精彩答卷。

7103 厂人是一群奉献者，他们以求实的刻度标定创新的纯度。他们站在新的历史起点，不趋于名利，不驰于空想，不骛于虚声，再小的课题不嫌小，再高的大山也敢攀，在创新面前不浮躁、不急躁、不烦躁，有自主创新的胆量，有另辟蹊径的思路，有向新兴领域进军的勇气。

回顾液氧煤油发动机的研制历程，展现在人们面前的就是一部自强不息、不断超越自我的历史画面：运筹帷幄的资本运作、高瞻远瞩的发展眼光、大刀阔斧的技术创新、稳定优质的产品质量、持续发展的良好态势，使 7103 厂的知名度、美誉度、影响力、亲和力、经济效益、产品市场占有份额均得到了极大的飞跃。

依长安古韵，傍渭水清流，靠终南灵秀，7103 厂诠释着古韵与时代的完美糅合、历史与现代交相辉映的勃勃生机，为有着五千年辉煌历史的古长安平添了现代之辉煌。

祖国，终将选择那些忠于祖国的人！

祖国，终将记住那些奉献于祖国的人！

（本章节照片由7103厂宣传部、情报档案处张志敏提供）

试验篇

驯火驭天永登攀

序章

“世上无难事，只要肯登攀。”

——《水调歌头 · 重上井冈山》

一声号召，红旗昭昭，从三线建设到高举红旗进长安，165所人诚勇勤和、勇担使命，为中国新动力研制开山铺路；

一段时光，苦辣酸甜，历时六年零九个月的卓绝攻坚，抱着必胜的信念，创造出中国航天试车台建设史又一奇迹；

一次挑战，驯火驭天，从继承到崭新跨越的完美演绎，筑牢大国重器最强堡垒，带来中国动力的历史性变革；

一程经历，创新引领，穿梭着二十余载光阴风雨兼程，四百余次震天撼地高歌，齐鸣唱响军民融合大发展交响曲；

一个承诺，不忘初心，贯穿着实现航天梦的不懈奋斗，165 所人勠力同心、牢记使命，推举新动力遨游寰宇永登攀。

2005 年 1 月 5 日下午 3 时 27 分，古都长安举世瞩目。秦岭北麓一个叫抱龙峪的浅山沟，橘红色的火光照亮整个山谷，震天撼地的轰鸣声石破天惊、直冲霄汉。30 秒气势磅礴的怒吼，以无比高亢的声音宣告：我国新一代高压补燃液氧煤油火箭发动机试车台考台获得圆满成功，新一代高压补燃液氧煤油火箭发动机——抱龙峪试验区正式建成投产。至此，我国新动力研制踏上了最为波澜壮阔的史诗征程，中国航天科技集团六院 165 所以永登攀的时代传承，接续液体动力试验奋斗之路。

风云再起　众志成城勇登攀

1993 年，〇六七基地（现航天六院）实现了从三线到城市的整体搬迁，但由于任务的需要保留了常规液体火箭发动机试验区，原先的〇六七基地只有 165 所凤州试验区孤零零地留下来。此时的红光沟已远没当初的红火热闹。本想着按部就班安静地驻守，却没料到一场对 165 所前所未有的挑战，一段充满惊心动魄的史诗征程即将拉开。

1995 年金秋十月，宝鸡凤县秦岭深山的天空蔚蓝透亮，点点停滞的白云将天空装点得格外好看，明媚的阳光照在身上合着微凉的温度，让蹲坐在木门前的老乡们恬静惬意，不远处红砖墙的大门，“165 所凤州试验区”的白色木牌也安静地晒着太阳，大门两边微微泛白的红布上，“庆祝中华人民共和国成立四十六周年”的标语，还透着些许喜庆的味道。“嘟——嘟——嘟——”通勤车三声清脆的喇叭声打破了这份宁静，平稳停在大门口。

“小李子，回来了？这次你们又打算待几天呀？”生活区大门口小卖部的老孙头弯着精瘦的身子低着头坐在小马扎上，左手拿着竹筛，右手轻轻地来回拨拉着新收来的大红袍花椒懒洋洋地问道。

“嗯，这凤椒真美，今年的收成不错吧。”李伟民跟着行人从车上走下来，径直走到晒花椒的水泥石板上，蹲下身子捏起一小撮放到鼻子上闻了又闻，“真香，不愧是出了名的大红袍。”

“你们这是要长住呀，这回行李咋这多呢？”老孙头停下手中的活，再次问道。

“不知道，没数呢，说不定陪你把今年春节过了，到时可别吝啬您藏着的宝贝。”李伟民哈哈笑着说道。

傍晚时分，生活区食堂炊烟袅袅，宁静的小院子随着试验队伍的到来再次有了生气，三五成群在散着步。吃过晚饭，来代初、李伟民、李伟、谭海林踱着步从生活区沿着马路向山沟里的液体火箭发动机试车台走去。半个小时后，经过武警哨兵的核实，四人绕过几道弯路，穿过凤州一号台往二号台的场坪上走去。

“你们也来了。”一个瘦高的身影让四人停下脚步。张斌章（时任 165 所所长）正背着双手，身体微后倾，弯着脖子抬头站在二号台场坪上看着“小巨人”。四人快步靠拢，顺着张所长眼神打量着试车台。傍晚秋分的山间气温已经微凉，一阵风吹过，五个人不禁打了个寒战。凤州试验区是该所起家之地，承担着我国常规液体火箭发动机研制试验任务，为我国多项重大战略型号动力系统研制奠定了基础，其中主要试验设施凤州一号台、二号台更是功勋试车台，为我国国防事业做出重大贡献。

呼啸的山风吹得树枝发出阵阵响声，五人一个挨着一个默默地走进二号台前间（发动机与试验系统对接的厂房）。大家轻轻摩挲着一根根管道，仿佛是抚摸自己的孩子。最后不约而同地走到台体外侧的围栏边上，双手紧紧抓住涂着天蓝色油漆的铁管，仿佛担心它会立刻跑走，俯瞰对面的山色，思绪一下子就飞回到四年前那一幕幕夜色中。

“张所长，液氧煤油发动机，目前已经在进行关键技术吸收消化，试验技术攻关必须同步进行，这块硬骨头你们能啃下吗？”时任〇六七基地主任胡鸿福心事重重地问到。

“保证完成任务！”简短而铿锵有力的回答昭示着漫漫新动力试验技术攻坚之路大幕开启。

试验，作为发动机研制“设计—生产—试验”三大核心环节之一，全面反映发动机质量和性能参数，是对产品是否可行、质量是否可靠唯一的实战验证手段。从某种程度来说，发动机是试验出来的。

120 吨液氧煤油发动机为闭式循环、高压补燃工作方式，使用无毒、无污染、低成本的液氧煤油推进剂，具有大推力、高性能、高可靠、绿色环保的优点。发动机采用化学点火，自身起动，可大范围调节推力和混合比，具有多次工作能力。在发动机研制过程中，除了要解决发动机的设计和制造方面的关键技术外，还需突破研制中的关键试验技术，建立相应的试验能力，进而验证发动机设计性能指标及结构的可行性、工艺技术的可靠性，并为发动机定型和产品交付提供依据。

1990 年，我国引进苏联液氧煤油火箭发动机，引进之初，明确了对原型发动机不进行仿制生产，只进行工作原理和工程技术研究，在充分消化、吸收以及关键技术攻关基础上，最终研制出真正属于我国的新一代液体火箭动力系统。

液氧煤油发动机是个新事物，与之相对应的试验技术、试验设施、经验实战更是一片空白。虽然在常规发动机有着几十年的试验技术积累，但在新事物面前大家完全不知所措。

“不会就要学，只要敢登攀”，这是 165 所一脉相承的好传统。

从 1991 年开始，165 所就多次派人前往苏联学习取经，同时邀请外国试验领域专家来所讲课。虽然只是承担发动机试验任务，但面对全新挑战，就要进行全方位的“恶补”，发动机专业知识就是要啃下的硬骨头。所里邀请发动机设计专家讲解发动机的构造和工作原理，模块化分解外国专家介绍的试验流程和技术。白天干活晚上组织学习消化，为攻克新动力的试验系统设计与改造、关键试验设备研制、发动机试验和关键试验技术难关打基础。

“必须加快液煤发动机研制，尽快具备液氧煤油发动机试验的条件”，1993 年，一场意想不到的推进剂泄漏事故让这一共识更加迫切，建立相对应的试验系统更须快马加鞭。

要开展引进发动机的地面热点火试验，首先要完成试验系统的设计以及关键试验设备研制。以来代初、李伟民为代表的技术突击小组开始在全国各地奔波，并利用各种渠道方式进行技术交流调研。上午还在哈尔滨同生产厂家沟通设计方案，下午就已经在前往武汉的火车上，每个人的行李除了几身换洗的衣服，带的就是学习资料和笔记本。每次回来行李只多不少，满满当当的都是从各科研所和生产厂家带回的一摞摞资料。足迹遍及北京、上海、杭州、宁波、哈尔滨、沈阳、大连、成都、绵阳、自贡、武汉、兰州、新疆克拉玛依等城市，历时四年多，数十万公里行程，最后圆满完成了液氧系统、煤油系统、配气系统、吊装系统、辅助系统等庞杂的试验系统设计。看着一张张系统设计图纸，小组队员打趣地说道：“我们背着沉甸甸的资料绕着地球跑，最后才换来这薄薄的小小图纸。”

7 月的西安，酷热难耐，午后的知了在枝头上不停地叫嚣着，使得本来就闷热的人们更加烦躁。165 所军品办公楼屋顶的吊扇开到最大档，呼啦啦的旋转声却被争辩声盖了过去。

“我觉得应该在国内找，说不定能找到。”

“找？怎么找？我都打遍了全国各地但凡能跟低温阀有关哪怕是沾点皮毛的厂家电话，他们像是串通好的，口径极其一致：没有！”

“不行就到俄罗斯，买他们现成的。”

“想得美，没有现货，要等也不知道等到猴年马月！”

“不行就自己设计吧！”

“设计？你会你上，光是那密封性要求、绝热形式、材料选择我们都没经验。”

“你们干吗呢，大呼小叫，整个楼道都是你们的声音。”房门打开，来代初走了进来，瞬间整个房间安静下来，只剩风扇呼呼地转着。

“来主任，现在遇到个很棘手的问题。”李伟民一边说着一边将手里写得密密麻麻的笔记本递到他跟前，满脸的忧心忡忡。

“伟民，你说。”他一只手接过递来的笔记本，另一只手在本上滑动寻找着什么。

“俄罗斯液氧供应系统中采用的是口径 DN300、Pn1.2 兆帕的低温截止阀，按照我们设计的系统和经验，液氧系统需配备 DN300、Pn1.6 兆帕的低温气动球阀， 国内市场低温气动球阀品种规格虽然较多，但最大规格仅为 DN80、Pn1.6 兆帕，所里已有的低温阀门规格也无法满足要求，买国外没有现货，时间来不及。”

“这不简单，你去研制就好了吗？”来代初微笑着丢下这句话转身人就向门外走去。

“主任,你不是认真的吧？”没等李伟民反应过来,来主任已经没了人影。

液氧煤油发动机试验系统需要多种大口径低温阀门， 用作试验系统紧急切断阀门和隔离阀门，一旦试验过程中发生意外情况，快速响应的阀门开合能有效阻止危险，确保发动机的完好，DN300、PN1.6兆帕的低温阀门，就是其中的关键设备之一。

时间已然很紧，没有太多怨言，李伟民就开始动手了。他把所里所有的各类型低温阀门都进行分解测绘，详细记录各类型低温阀门设计结构、阀座设计、制作材料、密封方式等，同时跟厂家咨询相关参数。

通过多种方案对比，最终设计采用流通面积不变的浮动球方案，进口阀座具有尺寸补偿能力（补偿因环境温度变化和工作磨损使密封副状态发生的变化）的弹性软阀座，并借助于工作介质的压力实现软密封，突破了密封性能、绝热形式、材料选择、加工装配等多项关键技术。通过多次验证试验证明该阀门具有动作灵活、密封可靠、绝热效果好、使用寿命长等优点，主要技术性能完全满足甚至超出原设计指标与使用要求，该项技术还填补了我国大口径低温气动球阀的空白。

"看来粗暴地直接加压效果很明显，咱们所敢登攀的传统在你身上很好地体现了嘛。"事后来代初笑着对李伟民说道。

起动技术是发动机试验的关键技术之一，起动不了，再好的发动机也就是一个铁疙瘩，起动不好，高压力、高富氧燃气的喷射环境极易引起发动机爆炸。相比常规液体火箭发动机试验起动，液氧煤油发动机试验起动技术的关键，在于如何确保发动机液氧入口温度、发动机入口压力保证以及煤油抽真空填充技术。在研制常规液体火箭发动机初期，十次试验就有九次发生爆炸，对于液氧煤油发动机在试验中如何起动，所有人更是没有底气。

"现在发动机液氧入口温度是多少？"来代初站在二号台控制大厅，隔着厚厚的防爆玻璃盯着相距十来米的试车台前间，皱着眉头通过话筒问道。

"−176℃！"控制间广播回答道。

"咦？怎么又升高了，继续观测。"放下话筒，他坐到椅子上挠着头，脸色有点发黑，向来果敢坚毅的来代初此时也无可奈何地叹息着。每隔五分钟他就询问发动机液氧入口温度，一个多小时的反复询问，每次得到的回答都不理想，入口温度不平稳。怎么温度忽高忽低？之前通过工艺过程分析以及计算，按照当前的液氧流量，入口温度应该在 −180℃以下了呀，难道是哪里管道泄漏导致入口温度迟迟降不下来。沉思了一会，顾不上喝口水，他从座位上跳起来。

“小李，走，跟我再把液氧系统管道从头到尾检查一遍。”话音刚落，两人风风火火跑向试车台前间。

液氧煤油发动机试验中，要求发动机起动前氧入口温度达到 −180℃以下。由于液氧特殊的理化特性，普通管道很难保持其低温液态。原有试车台推进剂供应系统存在绝热效果差的问题，发动机起动前入口温度很难满足要求。为了使发动机起动前入口温度满足试验条件，通过试验系统和试验工艺过程分析，找到影响液氧入口温度的因素：一是主管路绝热效果不佳，管路泄漏导致管路中液氧与外界换热量较大；二是液氧管路坡度较小情况下使得液氧饱和温度较高，最终导致氧入口温度飘忽不定。两人一寸一寸地检查试验系统，果然发现液氧系统主管道存在管道连接口泄漏。

发现问题后，立即找人处理泄漏管道，本以为入口温度能达标，但听到监测人员的反馈，温度只是稍微降低了些，随着系统长时间运转，加之液氧易挥发物理特性，不仅白白消耗掉较多液氧，入口温度始终降不到 −180℃以下。如何保证入口温度同时节约试验经费，技术人员通过对几个方案进行深入论证，提出采用起动前进行液氧强迫排放技术：液氧系统预增压完成后，开车前进行液氧强迫排放，将主管路及泵前管路中温度较高的液氧快速排出外界。观察液氧入口温度和液氧预冷回流温度降低情况，当入口温度满足试验要求值后，关闭排放阀门，氧入口温度满足发动机起动条件。

经过不断的技术探索，最终掌握了液氧入口温度的控制技术，能够准确计算排放时间，并在起动前最为合适的时间段进行强排。该技术的突破，为后续试验低温推进剂发动机提供了有力的技术支撑。

入口压力保证和液氧入口温度保证技术，是发动机起动两大关键。由于液氧煤油发动机是闭式循环系统，对起动前后及起动过程中的入口压力要求十分苛刻，特别是液氧系统起动时的入口压力直接决定发动机的起动性能，因此必须防止液氧入口压力偏高或偏低。技术人员通过大量的研究和试验，发现解决这一问题的途径就是尽量减少系统阻力损失。对此，在靠近发动机入口的管道上设计安装起动容器和较短的管道，组成专门供发动机点火起动时的液氧、煤油起动容器及管路系统。

“报告 0 号，入口压力出现波动。”

看着显示器上平稳的数据曲线突然出现“凹坑”，来代初平静地点着头。

真是一波刚平一波又起，刚解决一个问题，又出现新问题：主容器系统和起动容器系统工作时序确定的难题。是两个系统同时工作，还是一前一后，或者交替工作？采用起动容器系统先工作、主容器系统接替的工作方式，那么何时接替、如何接替以及保证接替过程中的压力平稳，如果这个问题解决不好将直接影响试车成败。

“好，继续进行放液试验，接替时间进行调整。”来代初好像提前知道会出现这样的问题，随着技术攻关不断深入，渐入佳境，他内心平静了许多。

“收到，时长调整完毕。”经过大量的冷调放液试验，当显示器上出现平整的水平线，两个系统接替时的共同工作时间最终确定。

通过不断总结经验和优化系统设计，确定了将主容器系统的接替时间安排在发动机起动完成后进行。并采取多项技术措施，保证了试验的正常起动，实现了起动容器系统与主容器系统的正常交接工作，确保了发动机起动工况的平稳和可靠，解决了发动机起动这一关键技术，也为后续更大推力、更大流量液体火箭发动机试验的起动提供了技术储备。

大战起兮 步步惊心走钢丝

“来主任，放手去做吧。”张斌章简单一句话，把大家从思绪中拉了回来。

“总公司特批专项试验经费，并且拿一台原装发动机给我们试车……”更加重磅的消息，把其他四个人结结实实地砸晕了，幸福来得有点太突然了。一直以来睡梦中都想着液氧煤油发动机长啥样，更别说拿来试验。由于项目还没正式立项，也没有经费支持，一次试车动辄几百万元成本，让美好的愿望成为空想，如今梦想成真，久违的笑颜一下都露了出来。天色不知不觉中已经黑了下去，但此时，五个人的心里格外亮堂。几年的技术沉淀和经验总结，一千多个日日夜夜的奋战，数十万公里全国奔波，总算等到对全新试验技术的实际应用。第二天，来代初带着此次回沟的 100 来号人开始了艰苦卓绝的试车台改造任务。

远离了西安大本营，远离小家的温馨，很多人都是带病工作。不久前，航天工业总公司组织专业医疗队对 165 所接触推进剂的 400 多名职工进行专项职业病检查，发现 43% 的人肝功能异常，医嘱要求半休或者全休养病。但任务面前大家没有一句怨言，顾不上养病，全体参试人员乘车翻山越岭赶往红光沟，毅然走上战斗最前线。对此，〇六七基地专门拨款 16 万元给参试人员买药并送到山里。有一段时间，红光沟出现奇怪的现象：白天生活区空空荡荡，晚上医务室又满满当当，大多数人挂着吊瓶闭目养神。原来，为了不影响任务进程，大家白天工作晚上输液，咬牙坚持着。

由于液氧煤油高压特性，改造的系统必须都是高压状态。在一次煤油系统调试过程中，作为煤油分系统组长的李伟正在仔细检查煤油管道时，突然一阵激射，大量煤油喷到他身上，手臂、上身满是黏糊糊的煤油。相较普通煤油，试验用煤油对皮肤刺激性强，虽然用大量清水冲洗，但沾上煤油的皮肤都不同程度出现红斑。

“李组长，赶紧到卫生室处理一下。”指挥员命令道。

“没事，这点小伤算不了什么，再说轻伤不下火线。”简单处理后李伟笑着说完又埋头忙开了。

“倪红，你拿着行李这是要去哪里呀？”

“我等车回沟，我们家李伟民一个多月都没音讯了，他们有那么忙吗？我就不理解了，休息的时间总会有吧。”带着些许不满，倪红焦虑等着汽车，虽然埋怨但心里更多的是担忧。她和李伟民不仅是两口子，还是大学同班同学，1987 年毕业后同时分配到 165 所。最初的几年工作不是很忙，即使有回沟试车任务，最长也不会超过一个月。但自从起动液氧煤油发动机试车技术攻关以及试车台改造后，李伟民身上的担子越来越重，回家的时间越来越少。为了减少外界事务干扰，女儿李慧知出生还未满月就被送回了娘家。西安新家装修、家人住院治疗甚至孩子中考这些生活中的大事他都不在，最多就是打个电话简单问候下。每年平均有近 200 天都在山沟里，在试验技术攻坚的关键时刻和系统改造任务中，他连续四个月扎在山沟里。电话里免不了经常被数落，李伟民就厚着脸皮默默听着，呵呵的标志性笑容，如同万金油应对着妻子的抱怨甚至是流泪。

经过六个多小时长途汽车颠簸跋涉，没有事先告诉爱人，倪红悄悄来到沟里。本以为吃饭的时间可以看到爱人并给他一个惊喜，哪想左顾右盼，食堂都关门了也不见人影。夜幕降临，天色渐黑下去，生活区灯火通明，可左等右等就是看不见人。

“屈师傅，见到我家李伟民了吗？”倪红像是发现新大陆般，一把抓住路过身边的屈新民。

“他们应该还在台上，这个月天天如此，不行你就到台上看看吧。”

“谢谢。”不等说完，倪红追着往台上走的通勤车跑了过去。短短的十来分钟的车程，倪红觉得时间像是过了快一个小时，在位子上坐立不安，满肚子的气，心想着见到他非得好好教训。车刚停下，她一个箭步第一个冲下车来努力找着爱人，恨不得把满心的委屈一股脑倒出来。

当她看到灯火通明的试车前间，人影穿梭，各个岗位都在专心致志跟着指令声动作着，虽然满脸写满了疲惫，但眼光都那么的坚韧。“打开DQI……”突然她不由得流下了眼泪，广播里传来的指令声，不正是自己魂牵梦萦、熟悉得不能再熟悉了的声音吗。

“嫂子，您来了，李师傅正在测控大厅指挥着，要不您上去坐坐。”

“知道了，谢谢。”她含泪笑着答道，虽然近在咫尺，她没有往测控间走去，转身悄悄地向来的方向走去，心里渐渐释怀，心中的怨气也一点一点地消散，合着柔美皎洁的月光，瞬间觉得这冷清的红光沟还如同最红火时代

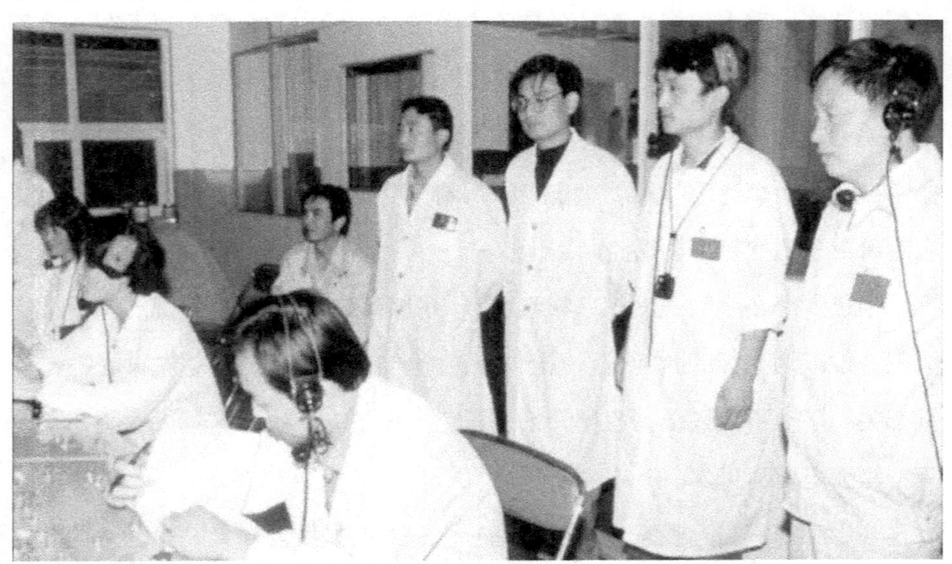

首次试车前夕的综合测试，气氛显得异常严肃紧张

那般的可爱亲切。其实，像他俩这样的夫妻很多，刚开始不理解对方，当慢慢了解后，抱怨也渐渐变成了理解。

1995 年 12 月，经过一百多天连续的挑灯夜战，试车台改造、调试工作全部完毕，引进的发动机也完成了状态检测，同时确定了 10 秒试车时长.这比苏联、美国第一次试验该型号发动机时间还长。我国第一次液氧煤油发动机试车时间最终确定在 1995 年 12 月 15 日。

其实，面对第一次试验高压补燃技术的发动机，又是从未使用过的低温液氧和特制煤油推进剂，并且发动机试车系统是全新的，煤油是国产的，试车时间还是加长的，每增加一项不确定因素，让包括胡鸿福、张贵田以及所有参与研制的科技人员多一份忐忑，每个人心中始终悬着一块巨石。

决战的日子终于来了，早晨 6 点多，天还没亮，165 所全体参试人员已经早早集合在生活区场坪上等车。早晨 7 时许，试车决战总动员在二号台场坪上召开，很多人的脸上有着一夜未眠的痕迹，但每个人都站得笔直。基地主任胡鸿福、张贵田院士也早早来到现场。

“这是我所历史上前所未有的挑战，话不多说，请大家时刻保持严肃认真、周到细致、稳妥可靠、万无一失的战斗状态。”

“开战！”随着来代初铿锵有力的号令，大家奔赴各自岗位，进行试车前的最后准备。

这是第一次液氧煤油发动机试车，尽管做了大量的调试，但很多流程还不熟练，每一项准备工作都小心翼翼，宁可慢慢做好也不贪快。准备工作从早上一直持续到下午，中途食堂直接把饭送到台上，大家轮换吃饭，扒拉几口就返回岗位。在控制大厅，原本人满为患的地方此时只有寥寥几人，除去必须在的岗位人员，其他都不让留在这里。

贺亚红是 102 岗位的一名操作员，因为岗位职责的原因她不得不留下来。在她的桌子下，压着一份她提前写好的遗书。虽然心里害怕，但还是克服了恐惧，有条不紊地按照指挥员口令依次开关闭阀门。

“大胆去做，现场决定权全权交给你们，出了问题责任归我们。”胡鸿福、张贵田主动要求留下来，他们站在来代初、李伟民两位指挥员身后拍了拍他俩的肩膀鼓励道。指挥大厅正对着试车台，直线距离仅仅 20 米，发动机就如同一颗大当量炸弹，一旦发生爆炸，没人敢想象后果。

下午 6 时 10 分，随着各个岗位状态最后确认，来代初站在离发动机最近的最佳观察位 0 号指挥位上。他的右手边站着李伟民，张斌章所长坐在一旁。

来代初深吸一口气，平复下内心的紧张，双手拳头紧紧攥着，已是严寒时节，此时手心已经满是汗水。他慢慢松开一只手，坚定地拿起话筒，再次定了定身形。已经付出了那么多汗水，成败在此一举，他咬了咬牙齿，轻轻点了下头，仿佛是下定了什么决心。

“点火！”

随着口令声下达，瞬间发动机发出巨大的轰鸣声，如同一头咆哮的雄狮怒吼着。明晃晃的火焰照亮了整个控制间，照亮了山沟的天空，更照亮参试人员的胸膛。气势雄浑的白色水汽如同巨龙迅速沿着山体蔓延开来，一幅震撼、壮阔、声乐和鸣、众志成城的战斗画卷正铺展开来。

“3 秒——5 秒——8 秒——10 秒！关机！”

当发动机清脆的关机声戛然而止，“成功了！成功了！成功了！”测控大厅所有人都沸腾起来了，在警戒线以外的参试人员也沸腾了，在试车台对面山上观看试车的人也沸腾起来了。大家奔走相告，相拥而泣。试车成功，无疑表明了中国人自己设计的试验系统、试验关键设备经受住了考验，试验关键技术已初步掌握。

经历了首次成功的喜悦，“二次大战”又紧锣密鼓开始了。

“报告总经理，液氧煤油发动机首次热试车获得圆满成功！”胡鸿福第一时间拨通了刘纪原的电话。

“很好，这次成绩不小。”刘纪原高兴地说道，紧接着他话锋一转，“发动机是重复使用的，可以做到不下台再试吗？”

“不知道，发动机试后处理技术没有尝试，现在只是进行第一次试车。”胡鸿福说。

“抓紧再试一次，尽可能掌握这一技术。”刘纪原说道。

作为可重复使用的发动机，可以在试车台上连续进行多次试车，但每次试车之间，必须对发动机内腔、管道和接口处进行彻底的清洗。因为试车后发动机内会残留少量的煤油，如果不处理干净，再次试车时超低温的液氧会将残留的煤油冻成固态，高速流动的液氧与之摩擦产生静电，就可能会引发剧烈的爆炸。本以为能立即放下包袱好好休息，还没来得及品味成功的喜悦，即刻投入第二次试车准备的命令传递开来。

从第一次试车点火完毕到第二次试车准备，中间虽隔着一个“发动机试后处理恢复”，别看这只是短短一句话，但对于完全没有接触过的 165 所技术人员来说，这就是一个天堑，就是一道想去登攀但又不知从何下手的高峰。

再大的困难，也难不住这群善于攻坚的人们。不懂，就问，就自己摸索。

没有任何耽误，165 所技术人员立即向外方咨询请教。

按照专家提供的程序，发动机要经过回温，且在特定的温度环境用特定溶剂清洗，并最后保证发动机腔道内干净无杂质，且回温、清洗、检验必须不间断完成。每个程序都需要几个小时，甚至十几个小时，其中清洗方式有两种：一种是直接在试车架上清洗发动机，另一种是拆下发动机进行清洗，两种方式都有各自专用工装，让发动机始终保持竖直状态。并且清洗前要将发动机静置于 20℃以上的环境中保温，并使用惰性溶剂氟利昂进行清洗，然后再用专用的真空引射器将发动机内部抽至真空。这样的清洗程序要连续进行 5 次，并在恒温环境中静置一段时间后，再用专用设备取出发动机腔道中气体样本，化验无煤油挥发成分和其他杂质，达到标准后发动机才能进行再次试验。

在得知这是一套极其苛刻复杂的清洗方式和处理程序后，大家不禁傻眼了。先别说专用设备就单是清洗溶剂、温度环境等条件，二号台根本就不具备。

“还是那句话，只要敢登攀，就没有翻不过去的山，没有条件，我们就创造条件。”来代初鼓励大家说道。

经过商议，决定在试车台的平台上进行清洗作业。摆在大家面前的第一道难题就是发动机如何回温，按照要求，清洗前发动机要静置于 20℃以上的环境中保温。

第一次试车后，由于液氧的作用，发动机变成一个大冰疙瘩。12 月正值寒冷冬季，开放式的试车台环境温度都在零下几摄氏度，没有供暖设备就无法实现发动机回温。如何为发动机创造温度环境，大家想尽各种“土办法”。先是找来平时遮盖雨水的大块帆布，在发动机周围搭起简易的棚子，创造一个相对隔绝封闭的环境。然后买来几台电暖器放到棚子里，摆上一个温度计，硬生生制造出一个 20℃的保温室。为了加快发动机回温，有人从宿舍找来毛毯把发动机裹成“大粽子”，有人甚至把身上的棉衣也搭上去。做完后大家不由得笑道：这冰天雪地的，发动机是热得冒汗，我们是冷得发抖。就这样回温难题算是解决了。

没有清洗专用的发动机竖式工装，就用发动机转运箱子底座替代；没有专用的真空引射器，就用三台真空泵来实现抽真空目的；没有抽取腔内气体样本的专用设备，就找来大号注射器替代。流程要求不间断就分三班倒，24 小时轮转保障。正是 165 所人的脑洞大开想出这一个个令专家惊讶的“土办法”，最终满足了发动机试后处理的各项要求。

1996 年 2 月 12 日，有了第一次成功的底气，第二次 50 秒试车再次奏捷。

两次试车，使我国基本掌握液氧煤油发动机工作特性，掌握了该发动机试车程序并实现多项关键技术的突破和应用，标志着我国初步掌握了液氧煤油发动机试验技术。自此我国开始真正意义上的自行研制之路。同样更为后续模样阶段涡轮泵联试、半系统试车、整机热试车，初样阶段整机试车，试样阶段整机试车、摇摆试车、长程试车打下最坚实的新动力试验技术保障。

2001 年，一场惊心动魄且仅仅只有 2.84 秒的“失败”试车，让新动力研制“成功”转入新的阶段。

2000 年 9 月，国防科工委、财政部批准 120 吨级液氧煤油发动机研制保障条件建设项目立项，项目建设进入了实质性的设计阶段。2001 年 4 月，凤州试验区二号台完成了适应性技术改造，具备承担模样阶段整机试车条件。

“小李，还是那句话，试车过程出现任何问题都由你全权决定，出了问题责任归我。”张贵田院士站在李伟民身后爽朗地说道。这看似轻松的话语背后，却有着十分辛酸的记忆。

2001 年 4 月 26 日，进行我国首台自行设计制造的 120 吨液氧煤油发动机试车，刚起动就发生爆炸。

几个月后进行的第二次试车再次重蹈覆辙。没有采集到任何试验数据，几千人加班加点半年时间生产的几万个零件组成的发动机瞬间灰飞烟灭，试验系统损毁严重，几百万元费用付诸东流。

2001 年 9 月 28 日，经过改进设计的发动机即将进行第三次整机试车。经历过连续两次整机试车失败场景，作为室主任的李伟民心里依旧发虚，感觉肩上仿佛压着十座大山。

“只要敢登攀，就没有翻不过的山”，心里默默念着，深吸一口气，同张贵田交流了眼神，李伟民点了点头。

“点火！”李伟民下达口令。发动机应声起动，在离他不远的 101 操作岗上，南渭林弯着腰坐在座位上，脑袋侧歪身体向前倾，屏住呼吸，右手大拇指轻轻挨着停车按钮正上方，他全神贯注等待着命令。在试车前，李伟民跟他进行了沟通，如果听到“停车”指令，务必最短的时间内按下按钮，为此他们还特意训练了二十多遍。

随着发动机起动，突然一大片红彤彤的火光瞬间把控制大厅观察窗口全部笼罩。

“停车！” 李伟民高声喊道。听到指令的南渭林第一时间用尽全力按下按钮，他真心希望自己能够多争取到时间，哪怕只有几微秒。发动机的轰鸣戛然而止，火光渐渐暗了下去。原先试车从点火到出现故障再到停车，都需要人为操作。一般而言，从指挥员看到故障，然后瞬间下达指令，再到配合人员做出动作，至少需要四五秒钟，而这次从停车到按下按钮，仅仅用了2.84 秒。事后南渭林才发现由于太专注，大拇指指甲盖被弄出了个豁口。

当危险解除警报响起后，李伟民顾不上危险跑出控制间，趴在试车架旁仔细观察未爆炸的发动机。“哎呀！问题不大，烧蚀很小，就不该叫停车！”李伟民懊悔得直攥拳头摇着头。“小李，停车很及时！出现红光肯定情况不对，再试下去发动机就会爆炸，你指挥得很好！”随之赶来的张贵田高兴地说道。

张贵田的这番话并不是出于安慰，而是真的很高兴。因为关机及时，完好地保住了发动机，节省了半年制造周期。更关键的在于，这次试验取得了至关重要的 2.84 秒数据。发动机研制分为模样、初样、试样等阶段，模样阶段只验证设计合理性，不验证可靠性。这次试车发动机没爆炸，还有这组数据，足以证明发动机的结构设计是合理的，可以进入下一步的初样设计阶段。

2.84 秒的工作时间让大家都看到了成功的希望，根据数据发动机进行了更改，试车程序也进行了调整，大家都满怀期待下一次试车。

科研之路注定是坎坷万千的，2001 年 12 月 6 日，第四次整机试车起动仅 0.3 秒发动机就被烧蚀，试车再次失败。连着四次失败，所有人都心灰意冷，心情跌入谷底。

2002 年 5 月 16 日，航天六院自主研制的液氧煤油发动机整机试车终于获得了成功

正当大家士气极其低迷之际，〇六七基地迎来了重大好消息。经国务院批准，2002 年 4 月 22 日，〇六七基地正式更名为“航天推进技术研究院”，代号为“中国航天科技集团公司第六研究院”。这次更名，给新动力研制带来强大的力量。

2002 年 5 月 16 日，全新改进的发动机挂到试车架上等待着试验。“点火！”熟悉的指令声再次渗透凤州试验区每个角落。伴随着震天撼岳的声响，第五次整机试车正在进行。发动机按预定程序起动，3 秒后正常关机，试车获得圆满成功。

“终于成功了！”大家欢呼着，有人甚至流下热泪。“太不容易了！”这是所有人的感慨。连续四次失败的沉重打击，两千多个日日夜夜的奋战煎熬， 六院人万众一心的毅力与勇气，最终迎来新动力整机试车成功时刻。这次成功标志着我国初步掌握了高压补燃研制技术，中国新动力研制进入了崭新阶段。

驯火之路 为航天又创造奇迹

120 吨液氧煤油发动机研制模样、初样阶段试车都在凤州试验区二号台，由于二号台还承担着我国长征二号、三号、四号系列火箭的常规发动机试车任务，要经常转换试车系统，工作量极大。并且西安与凤州相距 300 多公里，每次试车都耗费大量时间往返两地，实在不方便。

谋久远，事方成。自 1999 年开始，165 所就开始着手新动力试车台的建设工作。新动力绿色、环保、无毒无污染的特点，使得在西安大本营附近建设专用试车台成为可能。

1996 年 8 月底，在航天战线征战 36 载、时任 165 所副所长、科技委副主任、年满 60 岁的雷茂长，到了退休年龄，因工作需要继续返聘。1998 年 9 月因身体原因他决定不再接受返聘，开始享受天伦之乐，然而这种幸福生活刚刚过了半年就被一个电话中断了。

经过所党委研究决定，聘任雷茂长担任液氧煤油发动机专用试车台建设的总设计师。

1999 年 5 月 8 日，是一个很普通的星期六。这一天，雷茂长起草了第一份《在西安建设液氧煤油发动机试车台初步技术方案》，并向〇六七基地做了汇报。五天之后，由几位老专家共同研究起草的第一份《液氧煤油高压补燃发动机研制技术保障条件项目建议书——发动机试验》，成为这个项目的立项依据。同年 7 月 30 日，根据上级要求起草的第一份《在西安地区建设液氧煤油发动机试车台综合效益分析报告》，第一时间呈报到了集团公司，作为中国国际工程咨询评估公司评估的依据。

同年10月中旬，中咨公司将对液氧煤油发动机研制项目进行评估。为了做好大战前的准备，总设计师雷茂长主要负责答辩，他认真准备材料，预先汇总了几十个问题，有的问题分给有关人员准备，自问自答提前写好提纲。

1999年10月，国防科工委委托中国国际工程咨询公司组织航天专家对高压补燃液氧煤油火箭发动机试车台建设项目的必要性进行了评估，并深入凤州试验区和清水头试验区调查研究。10月21日，中咨公司及十余位专家参观清水头试验区，重点察看了预选建台区域，专家对这个建台地域不满意，他们希望在距此不远的地方另选址。第二天中咨公司及全体专家乘汽车到红光沟参观，在参观完两座试车台后，雷茂长特意专门安排在一号台控制指挥间给专家播放了1981年特大洪水泥石流灾害录像资料，专家们看完后感到震惊。

这次红光沟的考察调研，使中咨公司专家们强烈感受到了在西安地区建立试车台的必要性。然而，专家们同时认为，没有必要立即起动试车台建设项目，可以推迟几年再建。

眼看项目就要被搁置，航天科技集团公司、〇六七基地和165所继续向上请示汇报。功夫不负有心人，2000年9月7日，液氧煤油发动机试验区建设获得了国家批准立项，同意在西安选址建液氧煤油发动机试车台。

试车台选址也是项十分重要的技术工作，它是试车台建设的基础性工作，它的理想程度直接影响着试验基地整体布局的合理性、投资规模的大小、试验工艺流程的合理性和安全性，以及使用方便和良好的可维修性等。在搬迁西安后，165所建成了清水头姿轨控试验区，如果在这个试验区附近选址建设，无论是从技术还是建台经验，都是比较理想的方案。原立项报告就是选定在清水头试验区建台，但评估专家在评估书面意见中表示，台址距小峪河太近，且台址与河床高差太小，将来有被淹的可能。同时，他们认为这么大的项目在专家评审时不能只有一个方案，至少要提出两至三个方案供比较选择。

液氧煤油发动机试车台建设选址工作充满了艰辛曲折

时间就是生命，165 所组成了老中青相结合的选点小组，成员有雷茂长、史超、周同、沈德保、唐德芳、卞水思、来代初、付江南、薛坐远、王会程等，他们在秦岭北麓 100 多公里的十几个深浅山沟开始了艰苦的选址工作。

半个多月时间内，他们一行乘专车跑遍了户县、长安县、蓝田县距西安大本营 50 公里范围内的秦岭北麓的十余处山坡地、峪或沟，但迟迟没有找到心仪的场地。

选址要从多个方面考量，一是地形要有明显的高位差，有利于冷却水借助地势实现势能转化为动能；二是不能是平地，虽然美国斯坦尼试验基地、俄罗斯赫姆基试验中心就建在平地上，但需要的辅助工程建设规模大、投资规模也大；三是不能在近山根。近山根地域的村庄多且人口稠密，不利于开展科研试验工作，最终只能进山沟寻找合适地方选址。

爬山只能徒步，老同志直接掰根树枝简单处理下就成为登山的拐杖。为了节省经费，每次出发前，大家都用塑料袋装上一天的伙食，大多都是瓶装水、馒头、咸菜，奢侈的时候最多带上两根火腿肠和一瓶辣椒酱。选点小组走遍了西安南郊终南山的每一条山沟，但是始终找不到心仪之地。

一天，选点小组再次徒步爬上了一座山头，所有人都累得气喘吁吁。

“就先在这解决午饭吧！”雷茂长抬头望着烈日说道。崇山峻岭间，人迹罕至，光秃秃的山头更是没有一丝遮阴的地方。

“哎，走了那么多天，爬了那么多山头，就是没碰到合适的地方。”有人懊恼地叹息着。

“我怎么忘了这么个好地方，几年前我曾踏勘过抱龙峪和太平峪，那里的地理位置不错。”在大家一筹莫展之际，周同拍着大腿跳起来说道。不由分说，大家立即动身前往。

也许冥冥之中就已经注定好，在察看抱龙峪时发现，山峪明显被开发过，有简易道路，修了河堤和两座桥。

“老乡，之前有单位在这里待过吗？”雷茂长询问一个在地头干活的村民。

“这是西安市一六五信箱修建的。”老乡头也不抬地回答道。这就奇怪了，我们都没有来过这儿，怎么会有一六五信箱，这么巧合的。后经了解，原航天部五〇四所从武汉搬迁三线时选址在抱龙峪建设工厂，1969 年开始征用场区外公路用地并修建了场区外简易道路，在后续建设中发现抱龙峪沟窄、可使用面积小，建成后不利于生产管理，五〇四所将已购置的土地手续全部上交陕西省建委。

选点小组成员商议着，他们当初选址时肯定也是察看了秦岭北麓所有山沟，认定这是最好的一条山沟，我们再费劲也不会找到比这更好的山沟。大家决定，把抱龙峪作为预选方案。为确保不漏掉一处，小组成员还踏勘了太平峪和西角峪，最终选点小组提出清水头、抱龙峪、太平峪三个预选场址的建议。后经过多次察看，上级最后决定在清水头和抱龙峪进行方案细化和综合对比。在两者选择其一，必须慎之又慎，这直接关系到新一代液氧煤油发动机的研制进程，任何一个问题必须解答，任何一个疑问必须水落石出。

首先要弄清楚两个选址区的水文地质情况。选点小组委托地质勘探专家对选址区的地质构造、水文地质，是否会发生泥石流、滑坡，百年一遇大水对选址区安全性影响，水的质量等方面是否适于建台给出书面结论性意见。为了解噪声治理技术，雷茂长和史超带领几位同志，到武功县 5702 飞机发动机维修厂，学习航空发动机试验噪声治理技术；为解决发动机试车噪声对周边生活环境的干扰，他们又多次到西安交通大学机械振动与噪声研究所找专家教授研讨噪声的产生、传播机理及治理措施等问题。随着工作的不断深入，对问题的认识程度也越来越深刻，经过对各种因素的综合分析对比，清水头、抱龙峪场址各有利弊，但综合考虑，抱龙峪方案更为优越。

2000 年 4 月，陕西省计委和航天科技集团公司联合召开的地方政府部门评审会上做出结论：同意在抱龙峪建设液氧煤油发动机试车台。紧接着在集团公司召开的专家评审会上也做出结论：抱龙峪作为液氧煤油发动机试车台建设首选方案。至此，选址工作总算尘埃落定。

2002 年 3 月，开挖发动机试车台基础，正当试车台建设按预定的目标向前推进时，突如其来的地质灾害让试验区建设几乎停滞。

“老雷，赶紧下楼，抱龙峪工地山体滑坡了，咱们赶紧过去，车马上到你楼下。”史峰章催促着。

2002 年 5 月 4 日，开挖完第一级 8 米高边坡时，突然发现岩石发生了裂缝、错位和局部滑塌现象。“五一”期间连日的大雨更加导致高边坡以上的裂缝增大，出现了较大规模的滑塌，中位水池工作平台也产生严重变形。突如其来的地质灾害不仅影响了试车台基础的开挖，也给待建的测控楼基础带来了严重影响。一场大雨，又将新台建设抛到了风口浪尖。

这过去没有碰到的严峻问题，引起了各级领导的重视。参加试车台建设的领导和专家压力千斤万钧，彻夜难眠。山体出现了这么大面积的滑塌，试车台还能否继续在这一地区建设？

一时间，围绕着这一地区能否建台、地质病害影响到底有多大、地质病害如何有效治理进行了广泛的调查研究与论证求解，省内外许多专业部门的专家应邀到现场察看。

从 2002 年 6 月开始，六院、165 所多次组织专家进行会诊，对产生地质病害的原因和危害程度进行分析，对试车台建设位置所处山体的稳定性进行评价，对调整方案的可行性进行了探讨。9 月邀请了包括四位院士（中国工程院院士周镜、郑颐仁、张贵田，中国科学院院士李吉均）在内的各方面专家，进行了广泛的调查研究与论证求解。专家们一致认为：秦岭北麓的地质结构普遍存在这种地质病害，属于局部浅表层滑塌，可以治理，这才使得大家的心重新踏实了下来。

在高边坡病害治理过程中，同样面临着几十年不遇的恶劣环境，不是雨雾弥漫就是风沙飞扬，没有现成的道路，钢筋就一根一根扛上山去，砂石水泥就一袋一袋背上山去。基建处刘桓省、潘泗峰每天从早到晚坚守在各自的岗位上，任劳任怨、勤勤恳恳，认真细致地复核工程量、计取原始数据，检查工程进展部位的细节。

在近乎与外界隔绝的环境中，没有娱乐、通信阻隔、食宿简陋、露天作业，就连上厕所也成了难事。即便这样，刘桓省、潘泗峰这两位年轻人，从不抱怨计较，依然乐观豁达、克己奉公。令人遗憾的是，年仅 24 岁的潘泗峰再也不能见到试车台落成时雄伟耸立的壮景了，再也听不到发动机吼出的轰鸣了。因为心脏病突发，这个当时 165 所身材最高的年轻人，2004 年永远离开了他心爱的岗位。

在工程建设初期，浅山沟几乎不具备生活条件，基建处时任处长付江南、副处长徐万林就用自己辛勤的双手，为工程建设的顺利披荆斩棘，铺平道路。

没有地方住，他们只有到两里外的村庄暂时租住村民的土屋，借老乡的炉灶烧火做饭；没有交通工具，每天步行几里山路上工地。在还没有通水的那段时间里，吃水成为非常严重的问题，生活用水全部来自那条小水沟，有人风趣地说“下雨喝的是稠泥水，天晴喝的是洗澡水”。

为了确保液氧煤油发动机试车台建设的质量和进度，保证试车台基础按时开挖，付江南一头扎进了工地。面对试车台建设工程的压力和挑战，他经常食不甘味，寝不安席，抱病奋战。大雪封山，供水管道冻结，家家吉祥欢乐的大年夜，付江南啃着干馍夹剩菜独自巡逻在凄寒逼人的高边坡治理工地，为第二年的开工做好准备。大年夜到初七他都在工地上忙碌，过节的十几天，只要山上有施工，那里就有他的身影。一次，所机关的同志到工地要找付江南，怎么也找不到，直到跟前才认出眼前这个头戴草帽、双眼布满血丝、一身工作服的人就是他。而从远处看，满身泥水的付江南和民工无异。

付江南常对人说：“庞大的工程建设系统涉及面广、关系到方方面面，工程管理复杂多变，容不得半点掉以轻心啊。”他对测量的精度、钻孔的深浅、直径的大小、施工是否严格按设计要求，逐一进行严格的控制管理，唯恐出现漏洞，造成质量隐患。晚上，他冒着凛冽的寒风，披着大衣，打着手电，去施工现场解决突发性问题。

雷茂长年近七旬，他一声不响地将自己病弱的身躯交给了试车台建设。为了不影响设计进度，他经常抱病到建筑设计院讨论，虽然每次都路过医院门口，却顾不得走进医院的大门。为了确定试车台的理想位置，他从山坡上折了根树杈当拐棍，同其他几位老专家一起，沿着 40 多度的陡坡反复察看。由于身体原因他们爬不了几步就得停下来休息，满头大汗的样子让人十分心疼。新台区总体设计的水平与进度，倍受各级领导的关心，压力之大、责任之重他心里最清楚。

为了确保系统设计工作的顺利进行，作为总设计师，重任让他辗转反侧，彻夜难眠。有一次，由于地势原因，中高位水池的位置迟迟确定不下来，长期耽误下去将影响到整个工程进度。为了工作节点的按期完成，在雨后他拄着木棍又要往山上爬，一个年轻技术人员劝他说："雷老，已经看了这么多次了，您就别上去了。"听到这话，他严厉地说："设计人员如果不对自己的设计方案仔细推敲，取得第一手资料，又如何经得起别人和时间的检验！"

在液氧煤油发动机试验区建设中，像雷茂长这样壮心不已的老一代航天人还有唐德芳、卞水思、曹德鑫、臧礼久等，他们虽年过花甲，但都默默奉献着自己的聪明才智，为技术方案严格把关，为设计求证绞尽脑汁，燃烧着自己的光和热。

来代初，一位长期担任常规发动机试验区一室主任的中年汉子，当他卸

老专家们为了试车台建设不辞辛苦

任室主任而担任所工艺副总工程师的时候，没有人会想到，一副更沉重的子在等待着他。所里决定，由他出面从一室、五室等单位抽调一批技术人员，组建了一个临时的液氧煤油发动机设计室，主要承担液氧煤油发动机试验区的系统设计。如果说试验区的土建工程是整个试验区的载体的话，那么系统设计则是试验区的内核。能否把液氧煤油发动机试验区建成亚洲第一具有现代化水平的试验区，系统设计至关重要。

和发动机试验系统打了半辈子交道的来代初，深感这一全新的液氧煤油发动机试验区设计的艰难。过去在常规发动机试验区进行的同类型试验是在原常规型号试车系统中进行技改，而在新试验区必须打破常规，紧跟当前世界航天试验技术发展前沿，要通过超前的设计和周密的考虑，把抱龙峪建成技术一流、设备一流的试验区。

摆在设计人员面前的困难是可想而知的。数十个大系统、数百个分系统、数千张图纸的设计画图，数万台次的仪器设备的选型，都需要设计师系统来组织、参与或把关。大系统套分系统，分系统套子系统，整天埋在图纸堆里的感觉，对一般人来说是残酷的，而对于从事系统设计的液氧煤油设计室、一室、五室和环境设计院等单位的设计人员来说，却几乎成了一种“享受”。大家如痴如醉地扎进了系统设计的海洋中，任凭系统设计中的艰难困苦磨炼他们的身心。

设计初期，困难重重，对没有经历过试车台系统设计的年轻人来说几乎是老虎吃天，无从下手，从工艺系统到测控系统，个个都是难啃的骨头。张辉、冷海峰等年轻的设计人员毫不气馁，一方面虚心向老专家学习，一方面查阅大量的文献资料，从国内外的发动机试验技术中汲取营养，理出设计思路，确定设计方案。大家一头扎进了系统设计中，废寝忘食，勇克难关，紧跟国际航天试验技术前沿，力求设计方案跻身国际先进水平，经得起历史的检验，为党和人民交上一份满意答卷。

当液氧煤油发动机试验区进入最后安装调试阶段的时候，165 所决定在原临时液氧煤油设计室的基础上，正式组建液氧煤油试验室（二室）。新试验室的组建结束了长达四年的以设计师系统抓总的临时设计机构，液氧煤油发动机试验区也正式进入了安装调试阶段。无论是前几年的液氧煤油发动机设计室，还是如今新组建的试验室，每一个人都成了拼命三郎，对事业是那样的执着，对工作是如此的玩命。他们那严肃认真的表情下，蕴藏着一颗颗赤诚的心。

事实上，在液氧煤油发动机试车台建设任务中，在建设工期的日日夜夜里，不知疲倦、无私奉献的又何止他们。为了确保物资供应，以处长郭德寿为代表的 165 所器材处职工任劳任怨，长期奔波忙碌在物资供应一线，克服了常人难以想象的困难，把数千吨建设急需的钢材保质保量送到施工现场，保证数以千种数以万台次的设备仪器到货。而在设备安装阶段，二车间广大

抱龙峪试车台建设正如火如荼地进行当中

职工吃苦耐劳，以苦为乐，与冰冷的管道容器阀门打交道，迸发出来的激情与干劲，就连与他们一起干活的民工也啧啧称赞。民品产业广大职工心系抱龙峪，全力以赴支持新台建设。为了确保施工配合人员的一日三餐，炊事员蔡春生在简陋的食堂起早贪黑，任劳任怨，一干就是数年。

2003 年 7 月 9 日，抱龙峪试验区主体工程奠基，土建工程施工全面启动。使命感、责任感，再加上超常规的效率，最后创下进度无误、事故为零的纪录。时任六院院长雷凡培感慨地说："165 所为航天又创造了一个奇迹。"

2005 年 1 月 5 日下午 3 时 27 分，古老的长安再次成为人们瞩目的焦点。秦岭北麓一个此前并不知名的浅山沟里，随着指挥员"开车"一声令下，一团橘红色的火焰喷薄而出，映红了群山，震天撼地的轰鸣声虽然只有短短的 30 秒，但却石破天惊，宣告了我国液氧煤油火箭发动机试车台考台试车获得圆满成功。

经过考台试车的检验初步得出结论：试车台的试验系统和土建工程设计是合理的、正确的；土建工程的施工和安装过程质量是受控的，试车台的试验能力达到了国家规定的建设目标。考台成功，标志着我国又一个大型液体火箭发动机试验基地从此诞生，我国研制新一代大推力无污染运载火箭踏上了崭新的征途。

在外国人眼里，建设类似规模推力试车台，至少要用两年的时间，而在 165 所仅用了一年半。经过考台和正式试车的进一步验证，这座亚洲第一试车台的总体设计、技术、设备等指标均达到了国际先进水平。

专家概括的"两小""五个首次"无不说明道理。"两小"是指距离 165 所本部仅 19 公里的试验区，人烟稀少，山沟虽狭窄但很安全，几道拐弯形成天然消音屏障。采用先进技术使基础与山体锚固连接在一起，试车台的振动声和噪音声大大减小。"五个首次"是指设计上的五项重大突破，即采用控制间与发动机试车台设在一个平面布置方案、发动机安装全机械化升

考台试车的成功，标志着试车台建设和试验能力达到了国家规定的建设目标

降平台、故障诊断自动关机系统、控制系统可靠性的“三机表决”、300 毫米真空绝热低温球阀。此外导流槽采用水冷式设计，大大降低了造价，增强了试车台的安全可靠性。

从 1999 年项目立项，到 2005 年考台试车成功，前后历时六年，二千多个日日夜夜，165 所广大建设者以无比坚定的理想信念、无与伦比的责任使命、无以复加的顽强拼搏，登攀新动力试车台建设高峰。

稳妥可靠　双一流筑大国基石

经过几十年研究、探索、发展，165 所从最先的几间简单茅草屋发展成为一所三地四中心的工作格局。试验系统从一个简单的试验系统，发展成为众多试车台和工位功能完善、设备先进、技术一流、可靠性高的液体火箭发动机综合试验技术研究所，成为中国航天事业发展的中流砥柱。

嫦娥奔月，是自古以来的神话故事，而中国对太空的探索一直在进行。2003 年，杨利伟在六院研制的火箭发动机推举下，乘坐神舟五号飞船实现了历史性的飞天壮举，就此打开中国探索宇宙新的历史篇章；当北斗卫星成功组网，中国建立了属于自己的全球定位导航系统；当新一代三型运载火箭长征五号、长征六号和长征七号一飞冲天，中国向着更深苍穹又迈进了一步。这每一个前进的步伐，都伴随着航天技术的迅速发展，成就于中国金牌动力的厚实肩膀，也离不开 165 所稳妥可靠的试验系统与严慎细实的驯火之路。

火箭发动机试验和其他大型科学试验相比有许多特点。第一，发动机试验是一项复杂的多学科系统工程，包含试验工艺、控制、测量三大核心系统，结构复杂、规模庞大。第二，发动机试验要求绝对稳定可靠，其中一个小环节出问题就会导致整个试验过程失败。第三，试验费用巨大。一次大型试验所消耗的费用，动辄几百万甚至几千万元。第四，试验本身不安全因素多，危险性大，试验所用的推进剂易燃、易爆，甚至有毒、强腐蚀。如果试验一旦出现事故，基本上就是灾难性的，会造成着火、爆炸、中毒、人员伤亡等，这些都是由火箭发动机工作性质、方式、条件和环境所决定的。成功需要多种因素，失败只需一种因素，1% 的失误导致 100% 的失败，一次成功不等于次次成功，这就是对火箭发动机试验和 165 所特点的最好诠释。

新动力地面试验系统主要由试车台主体、工艺系统、控制系统、测量系统、辅助系统组成。其中，工艺、控制、测量是三大核心系统，它们的可靠性直接关系到试验的成败。

工艺系统是试验系统的基础，是试验系统的机械结构核心部分，一个试验系统的能力、规模大小主要体现在工艺系统上。控制系统是液体火箭发动机试验的大脑和神经枢纽，它是试验系统的总指挥。它的作用是在试车过程中发出指令信号，使发动机与试车台各工艺系统按预先设计好的程序和时序协调工作，完成预定的任务。试车过程中发生故障或故障趋势时，及时准确判断，按事先确定的预案调整控制程序或实施紧急关机，防止灾难性的故障发生。火箭发动机地面试车是否成功，是否达到目的，不仅要求发动机按预定程序正常关机，更重要的是用试验中测量的数据来说话。由于每次试车时间短、费用巨大，被测参数能否准确、可靠、完整的获得关系到试车的成败。因此，测量系统在发动机试验系统中占有非常重要的地位。

抱龙峪试验区是中国新动力的主战场，距离西安本部近19公里，交通便利，承担着新动力系统研制试验、工艺交付试验等，其以国际一流的先进试验设备和试验技术，成为我国乃至亚洲推力最大、功能齐全的绿色环保新型低温液体火箭发动机试验技术研究中心。试验区于2005年建成投产，试验区建设立足高起点、高质量、高技术、高水平。设计中借鉴国内外先进的技术和经验，选用一流的试验设备，在国内同行第一家研制了高可靠性的“三机表决”冗余控制系统；第一家在大型液体火箭发动机试验系统采用液氮蒸发生产高质量气体；第一家对试验系统的阀门打开关闭次数进行自动计数；第一家在大型试验系统使用推力自动校准系统等先进技术。自建成以来，为我国航天事业的发展，为中国新动力遨游太空，奠定了最为坚实的基础。

抱龙峪试验区拥有两个试车台、三个试车工位、一座测控大楼、两个推进剂库房和一个气体生产车间等二十多个试验设施。其中：

901 试车台——亚洲最大低温大推力发动机试车台，采用垂直水冷式导流槽结构，基础承载能力 500 吨，主要承担 120 吨液氧煤油发动机双机并联热摇摆、600 秒长程高工况试验、工艺检定试验等任务。

902 试车台——多功能低温中小推力及其高压组合件试车台，由高压组合件试验工位 902-1 和高空模拟试验 902-2 工位两部分组成。主要承担高压组合件试验、18 吨液氧煤油发动机长程、二次起动、工艺检定等各类型试验任务。

903 测控中心——智能监控及指挥决策中心，由 901 测控中心、902 测控中心及测控辅助设施组成。主要承担发动机试验的自动控制及参数精确测量，试验进程指挥决策，以及推进剂贮存库房、气体生产车间等辅助试验设施的实时监控等。

大型试验对控制系统的基本要求是高速度、高可靠、高稳定、高控制精度，实时监控，故障诊断，其核心部件是控制计算机、控制程序、控制电路。

为了提高控制系统可靠性，设计人员将控制程序进行模块化，实现同一型号不同次试车或不同型号的试车，进行简单调整就能使用。控制计算机选用工业控制机，采用双机冗余设计，两台计算机执行同样的控制程序，可进行双机热切换，即使主控计算机发生故障，从控计算机马上能实时切换，达到两台计算机同一时钟，同步工作，有效保障了双机并联工作时对全部试验数据获取。控制系统的控制电路，接口电路、控制元件等选用工业级或军用级器件，且经老化筛选试验。由于工艺系统的各种阀门动作时间不同，用在试验系统的各种阀门动作时间经反复试验后，才能获得准确时间，并将动作时间体现在控制程序中，只有这样，控制时间、时序才能准确，复杂的试车过程才能实现准确无误、可靠的控制。

由于发动机试验控制系统的重要性和特殊性，其设计、研制方案要反复论证、评审，研制后要做大量的试验、验证、检测工作，控制程序要经过严

抱龙峪试验区一瞥

格测试。所以，第一次正式投入使用的控制系统都是要经过上百次地面运行考验、边界条件干扰测试，确认无问题后，方可投入使用。只有这样才能做到控制系统准确、可靠、稳定。

试验数据是试验的直接产品，数据报告则是评价发动机性能的唯一依据，测量就是实现对试验数据的采集，进而经专业技术人员数据处理、分析、研究、判断、汇总，剔除不合理的异常数据后，形成试验数据报告。同时，试验过程中，测量参数种类多，使用的设备仪器类型杂，要求获取的数据量大，被测环境高温、高压、大振动、强腐蚀、干扰信号大等。对测量系统的基本要求是高速率、高可靠、高精度、测准、测全。因此，数据获取的完整性、快速性、准确性和可靠性有着非常苛刻的要求。

伴随着电子技术、传感器技术、计算机技术和工程测试技术的变化而迅速发展，抱龙峪试验区发动机试验测量系统不断采用新技术、新设备、新方法，实现试验数据的测准测全。

抱龙峪试验区测量系统采用了分布式布局方式，推力压力参数采用了原位校准技术，流量参数为克服涡轮流量计无法进行真空介质校准引起的测量误差，采用了分节式电容液位流量测量技术。最多可测的试验参数达 300 多个，测试能力为常规发动机试验区的数倍，而且还留有充分的扩展空间。测量控制系统的外部线路铺设在架空的电缆桥内，避免了地下沟内铺设因潮湿环境导致的电缆电线的锈蚀现象。

自主开发的稳态参数应用程序，稳态参数采样速率任意选择，大幅提高数据采集系统性能。所有参数可以实现物理量实时显示和实时曲线绘制。液氧系统建立了低温稳态流量测量系统，基于稳态参数的故障自动关机系统投入使用，推力参数和发动机自带传感器实现了自动校准。一体化测控系统研制开发应用，提高了试验可靠性，大量使用质量流量计提高了流量测量精度。试验过程高速摄影增强了分析手段。动态参数测量系统将电荷放大器和数据采集系统集成化。试车准备时间、数据处理时间大大缩短。一次大型地面试验测量参数几百个的情况下，10 多人组成的测量组 3 天内准备工作就绪，试车后半小时到 1 小时提供初算数据报告，1—3 天完成正式数据报告，原先无休止加班排除故障和干扰的情况在测量系统再也看不到了。

随着发展不断壮大，随着试验领域不断拓展，随着试验设备软硬件不断更新，165 所以高质量、高标准、高水平筑牢大国重器的坚强基石，为中国新动力研制插上腾飞的翅膀！

创新引领　不畏险阻再攀新高峰

2015 年 9 月 20 日，由 165 所试验交付的液氧煤油发动机，迈出了太空首秀的伟大征程，推举我国首枚新动力火箭——长征六号在太原卫星发射中心一飞冲天。液氧煤油发动机首飞实际遥测数据与 165 所工艺鉴定试验提供数据完全一致，彰显了 165 所的试验技术水平。这一刻，165 所人期盼得太久，无数次试验任务只为腾空的一瞬，承载的重担终于放下；这一刻，165 所人激情澎湃，创新引领试验技术，终于浇开幸福之花；这一刻，165 所人欢呼雀跃，心潮起伏，难以平静，多少人流下了喜悦的泪水。此外，依托军品试验技术航天技术应用产业研制的地面抽真空设备以及液氧煤油发动机点火剂，也经受了发射的考验，为中国新动力成功首飞做出了突出贡献。

2005 年 1 月，抱龙峪试验区 901 考台成功揭开了我国新动力试验的“第一页”。随后，相继而来的各种挑战接踵而至。2010 年 11 月 11 日，抱龙峪试验区全力迎接着一场艰苦卓绝的挑战——新一代液氧煤油发动机首次双机并联试验。双机不是简单的 1+1=2，双机并联试验，意味着试验系统必须实施全面的技术改造,这对于承担试验任务的参试人员,又是一次全新的挑战。

由于新一代大推力发动机双机并联试验在国内尚属首次，因此对于两台发动机的振动有多大，两台发动机之间会不会发生共振，发动机和台体之间会不会发生共振，一时间成为各级领导专家，特别是参试人员最关注的问题。与此同时，大流量推进剂供应分流，双机并联试验中转接架的设计，双机的同步起动控制等也都成了技术人员亟待解决的关键难题。

而这些技术改造无论是从工作量还是工作难度上来说都是前所未有的，再加之是第一次承担双机并联试验，没有任何经验，技术人员只能付出更多的艰辛在摸索中不断前行。在大流量推进剂供应分流设计中，技术人员为保证转接分流器的合理布局，利用三维辅助设计软件对转接分流器进行了结构设计，并与发动机模型进行数字模装。这不仅准确完成了复杂管路的设计，而且有效防止了液氧和煤油分流管在狭小空间内的相互干涉。

转接架是双机与试车台能否顺利可靠对接的关键设备，165 所技术人员在设计中对其进行建模、分析，并通过结构设计、数值仿真、受力分析、强度刚度计算等，实现了转接机架实体三维建模和总体布局优化。同时，通过双机起动动载荷计算、转接机架振动模式仿真计算，使转接机架的固有频率远离发动机的主振动频率，确保转接机架固有频率与发动机不发生共振。

双机发动机入口对接管道空间结构复杂，要做到数字化设计一次成功，难度可想而知。为了保质保量按节点完成改造任务，165 所技术人员多次与 7103 厂和 11 所研发人员进行沟通，不断优化模型设计并提前预制好发动机入口对接管道，实现了这个看似不可能完成的任务。在试车台的实际改造过程中，更是困难重重。双机转接机架的吊装工作不仅是考验参试人员体力，更考验了脑力。由于吊装转接机架没有工装，加之吊装空间狭小等因素，给

双机并联试车的壮观场面

吊装作业增加了很大难度。技术人员发挥聪明才智，最终借助巧劲，使重达几吨、直径三米多的“大家伙”在参试人员手里乖乖地听了话，将转接机架与推力架进行准确对接。与此同时，数量众多的各类管道也需要逐个配置，为了保证进度，参试人员很多时候从早上八点出发，一直到晚上九十点才拖着疲惫的身体走进家门，有时甚至忙到凌晨三四点。

作为工艺技术骨干的唐斌运，为了保证进度，放弃了中秋、国庆长假一直奋战在一线。因为每天早出晚归，孩子已经好多天都没有看到爸爸的身影了，一天，孩子哭着在电话里说：“爸爸，你快回来吧，我想你了！”听到电话里孩子带着哭声的问话，他心里像打翻了五味瓶，可却硬着头皮，哄了哄孩子。晚上回家，看着熟睡中宝贝可爱的笑脸，他只能轻轻地说“等忙完这阵子，爸爸一定好好陪你”。

作为摇摆系统主岗，祝敏集中全部精力投入到庞大而繁杂的双机摇摆试车准备工作中。为了确保试车中伺服机构姿态控制、数据采集可靠性，她与外协单位进行大量、细致的地面联试工作，中午、晚上加班已是家常便饭。在一次联试过程中，伺服机构转速参数异常，为了不影响试验准备进度，她主动请缨，利用晚上加班寻找问题原因，通过现象分析，内外线各环节导通绝缘检查，组件替代等方法，发现问题产生的原因。通过重新接线，伺服机构转速恢复正常，而此时已凌晨两点多。当值班车把她送回办公楼时，忙碌一天的老公在等她的时候已经在车里睡着了。

除了完成双机并联试验、四机并联试验、工艺检定试验等，还需对发动机进行多种恶劣环境试验的挑战。72 小时长时间发动机预冷和煤油换热升温试验是对试车台系统及参试人员极大的考验。由于这两类试车准备工作的节奏明显与常规试车不同，为了避免出现质量问题，各系统制定出详细紧急预案，并针对试车要求对试验系统进行技术改造和采取应对措施，以提高试验系统工作可靠性。参试人员白天、黑夜两班倒；各关键岗位、关键数据每隔一小时做一次记录，主管道、容器及配气系统值班人员每小时到现场检查一次；测量岗位人员，不仅每小时做记录，而且需要实时关注屏幕上数据的变化情况。经过恶劣环境试验的考验，获得了发动机经受严酷考验的一系列关键参数，而参试人员特别能吃苦、特别能战斗、特别能奉献的航天精神也再一次得到了铁的证实。

2016 年 6 月 25 日，研制试验的 120 吨级液氧煤油发动机、18 吨级液氧煤油发动机和上面级主发动机成功推举我国新型运载火箭长征七号首飞；2016 年 11 月 3 日，由 165 所试验定型的 120 吨液氧煤油发动机托举推力最大、运载能力最强的大型运载火箭长征五号，在海南文昌发射中心成功实现首飞；随后，我国首台泵后摆火箭发动机试车获得圆满成功，标志着中国成为世界上第二个掌握泵后摆核心技术的国家。2018 年 2 月，由 165 所与神华鄂尔多斯煤制油公司、宁煤集团联合研制的煤基航天煤油，首次应用于

120 吨泵后摆发动机试验并取得成功，这是我国新一代运载火箭和未来重型运载火箭燃料拓展史上的里程碑，对保证未来航天燃料供应具有重要的战略意义。

新动力一飞冲天的壮举，重型泵后摆试验的成功，完美展示了 165 所研制建设的地面设施、设备的先进性和安全可靠性，更显示 165 所在液体火箭发动机试验技术领域的不断突破与引领地位。

如果说，液氧煤油发动机试验是一次次激情的驯火战斗，那么技术创新则是登攀科技高峰、保证新动力完美飞天的动力。在出色完成新动力半系统试验、高空模拟试验、极限工况试验、大推力长程试验等各型试验的同时，165 所科技人员刻苦钻研，开拓进取，瞄准试验技术探索不息。潜心研制了三维发动机升降平台，为国内外试车台首次采用，有力地保证产品和高空作业的安全。自行设计了代表国内先进水平的水冷式导流槽，在满足火箭发动机试验需要的同时，减少供水泵组体积，体现了技术人员的聪明才智。设计了国内最大口径 DN600 低温阀门。DN600 截止阀为重型发动机试验系统专用试验设备，其成功研制，填补了国内空白。自行研制了试验故障诊断自动停车系统，为产品安全和试验设备安全保驾护航。先后摸索极限氦增压考核、−191℃液氧过冷、高过载压力、48 小时延时点火、72 小时液氧预冷、不离箭快速处理等系列组合边界条件试验，攻克了多项试验领域的技术难题。在不断创新引领下，实现了对高温高压、危险复杂等环境试验的控制自如、举重若轻。通过大量的研制试验、双机并联试验、边界条件试验、工艺检定试验，165 所人以 120 分的技术厚积薄发、120 分的努力付出，为包括长征五号、六号、七号等中国新动力的 100 分完美飞行发放最为可靠的通行证。

在型号试验呈现高要求、高密度、高难度的形势下，165 所不断引领液体动力试验技术最前沿，以重大国家课题为平台，承担了“液氧煤油发动机试验低温流量原位校准技术研究”等多项国家级基础课题研究任务。攻克了低温液氧流量精确测量、高温高压富氧燃气的测量与现场校准等难题，进一步提高了火箭滚控精度、优化了箭体结构。

一分耕耘一分收获，为新动力提供了最坚实可靠的支撑、在收获新动力成功飞天的喜讯的同时，大大推动了我国大型液体火箭发动机试验技术迈上新台阶。双机并联试验技术获得了国防科技进步二等奖。目前，国家重大科研项目 120 吨级液氧煤油发动机工艺检定试车台建设正式开工，重型试车台论证工作稳步推进，为未来征战深空奠定坚实的基础。

海南发射场是集我国航天科技高、精、尖大成者的新一代大运载火箭发射基地，更是“长五”火箭得以发射升空的前提和地面设施保障。

在不断推进我国液体动力技术赶超国际一流的同时，165 所顺应经济形势变化和市场发展需求，充分利用在发动机试验测控技术、低温技术、环保技术、机械电子产品开发等领域优势，2014 年成为海南发射场的重要建设者与重大关键设备的研制生产者。由 165 所研制生产并安装的氮气供配气系统，是国内在线供气能力最大的系统集成，能够精准地调控全系统管道氮气使用，确保发射场所有工位进行管道吹除、检测等工作，较高压气瓶供气有着得天独厚的可靠优势。

煤油加注系统承担着煤油转运、箭体加注等功能，该系统也是国内最先进、功能最强大的煤油加注系统，其中的煤油降温控制系统能够完全按照发射任务的需求对煤油温度进行控制。该系统还实现了无人远程操控，进一步提供了系统安全性。据统计，仅氮气和煤油两大系统中，165 所承担的大型设备就有 24 台套，真空绝热阀门 159 台套，各种低温阀、过滤器、配气台、活门箱 1120 台套，场区管线 36 种规格总长达 30000 多米，机加管接件 15000 多件。

在建设过程中，165 所始终以国家至上的责任使命，按照高起点规划、

海南发射场的建设凝聚了 165 所干部职工的心血

高标准推进、高质量实施的理念，凭着坚韧不拔、敢打敢拼的顽强毅力，凭着严慎细实、精益求精的工作作风，攻克了一道道难关，啃下了一块块硬骨头，用执着和真诚，用拼搏和奉献，为发射场打造先进、安全、可靠的地面设施。当中国神箭一飞冲天，165 所的产品质量得到最有力的验证。同样，他们的精诚品质铸就了中国新动力的强有力保障。

液氧煤油作为发动机的推进剂，在正常情况下相遇不能自然，如果没有外界提供初始能量，火箭就不能点火起动，也就无法脱离地面飞向太空。由165所研制生产的点火剂灌装而成的点火导管就是实现火箭天地分离的关键。点火剂由多个三级易燃品合成的二级自燃危化品，无论是对质量可靠性还是安全生产都提出极尽苛刻的要求。为确保安全，为确保新动力完美实现天地分离，一方面，强化点火剂产品生产过程质量控制，建立起《生产岗位原始记录》《生产质量跟踪卡》《点火剂质量记录清单》等28项表格，覆盖了生产过程的每个环节，通过表格受控确保过程受控。实行主岗自检、副岗互检、专职检验专检“三检制”以及关键控制点确认制，同时实行溯源机制即可追溯到点火剂生产过程、点火剂生产原材料、生产设备、岗位责任人、同批次点火剂去向等信息，并以热试车“抽检”的方式，保证对外交付产品的质量与点火可靠性。另一方面，严格安全管理，杜绝“三违”行为发生。建立起《安全隐患整改记录》《班组常见违规库》等，有效提升安全防护。按规定对设备进行日常维护检查，建立《设备维护保养清洁记录》，杜绝设备“带病”作业。通过日检、周检、月检，对人对物做到有问题必查清，有隐患必整改。通过强化安全教育、安全演练等措施，确保本质安全。科学严谨的工作态度、精益求精的质量追求、又细又实的多措并举，确保了所有产品交付合格率100%。当火箭摆脱地面束缚，喷射壮美的焰火腾空而起，他们以严慎细实、精益求精的品质，交上天地分离满分答卷。

自然者天地，主持者人！成功的背后是165所人无数次研制试验的不断摸索，是他们多项极限边界试验的厚积薄发，是他们勠力同心确保试验成功，他们追求卓越、锐意创新，他们顽强拼搏、勇攀高峰，以创新引领试验技术发展，以创新为新动力发放金牌通行证，更以创新向建设世界一流宇航动力试验技术研究所大步迈进。

有人形象地把发动机试验比作“走钢丝”，试验过程中的任何一个微小失误，都将导致试验的失败。周恩来总理“严肃认真、周到细致、稳妥可靠、万无一失”十六字方针就是对航天质量工作的严要求。

随着165所试验技术不断提升，抱龙峪试验区901台承担的试验任务和试验类型越来越多。

2016年8月1日，500吨级重型运载液氧煤油发动机首次发生器涡轮泵联试在抱龙峪试验区901台进行。

从上一台 120 吨级液氧煤油发动机试车到重型发动机发生器涡轮泵联试仅仅一个月时间，试验更是短短的几秒钟，但这其中融汇了太多的酸甜苦辣。为了确保后续节点要求，兵马未动，粮草先行，通过先期改造外围系统的方案，编制改造实施计划，合理安排工作，细化时间节点，在改造过程中，结合工作进展和试验任务，对与试验任务冲突的改造工作进行动态调整，确保工程进展顺利。

试验人员利用试验间隙，先后完成了容器基础制作、液氧主容器安装、起动容器和回收容器安装外围管路的配置安装、主管路的预制、配气系统安装等工作。在新建的液氧供应系统中，液氧管道直径增大了一倍，DN600 低温涡轮流量计以及 DN600 低温气动阀门、过滤器、大口径低温法兰等管道组件的研制成为重中之重。直径大、结构尺寸大，这些都对设计提出了更高的要求，既要考虑研制设备低温下的变形量、结构的可靠性、密封难度大等因素，还要考虑设备的加工精度，制定加工工艺。设计人员详细考虑，精益求精，并在设备投入使用前进行了充分的单体试验考核，考核结果均满足设计指标要求。

由于联试状态煤油回收压力高、流量大，如果采用以往的多级孔板方案，一是孔板无法进行液流验证，流量系数可能存在较大偏差，二是不同工况下孔板级数和孔径不一致，且回收管道通径大、压力高，安装与补偿困难，不易密封。为了满足试验要求，设计人员针对存在的问题设计研制了新型降压装置，相比较多级孔板方案，结构更简单、可靠性更高，可以通过调整节流喷嘴的数量满足不同工况试验要求，而且只有一个高压密封接口，从而安装简单，密封可靠。此次的联试装置上台安装和以往不同，需要进行垂直方向 180° 的翻转，为此专门设计了翻转工装。联试装置本来就有 7 吨多，加上翻转工装将会更重，设计人员要在尽量降低翻转工装重量的前提下，保证其强度和稳定性。在翻转过程中联试装置受力复杂，如何设置翻转工装的吊点，让翻转更加平稳可靠，也对设计人员提出了考验。设计制作完成后，工作人员进行了多次试吊和演练，确保联试装置翻转一次成功。最终，一个9吨重的大家伙顺利完成了180°的华丽转身并安装到位。

首次重型涡轮泵联试，虽然不见熊熊火光，可是伴随着联试装置两个工艺喷管喷出闪亮有力的富氧燃气，联试装置起动正常，参数达到调整值，首次500吨级液氧煤油发动机燃气发生器涡轮泵联试试车取得圆满成功，测控大厅一片欢腾，响起了热烈的掌声。

天有不测风云，液体动力试验同样步步惊心。

2018年4月，抱龙峪试验区进行第二次重型运载核心部件燃气发生器—涡轮泵联试。点火后发生剧烈爆炸起火，火苗由于爆炸力，直接燃烧到距离试车台200多米的半山坡。这是165所自1969年建台以来，液体火箭发动机研制试验最惨重的一次火灾爆炸，损失巨大。所幸的是，由于安全防控措施到位，安全应急预案及时响应，未造成人员伤亡。但现场的爆炸却让人心惊胆战，看之后怕，这也实实在在反映了试验的高危险性。

“大家不要气馁，只要敢登攀，就没有翻不过去的山峰。”在结束救火抢险后，史超所长鼓励大家。

“现在都去吃饭，吃饱饭了才有力气干活。”说着就带领大家顺着山坡往食堂走去。

初夏的午后，抱龙峪静谧安详，山间绿意葱翠，天空透亮湛蓝，上午还躲在云层里的太阳也慢慢露出了笑容，阳光照在身上暖洋洋的。他们心事重重默默地走着，当走到连接煤油库和901台体的廊桥处，看着桥体侧面上“创人类航天文明，铸民族科技丰碑”熠熠发光的十四个大字时，脚步不由得坚毅轻快起来。远去的背影，似乎也变得高大了起来，脚步也更加有力。不一会儿，笑声传来，穿透整个试验区，翻过抱龙峪山峪，一直伸向天际、传向远方。

尾声

幸福之花，终将在奋斗中傲然绽放。无论成功还是失败，无论苦辣酸甜还是五味杂陈，无论风吹日晒还是寒冰暴雨，抱龙峪试验区，见证了液氧煤油发动机研制的艰辛日子。400多次试验捷报频传，165所人如刀锋上的舞者，肩负起富国强军的责任使命。他们手携手心连心，风雨兼程，他们勠力同心、勇往直前，把脉中国动力心脏，推举新动力升腾九天。

回望历程，165所人以智慧与付出，全力铺就中国新动力飞天之路；立足当下，165所人正用敢想敢为的创新与拼搏，全力推进“三高”发展；展望未来，165所人必以不忘初心的责任与担当，全力谱写建设航天强国的奋斗华章。

以国为重、以人为本、以质取信、以信图强；不忘初心，牢记使命，始终与中国新动力同心同向、同进同行！

（本章节照片由165所党工部提供）

张贵田　甲子梦

谭永华　朴实无华永动芯

李　斌　只管攀登莫问高

罗维民　初心不改写忠诚

刘站国　拳拳液煤赤子心

葛李虎　一个老专家的航天强国梦

刘红军　『红军』不怕远征难

陈建华　甘为航天付韶华

李向阳　一件事，一生情

李小明　心有大我，矢志航天

徐浩海　皓月星海任飞扬

李护林　孜孜不倦书写航天报国情

郝忠文　一生忠于航天事业

曹玉玺　引燃焊花　照亮人生

李红丽　铣泽绮丽别样红

雷茂长　老骥无缰向天歌

史峰章　钟情试验　心系动力

李伟民　与液氧煤油发动机试验为伴的日子

郭　立　奋斗的青春最美丽

中国新动力

FIGURE
人物

ZHONGGUO
XIN
DONGLI

张贵田
甲子梦

“没有梦想的人生是暗淡的，没有梦想的民族是悲哀的，没有梦想的社会是沉闷的，缺少梦想的时代是乏味的。”“实现梦想的道路不可能一帆风顺，蓝图不可能一蹴而就，梦想不可能一夜成真。”

到 2020 年，张贵田为了中国航天液体动力梦，已经整整奋斗了一甲子……

梦藏心底待时机

每个人都有一定的理想，这种理想决定着他努力和判断的方向。

——爱因斯坦

张贵田第一次把液氧煤油发动机作为研究对象是在 1960 年，当他再次返回莫斯科，第二次到莫斯科航空学院学习时，在导师加红的带领下，他完成了毕业设计《液氧煤油高压补燃发动机》。至此，他与液氧煤油发动机结下了一辈子的不解之缘。

在那个核武阴云笼罩全球、美苏争霸最为“热闹”的时代，各种“军备竞赛”中，“太空竞赛”最为世人关注，也促成了世界航天科技发展最迅猛的年代。那时的苏联已经完成 RD-107、RD-108 和 RD-0110 等液氧煤油发动机研制，并在 1960 年前后，用装备该发动机的“东方号”先后将探测器发射至近月轨道，更把人类历史上第一位宇航员尤里·加加林送上地球轨道。1961 年开始实施的“阿波罗”登月计划，美国人也把代号 F-1 的重型液氧煤油发动机作为这项举世瞩目航天计划的“主力大将”……

看着美、苏在航天领域取得一个又一个“人类第一次”，张贵田的心兴奋着、澎湃着，却也只能关注着、默默地思考着，关于液氧煤油发动机，这时，仅仅是他的一个梦想……

1961 年，张贵田带着整齐的行囊回到祖国，穿上笔直的军装，奔向最需要他的地方……

战不稳定燃烧、奏东方红乐曲、解高模台之急、过可靠性难关……

归国前，张贵田（后排左一）和莫斯科航空学院的同学合影

攻关北京南苑、探险戈壁荒漠、奋战秦岭深山、数斗洪水天灾……

从“一无所有”到鏖战“东方红一号”；从“飞向太平洋”到“地球同步转移轨道”，这场从“解决中国航天有无”到抢占世界航天一席之地的战斗，就这样持续了整整25年！

20世纪70年代，苏联开始研制重型运载火箭发动机，80年代中期，苏联的航天液体动力技术发展到人类航天史的巅峰。1985年，世界航天史上具有划时代意义的RD-170发动机正式在苏联“天顶号”运载火箭投入使用，这款发动机采用高压补燃循环方式、单台推力达到迄今为止也无他国能及的740吨；1987年5月15日，使用RD-170作为主动力、起飞推力达到3500吨的苏联“能源号”重型火箭首飞；随后一段时间，RD-170又不断衍生出超过10种改进型和衍生型号，成为苏联和俄罗斯过去几十年、甚至未来几十年航天动力的中流砥柱……

看着世界航天不断取得的新成就，张贵田羡慕，这些不断刷新着人类对航天动力系统认知的大事，也在不断唤醒着张贵田心中那个25年前就已经形成的梦想。

中国航天要想在未来世界占有一席之地，就要尽快研制新一代火箭发动机，而且要高起点、高标准，向国际一流水平看齐。

——张贵田

顶住质疑干起来

人类的幸福和快乐在于奋斗，而最有价值的是为理想而奋斗。

——苏格拉底

张贵田心中明白，虽然中国航天经过几十年的努力已经成为航天大国，但距离航天强国还有很长的路要走。限于常规液体火箭发动机的能力已经接近极限，深空探索、空间站建设等项目，依靠现有单台推力只有 75 吨的常规发动机是绝对不行的。“发展航天，动力先行”，中国从“航天大国”到“航天强国”的转变，需要更加强劲的动力支撑。

张贵田一直关注世界航天发动机技术的最前沿，看到苏联在液氧煤油发动机研制中不断取得飞跃，张贵田再也忍不住了，他认为，追梦圆梦的时候到了！

1985 年夏末，中国宇航学会代表大会在北京国务院第一招待所召开，中国航天界领导、专家汇聚一堂。任新民、梁守槃、屠守锷、梁思礼等航天元老分别做了发言。轮到〇六七基地主任张贵田发言时，他对世界和中国航天动力现状进行了分析，认为中国现有液体动力有毒、性能低，而放眼未来，航天发展一定需要无毒的高性能发动机，随即提出中国必须开始研制新一代大推力液氧煤油发动机的设想，一石激起千层浪。

“听说〇六七基地要搞液氧煤油发动机？这不是在开玩笑吧？”“没必要吧？”“设计、材料、工艺这些关键技术和核心技术，有一个突破不了都不行啊！”“以我们国家目前的工业能力，能设计出来也造不出来啊！”……

当〇六七基地经过多方论证，将液氧煤油高压补燃发动机作为未来的发展方向时，国内外的质疑声一直不绝于耳……

专家们的疑虑是有根据的，液氧煤油高压补燃发动机可谓是世界航天动力的“珠峰”，当时，只有苏联掌握其设计制造技术，连美国这样既不缺钱、也不缺技术、更不缺人才的强国都因技术难关太多而作罢，转向购买俄罗斯的成品发动机，而当时的中国科技基础薄弱，似乎更无走通这条路的希望。

对这样的情况，张贵田是有心理准备的。在〇六七基地内部各种会议上，张贵田不止一次地阐述自己的观点：“液氧煤油发动机的优点显而易见，大推力、无污染、成本低、可靠性高、重复使用，这么多优点，为什么不搞……”

对外，张贵田也不停游走，在各级管理机关、科技界到处游说，终于获得了支持。但其中的艰辛是难以想象的。一次，他去北京汇报液氧煤油发动机的研制工作，白天寻不见领导，晚上干脆蹲守在领导家门口。那晚北京寒风凛冽，大雪纷飞，六十几岁的他在冰天雪地里等待了近四个小时。当领导见到风雪中的张贵田时，深受感动，听完汇报当即表示全力支持新型发动机研制。回来以后张贵田高烧不止，但他却很高兴地说：“中国的液氧煤油发动机有希望了，〇六七基地有希望了！”

1987 年，在航天部领导专家的帮助下，国家“863”计划委员会明确提出了航天动力系统推进剂的选用问题，并和〇六七基地签订研究液氧 / 烃推进剂发动机作为未来大型运载火箭和天地往返运输系统动力装置的概念研究和可行性论证的合同。这个好消息让张贵田兴奋了好久。经过反复比较和试验，研制液氧煤油发动机符合中国国情成为航天界的共识。

天眷勤奋！各路好消息也不断传来！

1989 年 5 月，苏联总统戈尔巴乔夫访华，中苏关系正常化；

1990 年 7 月，苏联通用机械工业部同我国航空航天部正式签订中国购买 3 台 RD-120 液氧煤油发动机的协议书；

1990 年 8 月，〇六七基地上报航空航天部，请示开展引进和研制液氧煤油发动机工作；

1991 年 2 月，航空航天部下发通知，要求〇六七基地加强对 RD-120 液氧煤油高压补燃发动机的引进、消化、吸收和再创新工作，张贵田、褚祥生为负责人，随后，3 台 RD-120 液氧煤油发动机运抵〇六七基地。

我们搞液氧煤油发动机，也不仅仅是因为这些技术优点，更因为这是一个造福于国家、造福于人民，能够使我国快步追赶美苏航天强国的大工程。

这样利国利民的事情，没有理由不做……

——张贵田

万事开头难上难

一个人有了远大的理想，就是在最艰难困苦的时候，也会感到幸福。

——徐特立

张贵田和同事们看着从俄罗斯引进的亮闪闪的液氧煤油发动机，一会儿像欣赏艺术品一样仔细查看，一会儿又像安抚孩子一样轻轻抚摸，好像怎么也看不够、怎么也摸不够。

“你们看看这个卡箍……”一个负责技术的同志边看边说。这个引起大家注意的卡箍其实就是一个小金属片卡住两根管道的简单机构，用特制的胶粘起来，中间用小螺丝一拧就能起到稳固的连接作用。这台发动机的振动量级比中国发动机的要大，管道接头处却仅用看似简单的卡箍连接，一个小细节，就说明俄罗斯在用一种意想不到的思路进行液氧煤油发动机设计！这台发动机上一个又一个看似简单而巧妙的小细节，让张贵田感到，中国的液氧煤油发动机研制，不仅有技术上的巨大差距，在设计理念上更需要大幅提升。

1995 年 6 月 20 日，张贵田当选中国工程院院士，然而此时的他，全然没有和同事家人好好庆祝一下的想法。按照航天工业总公司的指示要求，为了加快研究步伐，引进的一台 RD-120 样机要尽快进行热试车试验。为了完成好这个任务，这时的张贵田正带领 100 多名技术人员在凤州试验区对二号试车台进行低温适应性改造。

将常温发动机试验台改成适合 -183℃的超低温液氧作为氧化剂的 RD-120 发动机试车台，需要运用低温技术，此前的试验台只使用常温状态的常规推进剂，165 所的技术人员对低温技术了解甚少，只好请北京 101 所的人员来指导相关技术。同时还要向外国专家学习液氧煤油发动机的试验技术，试验台改造、安装、调试，软硬件两方面的技术问题一个接着一个，没完没了的协调会、现场会让人疲惫不堪。

与此同时，11 所相关人员也在张贵田的带领下没日没夜的工作，逐步摸清了 RD-120 发动机的基本工作原理。就在大家都认为万事俱备、就差点火的时候，航天工业总公司请来的外国专家却意外提出："发动机地面状态和飞行状态不一样，这样试车会炸的！中国的煤油不能用，用了会炸的！"

消息传到张贵田耳中，立即引起了他的重视。他知道，在这样一项重大科研项目中，任何一个细节的疏忽都可能导致灾难性的后果；但也不能完全照抄照搬国外理论、完全按照外国专家的意见执行，必须对每一个问题都做到"弄清、吃透、搞明白"，否则，就不可能完成"引进、消化、吸收、再创新"的重任。

在与外国专家深入沟通后，终于探知了地面试验状态和飞行状态的区别，按照专家意见，11 所紧急设计、生产出很多专用阀门、接头，将发动机改装成地面状态。而 165 所也根据专家意见，在试车台上增加了一个 50 立方米的液氧储箱。

对于中国煤油能不能用，国内争议更大。

一种看法源自美国研究液氧煤油发动机的失败教训。当年在"阿波罗"登月计划中大显神威的美国 F-1 发动机虽然也使用液氧和煤油作为推进剂，但相对于苏联的液氧煤油发动机而言，其实只是个"半成品"，最终因无法攻克煤油结焦，进而无法解决"高压补燃"技术问题放弃研制，但美国航天对此类发动机的依赖，迫使他们只能花高价，采用整机进口的方式满足航天任务需求。

另一种看法是必须采用国产煤油作为推进剂。原因很简单，不能走美国人的老路，技术上必须做到独立自主。张贵田是这种看法的坚定支持者，认为“必须使用国产煤油”。他未雨绸缪，发动机研制之初，就安排技术人员到全国各产油区进行调研，收集煤油样本进行比对，还联系西安交通大学所属的国家重点实验室，共同进行国产煤油在高压状态下的传热试验工作。在中国地图上跑了一大圈，科研人员却沮丧地发现，国产煤油的成分确实跟俄罗斯火箭专用煤油的成分不一样，而且在试验中结焦现象极为突出，试验件烧毁、爆炸的情况频频发生。正当大家有些灰心的时候，却有了一个惊喜的发现，国内某油田出产的煤油，与俄罗斯火箭专用煤油的成分指标极为接近。接近不等于相同，应该可以不等于肯定没问题，万一煤油不适合，烧毁了发动机，谁来担此责任？一次协调会上，国产煤油是否能使用依然是重点讨论的大问题。张贵田等领导听了争论双方的意见后当场拍板：“发动机第一次试车就用国产煤油，如果失败了，我们承担这个责任。”

张贵田始终认为，学习国外先进经验、先进技术是最大的节约，不学习国外的先进经验、先进技术，只顾自己埋头搞试验，那不知要花多少时间，付出多大的代价！学习国外先进技术要采取分析的态度，要联系自己的实际，不要盲从。要善于在国外研究成果的基础上，有所发现、有所创新、有所前进，推导出准确的计算公式，应用到生产实践中去。液氧煤油发动机是在国外先进技术的起点上跨大步，走出了一条“短程线”，使我国液体火箭发动机的研制水平向前跨了一大步，可谓‘走捷径’‘高速度’。”

1995 年 12 月 15 日下午 6 时 10 分，在 165 所二号试车台上，RD-120 液氧煤油发动机热试车开始。在雷霆万钧的轰鸣声中，发动机喷吐出白得耀眼的火龙……

……3 秒……5 秒……8 秒……10 秒！

关机！一切正常！ RD-120 液氧煤油高压补燃发动机热试车取得了圆

满成功!

对俄罗斯专家，我们要虚心请教，学习他们的技术‘真经’；对他们的意见和看法，我们既要重视，但也不能全部相信。我们认为对的，要坚决照办；有不同意见，要给他们解释清楚。

——张贵田

自信自强渡难关

理想是美好的，但没有意志，理想不过是瞬间即逝的彩虹。

——列夫·托尔斯泰

1986 年，以“挑战者”号航天飞机爆炸事故造成 7 名宇航员全部罹难为代表的几次航天事故让世界航天发展遭受巨大打击，也让张贵田研制发动机必须把可靠性研究放在最重要位置的理念更加坚定。

张贵田经常强调产品设计可靠性是一门“与故障作斗争”的学科，而置于产品研发前期的可靠性工程，会实现产品的再造，使其脱胎换骨。国际上真正具有竞争力的产品，莫不如是。因为“产品是体，可靠性是魂”。魂要附体，可靠性犹如隐形的翅膀，能带着产品飞得更高、更远。从这个意义上来说，可靠性是自主创新腾飞的翅膀，是“中国创造”的倍增器。自主创新和产品可靠性就像巨人的双腿，同等重要，缺一不可。把可靠性放在首位，就是这个意思。

从 1995 年开始，仅与液氧煤油高压补燃发动机生产有关的工艺预研和

1992 年 3 月，张贵田在二十七基地澳星发射现场

工艺攻关课题就超过 100 项，很多研究工作都从一张白纸做起。这些课题项目涉及焊接、电火花加工、精密铸造、表面改性等各种领域，是六院发动机生产有史以来攻关课题最多、参与人员最广、难度最大，也是持续时间最长的研制型号。这些工艺攻关课题没有任何经验可以借鉴，每一项课题都是在攀登耸入云天的悬崖峭壁，每一项课题都是在抢渡波涛汹涌的大江大河。

经过不分昼夜地艰苦鏖战，设计人员终于拿出了液氧煤油高压补燃发动机高压推力室的图样设计。1999 年，设计人员和工艺人员在凤州试验基地举行了第一次技术交流，被称为“凤州会议”。

“我搞工艺这么多年，从来没有见过这么复杂的图样设计。”有的工艺员感叹。

“太具挑战性了！这是专和人作对的妖怪！”有的工艺员调侃。

无数的技术问题必须一个一个解决掉。在张贵田的带领下，一个又一个攻关小组成立，夜以继日地的“降妖伏魔”，在设计、生产、试验各条线上准备着。

2001 年 4 月 15 日，我国第一台液氧煤油高压补燃发动机整机在〇六七基地发动机生产厂总装车间诞生。真实性能如何，可靠性怎么样，张贵田对这个全六院都投入了大量心血的宝贝充满了期待……

2001 年 4 月 26 日，液氧煤油高压补燃发动机第一次整机试车起动。只听得“轰”的一声，先是一个黑球从台子冒出来，接着从蘑菇云里喷出来一团大火，试车失败。

2001 年 7 月 25 日，液氧煤油高压补燃发动机整机第二次试车，这次是火光通红，实施关机，试车再次失败。

随后的 9 月 28 日和 12 月 6 日又进行了两次试车，依然失败……

液氧煤油高压补燃发动机整机试车起动过程连续四次失败，似黑云阵阵，压得发动机研制人员抬不起头来，直不起腰来；似恶风嗖嗖，呛得发动机研制人员喘不过气，迈不开步……

这天，饭厅的气氛凝重压抑。看到就餐的试验人员垂头丧气、满脸愁容、饭菜难咽的样子。张贵田挨着桌子一桌一桌地给大家做工作：“我记得钱学森说过：‘科学家不要以为遇上失败是坏事情，科学家往往与千百次失败结为伴侣。不要以为鲜花、掌声、赞扬是科学家的生活，不要以为自己从事的研究总能被人理解。’发动机的研制是一个从设计、生产、试验到再修改设计、再生产、再试验……直到成功的螺旋式上升的认识过程。这是铁的客观规律。从俄罗斯、美国到欧洲航天局，他们哪一款先进的发动机不是从无数次失败挫折中诞生的？大家不要怕，不要萎靡不振，胜败乃兵家常事，最困难的时候，也就是离成功最近的时候……”

张贵田的小车司机吃过饭，返身回到小车旁，突然听到身后有抽泣声。回头一看，张贵田不知什么时候已经坐在了后排，他仰着头，身子靠着椅背，眼皮微合，满脸泪痕。

“贵主任，你怎么啦？是哪儿不舒服吗？”

“……我……我心里难受……堵得慌……”

张贵田明白，正因为液氧煤油高压补燃发动机是世界航天动力的“珠峰”，攀登这座科学高峰，就像登山运动员一样要克服无数艰难险阻。志不休者虽难必易，行不止者虽远必臻。只要一步一个脚印地突破每一个核心技术和关键技术，就一定能够登上液氧煤油高压补燃发动机这座“珠峰”，把我国航天发动机技术推向世界先进水平，而懦夫和懒汉永远不可能享受到登顶的喜悦和幸福！

在张贵田的鼓励下，全体科研人员集思广益，绞尽脑汁，独辟蹊径，一个个绚丽的创新“亮点”，在研制的各个阶段掀起了阵阵波涛。大家忘记了疲劳，只有责任装在心中。靠着顽强拼搏、严谨务实的工作作风，大家攻难关、夺险隘，对零、组件的攻关进行了深入细致的分析和大量计算，对关键技术分别进行单项论证和技术攻关。正是在这种孜孜不倦、严肃认真的态度和精神下，终于保质保量地为第五次整机起动试车生产出了一台新的液氧煤油发动机。又经过 5 个多月的艰难攻关和技术改进，液氧煤油高压补燃发动机整机起动试车的日子又来到了。

这是 2002 年 4 月 22 日〇六七基地更名为航天推进技术研究院后进行的一次里程碑式的试验。2002 年 5 月 16 日，凤州试验区二号台测控间里，张贵田神情肃穆，关注着试车准备的每一个环节，每一个数据。“开车！”14 时 45 分，随着指挥员的一声令下，发动机爆发出震山撼岳的吼声——起动平稳，工作正常。发动机按程序关机，起动过程与仿真结果完美吻合，试验获得圆满成功，很多人喜极而泣。

液氧煤油高压补燃发动机整机起动试车的成功，标志着我国掌握了该发动机研制的核心技术和关键技术，成为世界上第二个成功掌握此项技术的国家，中国航天液体动力技术从此跨入了高压补燃时代。

整机试车首次成功后，张贵田与〇六七基地历任领导分享成功的喜悦。左起：雷凡培、张贵田、李伯勇、胡鸿福、戴证良

可靠性必须放在首位，经济性放在重要地位；充分利用国内外经验，适合中国国情，尽量少走弯路。

——张贵田

带好队伍青年强

人类也需要富有理想的人，对于这种人来说，无私地发展一种事业是如此的迷人，以至他们不可能去关心他们个人的物质利益。

——居里夫人

张贵田不愧是中国液体火箭发动机领域的开拓者和领路人之一，凭着一个科学家的远见卓识，他敏锐地预见到液氧煤油发动机将很快成为推动中国航天发展的崭新动力基石。作为团队的灵魂人物，张贵田的人格魅力，始终激发着参研人员的战斗激情。平时工作中，他严宽结合，每当课题攻关取得小许进展，他总是第一时间把祝贺送到；而当大家遇到“拦路虎”时，一句激励的话语，又鼓舞起同志们攻坚克难的勇气。他以勤勤恳恳、兢兢业业、无私奉献的精神鼓舞、感染和带动身边的人一同为液氧煤油发动机研制奋力拼搏。

1997 年，RD−120 液氧煤油高压补燃发动机试车技术获得部级科技进步一等奖。主要完成人员为董锡鉴、雷茂长、张贵田、张敏贵、来代初、刘站国、史峰章、梁克明、王亚平。

最初，张贵田名列排序人员首位。张贵田说：“董锡鉴、雷茂长做了很多工作，应该排在最前面。”○六七基地领导尊重张贵田院士的意见，就把他的名字放在第三位。

陈建华说张贵田从来不把自己的名利当回事儿，却总为别人的得失操心。1991 年 3 月，26 岁的陈建华研究生毕业，被分配到红光沟里的 11 所“高技术组”。他原以为自己也会像前两届的师兄们一样被分配到重点项目的研制组，没想到竟被分到这个名字很气派却没有实际研究项目的临时机构。在这样一个“看不见前途”的小组，陈建华感到心里实在憋屈。张贵田得知后，找他谈话，几次谈心后，陈建华的心敞亮了。1991 年 10 月，决定成立液氧煤油发动机设计室——11 所第八设计室，由董锡鉴、葛李虎等几位老专家带领陈建华等年轻的设计员组成一支充满活力的设计团队，为后续开展发动机研究、设计提供组织和人力保障……

2006 年 7 月，首台双向摇摆液氧煤油发动机单次试车工作时间突破 600 秒，中央电视台、凤凰卫视同时播出了这一振奋人心的消息；

2007 年 4 月，液氧煤油发动机首次突破万秒试车大关；

2008 年 12 月，首次飞行状态液氧煤油发动机试车成功；

2009 年 1 月，单台液氧煤油发动机实现 2000 秒试车；6 月，第 100 次试车获得成功；

与此同时，18 吨级新型高空液氧煤油发动机也在同步推进，研制捷报频传。实现了液氧煤油发动机系列化。

2015 年 9 月 20 日，长征六号首飞成功；

2016 年 6 月 25 日，长征七号首飞成功；

2016 年 11 月 3 日，长征五号首飞成功，中国运载火箭运力首次跨入大型运载火箭的行列。

2018 年 1 月 8 日，“120 吨级高压补燃循环液氧煤油发动机”获得国家科学技术进步一等奖。

这几年，500 吨级液氧煤油发动机研制也连续取得重大进展，研制工作中使用了 3D 打印、增材技术、高性能仿真等大量高技术手段，除了发动机性能和可靠性不断提升，设计、生产、试验各方面条件也一步一个台阶，加速追赶国际一流水平，张贵田非常欣慰，陈建华等青年科技人员也明白了张贵田当年“雪藏”他们的良苦用心。

说到液氧煤油发动机 20 多年的研制体会，张贵田觉得最大的收获就是培养了一大批设计、生产、试验技术人才，锤炼出了一支敢拼敢闯、敢打硬仗、善打硬仗的研制攻关队伍。

张贵田时常对青年科技人员说：“在液氧煤油发动机研制攻关的道路上，荆棘遍地，关隘重重，正如宋朝杨万里所言‘莫言下岭便无难，赚得行人错喜欢。正入万山圈子里，一山放过一山拦’，不要以为下了一个山坡就是一片坦途，一劳永逸，实际上我们进入了一个万山的圈子——一山放过一山拦。我们只有一往无前，万难不屈，翻过一座又一座大山，才能到达目的地……”

六院这些年轻的设计师、工艺师、生产工人和试验人员凭借着自己的才华与努力让研制工作走出一个又一个困境，已经成为液氧煤油高压补燃发动机研制的重要力量。有这些人在，一切就有希望……

——张贵田

老当益壮再起航

我梦想着绘画，我画着我的梦想。

——梵高

赶型和赶超型是两种截然不同的发展途径，追赶者的技术轨道是由先进者主导的，所以两者之间的差距可以缩小却永远无法比肩或超越；而赶超者是独辟蹊径的，只有通过再创新，才能完全主宰自己的命运，在科技前沿站稳脚跟，并以扬长避短的方式保持技术进步的发展势头。通过研制液氧煤油高压补燃发动机，有力地证明，只有披荆斩棘，独立自主地闯出一条新路，从仿制、追赶的轨道上拼杀出去，才能奔上赶超世界先进水平的康庄大道。张贵田的职业生涯，都在扮演着赶超者的角色，带着团队做着追赶超越的事业。

2018 年第十二届珠海航展上，最新的 120 吨级液氧煤油发动机 YF-100K 以实物形式亮相珠海航展，引发了全世界的关注。这时的中国航天液体动力，已经可以把自己的顶尖技术大大方方地展示给全世界，这是一种液体动力人奋斗出来的自信。YF-100K 发动机代表了目前我国大推力液氧煤油发动机的最高技术水平，也让中国成为世界上第二个掌握泵后摆核心技术的国家。

张贵田看在眼里，乐在心中，“赶超”正在或即将实现……

不知从什么时候开始，人们开始不约而同地称呼张贵田为“老人家”，到 2019 年，老人家已经 88 岁高龄了。按照国家统一安排，从 2018 年开始，年满 80、75、70 岁的院士分批退休，组织找张贵田谈话，听取他对退休一事的意见，张贵田说：“国家的决定要理解、坚决服从！”

今天，当 120 吨、18 吨液氧煤油发动机已经在长征五号、六号、七号上实现了成功应用，正在和液氢液氧发动机等型号进行多样组合，逐步取代常规液体火箭发动机成为中国航天动力的中坚力量，老人家也逐渐从液氧煤油发动机研制最前线慢慢淡出，进而把自己的工作重点转向将一生的学识进行更加系统的整理、汇总和传承。

现在，老人家依旧每天上午 9 点准时到办公室，路上见到熟人也总像过去一样拉几句家常、开几个玩笑，中午和老伴在院本部食堂自己打卡打饭，“退休不退岗”的工作生活充满了快乐。

2018 年六院新员工入职升旗仪式，安排在上午 9 点，笔者看到老人家进入办公区大门的时候，向着新员工方阵驻足凝视了几秒……

我要继续工作，以发现和培养人才为己任，激励年轻人青胜于蓝，秀出班行；你们也要继续努力，为咱们航天六院的不断发展壮大，呕心沥血，再立新功！

——张贵田

“距离目标越近，我们越不能懈怠，越要加倍努力。只要一代又一代中

张贵田在办公室

国人勠力同心、不懈追求、接力奋斗，我们就一定能够到达中华民族伟大复兴的光辉彼岸。”六十载液煤动力梦，一甲子攻坚克难路，承载的是以张贵田为代表的几代六院人在科学道路上无私奉献、拼搏争先的优秀品质和卓然风采。每一个六院人的小梦想，最终将汇聚成以液氧煤油发动机为代表的航天液体动力新辉煌，必将推举中国航天飞得更高更远……

谭永华
朴实无华永动芯

北方的冬季，已过了大雪节气的关中平原却异常干燥，寒风夹裹着尘土和几片凋零的枯叶，在空旷的天地间肆无忌惮地席卷，发出犀利的呼啸声，让想要出行的人望而却步。

谭永华（右二）与院领导、一线技术人员一起研讨方案

此刻，西安南郊少陵原一间会议室里，坐满了眉头紧锁的人，资料和图纸铺满桌面，让本就不甚宽敞的房间更显得拥挤。

屋内的气氛似乎比屋外的寒冬更显得冷峻几分，沉寂像一团压抑的冷空气盘踞在会议室上空，只有头顶的灯管和角落的保温壶时不时发出一两声“嗞嗞”声，玻璃杯中的热水已逐渐丧失袅袅上升的热气，在杯口凝结成水珠，沿着杯壁静悄悄地滑落回杯中。

终于有人打破沉默：“大家都到齐了，就开始吧，这几天大家一直都比较辛苦，也没怎么休息，咱们今天趁热打铁，把这两天收集的情况再汇总分析一下，先梳理问题再分析原因。”说话的人一口江苏口音，声音沉稳缓和，看似轻描淡写，然而说话时目光只环顾了一圈会议室的同事们，便一直落在手边一摞翻得有些卷边的资料封面上。看得出，他的心中也有沉沉的心事。

困难重重磨坚韧

这是 2001 年的 12 月，我国大型液体火箭发动机设计、生产、试验基地——〇六七基地的一间会议室，说话的人正是〇六七基地的副主任谭永华。说完这段话后，他看了看坐在身边的已是 70 岁高龄的科技委主任、中国工程院院士张贵田，老爷子也是面色凝重，但微微颔首，示意已经准备好开始参与讨论。满屋的科研人员，一边不由自主地沉浸在前几天液氧煤油发动机整机试车起动过程接连遭遇的第四次失败的痛苦中，一边强打精神认真梳理着从爆炸后的发动机残骸中寻到的蛛丝马迹和一些零星的数据，试图查找问题根源。

自 20 世纪 80 年代起，〇六七基地科研人员就在张贵田院士的带领下对液氧/烃发动机进行探索研究。顶着外界的压力和多次挫折失败，历经多年地不断摸索和努力争取，终于在 2000 年 5 月，国家正式批准液氧煤油发动机立项，液氧煤油发动机进入工程研制阶段。然而就在液氧煤油发动机研制小组攻克一道道难关，开始进行整机试车时，却在 8 个月中接连遭遇了四次起动失败的重创。此时，距离〇六七基地在年初的工作会上宣布谭永华就任液氧煤油发动机直接责任人，仅仅过去了 10 个月。

上任不久就屡遭失利，巨大的责任沉甸甸地压在心头，会议结束后坐上车，原本就性格沉静话语较少的谭永华，更显得沉默了。司机尉长江一边默默开车，一边忍不住从后视镜里用余光瞟向这位年轻的基地领导。

谭永华敏锐地发现了他这个举动，开口问道："怎么了？是不是有什么事情？想说什么就说嘛。"尉师傅略有些不好意思地挠挠头，一边笑一边答道："没啥事，我看看您好着没有。您听说没，前几天贵主任悄悄掉眼泪了，前脚刚在食堂里安慰完试验队的人，后脚自己上车就哭了……"

液氧煤油发动机是〇六七基地干部职工十几年来没日没夜、苦熬苦战，汗水、心血和智慧的结晶，却在攻克起动这个关键环节上接连失败，爆炸的惨烈一次次重击着大家，怎能让人不揪心。

"老人家那是为大家着了急，是怕整个液煤团队伤了心……"

说完，谭永华觉得自己心中的石头更沉了一分。是啊，顶着外界的压力，克服资金短缺，攻破一个个难关，〇六七基地这支液煤研制队伍一路走来太难了。现在关键的起动技术突破不顺，大家士气明显受损，老人家肯定是怕大家承受不住这样的打击和压力，心里既着急又难过，才会自己躲起来伤心。可是作为基地新上任的副主任，液氧煤油发动机的直接责任人，谭永华心里又哪能不着急不难过。但越是遇到大事难事，他骨子里那股坚韧刚毅的斗志就越是顽强。

他想起自己刚参加工作没两年，在大发动机研究室当见习主任时，单位把为“长二捆”发动机设计助推机架的艰巨任务交给了自己。当时，设计该型发动机用三叉梁式助推器机架的任务还属国内首创，可以借鉴的资料几乎是一片空白，而国际上可以参考的资料又少之又少。加上这种捆绑式机架与以往传统机架不同，火箭所捆绑的数台发动机产生的几百吨推力必须准确无误地通过它传送给箭体，设计中所要运用的知识涉及面广、要求也非常高，对设计者的结构力学等多学科专业知识要求相当苛刻。那时，自己也曾感受过心中沉甸甸的压力，张院士也曾多次鼓励自己。

但那时又与此刻不同，当时他更多的是怀着一种面对巨大压力和挑战的兴奋感没日没夜的查资料、绘图纸。虽然期间他没有担起一个“好丈夫”的职责，几乎没分出精力照顾怀孕的妻子。也没有尽到一个“好儿子”的本分，没能放下任务好好陪伴病危的父亲。但经历了个人内心的挣扎和痛苦之后，他终是暂时舍弃了家庭与工作之间的“平衡”，用一年多的时间，运用结构力学中的超静定原理圆满地完成了这项设计任务。功夫不负有心人，液煤团队也需要坚定信心，一定会顺利突破难关的！想到这，他立即让尉师傅掉转车头，“咱再去设计所那边看看吧！”

峰回路转见光明

为了找到发动机起动失败的问题根源，〇六七基地科研人员千方百计地收集资料，一次次开会分析总结，群策群力查找原因。谭永华时不时就给大家伙加油鼓劲：“大家别泄气！老话说天无绝人之路，我想，这有路无路还要看人。没有人愿意失败，但我看啊，失败也是可遇不可求的。失败既然出现了，咱们就在失败里成长起来。遇上了这么几次不好的结果，咱们既不应

谭永华在现场研究分析攻关难题

该太沮丧，也不要漠然处之，咱们应该分析研究，打破砂锅问到底。只要我们彻底找出问题的症结和解决问题的方法，就再不会重蹈覆辙，负结果就会引出正结果来。这样的话，失败反而变成财富了！”

绞尽脑汁寻找故障的症结，利用数字模拟技术模拟出起动失败和爆炸的过程……经过半年夜以继日的艰苦攻关，研制队伍经过深入的研究，终于找到了起动问题的根源！多种新的起动方案被陆续提出，攻关团队通过大量的仿真模拟，对各种方案和程序的组合进行对比和优化后，最后选定了最理想的起动方案和起动程序，并改进了流量调节器和燃料节流阀，开展了多项冷调试验，吃透了发动机起动过程的各种细节。为了确保方案的正确性，集团公司还召集了国内液体火箭发动机相关的专家进行了审查。这一次，大家愈发地胸有成竹。

终于迎来了这一刻！

2002 年 5 月 16 日下午 2 时，秦岭深山中的发动机试验区内，工作人员正在一丝不苟地为液氧煤油发动机第五次整机起动试车做最后的准备。控制大厅内，在白色的防静电服的映衬下，谭永华显得更加沉稳坚定。周围，神情肃穆的同事们一一落座，大家带着胜券在握的信心静静地等待着。

下午 2 时 45 分，指挥员发出“开车”指令，发动机瞬间发出巨大的一声轰鸣。所有人的心条件反射般蹦到了嗓子眼，一道炙热的火龙喷涌而出，蒸腾的白色水汽极为壮观地顺着导流槽倾泻而出，霎时间填满了天地间。5 秒……10 秒……起动平稳，工作正常。终于，伴着一声似龙吟般的悠长回响，发动机按程序关机，起动过程与仿真结果完美吻合。

“成功啦！我们终于成功了！”

几秒钟的沉静后，夹杂着狂喜的欢呼声开始陆续爆发，控制间内顷刻沸腾起来。年轻的试验队员激动地猛拍旁边同事的肩膀后背，恨不得给对方一个大大的拥抱。年长的老专家们如释重负，笑吟吟地与周围的老战友握手庆祝。这一刻，标志着我国终于掌握了液氧煤油发动机研制的核心技术和关键技术，我国新一代液体火箭发动机将随着这一里程碑式时刻的来临，步入一个新的研制发展阶段。这一刻，对于4月22日刚刚经国家批准，由“〇六七基地”正式更名为“航天推进技术研究院”，代号“中国航天科技集团公司第六研究院”的“六院人”来说，等了太久太久。

谭永华终于也笑了，这是几个月来最舒心的一个笑容。心中的重压终于得以释放，说不出的神清气爽，整个人都觉得轻快起来。他一边鼓掌一边站起身，微笑着走到张贵田院士身边，凑到他耳畔说：“老人家，辛苦啦！今后液煤这条路咱走起来更有底气了。”张院士也是满眼笑意，拍了拍谭永华的肩膀说：“我不辛苦，你们大家受累了，功夫没白费。”

勇挑重担促科研

2003年，是谭永华为中国航天事业的发展执着坚守的第16个年头。这一年，他开始担任六院党委书记兼副院长，其后，又先后担任了院长兼党委书记、院长兼党委副书记。

六院作为我国液体火箭发动机的研制中心，随着中国航天事业发展的不断壮大和成长，谭永华深知自己肩上的担子之沉重，他时刻提醒自己，身为液体动力国家队的主要领导，必须要具备符合履职要求的战略思维能力、组织领导能力、管理能力和决策能力。他的目光牢牢地锁定在世界航天动力技术发展的最前沿，将打造高质量、高可靠的发动机品牌产品确定为自己和整个六院为之奋斗的目标。

随着六院型号科研生产任务呈现出迅速增加的态势，宇航型号逐渐进入高密度发射期，同时新一代运载火箭用动力系统进入关键技术攻关的时期。

针对接连出现的研制品种多、交付周期紧、研制和批产任务交叉进行、部分型号研制周期短、预研任务重等严峻形势，谭永华采取各种措施，充分调动和发挥广大干部职工的积极性和创造性，梳理研制瓶颈和计划节点，科学组织调配资源，加强现场生产组织和技术协调，强化内部管理，积极争取保障条件支持，有力促进了各项科研生产任务保质、保量、按进度完成。

2005 年后，作为新型液氧煤油发动机研制工作的总指挥，谭永华带领六院全体干部职工不畏艰难，刻苦攻关，渡过一道又一道看似天堑的难关。终于，新型发动机研制势如破竹，节节取胜，最终在 2012 年通过了国防科工局的正式验收，使我国成为继俄罗斯之后第二个掌握这种尖端火箭发动机核心技术的国家。目前，新型发动机已形成 18 吨级、120 吨级系列产品，为我国研制以长征五号、六号、七号为代表的新一代运载火箭奠定了坚实的动力技术基础。这将大大推动我国运载火箭升级换代，有力缓解我国进入太空能力不足的重大瓶颈问题。“登高望远，快走先行。”主抓新型发动机研制，成为谭永华航天高技术生涯中极为辉煌的一页。

无论是常规发动机质量可靠性的提高，还是新一代液体动力的研制，谭永华和他率领的团队，始终坚持“成功是硬道理”“质量第一”的方针，加强组织和调度，确保科研生产交付任务的圆满完成，保持了发动机参加地面试车和大型飞行试验世界领先的成功率。他始终坚持走自主创新的技术道路，新一代运载用动力系统研制取得突破性进展。重视技术和产品创新，不断开拓航天液体动力技术应用领域。着眼长远发展，将目光瞄准世界航天技术发展前沿，坚持用科学发展观引领预先研究工作，结合液体火箭发动机专业技术的特点，形成了“小核心、大支撑”的创新体系框架思路，狠抓新型动力系统研究、应用基础理论研究及领域拓展三个方面的工作。

为了不断推动液体动力技术发展，谭永华还注重不断提升我国成熟液体火箭发动机技术优势，狠抓质量管理体系建设和发动机研制过程的质量控制，为国家重点型号研制飞行发射任务，提供了可靠的动力保障。

在此基础上，谭永华提出了“专题攻关支撑、技术规划牵引、基础研究推动、创新体系保障”的技术创新体系建设总体思路，提出了以六院为主体、市场为导向、产学研相结合的航天六院技术创新体系建设途径，着眼长远、科学决策、果断投入，强力突破航天尖端技术，占领航天液体动力技术前沿。按照上述技术创新思路与途径，六院先后研制成功了近百种拥有完全自主知识产权的液体火箭发动机，形成了完整的航天液体动力产品系列，功能从主发动机到上面级发动机、轨姿控发动机，应用领域从运载火箭到卫星、飞船等各种用途的航天器，构筑了国家战略安全和进出空间能力的动力基础，实现了航天液体动力技术和可靠性的新跨越，走出了一条有中国特色的自主创新之路。

动力重组谱新篇

2008 年 7 月 22 日，钓鱼台国宾馆芳菲苑，航天液体动力重组实施暨新六院成立仪式在北京举行，宣告航天液体动力实现整合升级，新六院整合了原六院及北京 11 所、101 所和上海 801 所，成为国内唯一的集导弹武器、运载火箭和空间飞行器动力系统研究、设计、生产试验于一体的航天液体动力专业研究院。

按照集团公司的决策部署，谭永华担负起了组建航天液体动力技术“国家队”的重要使命。对于我国航天液体动力的长远发展、航天液体动力的重组，以及重组后陕、京、沪一院三地新的管理模式和工作格局的建立，他深入思考，努力实践，不敢有半点的懈怠。在新六院首次干部会上，谭永华提出了“国家利益至上，以引领液体动力技术进步、推进我国航天科技工业发展为使命，以实现富国与强军的统一为己任，以跻身国际先进宇航动力公司前列为目标”的新六院发展思路，强调以管理先进、技术领先、规模经营、效益显著的企业形象，为市场、为用户、为总体提供不竭的发展动力。

为此，他着力推进管理体制改革，坚持统筹管理，强化顶层设计和战略规划，以贴近总体、贴近用户为目标，收集、整理、反馈信息，开展顶层研发与高端设计，力争尽早成为院内专业发展的智囊团与孵化器。他着力提升研究能力、发展能力和管控能力，加速西安、北京、上海三地融合与统筹建设、协同发展，解决科学发展的突出问题。针对任务量等各单位关心的问题，新六院也提出了科学合理的办法。针对异地管理问题，新六院加快做好信息化管理等工作，使陕、京、沪一院三地十一家单位在管理上融为一体。

随着西安、北京和上海三地液体动力专业重组圆满完成，重组的各项资

谭永华深入现场和科研人员一起研究讨论型号科研生产工作

产、人员和业务工作移交顺利推进，各单位平稳运行，谭永华又及时组织研究并明确新六院各成员单位的业务分工、能力布局和发展定位，为新六院发展做好谋划。随着2012年武汉长江动力集团的加入，六院围绕宇航动力技术和产品、国防型号动力系统、液体动力试验技术和推进剂、航天技术应用等四个领域，加快专业化整合、资本化运作、产业化发展，提升自主创新能力，推动军转民技术和军民共用技术的快速发展，实现航天液体动力技术和转化应用产业的整体跨越，不断探索、实践和创新发展模式，不断攀登航天液体动力高峰。

执着坚守为航天

2008年，谭永华当选为第十一届全国人民代表大会代表、全国人大常委会民族委员会委员，为他载满荣耀的履历表中又书写下了一行焕发着神圣荣光的经历。随着责任越来越大，工作日程越排越满，谭永华已经很久没能像普通人那样，安安稳稳地与家人共度一段闲暇的周末时光。他像一只不知疲倦的陀螺，又像一台永远充满了精力与热情的永动机，来回往返于各个工作场所。很多次刚从北京开完会回来，谭永华就得直接从机场赶往几百公里外的凤州试验区，参加完沟里的试车工作，又立即被送回咸阳机场乘上飞往北京的航班，为了赶时间，有时午饭都是在他的坚持下，随便打份盒饭在路上“顺道解决”，根本没有回家看一眼的时间。有时他也开玩笑说：“我这一年‘空中飞人’一样的频率，航空公司得给我设一个超级VIP的待遇才是啊。”

好在，知书达理、善良端庄的妻子和独立懂事、聪明伶俐的儿子一向是他坚实的家庭后盾，一家人虽不能常聚，但相处的每一分每一秒都充满了温馨美满。常常，遇上他北京、西安连轴转，好几天都见不着人影，为了不打扰有可能正在专心工作的丈夫，司机尉长江师傅总能接到谭永华的妻子类似这样的电话，辗转打听丈夫的情况，送去暖暖的关心：

“尉师傅好啊，你们到了吗？”

“昨晚他是不是又半夜三更的才忙完啊？”

“这次等那边结束了，估计他能回家一趟不？”

“尉师傅你离得近，帮着提醒着他点，工作再忙饭还是得按时吃……”

孩子读中学时，正是谭永华夫妻俩都忙于工作无暇照管的时候，可懂事的孩子没让他们操心，小小年纪却能照顾和鞭策好自己，不但成绩优异，独立生活能力也比同龄的孩子要更胜一筹。只要一有时间，谭永华就会耐心地辅导儿子的功课，更是要趁着难得的机会逛上一圈菜市场，亲自下厨为家人做上一桌丰盛的饭菜。

应对高强度、高压力和高责任的工作，谭永华永远都展示出了一副神采奕奕的状态。很多人开玩笑称他是“钢铁战士”，佩服他旺盛的精力与强健的身体。实际上为了能让自己适应好这样的工作状态，谭永华养成了坚持锻炼的好习惯，不论是去外地出差，还是回凤县山沟参加试车，他都会在行李中带上陪伴自己多年的跑鞋，前一天晚上工作到再晚再累，第二天也会坚持一大早出去跑几圈，然后精神满满地准时出现在同事面前，开始一天的工作。

然而再顽强的战士，也会有疲惫的时刻。西安到凤县的 270 余公里，最难行驶的就是翻越秦岭的那段山路，这条交通要道狭窄陡峭，如果遇上道路寒冷结冰，连经验丰富的老司机师傅驾驶起来都要胆战心惊，一遇上堵车，这里常常几个小时都难以继续前进。有几次，谭永华和随行的同事们甚至被迫困在车里，伴着冷峭的山风挨过了整夜。不过更多的时候，为了能按时赶到试验区，他索性下车步行，连续走三四个小时的山路翻越秦岭，到了南麓再联系试验区的车辆。2015 年 12 月的一天，秦岭山中卷起鹅毛大雪，谭永华乘坐的汽车才从秦岭北侧驶上山路不久，就在白茫茫的天地间被堵住了前路，一辆辆无法继续前进的车辆排成长龙，有的人在车边焦灼地踱步，更多的人因为寒冷，躲在车中漫无目的地等待着。因为这是一次重要的试车任务，谭永华等人必须要尽早赶到参加相关的工作讨论，于是再一次的，他带头拉开车门，习以为常地说："走吧！四个轮子动不了了，这样等下去谁知道要等到啥时候，我看还是咱们自己的两条腿更靠得住，还是老样子咱们先走着，让他们那边派车来接应一下吧。"

然而没想到的是，这一次在暴雪中的翻山越岭，结果并不像往常那般如他计划中的简单顺利。也许是连日来的超负荷工作已让他疲惫不堪，也许是刺骨的寒风暴雪格外地雪上加霜，又或许是那天那双鞋子并不适合踏雪前行……总之，这次跋涉居然出乎意料地让谭永华大病了一场，医生的诊断听起来一度有些凶险，返回西安后，他在医院待了好一阵子，整个人消瘦了一大圈。妻子心疼地悄悄埋怨他，事后再想起这场"意外"的病，他也禁不住有些后怕，不过好在，病看好了，工作没耽误，算是"圆满结局"。

传道授业求真理

自 1987 年谭永华从西北工业大学毕业来到单位，到后来他作为青年骨干人才收获众多荣誉，即便是"当了领导"，朴实无华，儒雅谦逊，仍是谭永华留给人们的最深印象。

无论处在何种地位、何种角色，他总能很好地严格要求自己，淡泊名利，坦诚做人，骨正神清、两袖清风。“科研工作必须深入一线眼见为实，待在机关里是把不准脉、号不出病的。”他说到做到，一有时间就来到技术人员中间、科研工作现场，和大家一起研究问题，解决问题，沉浸其中，自得其乐。多年来，他始终坚持对各种技术文件、资料认真研读，坚持长年订阅、收集各种国外最新的学术杂志、外文资料，并撰写了多篇重要学术论文。如何把问题考虑得更深、更透、更全、更细、更实，是谭永华做事的一贯特点，也是他总能干成事的关键。直到今日，谭永华担任集团公司科技委副主任、六院科技委主任，一起讨论工作的年轻科研人员们仍说：“在技术问题研讨中，谭主任的话总能切中技术要害，有理有据，含金量极高！”

在西北工业大学求学的 7 年，是谭永华勤奋苦读、努力不倦的 7 年。多年以后，在回顾大学生活时，他仍然对当年的苦读感到欣慰：“应该说，那几年在学习上一直没有松劲，学得还是比较扎实的，这才为以后的技术工作打下了良好的基础。”对待学习，谭永华从不含糊，即便是后来担任了院领导，他也一直坚持亲自担任导师，带着一位位如同当年的自己般的年轻科研人员们，感受航天世界的无穷魅力。

六院 11 所五室副主任兼型号副主任设计师梁俊龙，是谭永华早期指导过的一位研究生。至今回忆起与导师的初次见面，他仍是印象深刻。第一次来到 11 所时，梁俊龙大学还未毕业，与同学一起前来，想了解报考“所培”研究生的情况。在一楼大厅，初来乍到的他们正一头雾水，恰好碰见一位戴着眼镜、斯斯文文、热心的工作人员，得知他们的来意后，此人一路热情友善地领着他们爬了六层楼找到人力资源部，并且又热心地向相关工作人员介绍说明了他们此行的目的。直到此人离去，他才得知，原来这正是当时的 11 所所长——谭永华。

另一位谭永华带过的学生任加万博士，也是 11 所五室的骨干科研人员。初次见到导师，是在已担任六院院长的谭永华的办公室里，站在一排摆满了科研书籍的书柜前，谭永华仔细地跟他介绍了各相关专业的特点，帮助他计划自己的研究方向。老师的博学和平易近人让他心中顿时升起一股踏实感。从抽空帮助他选课，到从外地出差间隙利用深夜帮他逐字逐句修改论文，公务繁忙的谭永华从未因为自己的忙碌而推脱过一次对于任加万的学术指导。之后的数年间，在谭永华的指导帮助和严格要求下，任加万发表了多篇高质量的学术论文，以优秀的成绩完成博士学业。至今回忆起老师在学术上的严谨和在研究方向上给与大伙的自由度与学术民主氛围，任加万依然十分感慨。

谭永华经常会带着像梁俊龙、任加万一样的学生和青年科研工作者们，去试验现场，去生产车间，从一点一滴教他们认识发动机，教他们怎么样把课题做好。他身上那股严谨的学术态度和对中国航天事业执着坚定的探索追求，深深地感染带动着他身边每一位年轻的航天人。

世界是五彩斑斓的，而科研工作则总是很纯粹。谭永华说："搞航天科研的人，一定要做到严慎细实。否则，差之毫厘，谬以千里。"他经常对年轻的科研人员说："在科研领域，不能想着一口吃成一个胖子，科研工作是一个缓慢的进程，必须要静得下来，坐得下去，要有用一生的精力来钻研一件事的决心和勇气。""不要急躁，不要有了成绩就得意忘形，不要受社会舆论的影响，现在我们的科研事业最需要的不是庆祝，而是反思，要明白我们与其他国家的差距，清醒认识我们存在的不足。"

航天世界不孤独

谭永华刚参加工作时，〇六七基地 11 所还在凤县的秦岭深山里，许多初来报到的大中专学生，因为不能适应这里的艰苦环境和生活条件，纷纷调走了。但谭永华没有退缩，从富饶美丽的江南水乡到黄土环绕的古都西安，再从繁华惬意的现代都市到群山环绕、生活清苦的秦岭深处，环境的改变没有影响谭永华心中的航天梦。年轻的他，居住在山里也并不觉得孤独，反而感觉到一种清纯与安宁。清贫的生活，反而使他更加直观地体会到了中国航天事业发展的艰辛和执着。

“外界似乎认为投身于航天事业的人是孤独的，是与世隔绝的，生活是枯燥的，但实际上对我们来说，我们有另一个世界。”任全国人大代表期间，谭永华在一次采访中对记者这样说。“在这个世界里，众多毕生致力于投身航天科研事业的人聚在一起，我们聊技术，话家常，我们遥想星空，想象太空中每一颗星的样子，光我们这个集团就有十六七万人，这么多志同道合，有着共同理想、信念与情感共鸣的人相聚一堂，我们怎么会孤独呢？国外很多科学家，一辈子只有一项科研成果，投入毕生精力来钻研一件事，

每次说到液氧煤油发动机的研制历程，谭永华总是感慨万千

一辈子只发表过一篇科研论文，可这一样东西，就影响和改变了整个科学事业的发展。”

回顾成长轨迹，谭永华总是感慨万千，把个人获得的荣誉和成绩归结为得益于党组织和各级领导的培养，得益于中国航天事业的哺育，得益于航天传统精神的滋养。他常说：“一直以来，我深怀感恩和感激。没有这些培养、哺育和滋养，我个人将一事无成。成功来自团队的力量，我个人只是航天团队中的一分子，是大海中的一朵浪花。”

然而，对待集体的荣誉，他却比任何人都要格外上心。2017 年，在为液氧煤油发动机申报国家科学进步奖时，谭永华特地抽出时间，前往录音棚为讲解材料录制解说词。由于主办方对讲解材料的时长要求严格，必须控制在八分钟以内，谭永华一改往日的“急性子”，反反复复，尝试着录了好几遍。每一遍录完，他都从录音棚里风风火火地赶出来，询问语速怎样，时长怎样。语速慢了超出了时间要重新录，少说了一句差个几十秒也要重新录，工作人员看他辛苦，提醒他差几分钟也符合规定要求，他却一边再次折回录音棚一边笑道：“不要紧，不着急，我还是再来一遍吧，争取能尽量说满八分钟，这讲的都是咱们院几十年费了多少劲才换来的成绩，浪费几句不说，总感觉有点可惜。”

如今的谭永华，卸去了六院院长的重任，得以更加专注于他挚爱的学术科研领域，透过人们早已熟悉的儒雅微笑，似乎可以感受到他内心对于中国航天事业未来发展更加笃定的坚持与期望。

“多年以前，我从扬州出发，去追寻我的航天梦想。”这是谭永华始终怀揣着的一颗初心。“提起‘太空’，我就想到新的、适宜人类居住的环境。迟早有一天，我们会在太空寻找到新的家园。”

李斌
只管攀登莫问高

李斌的成长故事一度是榜样一样的存在。

从一名普通设计员到 11 所掌门人，他仅仅用了 13 年时间，2016 年，47 岁，他升任六院副院长。

“年轻有为”“出类拔萃”等词一直伴随他，成为他的标签。陕西省十大杰出青年、集团公司十佳科技青年、航天奖获得者等 20 多项荣誉，突出贡献专家、学术技术带头人等 10 多个头衔，在别人眼里，他的人生简直就跟开挂了一般，一路顺遂平坦。

面对笔者的采访，他先是百般拒绝，一再建议多写写老同志，实在推脱不了，撂下一句话：“千万别吹，实事求是。工作都是大家干的。”

也许有人会说，他是幸运的，这都拜他从事的型号——新一代运载火箭液氧煤油发动机所赐。新型号，出成果，也提供了施展才干的舞台。

诚然，新型号“有干头”，但其中的酸甜苦辣非常人所能想象。感恩时代赋予使命的同时，伴着这个型号一路走来，李斌觉得，其实他最大的收获，是通过历练，自己变得更加从容和自信，甚至直言：“再难的型号，只要肯给时间，都能干出来。”

他的成长故事也是六院液氧煤油团队成长故事的缩影。

锋芒初露

关于李斌的早期事迹，至今在 11 所流传最广的说法，是他汇报工作时的“突出表现”。

1994 年所培研究生毕业，李斌分配至液氧煤油发动机涡轮泵设计组当一名设计员。当时，液氧煤油发动机设计分五大组：系统组、涡轮泵组、推力室组、阀门组和发生器组。

将液氧煤油发动机研制比作一场战役，涡轮泵——发生器联试就是要攻克的第一个关隘。研制初期，涡轮泵组要经常向院里以及上级单位汇报工作。李斌思路清晰，口齿流利，不仅涡轮泵技术讲得清楚明白，而且对发动机整体技术、各组合件之间的衔接，他都分析得头头是道。显然，他在涡轮泵设计时，对发动机总体技术进行了很多思考和研究。这让院里、所里的老领导张贵田、张恩昭等刮目相看，“小伙子，不错！”

而让李斌“走红”的另一件事情是获得所级“五小成果”[1] 特等奖。他和当时涡轮泵组黄智勇、李向阳等人，因涡轮泵方案设计而获得此项大奖。

液氧煤油发动机对涡轮泵的要求特别高。常规发动机的燃料泵和氧泵是分开的。而液氧煤油发动机多个燃料泵和氧泵是在同一根轴上，像糖葫芦一样串在一起。而且泵的工作环境为高温高压。以燃料泵为例，要经受 500 个大气压，而 1 个压力的高压水枪可以将水柱喷至 10 米之高。发动机工作起来，

[1] 小发明、小创造等。

涡轮泵温度更是高达 3000 摄氏度。

当时学校教材上理论知识十分有限，查阅外国资料由于保密也较少涉及，与国外的交流也不像现在这么频繁。各种泵应该怎么布局，两种泵如何匹配，采取什么结构，选用哪种材料，设计参数怎么设定，还要考虑当时的加工条件……他们只能是开动脑筋，反复演算反复斟酌。整日满脑子都是“泵”来“泵”去。由于方案更改频繁，特别是一个涡轮氧泵图纸更改量相当大，而当时研制条件还比较原始，绘图必须使用绘图版，更改设计很不方便，他不畏繁琐，仅一种草图就绘制了多遍，使总体结构不断得到完善。记得当时为设计涡轮氧泵总体和主涡轮设计任务进度要求非常紧，他昼夜加班，大年三十还在画图。

迄今为止，这是所里史上唯一“五小成果”特等奖。所里显然没有将它和一般的“五小成果”画等号。

事业刚起步，李斌就“红”了。

摸着石头过河

这些所谓的小成功，采访中，李斌都不曾提及，选择性地过滤遗忘掉了。留在记忆深处的是研制初期，那种特别“茫然无措”和“心里完全没底”的感觉。

涡轮泵渗漏，他初尝食不知味的焦灼滋味。

当时春节在即，到处张灯结彩，一路上卖鞭炮花灯的小贩吆喝声此起彼伏，年味越来越浓。可他无心过年，骑车缓慢行驶在回家的路上，李斌还在不停地想，问题到底出在哪里，难道是设计方案有问题，抑或是轴承设计不合理，会不会密封端面不合格……天空中偶尔炸响的鞭炮声仿佛回响在遥远的天际。作为涡轮泵主管设计，水力试验在即，产品却偏偏漏了，他压力巨大，心情沉甸甸的，仿佛有块石头压在胸口。

急得睡不着觉，连日里，他都泡在实验室、车间里，一遍遍地查看设计图纸，查看氧泵，分析问题原因。最后终于找到问题所在，原来是装配时不小心一根线断了。李斌长舒一口气，好在设计方案没问题。

如果是现在，李斌会非常自信地判断，问题到底出在哪里。但是 20 多年前，他们对发动机还缺乏直观的认识，工程经验又少，一出现问题就会让他们陷入困境。

“一切都是摸着石头过河，有时连石头都摸不着。只能是想尽各种办法。”李斌回忆。

离心轮铸件，是发动机重要组件，可是生产过程中发现前盖板漏了，怎么办？研制节点不等人，再铸一件，成本高，时间也来不及。“能不能用胶粘上？”当李斌提出这个大胆的想法时，在场的所有人都惊呆了。开玩笑，这又不是补鞋子，要知道这可是高强度钢铸件。可时间不等人！将几十斤重的离心轮放在车后座，李斌向 11 所密封件室疾驰而去。环氧树脂涂上，他坐等凝固。一凝固，他立马骑上车将铸件送回车间。真是奇迹，居然试验成了！

前期的困难太多了，但是你总得往前走。李斌形容：“就跟你家没有米了，日子总得过吧，生活总得继续吧。没问题想办法解决，总不能被一块石头绊住，不走了？”

问题千头万绪，有时就得冒着风险，大胆尝试。

推力室总是干不出来。按设计要求，为经受住高压高温的考验，推力室喉部为整体旋压而成。推力室有一人多高，看起来就像上面碗状下面裙状的大喇叭，衔接处就是细细的喉部。加工过程中每旋压到喉部时，总是断裂。讨论会上，大家争得不可开交，有人认为，高强铜合金在当时条件下根本无法旋压而成。李斌就提出，分段加工再焊上，为防试车爆炸，先水试。按照他的办法，研制工作继续往前走。有人笑说，“液氧煤油发动机都快变成三组元发动机了。”当然，现在这个难关早已攻克。

轴承研制要进行大量的试验选定方案，试验在远离所部的试验基地进行，一试就是几个月，紧张的时候通宵达旦试，不休息。试验初期，条件艰苦，连站的地方都没有，水也没地方喝。又值大冬天，他和其他人晚上裹着大衣和衣而眠。而当时，李斌的妻子一个人带着四个月的孩子，父亲又患重病住院，面对这种情况，李斌想方设法克服家里的困难，坚持在第一线全程配合试验，出色地完成了任务，没有耽误一天工作。

在配合某阀门的试验任务中，由于试验单位的烘干设备出现问题，不能在液流后及时烘干，与基地生产调度部门又联系不上，为确保工作进度，他以高度负责的精神，直接与生产厂联系，晚上 10 点试验做完后，亲自将阀门送到生产厂，完成装箱烘干任务后已是凌晨 1 点多了。

预研阶段，李斌和液氧煤油发动机很多个第一相连。水试方案关键技术是李斌首先突破的。在涡轮性能试验装置方案论证中，他论证了我国首台液体火箭发动机涡轮性能吹风试验方案，并完成了总图的初步设计。他首次在国内发动机涡轮泵中设计应用了平衡能力更强的自动轴向力平衡系统和涡轮性能试验

李斌（右一）向任新民院士（前排中）、张贵田院士（左）、雷凡培院长（后排）汇报工作

装置。他和同事们一起，在长期关键技术攻关的基础上，制定出了一种安全、有效的试验方案，确保了新型发动机涡轮泵首次联动试验的圆满成功。

走过至暗时刻

李斌给人的印象，很少犹疑，做事果敢，是那种能带领千军万马奋勇向前的人。

在 2001 年进行的一次整机试车中，发生了大爆炸，爆炸的声浪像炸雷一样震动了所有参试人员。但就在爆炸的浓烟还未散尽时，时任八室副主任的李斌便冒着滚滚的消防水冲上了试车台。内行都知道，当时试验台上的气瓶就像一颗定时炸弹，随时可能爆炸，这个时候上试车台，是冒着生命危险的。但为了抢得试验的第一手资料，李斌根本顾不得那么多。

发动机整机试车四次，三次爆炸，还有一次刚点火，试车台红光窜起，试车指挥员下达紧急关机指令，仅试了 2.84 秒。

液氧煤油发动机到底还能不能、要不要搞下去？

研制队伍也变得神经脆弱。吕发正，八室现任室主任，他的话也许能代表当时研制人员的苦闷。“加个班，写个报告画个图，这根本不算苦。当你绞尽脑汁，白天想，晚上想，走路想，吃饭想，恨不得撞在电线杆上，依然不知道问题在哪儿时，那才叫苦。满怀希望，好不容易爬到山顶，却发现是绝壁。而且不是爬了一座，是爬了一座又一座，发现都是死路一条，绝望得像跌入深渊，那才叫最苦。”

即便是至暗时刻，大家也很少从李斌的谈话中，听到泄气的话，看到萎靡不振。作为型号副总设计师，他从不埋怨，也不指摘，而是不断给研制人员打气：“困难肯定会有，但办法总比困难多！”“新型号问题多，不要怕！”

其实，外表看起来抗压能力很强的李斌，也常常会在噩梦中惊醒，梦中都是试验失败了，还有各种奇奇怪怪的试验数据。在不为人知的背后，他也有伤心至极的男儿泪悄悄滑落。同事记得，试车失败当天中午，在去食堂吃饭的路上，一向开朗的李斌沉默无语，只是无言地走着。没有人知道他想些什么，当问他话时，才发现他眼圈红红的，显然哭过。中午饭他也一口没吃。

这不符合李斌的性格！只见下午李斌就满血复活。在炸得支离破碎的发动机面前，已经开始“取样”（即用细铁丝先模拟发动机上弯管走向），这项工作一般由操作工人来做。这就是他，一着急，就自己动手干。

事后问及是什么推动他们重拾信心，整理整理心情继续出发。使命？责任？李斌据实相告：“哪有那么多高大上。失败了，还得往前走啊！就跟红军长征一样，走到半道上，你能不走了？不走，不就被打死了吗？”

2002 年液氧煤油发动机转阶段评审会上，面对由国防科工局、总体、集团几十位专家组成的评审组，李斌代表六院汇报研制情况。有专家提出：“试车时间也没到，2.84 秒也不能证明能够起动，结构是否可行也不得而知！好比小学还没毕业，就想上初中？”

虽然转入了试样阶段，但李斌他们深知，问题还很多。

整机试车成功后，发动机的状态又经过了五次大的调整。

带队铁军

李斌一直主管液氧煤油发动机研制工作。技术条件保障建设、干部选拔任用、研制方案的拍板选择……方方面面的工作，都需要他通盘考虑。

要攻下液氧煤油发动机这个世界难题，没有一支能攻关、肯钻研的人才队伍不行。八室可谓“人才济济”。20 世纪 80 年代末 90 年代初，研究生还凤毛麟角，“熊猫”一样宝贝。所领导让他们全部去研究液氧煤油发动机。后来，李斌当了八室主任，如何用好这批人，带好这支队伍，李斌调兵遣将，任人唯贤。他宽广的胸怀、民主的作风、知人善任的长处，此刻发挥了作用。

八室作风民主很有名。这从董锡鉴和葛李虎任室领导时就带了头。这两个元老动不动就“吵”上了。董锡鉴刚在黑板上写下一个思路，葛李虎有可能上去就打叉，“你说得不对……”领导如此，其他人员更是各抒己见，“有什么说什么。”有时候为了一个技术方案，大家争得面红耳赤，甚至拍桌子。

这样的民主讨论气氛，在李斌当领导时，也很好地传承。在所有大的技术方案确定前，都进行充分的讨论。“技术上不能搞一言堂，既不能唯上，也不能唯书，一定是在充分讨论的基础上，谁对听谁的。特别是方向性的东西，一定要慎之又慎。”李斌深谙这个道理。技术讨论会上，有时李斌舌战群儒，谁也说不过他；有时，别人又怼得他哑口无言，皆无妨。每个人的意见他都会认真听取，并深入思考。

李斌当领导，善于给大家创造轻松的工作氛围。

还是在当室主任的时候，有一天，他说：“大家好好干，干成了，发奖金。”

一听发奖金，大家来了精神，特别是几位女同胞，半开玩笑地围上来“逼宫”：“这可是你说的，写下来，白纸黑字写下来。”口说无凭，立“字”为据。李斌果真认认真真地写下了奖励办法：提前一天完成任务奖多少，两天奖多少……并签上大名。

这个多少带有玩笑性质出台的小小措施还真有激励作用，在那困苦煎熬、加班加点攻关的艰难日子里，像是一味调剂品，缓解了大家紧张焦虑的心情。其实大家也根本不是为奖金，主要觉得有趣。李斌总共也就从所里要了 1 万来块钱。如今这个小措施居然还在八室“沿袭”了下来。

陈建华跟李斌接触最多，他认为："李斌就是帅才。很多技术很牛的人，个性十足。但李斌不是，他技术好，性格也好。人们很少看到他拍桌子发脾气的时候。即使有得罪他的地方，他也不计较。如果有真才实学，他照样提拔任用。"在用人这一点上，副所长刘站国用了"正直"一词评价李斌。

李斌尊重老同志，在多种场合讲道："老一辈设计人员钻研技术、认真、敬业、工作细致、勤奋好学的精神，特别值得年轻人学习。很多人直到退休还是一名普通设计员，他们无私奉献、默默无闻的精神，让人感动。"他也注重老同志作用的发挥，一批已退休的老专家被聘用，"他们有经验，一看就知道问题出在哪里，而非通过各种试验去验证。这样可以少走弯路。"

八室设计人员爱学习、肯钻研是出了名的。多少年来，八室大面积加班已成为常态。为了大家身体健康，陈建华当主任时，不得不规定，如果加班到 10 点以后，需经领导"批准"。

有人总结液氧煤油发动机这支队伍时用了这样一句话：默默耕耘，刻苦攻关，技术作风双过硬。

随着商业航天的兴起，近两年 11 所人才流失现象严峻。采访中谈到此事，李斌也忧心忡忡，"不能像有些人那样，抱着无所谓的态度。领导干部要善于从细小处发现问题并做工作，更要以身作则"。对于离职者，他给予理解，"其实任何组织，只要是有人的地方都有江湖。如果这些同志在外边干得不顺心了，也可以回来，想干什么（岗位）就干什么（岗位）。"

技术为王

在长达 10 年的所长之任上，李斌的"政绩"无疑光鲜亮眼。不仅液氧

李斌（右）向载人航天总工程师周建平（中）介绍研制情况

煤油发动机在长征六号、长征七号、长征五号相继首飞成功，而且预研型号，如大机动靶标、吸气式发动机等重大型号也取得重大进展。

尽管事务繁忙，但李斌一直对自己在技术方面要求很高，既当指挥员，更是战斗员。对液氧煤油发动机，他有三道“必做题”：一是试车每试必去，只要没出差， 300 公里外的凤县还是 40 公里外的抱龙峪试车他都要去，而且和大家一起坐班车去试验区；二是每周必去八室一次，详细了解研制进展情况，现场协调有关问题；三是每次试车数据必看。如果有时间，试车分析报告会，他会参加，如果没来得及参加，他会主动要求八室将试车分析报告发给他，发晚了，他会急着催要。

作为主任设计师，方案决策是他的职责。2005 年，李斌主持修订“液氧煤油发动机研制大纲”。如果将研制工作比作登山，那么研制大纲就是登山表和路径图。发动机后续的研制方向，遇到的困难，应该怎么解决，写得一清二楚，他对液氧煤油发动机的深入研究令人钦佩。2012 年，所里决定要对相关型号发动机研制大纲进行修订，修订小组拿到液氧煤油发动机“李斌版”研制大纲，翻来覆去查阅，居然提不出什么修改意见。“李斌版”研制大纲，不仅时间节点合理，而且将研制时遇到的困难，应该借助何种方式都提出了合理方案，使研制队伍方向明确。因此，院级评审时，新版液氧煤油发动机研制大纲只简单附缀了一份补充说明，对旧版未做大的修改。

李斌尽管在具体技术方案上，非常民主，但是他认准的事，又表现得非常“固执”，套用别人形容他的话，“九头牛都拉不回来”。120 吨液氧煤油泵后摆发动机就是他一再坚持、极力推动下搞成的。

2015 年，120 吨液氧煤油发动机的研制走上了正轨，大家心情愉悦，单向摇摆试车、多向摇摆试车、高工况试车……“怎么试，怎么成，大家心里对发动机特别有信心。”当李斌跟有关人员商量将泵前摆改为泵后摆时，很多人持反对意见，发动机状态好不容易确认，又要改动，而且是结构性大改，有必要吗？瞎折腾。

所谓泵后摆发动机，就是将发动机摇摆装置后置。这样做的好处，发动机结构更加紧凑，火箭总体结构更加优化。不仅单机推力提高，单机质量减少，比冲提高，而且还有效解决了质量偏心问题，降低了摇摆力矩，减少了涡轮泵振动。发动机不仅有效“减肥”，还更健康。可是，能否成功是未知数。

在可靠和优化之间，李斌选择通过优化提高发动机可靠性。

这算是自找苦吃！“上面”没这么要求。李斌不断地给总装等上级部门做工作，争取上级支持。最后，总装办成立可靠性提升办公室，并设立课题组，作为办公室副主任，李斌又为所里争取到课题的大部分资金。

在他的主持下，泵后摆发动机研制有序推动。2015 年 10 月启动第一次论证，次年 6 月设计工作基本完成，图纸下发，2017 年 4 月 10 日完成零部组件生产进入总装，5 月 17 日完成全部装配工作。

2017 年 5 月 20 日 10 时 30 分，我国首台泵后摆火箭发动机首次试车获得成功。与液氧煤油发动机首飞成功一样，这条新闻吸引了所有主流媒体的关注。

如今，以 120 吨发动机为基础，500 吨重型发动机直接采取泵后摆方案，研制工作少走了弯路。大家这时才醒悟过来，李斌的坚持是对的，当初的决策很有前瞻性。

在技术上，李斌就是这样，总是追求更好，绝不满足于“差不多”就行了。2015 年，发动机摇摆试验出现低频振动现象。李斌直接把八室有关人员叫到试验台，开起了现场讨论会。理论研究室的有关同志也被纳入攻关组，分配任务，而且责任到人。李斌扎实的理论功底和专业知识，在这一难题的攻克中派上了用场。他不仅是指挥者，也是问题解决者。三年攻关，试验近 10 次，李斌每次都在现场，大家感到，“对这个问题他盯得太紧了”。

直到现在，发动机低频共振现象这个世界性难题，李斌都不曾松手，表现得“很有野心”。他所带博士生就选择了这个研究方向。

不走捷径

在型号研制一线摸爬滚打，李斌对液体动力核心技术的发展和规律，有自己独特的认知。

他总结出三点：一是核心技术要不断持续地积累，一点一滴大量持续地做工作，不像有些热点经济，砸点钱就能搞成并发财，核心技术可不行，非得一点点分析、计算、试验改进而来，下真功夫，下笨功夫，没有捷径可走；二是要发展高科技，基础技术的支撑至关重要，搞航天搞航空，离不开材料、

李斌在“十佳全国优秀科技工作者提名奖”表彰大会上发言

加工技术、工艺技术、标准规范、基础理论研究等等，这些方面要舍得投入，基础工作越扎实，掌握核心技术的后劲越足；三要有一支专心致志、心无旁骛钻研技术的人才队伍，给他们创造干事创业的良好条件。

基于这样的认识，李斌任所长时，始终坚持在夯实基础方面深耕细做，几件大事都与此有关。

第一件事，就是发动机研制按专业分室。很长一段时间，11 所各室都是以型号为主划分。二室是常规发动机室，四室姿控发动机室，八室液氧煤油发动机室，等等。按型号分室，好处就是各系统联系紧密，解决问题效率快。但是随着型号任务的增多，小而全的专业室无法让研究所整体研究设计能力得到提升。“如果每个室都是 2 至 3 人研究泵、研究推力室，那么怎么能吃透泵、吃透推力室的技术呢？可能连图纸、连基层的质疑单都处理不过来。而专业分室会有利于将每个领域的技术做精做细。”

第二件事就是建立知识平台。要求大家将平日积累的经验、知识、数据、信息，无论是发动机系统级还是组合件方面的全放在这个知识平台上，大家共享利用。即使有人不在岗位上，但他的知识会保留下来。平台最大的好处就是帮助新手上路。原来设计一台发动机可能需要三个月，现在将数据一输入，三天就会形成图纸。而且随着这个平台的数据不断补充、更新、完善，会变得越来越智能。李斌比喻，好比做一套家具，自己去找斧头、锯子，然后造柜子、造抽屉得花很大工夫，现在柜子、抽屉都是现成的，组装就可以了。

同样，建立国家重点试验室也是从打牢基础的角度出发。所里历任领导都十分重视理论研究工作，在很多单位将理论研究室取消的大潮下，11 所依然保留了这支研究队伍。2012 年，李斌又进一个台阶，着手建立液体火箭发动机重点试验室。在试验室房子都没有的情况下，从方案制定、资金筹集、人员配备、设备引进等各个方面，李斌统筹协调，耗费了大量心血。

重点实验室的建成并非是装点门面，它以“高含金量”使 11 所向一流研究所的台阶上迈出了关键一步。实践证明，基础理论研究至关重要。后来多次归零分析，甚至在总体方案论证中，来自该室的理论专家给出了强有力的技术支撑，代表 11 所乃至院里“发声”，彰显了分系统的实力。

惯性奔跑

2016 年 1 月 16 日，中央电视台科教频道现场直播“全国十大科技创新十大人物（团队）”颁奖典礼。李斌和张贵田院士、7103 厂国家特级技师曹玉玺、165 所液氧煤油发动机试验室主任郭立一起代表团队登上领奖台，领取了中国工程院院长周济颁发的奖项。

主持人请李斌谈谈获奖感受。

李斌答道："其实长征六号首飞试验成功，大家都很激动，但是这个高兴劲还是很短暂的。因为首飞成功意味着发动机工程应用的开始，后续应用需要更多这样的发动机，作为研制团队必须保证发动机质量可靠，飞行试验成功，因此我们又得即刻投入后续的工作中去。"

的确，获奖，不是漂亮的完结，液氧煤油发动机研制工作从此奔上了高速路。

同年，李斌晋升为六院副院长，作为型号研制主管领导，液氧煤油发动机、氢氧发动机研制工作，还有诸多预研型号，操心的事更多了。上海、北京、西安，三地作战，属于他自己的时间更少了。清明节、"五一"小长假，甚至国庆"黄金周"，他都在组织相关人员加班开会。对他来说，根本不是加不加班的问题，而是加完班能否早点回家。

2017 年 7 月，长征五号遥二火箭发射失利，氢氧发动机归零各方高度关注，六院到了"退无可退"的地步。这一年，李斌一半时间都在北京。问题越难，他反而显得越有"斗志"，一头扎进归零工作。李斌突出了院层面统筹协调功能。西安 11 所一批有经验的发动机专家来到了北京，和北京 11 所的型号人员围坐在一张桌子前，开始了研究分析。11 所国家重点实验室的理论分析数据也派上了用场，为问题的仿真计算提供了强有力的支撑。大协作聚集大智慧，归零工作全力推进。

西安这边的液氧煤油发动机研制，也在举一反三。爱"操心"的李斌主持起草《液氧煤油发动机可靠性增长实施方案》，为液氧煤油发动机可靠性再加一把保险锁。

生产进度也是他担心的问题。当大家还在为 2018 年完成 22 台发动机苦苦挣扎时，2020 年居然要交付 40 台，2022 年估计得 100 台。毋庸置疑，液氧煤油发动机从研制到批产，将登上中国航天宇航发射舞台唱"主角"。

李斌在办公室工作

在为未来的日子里六院任务饱满欣喜的同时，问题也接踵而至。液氧煤油发动机新区能否在2019年正式投产？新的试车台能否如期建成？新区生产，产品状态如何保证？与此同时，重型发动机关键技术攻关也在交叉进行，这些型号如何协调平衡？

在他的主持下，由科研生产计划部牵头，各单位参与，对液氧煤油发动机研制中出现的问题、困难认真梳理，并在能力规划、资源分配、人力资源等方面如何保证任务完成，提出方案，供院里研究。

重型液氧煤油发动机研制2018年也到了最关键时期。发展规划部门组织的专题会，像零组件专题会，只是相关人员协调进度，本来不需要院领导参加，李斌却不请自到。各种技术问题他详细过问，并提出自己的意见建议。

2019年，李斌多次深入厂所检查液氧煤油发动机研制工作。他的检查极具“李斌特点”。轻车简从，不需要什么人陪同。到了厂所，他手一挥，“厂所领导别陪了，你们该干什么干什么。”他也不听汇报，而是直接让人拿图纸、拿文件给他，他一页页看，要“眼见为实”。问完一部分人员的工作，他就赶紧给这部分人放行，“快忙你们自己的事吧。”再接着和另外的人谈。

嗜学如命

采访李斌时，他很少谈自己，唯一主动“自我肯定”的事情就是爱学习。几尺高的笔记本为证，细数，居然80余本。他的笔记本也带有浓浓的技术人员特点，涡轮泵设计、咨询、试验等，分门别类记录。笔记本上推算公式、基本知识、手绘的表格、图表，字迹工整，还有各种技术问题处理结果也“登记”在案。裁剪的窄窄的试验数据被仔细地粘贴在本子上。

在他的办公室，是几大柜子书籍。从国外出版的英文版发动机专著，到内部整理的各种资料，从发动机原理到与之相关的焊接、材料等方面的书籍，还有砖头一样厚的发动机手册，都是他常翻看的对象。除了爱做笔记，他还喜欢用各种颜色的笔做出标志，看过的书五颜六色。出差途中，八小时之外，见缝插针，他都在看书。如今，他又找到好办法，将书上有关内容用手机拍成图，随时随地可以学了。

“如果不了解外国是怎么做的，不了解技术发展的来龙去脉，你就不知道怎么做。你觉得别人这么做，感觉挺好，你也跟着做，可他为什么这么做，他一开始怎么做的，有没有更好的办法？我们跟他们有什么不一样？要多问几个为什么。”

指着办公桌上的几本资料和书籍，他说，“这是欠下的，还没顾上看呢。”

正是不断深入地学习和思考，李斌在别人眼里是一位“专家型”领导，或许有了合理的注解，也是一路走来，他在技术上始终“自信”，形成一个闭合的循环。

几件小事

人常说，越优秀越自律。

有一次，单位组织全体党员看电影。他想和家人一起看，单位分给的那张票，他便让给其他同志。当支部别的同志因出差看不了，将多出的两张票给他时，李斌主动地将两张票钱交给了组织部门。

也许谁也不会想到，李斌这位戴着眼镜、看起来很儒雅的知识分子，业余爱好是热血足球。年轻时，省体育场陕西国力队的比赛他没少现场观战。

可现在，他几乎成了伪球迷，连世界杯都顾不上看。“太忙了！”

这天，他又一个人去了工厂。迎着朝阳，大步流星，岁月在他身上留下太多印迹，使他更加沉稳成熟，更加步履坚定。可是，那个做任何事情都特别认真、问问题喜欢打破砂锅问到底、在书桌前刻苦勤学的少年仿佛从不曾远去……

罗维民
初心不改写忠诚

2018 年 6 月 22 日，坐标中国广西，桂林航天工业学院北校区 2108 学术报告厅。晚上 7 点半，一场学术报告正在上演。毕业 37 年，航天六院科技委副主任、165 所科技委主任罗维民又回到了阔别已久的母校。

三十多载，当年的青春少年郎，如今已经步入知天命之年，现在，他的身份是学校的客座教授。今天的讲台之上，他是主角，而他要讲述的，正是他和航天液体火箭发动机的故事。

讲座从晚上 7 点半一直持续到近 10 点，尽管窗外夜色渐浓，但台下端坐的 200 多名学生却意犹未尽。这时，有一名男生举起了右手，罗维民示意他提问。

“罗教授，我想问一问，您在航天液体动力研制一线拼搏了这么多年，对未来有什么期待吗？”

“航天发动机的推力有多大，中国航天的舞台就有多大。我期待航天六院研制的液氧煤油发动机能助推中国航天走得更高更远！”

话毕，台下，掌声雷动，经久不息。

抽丝剥茧谋开局

2000年初，7103厂负责液氧煤油发动机研制生产的副厂长郝忠文退休了。按照时任厂长尹宝宜的安排，由罗维民接替，担任新一代液氧煤油发动机研制生产的直接责任人。

这一年，罗维民38岁，是他担任副厂长的第三个年头。在此之前，他主要负责常规运载火箭发动机和姿控发动机的科研生产工作。

此时，液氧煤油发动机设计图纸已经陆续下发到厂，院里决定加快技术攻关和产品研制生产，争取在2001年劳动节之前进行第一台整机试车。工厂为此专门召开了动员会，组建成立液氧煤油发动机研制攻关现场协调小组，

不论身处哪个岗位，罗维民对待工作始终是那么执着、认真

由罗维民担任组长，负责组织协调具体问题。

随着工作的全面展开，生产线上的组织管理、工艺攻关、生产准备、零组件加工生产、原材料工程化应用等诸多问题陆续呈现，就像即将沸腾翻涌之前的水，不断冒出气泡，一个接一个，让罗维民应接不暇。这些问题相互交织，让他真切地感受到了研制起步的艰难。

与常规发动机相比，液氧煤油发动机具有高室压、补燃循环、低温等特殊技术要求，产品零部组件之间大多采用特种焊接工艺。之前，常规发动机大多数零件可以并行生产，而液氧煤油发动机的零部组件，多数只能采用串行生产工艺，显然，已经成熟稳定的常规发动机科研生产管理组织模式已不能适应新型发动机的要求。

夜深人静之时，他把脑海里积攒的问题像火柴一样一根一根排开，哪些是当前亟待解决的，哪些是要陆续推进的……再根据情况各自划分成一堆，针对性地设想解决办法。千头万绪，抽丝剥茧，他心中渐渐有了成型的想法。激动之时，他眼前似乎真的浮现出那个场景，忍不住伸出手去，在空中划拉着：“好，就这么办！”

在时任厂长尹宝宜支持下，工厂召开了液氧煤油发动机决战动员会，罗维民提出了深思熟虑的意见，详细列出了队伍组建、例会协调、生产计划、工艺分工的新想法，他提出成立专门的工艺装备设计所，并将课题攻关纳入首台液氧煤油发动机研制生产中。思路清晰、设想科学，工厂液氧煤油发动机研制生产的阵型终于规模初具。

初步理顺了发动机研制生产的组织管理模式，为了尽快突破推力室研制生产这个拦路虎，罗维民找到了负责推力室攻关的主管工艺员王欣：“王欣，这方面你是专家，你给我详细讲讲推力室的结构特点、工艺技术难点。”

“还有，为了更好地了解设计意图，你再帮我把设计的专家请过来，我这新学生，可要好好补补课！”了解了罗厂长的学习需求，王欣又请来了

11 所推力室设计师陈建华。

五车间办公室里，陈建华从产品结构、技术特点、工艺要求到新材料的性能，整整讲了一下午。推力室研制生产中有可能碰到的难点和问题，也得到了一一指点。

这门课，一直讲到下班，罗维民高兴地握着陈建华的手说：“建华啊，你可帮了我的大忙！”

陈建华看着罗维民激动得泛红的脸颊，也开心地笑了：“罗厂长，什么帮不帮啊？你掌握了具体情况，设计和生产的桥梁就打通了，后面的硬仗，咱们刚好集中优势火力，一起猛攻啊！”

液体动力的无声战场上，志趣相投，成就了越来越多志同道合的战友，他们心手相牵，趟过了无数条阻碍研制前行的“暗河”。

要想真正了解自己主管的这个型号，必须要对发动机结构和设计理念有全面深入的认识，罗维民受命以来，得闲就往图纸堆里钻。

深谋远虑的“救火员”

“罗厂长，您快来五车间看看吧，喷注器模合试验件在液压强度试验时，出现喷嘴钎焊缝泄漏！”

一放下电话，罗维民火急火燎地冲到了五车间。

2000 年，工厂开始了推力室喷注器的研制攻关。一个喷注器有 300 多个喷嘴，每个喷嘴都分为内外两层壳体。每个壳体加工完毕，都要送到 11 所进行液流试验，选取符合设计参数和加工精度的零件，合格的内外壳体焊接起来组成喷嘴精加工后，再送到 11 所进行一次液流试验，验证整个喷嘴的设计参数和加工精度。验证合格后，再送回工厂精加工，然后交付推力室主制车间。

而首次尝试，加工精度和精加工工艺都是摸着石头过河。有时候加工一批喷嘴，能成的却没有几个，这样反复生产、试验、焊接、试验，不知经历了多少回合。

等到喷嘴精加工完毕，还要将其安装到内底和中底上。内底、中底的材料分别是铜合金和不锈钢材料，异种材料和喷嘴的焊接只能在真空钎焊炉里进行钎焊。并且要求，每个喷嘴与内底、中底的间隙均要控制在 0.01 毫米级左右的偏差范围内，每个喷嘴焊缝均不能出现泄漏。

为了突破这种异种焊接的工艺方法，研制生产团队 24 小时连轴转，人停机器不停。通过对喷注器各零组件钎焊过程中的热传导过程、热应力、热膨胀特性、钎焊料的焊缝漫流机理等进行理论分析和相应的理化分析，他们从钎焊间隙、产品结构、钎焊参数等方面制定了合理可行的工艺方案，终于攻克了喷注器钎焊这条“拦路虎”，研制生产出了满足推力室装配要求的产品。

可第一批生产出的三个喷嘴，一做模盒试验就漏了。这可真真的堪比绣娘盘花啊，若是时间足够、下得苦心、花够工夫，也能出精品。但难就难在，时间如此紧张，工艺久攻不破，罗维民实在着急。

然而，正如前面提到的，液氧煤油发动机的生产研制，产品结构复杂、新材料工程应用过程中问题不断出现，复杂结构异种材料钎焊、异种材料电子束焊、高强不锈钢精密铸造、隔热抗冲刷复合镀层电镀、复杂结构螺旋槽加工等大量新工艺需要突破。工厂在攻克喷注器生产工艺的同时，还在同步推进燃烧室、收扩段、扩张段等关键部位的研制生产。精密机械加工、焊接、材料、涂镀、表面处理……多个专业都随时待命。

多个并行的加工环节、多个专业的协调安排，仿若一个排布复杂、千丝万缕的大棋盘。要下好这盘棋，罗维民和李护林、王相勇等人成了“救火员”。

等这边协调完毕，他又赶到了别的生产现场，继续协调解决问题。有时候，这边刚解决，走到半路，新问题来了，他又被叫了回去。他在偌大的厂区东奔西走，每天如此。

“罗厂长，我看您一周得到我们这两三次呢！”十车间一位装配工人这么调侃道。

“哪里啊，我一上午都得来这两三趟呢，干脆把我算你们的编外组员算了！”

本来是焦灼的生产场面，本来面前是让人困惑的问题，罗维民这么一说，现场的气氛瞬间融洽了许多，大家相视一笑，又埋头干起活来。

液氧煤油发动机研制初期，由于诸多原因，不断出现一些小问题，这些小问题看似很小，处理起来却很是麻烦，涉及设计、生产的许多环节和诸多人员。怎么才能以最快速度解决这些问题？罗维民心里打起了小九九。这一天，他找到了生产处副处长王相勇。

“相勇啊，这些问题都不好解决。现在生产时间紧张，大家压力又大，我们得尽快给大家清除障碍，保证研制生产顺利进行。我想了个主意……”

老院士张贵田，是大家心里最敬佩的老专家和老领导，他为人随和又有丰富的研制经验，遇到困难和挫折，他还时常开导大家。作为基地的老领导，他充分了解设计和生产的每个环节，是大家公认的发动机“百科全书”。每次研制出现问题一筹莫展的时候，大家都会把张院士请到现场，请他帮着分析问题提出建议。

这一天，推力室喷管液压强度试验时再次出现异常。已经是晚上 10 点多了，问题不敢耽搁，大家又赶紧请来了张院士。分析会一直开到了 11 点多，眼看就要散会了，王相勇站了起来：“张院士，我这还有几件小问题要麻烦您。事虽小，可是都很着急，今天不得不说！”

“哦，什么事？今天不说，明天也肯定干不好。说出来，今天就一起解决了！”

受到张院士的鼓励，王相勇把问题一股脑说了出来。果然，会场上，趁着设计、生产各环节负责人都在，事情当即得以推动和解决。

于是，王相勇就有了这么一个外号——“小问题”。每次张院士现场办公完毕，总会亲切地问他：“‘小问题’，你还有啥问题，快来说说！你的问题可都不小啊，都是关系生产的大问题呢！”

听到这，罗维民和王相勇相视而笑，这是只有他们两人知道的秘密。如果说王相勇是“小问题”，那罗维民，自然就是“小问题”背后的“大推手”。

当然，“大推手”推动的可不只是这一件事。在液煤研制初期，由于很多技术问题一时无法解决，对产品的质量和性能又难以在短时间内，做出准确的判断，为了推动研制生产进程，罗维民也冒过风险强力推进。当然这些风险都是在他充分思量考察之后，才强力推动开展的。

首台液氧煤油发动机整机的命运

一年多焦头烂额却越挫越勇的关键技术攻关之后，随着首台喷注器及多个组件首件产品的攻关告捷，首台 120 吨液氧煤油发动机推力室成品能否顺利加工完成，首台整机能否按时完成装配，成为最重要的阶段目标。

2001 年春节，西安长安县少陵原上，万家灯火点亮了〇六七基地的每个角落，到处都充溢着辞旧迎新的欢声笑语。在每一扇看似相同的窗户里，每一个家庭却都演绎着自己独特的一年岁末。他们和亲朋把酒相拥，每一个人都在总结和回味着这一年的挫折与不易。

中央电视台春节联欢晚会正在上演，罗维民无心观看，他走到了自家的阳台，他还在为自己负责的液氧煤油发动机研制生产担忧。春节过后，能不能有个好的开端？辛苦一年的团队能不能收获期盼已久的答案？

春节过后，春风携着希望拂过，春天也降临了这个饱受煎熬却始终初心不改的团队。首台推力室终于闯过道道难关，按时完成生产试验工作，紧接着，涡轮泵、各种阀门、点火导管等总装与直属零件都陆续齐套，抵达发动机总装车间。

这一天，罗维民找到了时任五车间主任张和平："和平啊，我得和你商量个事。这零部组件都齐备了，咱们马上要开始总装，可我想了想，十车间现有的装配力量明显不够，尤其是对高强不锈钢管的成型装配经验不足，我想找你借两个人——任德彬和周长鹏！"

"罗厂长，您这是挖我的墙脚呢！这两个都是我的干将，我不借！"张和平当场就急了。

的确，液氧煤油发动机是全新的产品，加工工艺攻关实在耗费了不少心力，而任德彬和周长鹏二人正是首台推力室研制生产的主要参与者，这刚刚摸索出经验，就要借走，张和平很是心疼。

然而，这也正是罗维民此举的出发点，十车间装配常规发动机已经有套成熟的经验，可液氧煤油发动机首台整机发动机装配却是新挑战。发动机的每个零组件都需要导管连接，但与常规发动机不同的是，这次的导管用的是高强不锈钢，且导管管径大管壁厚，成形和焊接难度都比较大。

一切才刚起步，装配导管也没有样件参考，何况，液氧煤油发动机对工作环境的洁净度要求甚严。此时，十车间常规运载发动机装配任务也非常繁重，很难抽出骨干人员承担此任，如果没有具备先期经验的装配人员加入，对一个从零开始的装配团队而言，如何保证进度？

"和平啊，咱们前期诸多不易，都挺过来了。在推力室研制生产中，你们车间已立了大功。支持首台 120 吨发动机的装配，你得再出力啊！"

张和平当然知道其中利害关系，他嘴上舍不得，心里却已经开始盘算着，如何给这二员虎将加油鼓劲，让他们及早进入状态。“好，我同意，我们的人立刻到位！”

终于要开装啦！工厂组织在十车间召开总装动员会。

终于要开装啦！罗维民要把这个发动机按时开装的喜讯，告诉团队的每一个人。还有更重要的，是要为接下来的一场硬仗加油鼓劲。

“同志们，液氧煤油发动机代表了当今世界液体火箭发动机的领先水平。如果发动机研制成功，将成为我国新一代运载火箭的主动力，为我国载人航天、深空探测提供强大的动力，为提升我国航天事业的核心竞争力奠定坚实的基础。现在发动机零部组件已基本齐套，时间是3月初，大家加把劲，咱们争取在4月中旬完成装配，国庆节前实现首次发动机整机试车！”

一段话，说得大家热血沸腾，虽然谁也不知道发动机整机是个啥样，但每个人都摩拳擦掌。前面是刀山要闯，是火海也要趟，我们就要把发动机装配出来，有胳膊有腿地立在这厂房里！

说干就干，车间成立了临时装配班组，由负责液氧煤油发动机研制的副主任陈少斌及有关工艺人员和技术工人担当重任。厂里有关处室主管生产、工艺、质量的值班人员全部到位，车间专门借来了几张行军床和军大衣，谁困了就和衣躺下眯一小会儿，铁打的岗位一个人都不能少。一场与时间赛跑的装配攻坚战，就这样拉开了序幕。

然而，就在大伙儿满怀激情开装之时，问题接踵而来，就像谁莫名点燃了一根引线，一串火花弥漫开来。

一台 120 吨液氧煤油发动机，共有大大小小 9200 多个零部组件，每一个零部组件，皆来自一张张设计图纸。即便数据尺寸已经标注清楚，可不到真刀真枪上了装配线上，没有人知道合不合适。导管装配时，看似已经符合尺寸要求的零部组件，就像生了嫌隙而互相不愿理睬的伙伴，时不时就会出现不匹配的状况。

零部组件装配不协调、导管安装空间位置不合适、复杂空间位置焊接在无损检测时，发现有缺陷，怎么办？这都是经常出现的“正常”状况，随时出现问题随时研究解决方案，随即分解相关产品送到主制车间返修。热处理车间待命、表面处理车间待命，边修边试，再修再试，直到顺利装配上，满足技术要求为止。

时间就像钟表里的轮轴，一刻不停地转动，钟表里嘀嗒响彻的声音，敲打着整个团队，工作进度一刻不停地向前推进。

眼看就到了 4 月 13 日晚上，离早早定下的整机交付时间只剩两天了，装配任务还有很多尚未完成。而装配齐套后交付之前，还有整机气密性试验、电性能检查、发动机总检查，参数全部合格，才能放行。

“试车在即，留给我们的时间已经不多了。方案临时调整，咱们抓紧装配，啥时候完成装箱前的气密性和电性能试验，咱们啥时候休息。”罗维民和李护林、王相勇、陈少斌三人商量道。

第一次开展气密性试验，从摸索到实施，已经是 15 日凌晨零点左右。又是一个昼夜不休，直到 16 日中午 12 点，产品才完成全部试验。

“今天回沟，时间不变，大家先回家吃个便饭，收拾收拾行李，和家人简单告别一下，下午我们装完箱就出发。”罗维民嘴里这么说着，心里却不免有些心疼他的团队。是啊，好多人已经不眠不休扎在车间 30 多天了。他们吃住都在车间，头发长得看不见型儿，胡子拉碴，整个人也憔悴不堪。为了保证试车节点，现在又要马上开拔回沟，真是难为大家了。

没有一个人提出异议，尽管大家已经疲惫不堪，但奋战一个多月，大家更愿意马上看到，亲手生产又亲手装配出的发动机，喷射出期待已久的尾焰，照亮过往那埋头苦干的每一个黑夜。

相关人员各自回家，简单收拾了换洗衣物，和家人吃了一顿久违的午饭，又匆匆作别，迅速回到了工厂。

中午 12 点，发动机装箱完毕，下午 2 点，回沟的汽车，准时开拔。车子满载着液氧煤油研制团队的期望，疾行在盘旋的山路上。

前头开路的，是一辆面包车，车里坐着的，正是罗维民、李护林、王相勇、陈少斌等人。虽然刚刚熬过艰难的一夜，却没有一个人显露出困意。此刻，车里正进行着一场热烈的讨论。

“罗厂长，好不容易等到这一天啊！”

“是啊，咱们终于生产出六院第一台 120 吨液氧煤油发动机了！”

“要说累，那是真累，人生能有几回搏，咱们有生之年，能参与研制，值了！”

此刻，罗维民自然也是激动的，但不可掩饰的，心里还有一点小小的遗憾，这台发动机的推力室在整体液压强度试验时，发生了泄露，推进剂无法对喷管进行冷却，不能满足整机试验的性能要求。为了保证按期试验，11 所的设计师们提出，增加一路水系统对推力室喷管进行冷却。于是，这台刚刚问世的第一台液氧煤油发动机，从本来的液氧和煤油“两组元”发动机，一下子，变成了液氧、煤油和水的“三组元”发动机。

所以，大家也都笑着说：“咱们本想交上一台完美的发动机，这下可好，第一台产品还是个‘三组元’的！”

说完，大家也笑成了一片，创业艰难百战多，如果没有面对困难的豁达精神，没有遇水架桥、逢山开路的智慧和毅力，大家又如何走到今天呢?

16 日晚，发动机产品准时抵达凤州试验区，随即开始紧锣密鼓的上台准备，十天之后，发动机具备试车条件。4 月 26 日，第一台 120 吨液氧煤油发动机整机，在大家关注的目光中，点火试验！

然而，起动后不久，发动机上方出现火焰，只得被迫紧急关机，但爆炸，还是不可避免地发生了。

罗维民看在眼里，痛在心中。

毕竟，这是工厂第一次生产组装的 120 吨级液氧煤油发动机啊！

创业艰难百战多

2001 年，深秋的红光沟，一眼望去满山遍野尽是霜染的斑斓。9 月 28 日中午 12 点 15 分，液氧煤油发动机迎来了第三次整机试车。说起前两次试验，真是让人难过，第一次试车失败，该烧的烧，该爆的爆；让人期待的第二次试车，刚一起动，就看到一团火从喷管漫延上来，为了将损失降低到最小，也为了保留现场的真实状况，以便后续改进，只得命令紧急关机。

而这一次，有了前两次前车之鉴，设计方案得到了进一步完善，工厂经历了两轮整机产品生产，关键工艺技术也有了突破，团队的每一个人都对此充满了期待，也满怀信心。

然而，老天爷又和大家开了一次残酷的玩笑，刚起动 2.84 秒，燃烧室与涡轮泵的燃导管就燃起了一团火，指挥员紧急下达了关机的口令。

虽然又是一次试车失败，但让研制人员欣慰的是，他们获得了 2.84 秒极为关键的发动机数据。

“11 所、165 所对这宝贵的 2.84 秒试验数据进行分析，165 所抓紧把产品分解下台，交给厂里。7103 厂收到发动机后迅速组织分解检查，看看问题到底出在哪里？”

这边，165 所立即开始从试车台上分解发动机；那边，罗维民迅速安排联系西安后方，对发动机的生产装配过程开展复查，同时也做好了发动机回西安后的一切准备工作。

下午 3 点多，发动机从试车台分解下来，随即安排装车发车，他们要连夜赶回厂里去。

雨还未停，眼见着，这山里就要慢慢黑下来。雨大天黑，还要翻山越岭赶回西安，罗维民心里着实担心，他对司机和押车的人员千叮万嘱，一定要安全行驶。他和李护林、王相勇、陈少斌等人乘坐一辆小车一路在前头开道，引领装载着发动机的卡车缓慢地翻越秦岭。

直到半夜 12 点多，货车缓缓驶入 7103 厂，稳稳地停在了十车间门口。罗维民一直卡在嗓子眼的心，这才放到了肚子里。

不知度过了多少个不眠之夜，也不知做了多少次地面试验。液氧煤油发动机的研制一直在九曲十八弯的挫折中砥砺推进。

2002 年 5 月 16 日，一台全新的液氧煤油发动机又安装在 165 所凤州试验区二号台，随着一声“点火”，发动机喷射出炫目的火焰，那一刻，撼天动地，试车成功了！我国成功掌握了液氧煤油高压补燃发动机研制技术，工厂的液氧煤油发动机制造质量也经受了严格的试车考验。

随着工厂液氧煤油发动机科研生产管理水平和制造工艺技术稳定性的不断提升，作为直接责任人的罗维民，带领液氧煤油发动机研制生产团队，研制生产出了 44 台 120 吨液氧煤油发动机整机，开展了 84 次地面试车。后续研制的 18 吨液氧煤油发动机，也研制生产出了 7 台，完成了 10 次整机试车。

2007 年底的最后一天，依然忙碌的十车间装配厂房，罗维民和生产处副处长樊占超最后一次查看了液氧煤油发动机的生产情况。他有些不舍地伫立在厂房里，想把曾经眼前熟悉的一切都铭刻在心里。

这是一次难舍的告别，因工作需要，他将不再负责液氧煤油发动机的生产制造。但，液氧煤油发动机研制的一个更大考验正等待着他。

相濡以沫几春秋

2007 年底，六院对 11 所、7103 厂和 165 所领导班子进行了一轮调整，罗维民接到了新的任务，成为 165 所所长。这一年，他 45 岁，所长、党委书记一肩挑，一干就是九年。

165 所是专业负责发动机试验技术的研究所。罗维民刚刚到任，就面临所领导班子分工。班子分工会上，他这样说道："俗话说，隔行如隔山，就是这个理啊。说到发动机试验技术，我是个门外汉，要想了解发动机试验的全流程和技术难点，真得分管一个具体型号才行。我在厂里负责的就是液煤发动机研制生产，这么多年的感情，也真是舍不得。索性，我就来主管液煤发动机的研制试验吧！"

虽然换了岗位，但冥冥之中，罗维民的命运之线，依旧和液氧煤油发动机紧紧维系到了一起。每一个研制难关，他和液氧煤油发动机，都像老朋友一样相濡以沫。

罗维民到任时，165 所液氧煤油发动机试验的关键技术已经突破，在抱龙峪试验区建立起了专供 120 吨液氧煤油发动机试验的 901 试车台，该型发动机的试验设施和试验工艺也已经建立和稳定。

"能不能给我一份 901 试车台的系统图，我想尽快了解这个台子的相关情况。"

一拿到试车台的图纸，罗维民就挑灯夜战，认真地看了起来，一个系统一个系统地学习。他看了好几遍，还是不过瘾，见不到实物，总是纸上谈兵，心里空落落的。

“来总，我拜你为师，能不能带着我去试车台上实地走走，给我讲讲台上的系统情况？”夜深了，他拨通了时任副总工程师、二室主任来代初的电话。

“罗所长，拜师就谈不上了。明天上午，我刚好要去试车台，咱们一起去看看。”

第二天一上班，罗维民就跟着来代初前往二十公里外的抱龙峪试验区。要说抱龙峪，真是个好地方，走一遍下来，总算能理解当时选址的多方波折了。

跟着来代初在试车台爬上爬下，转了一圈，试验工艺、试验控制指挥程序，很快就从抽象变得具体起来。再现场参与了几次试车，罗维民心里就更加有底气了。从发动机研制生产到试验，他脑海中关于液氧煤油发动机的点点滴滴，也渐渐连成了一条完整的线索链条。

随着研制的不断深入，为了满足不同运载火箭在不同发射基地的飞行试验要求，发动机开始进行复杂边界条件组合试验。

在一次发动机煤油低温试验时，刚点火起动了一会儿，煤油流量就显示

对待每一次液氧煤油发动机试验，罗维民总是精心组织，严格把关

逐渐降低，无法满足试验要求，只得紧急关机。

“怎么会这样？一定是试验系统的问题。”“不会，我觉得应该是发动机本身的问题。”一时间，控制间里众说纷纭。

“会不会是流量计出错了？或者有多余物？”多余物是发动机研制中最为忌讳的环节，大家对此非常谨慎，若是真的有多余物，那就是试车出现了质量问题。

大家的猜测，并没有打乱罗维民的思绪，以上这些情况，他已经一一排除。试验之前，他们设置了多个强制检验点，煤油过冷过程中，他也亲自确认了情况，试验系统肯定没有问题，这一点，他比谁都肯定。

“会不会有别的问题？要想尽快查找到问题，最好打开发动机入口煤油主管路上的过滤器”，他大胆提出了这个设想。

这次试验，副总工程师来代初恰好不在现场，事不宜迟，罗维民和二室主任郭立直奔现场，请岗位人员将煤油过滤器分解下来。果不其然，他们发现滤网边缘上附着着一层薄薄的冰，正是它，阻止了煤油的正常流动。

航天煤油虽然是优选精炼的特种煤油，但里面依然存在水分子，低温状态下析出的水分结成冰，堵塞了滤网。而发动机紧急关机后，如不能快速决策，一旦试验系统恢复到室温，冰随之融化，问题也不能再复现。罗维民提出怀疑又坚持立刻查验，影响试验的“真凶”这才现了形。

“罗所长，你科学的态度，让我们及时发现了问题！”时任 11 所八室主任陈建华连声感谢。

这次突发情况，不但为发动机试验敲响了警钟，也为火箭总体的研制提供了重要依据。

“罗所长，你可是发现了一个重大技术问题啊！”来自总体单位的同事也为罗维民的发现称奇。

随后，165 所对航天煤油的输送系统做了进一步完善，在试验过程中，加严了煤油降温环节对冰的过滤，从那时至今，液氧煤油发动机煤油低温试验就一路绿灯，再未出现过同类问题。

未雨绸缪看发展

那时，抱龙峪试验区还远远没有现在的规模和试验条件，只有 901 台孤然矗立。18 吨液煤发动机试验一直在凤州试验区，一年四季，从不停歇。很多试验人员回去执行任务，一待就是一两个月。

在前任所班子谋划的基础上，加之六院的大力支持，罗维民提出，由 165 所先自筹资金开始建设 18 吨液氧煤油发动机试车台。2009 年，用于该型号试验的 902 试车台顺利完工，形成了 120 吨、18 吨液氧煤油发动机完

在新的工作岗位上，罗维民始终对未来充满信心

整试验能力，抱龙峪试验区真正成为液氧煤油发动机的研制试验中心。

“你们看，两个试车台，像不像长龙插上的一对翅膀，咱们的抱龙峪，还真是要展翅高飞呢！”罗维民欣喜万分。

就在这里，165 所先后攻克了 120 吨液氧煤油发动机双机并联试验、18 吨发动机四机并联试验、液氧煤油发动机复杂边界条件组合试验、交付参加飞行发动机工艺鉴定试验等多个难题，保证了研制试验工作的顺利进行。

而后，六院开始推进 500 吨级液氧煤油发动机研制。当时，西安地区试验能力明显不足，现有试车台难以建立满足发动机工作要求的液氧供应系统。为了尽快完成试验，罗维民提出在 901 台基础之上，将液氧供应系统直接建立在场坪上。这样设置，液氧容器距离发动机最近，在保证安全的条件下，不用设立液氧起动容器，投资小、系统简单。2017 年，该型发动机首次涡轮泵一发生器联试试验顺利完成，未雨绸缪的试验系统建设，为该型发动机关深阶段研制的顺利推进做出了重要贡献。

2016 年 11 月，罗维民改任六院科技委副主任、165 所科技委主任，这一年，他参与论证的四型发动机工程化研保条件建设项目正式批复，批复中要求专门建设一座 120 吨级液氧煤油发动机工艺检定试车台。按照所里安排，罗维民开始担任工艺检定试车台总指挥、总设计师，具体负责 120 吨液氧煤油发动机工艺检定试车台的设计和建设工作。

这一年年底，抱龙峪四号桥旁边的山坡上，负责筹建工作的罗维民等人正在寒风中比对图纸、勘察地形。这里，便是将要破土动工的试车台新址。眼前虽是一片荒芜，但未来必将是另一番雄伟之景象，又一幅蓝图，已经在他心中铺展开来。

刘站国

拳拳液煤赤子心

又是一个工作日的晚上7：30，《新闻联播》已经结束了。李明泽收拾完碗筷，从厨房走了出来："站国，我明天要出差了，你这几天想吃什么菜，给我说说，我给你提前准备一些。"然而，客厅里静得只听见《新闻联播》

无论何时何地，刘站国的脑海里总是惦记着液氧煤油发动机

熟悉的结束音乐，她的问题并没有得到回应。

李明泽一眼望向沙发，刘站国端坐在那，正忙着写写画画，如此专注，哪里听得见妻子唤他。

“我说，你又在算啥呢，你现在又不直接负责设计，应该让年轻人多锻炼锻炼嘛！”

刘站国这才听见妻子唤他，“恩，明泽，你说得对，所里的年轻人已经算过了，我刚看《新闻联播》，突然想起来一个关键问题疏忽了，所以核算一下。”

刘站国家里的沙发茶几上，常年放着他的“吉祥三宝”：书、稿纸和笔。液氧煤油发动机研制攻关的这些年，他的心，一时一刻，都没有离开过这个“大宝贝”。

农村娃走进了新世界

1982 年 8 月下旬的一天，早上 11 点，人潮熙攘的郑州火车站，青年刘站国一手提一个行李包，登上了从郑州开往长沙的列车。前一晚，他在绿皮火车上颠簸了将近 12 个小时，从武功抵达郑州，他没有买到坐票，只能一路站到郑州。车里空间有限，随着火车一路往南，他越来越感觉到了盛夏独有的那份湿热和烦闷。

这是他第一次走出老家，从陕西武功的一个小村子，去大学报到。临行，家里给他置办了一身最好的行头——的确良衬衣和裤子。而现在，这身行头显然成了他中暑的直接原因，上车不到 4 个小时，车里的闷热加上衣服不透气，他憋出了一身汗，甚至已经有些虚脱。

车行到驻马店站，他硬撑着拎起行李下车。休整一夜，次日再南下。

怀着对学习生活的无限憧憬，克服沿途的各种状况，一路颠簸之后，刘站国从西北的小村庄来到了江淮以南的大城市长沙，顺利抵达国防科技大学。办完入学手续，他被分在了应用力学系，全系40多个学生，一共三个陕西娃，来自陕西岐山的刘志让、陕西合阳的段增斌，还有来自陕西武功的他。

那一年，国防科技大学应用力学系面向全国招收液体火箭发动机和气体动力学两个专业的学生，刘站国报考了前者，冥冥之中，他和液氧煤油发动机，就这样提前结下了不解之缘。

从入学的学号排布来看，南方学生的学习成绩明显优于北方学生。从小村庄走出来的刘站国，以县里数一数二的成绩考到了这里，却在入学的第一天，已经认识到了这样巨大的差距。“咱陕西娃子不能认输，勤能补拙，基础差是差一点，我就不信补不回来。”他给自己下了军令状，四年，拿下全部课程，把比别人缺的少的都补上来。

1986年，四年大学生涯倏忽而过。刘站国的学习海绵，还远远没有填满，动力学等专业课程才开始，刚刚了解了皮毛。从小酷爱物理的他，决定深究下去，报考了〇六七基地11所的研究生。暑假过后，刚报到没多久，他再次被11所送回国防科技大学委托培养。数学、矢量张量、空气动力学、测试技术……每门课都让他欣喜万分，他尽情地在数字、公式和定律里游走，在理论和实践里徜徉。

1988年3月，长沙已经春暖花开，而位于凤县的红光沟还未走出寒冷，满山遍野依然白雪皑皑，学成归来的刘站国兴致勃勃地回到了这片土地。他的行李并不多，但包里沉甸甸的，放着一堆专业书，心里沉甸甸的，装着一堆专业知识，他要在这大山深处，做自己的学问！

当时，中国正面临液体火箭发动机研究方向的抉择，探索到底哪一种燃料和推进剂组合性能更优、参数更好、更环保清洁，更适合作为发动机的主动力。11所也正在开展甲烷、丙烷的点火试验和传热试验，摸索推进剂的最佳组合方式。

“主任，我就选这个题目——《液氧/烃发动机参数选择研究》”，在导师的推荐下，刘站国选定了毕业论文题目，他想研究液氧/煤油、液氧/甲烷、液氧/丙烷三种发动机的性能参数，看看哪种组合更适合。

1989年5月，刘站国完成研究生论文研究，答辩也得到了专家的高度肯定。在研究过程中，他对发动机也有了更加全面的认识，之前在学校所学的专业课知识，第一次真真正正地联系到了发动机设计和研究上。刘站国积累了七年的知识海绵，已经不再是干巴巴的湿润，渐渐地滋养出了希望的海藻。

倔娃子痴心大研究

研究生毕业后，刘站国被分配到了11所二室从事常规发动机研究，直到1992年，所里成立液氧煤油发动机设计室——八室，他开始从事液氧煤油发动机设计研制的具体工作。

他是11所发动机老专家董锡鉴教授的研究生弟子，一提起他，董老说：“站国，认真，脾气也是真倔！”想当年，刘站国和张贵田院士一道开会讨论问题，张院士提出一个总结性意见，刘站国却有自己的看法，会上，他“固执”地坚持发表了自己的意见。张院士点头赞许地说：“董老，你这徒弟，不错！敢于坚持己见，不管谁说的，没能完全说服他，他就不轻易妥协！”

当然，他的这股子倔劲，从血液里透出，带到了工作中，也带到了他一直负责研制的液氧煤油发动机上。众所周知，液氧煤油发动机是一项全新的研制工作，许多关键技术亟待突破，它的研制不仅是对几十年来液体火箭发动机已有认识的实践与创新，也是对未来知识的探索与驾驭，其系统复杂、技术含量高、研制难度非常大。

发动机研制初期，毫无经验可循，每一步都是摸着石头过河，作为设计师，刘站国是冲锋在前的排头兵。每一个关键节点的进展，他都如数家珍。回忆起那段岁月，留给他妻子印象最深的，就是无数次这样的场景对话：晚上 10 点，他拖着疲惫的身躯回到家，只有一句“有吃的吗？我饿了！”

囫囵着吃完晚饭，他又要出门。妻子问：“还试不？”他简短地回应一声“嗯”，又匆忙出门了。待他再次回到家，已是凌晨2点多，妻子迷糊从梦中醒来，关切地问上一句：“成了吗？”他兴奋地回答：“成了！可以睡个好觉了！”

与液氧煤油发动机相伴的无数个日夜，就是这样度过的。他能不能安心入睡，能不能做个好梦，一切的一切，都取决于他的项目是否得到了顺利推进，那些难题，是否按照他的设想，如期攻破。

一碗扯面一片情

“明泽，我们还在做冷调试验，我想带八室的同志们来家里吃扯面，你准备准备！”放下电话，妻子李明泽赶紧在厨房里忙碌起来。和面、做臊子、洗菜，一切准备就绪，就等大部队开拔回家。

这是刘站国的家宴，在发动机研制的关键阶段，遇到难题了吃，攻克难题了也吃，一碗扯面，吃出了情怀，成了大家释放压力、充电再战的精神食粮。

下午 4 点多，刘站国带着四五个室里的同志回到家里。安顿好大家，他系上围裙进到厨房。望着厨房里忙碌的他，扯面动作如此娴熟，大伙儿感叹：“刘主任不仅技术了得，做面也是一把好手啊！”

刘站国笑着说："别看这扯面，学问大着呢。要从原材料麦子抓起啊。尤其这饸面，更是技术活儿，讲究的是筋道……"

"刘主任，你琢磨这扯面，快赶上研究液氧煤油发动机啦！"

"哈哈，别贫嘴了！趁热吃吧，锅里还煮着呢，管够啊！"

"啧啧，真香！"

"臊子味儿也不错！"

"调料更好！"

"关键是面筋道，外面可吃不到这个味儿！"

看着大家狼吞虎咽的样子，时任八室主任的刘站国一脸满足。

2001年，在发动机021A次整机试车时，突然发生爆炸，粉末灭火迅速起动，火很快就扑灭了。还未等警报解除，正在控制间观察试验情况的刘站国，不顾警卫的阻拦，第一个冲进了爆炸现场，他要到现场去查看，到底是哪个部位爆炸最严重。他一路小跑，冲到了试车前间，钻到发动机旁边左看右看。

"站国，别急，注意安全！"

"怎么能不急，漂漂亮亮地进去，缺胳膊断腿地出来，我心里难过！"事发突然的爆炸，让刘站国又惊又急，他脸色已经煞白，嘴皮也变得乌青。

阀门，是发动机的重要部件之一，如果工作中出现流量调节器的卡滞，将会影响发动机起动，为整个试验带来隐患。

经过紧张的归零分析后得出了结论：这一次爆炸的直接原因，就是阀芯部分卡滞。120吨液氧煤油发动机中，共有18种大小、功能各异的阀门，为了保证每一个阀门的性能，刘站国提出，对调节器增加一项冷调试验考核。冷试，即用水模拟正常工作情况下，煤油介质在管路中的流动，对其进行考核。

国外专家曾经说过，发动机研制多少年，调节器就要改进多少年，一种地面条件下的考核，有时候多达100多次。每改进一次方案，可能需要花费一两年时间。

冷调试验看似简单，但一个阀门的一种状态，就要连续试验 200 多次，要想问题重现，似乎也不是那么简单。连续七天七夜，研制团队都驻守在七室。人困马乏，紧张的气氛之下，有人提出了意见：“主任，有必要做那么多次重复试验吗？”

刘站国觉察出了团队的疲乏，他沉住气，并没有多解释：“做吧，把该做的都做到，把我们的推断都验证一遍。”

试验做完，该暴露的问题都暴露出来了，甚至还有一些意外的收获。这让紧绷了七天七夜的团队，松了一口气。

“走，去我家吃扯面去！”刘站国抑制不住内心的喜悦，他要好好犒劳下大家。

还在回味这几天的不易，室里的几个同志一碗扯面已经下肚了。吃饱了，大家打起了嗝儿，为这碗原汁原味的扯面点赞。

“这是我从老家背过来的麦面，老家人自己种自己收自己磨，没有任何添加剂，绝对纯天然。我买了好几个大碗，你们有空就常来吃啊！”

刘站国的老母亲在一旁看着，忙跟儿媳妇李明泽说：“没想到，站国的女同事也挺能吃的嘛！”“妈，大家都累了这么长时间，今天高兴，所以就都能吃呢！”大家都笑了起来。

没过多久，刘站国的扯面在 11 所声名远播，老院士张贵田也慕名而来：“站国，八室的同志都吃了你的扯面，我还没尝过呢，到底好不好吃，听来的可不算！”

正逢刘站国搬迁新家，他赶紧把张院士请到了家里。一碗面下肚，老人家竖起了大拇指：“你还真是有一手呢！”“老人家，吃面要从小麦抓起，我这是地道的小燕六号磨出来的面。”刘站国又开始分享他的扯面经，“当然啦，搞发动机，要从零部件抓起，我们可是打不垮的‘王牌军’！”

说罢，两代液体动力人，会心地笑了起来。

刘站国（前排左一）和科研团队一起研讨技术方案

前后经历了三次大的方案改进和无数次小改进，五六年间，流量调节器研制终于获得成功。伴随液氧煤油发动机的研制，中国也掌握了流量调节器的研发制造技术，11 所研制的流量调节器，小到 0.5 公斤，大到 20 多公斤，均能对流量实现精准控制。目前，该技术也成功应用于 18 吨液氧煤油发动机和重型发动机的研制中。

男儿有泪不轻弹

“五、四、三、二、一，点火！”顷刻间，一道橘色烈焰从发动机尾部喷薄而出，巨大的震动打破了山谷间的宁静，迅速扩散的水汽瞬间弥漫在整个山谷之中。

控制间的显示屏前，刘站国专注地盯着试车画面，脸上额头上已经积聚了无数微小的汗珠。八室主任陈建华扭头看了看刘站国，此时，他已经紧张到头顶冒烟。

“试车成功！”指挥大厅里终于响起了这句话。刘站国什么都没说，紧紧握着同事的手，眼圈却顷刻就红了。谁也没说一句话，只怕一开口，这七尺男儿，会忍不住泪流。

液氧煤油发动机研制中的热试车考核，是一次考试，也是摆在设计人员面前的一道坎。这道坎有多难，只有经历过的人才能深深体会。当时，发动机状态不甚稳定，各种功能、性能和参数的摸索，都是以秒为单位推进的。顺利点火起动，哪怕是短短的几秒，背后都蕴藏着无数人的心血和汗水，纠结着一双双关注的眼睛，裹挟着太多人的担忧。

研制初期，发动机工作状态相当不稳定，整机试车时，常常发生不明情况的爆炸。一而再再而三的失败，在液氧煤油发动机这里，体现得淋漓尽致。

这是中国第一台液氧煤油发动机，功率大、试车时声响更是撼动山谷，震颤心扉。第一次试车时，由于没有心理准备，还有参试人员被震晕过去。老院士张贵田现场观看试车，总是要先服下一颗药，保证突发状况下的心脏承受能力。

每一次试车，都少不了“爸爸”刘站国的身影，这是他的“孩子”。但他又远比真正意义上的父亲，承受得更多：点火时，担忧能否正常起动；正常工作时，随时提防着不知何时就会突然袭来的莫名爆炸；一颗心，伴随着试车时巨大的轰鸣，始终提在嗓子眼，咽不下去，放不下来。那种滋味，实在是身心的双重煎熬。这种战战兢兢的日子，这样同频共振的时刻，从现实生活中，也渗入了他的梦里，他经历了太多，熬煎了太多。

液煤发动机转试样前，试车出现了一次大的故障，集团公司和总体单位都高度重视，第一次故障分析汇报并未得到满意的结果。刘站国、陈建华跟随张贵田院士又再赴北京做了专门汇报，把可能出现的风险和规避措施做了全面设想。两个月后，针对故障改进的验证试车如期进行。

直到试车成功，刘站国悬着的心才轻轻地放了下来。

把脉开方他有把握

“明泽，我回不来了，临时加了一个会，妈妈的生日只能你们陪她过了”，刘站国从北京给妻子打来了电话。

临行前，他告诉妻子，今天去明天回，周末可以赶回去给丈母娘庆祝生日。可这个会刚结束，他又接到通知，后天还有会要参加，他索性就待在北京，处理完事情再回家。一来二去，他常常周末出发，一直要到下个周末才能回来。

陪着液氧煤油发动机一路走来，北京到西安，刘站国不知开了多少次会。在他担任 11 所副所长以后，为了加快工作进度，他经常给专业组开小会，一个专业一个专业讨论，讨论完一个问题，对应的专业组就马上开始实施。

为了把握试车可能存在的风险，他把设计室的报告看了一遍又一遍，修改了一稿又一稿，他反复给自己提问，又反复自己答问，把每一个组件试验存在的问题和原因来回梳理，每次试验，也坚持驻守在现场，一待就到晚上 11 点多。

联试前的每一个报告，他都一字一句地斟酌，去院里参加协调会，汇报一个情况需要 20 分钟，刘站国为此要准备一个半小时，从不讲官话套话，有例子有数据支撑有理解，针对风险识别，想得如此深入如此细致。

应该说，说起对液氧煤油发动机的了解，他很有发言权。

那是在验证的关键时期，经历了最初点火时令人沮丧的无名爆炸后，发动机连续成功经历很多次 200 秒和 300 秒试车，确实很鼓舞人心。也就在这时，研制队伍里出现了不同的声音。

“以往多次的试车，都如此顺利，我建议，下一次就开展500秒长程考核试车！”

有人提出这样的想法，屡次成功之后，大家都很激动，随声附和，表示同意。

“不行，我反对。”对以秒为单位的研制进展来说，这是一步很大的跨越。刘站国站出来，给充满期待的大家浇了一盆凉水。

“为什么，如此谨小慎微，我们什么时候才能有大进展啊？”

“是啊，站国，你谨慎是没错，但我们之前成功了这么多次，为啥不能长程试车？”

大家对刘站国的坚决甚是不解。

“不行！涡轮泵动态环节太多，转子系统平稳性还有待验证，目前不具备长程试车条件，必须再进行一次200秒试车，并对产品进行分解考证。”

想得如此周到，会场哗然，大家一致决定，还是按照刘站国的思路，再进行一次200秒试车。

这一脉，把得相当准确，200秒试车后产品分解时，涡轮泵转子的轴上发现了一块钱硬币大小的烧蚀，从当时情况分析，在200秒基础上再持续试车，后果将不堪设想！爆炸，那是肯定的，关键是爆炸过后，产品也就彻底烧毁，如何寻找依据进行改进呢？

这般颜色画将来

2012年夏，北京东高地，正午，炙热的阳光毫不掩饰地投射到这片大地，树叶也晒得蔫蔫地垂了下来，下班的人，已经陆续回到家中吃饭、午休。路上少有行人驻足，生怕被这火辣辣的炙烤点燃了心情，变得更加不耐烦。唯有树上那些不知疲惫的知了，得了势起着劲地聒噪着，歌颂这个独属于它们的时间。

第一研究院家属区里，刘站国正绕着小花园，踱着细碎的步子。一圈，又一圈，手里的烟燃尽了，停下来再摸出一根，点燃了，深吸一口，再接着转。此时，炎热似乎已经不能让他屈服，狭小的宾馆房间，俨然已经容纳不下他飞舞的思绪。似乎，只有这个广阔的天地，才能让他尽情放飞。

他显然还有些焦躁，昨天与火箭总体的对接并不算融洽，他提出的想法也显然没有得到预想的回应。

发动机已经研制成型，经历了无数次整机试车和极限工况的考核，能够走到今天，研制团队熬受了多少暗不见天日的时候。如今，产品交付了，千万不能毁在这个坎上啊！

焦急、担忧，他竟一晚上没有睡好，辗转反侧。早上，组织完小组讨论，他依然感觉情绪没有得到释放，这才冒着盛夏的热辣天气，从宾馆走了出来，边抽烟，边思考。

120 吨液氧煤油发动机正式交付火箭总体后，在第一次开展动力系统试车前，总体方面提出，必须对发动机在正常飞行状态下的热流环境适应性给出明确结论，结论符合要求，才能为新一代运载火箭首飞放行。

这一要求，正中靶心。这是一道国际难题，经过多次试车过关的发动机，无论是极限工况考验还是长程试车考核，一直是在地面状态下进行的，而且最多也只有两台单机并联完成。现如今，新一代运载火箭长征七号，配备了六台 120 吨液氧煤油发动机，四台并联作为助推，两台并联提供芯级动力，这样的连接方式，对于液氧煤油发动机尚属首次。

总体的担忧是有理由的，火箭飞离地面前，助推发动机已经开始工作，多台发动机之间的热量和振动层层传递，对芯一级发动机有怎样的影响，不得而知；随着火箭飞速上升，发动机工作环境从地面的大气压力逐渐转变为真空环境，发动机又将面临怎样的挑战？

这一对比，好比发动机之前是温室培养的花朵，如今却要在一切未知的情况下经历春夏秋冬的考验，如何能保证这一役万无一失？

为何不在地面试验时就考察这一切？而事实是，多台发动机的工作状态，包括不同飞行高度的气压等多种复杂环境的变化，地面试验根本无法模拟。因为没有相关的借鉴，系统计算也无法开展。

现在，总体提出了他们认定的热环境参数，但从以往试车的经验来看，这个参数似乎不太科学。如果按照总体要求的参数来改进，一是没有具体可行的方案，即便是有了，牵一发而动全身。对发动机而言，还有众多不可预知的改进和考核，研制进度将无限期推后。

怎么办？问天而无道，寻法而无法，这无疑成为悬在 11 所研制团队头上的达摩克里斯之剑。从会议室走出来，刘站国背上又是一阵冷汗，中午吃的老北京炸酱面，嚼在嘴里，竟也是无盐无味。

其实早在液氧煤油发动机研制立项后，时任 11 所液氧煤油发动机主任设计师的刘站国，就已经预先意识到了这个问题。2005 年夏天，在一次试车结束返回所里的路上，他忧心忡忡地对八室副主任杨亚龙说道："热环境问题我觉得必须要面对了，如果现在不提前着手，等到需要去验证考核的时候，就太晚了！"

随后，在所里组织的主任设计师会上，这个思想再度抛到了桌面上，成为重要议题和必须着手的方面。刘站国明确提出：请大家集思广益，想一想，液氧煤油发动机从设计上还有哪些内容是没考虑到的？还有哪些方面是没有覆盖全面的？

"我认为，当前最为紧要的问题，是发动机飞行状态下的热环境计算。"

刘站国说道，“我们在地面试验自然涉及不到，但发动机飞到天上，大气环境越来越稀薄，工况越来越复杂，这是从来没有考虑到的。发动机要飞上天，我们现在的设计参数到底合不合理，能不能适应，必须有热环境这个试金石啊！”

话题抛出来，大家七嘴八舌地讨论开来，这样技术民主的环境在液氧煤油研制队伍早已形成，刘站国在研制队伍里建立起一种人人都去想、大家都来说的研制氛围。作为主任设计师，他的任务是从百家争鸣的各种观点中，提炼出最好最优的，推广开去。这就是他常说的，真知来自总结和实践，再去指导实践。

“浩海，赶紧联系绵阳 29 基地，他们专长风洞试验，对空气动力学很有研究，发动机的热环境计算，得和他们合作开展。”他对得意门生徐浩海说道。

“建华，联系顺畅的话，马上派人过去联合开展工作，一是把问题解决好，把参数计算方法摸索出来。还有更重要的一点，在工作推进的同时，总结掌握计算方法，回来完善室里的计算能力，组建自己的计算团队！”时任八室主任陈建华点点头。

散会后，这项工作就有序推进，很快，11 所掌握了热环境参数的计算方法，也总结出经验，建立起自己的计算团队。

回想起几年前的筹措，烈日之下的刘站国，从踌躇之中，又焕发出镇静，既然早已布局，11 所也早就具备计算团队和能力，发动机能不能胜任飞行任务，他心里自然是有数的，怎么说服总体单位，他拍了拍脑门，有了！

他立即停住了脚步，快步跑出小区，回到宾馆，他敲开了同行人员的门，“收拾行李，我们回家！”

设计员徐浩海很是纳闷，早上还在和总体单位据理力争的刘所长，咋这么快就打了退堂鼓？

返回西安的路上，徐浩海没有忍住："刘所长，咱们都来回折腾了三次了，每回来都碰一鼻子灰，虽然很挫败，但您和我们说，认定了就要争取。我实在不理解，为什么这么快就让我们折回呢？"

望着一脸疑惑的徐浩海，刘站国呷了一口茶，"这次不是挫败，我想到了一个办法。咱们回去试试！"

"前四次，我们和总体协商，都是因为坚信，发动机经历了这么多次试验考核，加上之前常规发动机的研制经验，经历严苛的飞行环境应该是没有问题的。可我们拿什么作证据？有数据有证据才能说服别人。"回到所里，刘站国立即向团队详诉了他的方案，"对多方计算数据进行局部验证。"

"把地面发动机某个部件的表面温度作为对象，对发动机局部计算热流进行对比分析。然后，用真实的试验数据对总体提出的数据进行修正，这样我们就能说服总体了！"

"刚好，最近还有几次地面双机并联试车，可以用来验证我们的计算方法，太好了！"大家脸上掩饰不住的激动。

三个月后，11 所研制团队再一次踏上了北上的列车。

与总体对接结束，一群人走出会议室，长征五号火箭总指挥王珏高兴地拍了拍刘站国的肩膀："站国，你这个建议不错，就按照你们的方案来实施吧，我们总体也参与到其中来！"这一句话，终于让刘站国悬着的心放松了下来，团队一年多来的努力，总算没有白费。

"走，咱们吃炸酱面去！"刘站国脸上浮现出了难得的笑容。

晚饭后，刘站国又踱步到了一院的家属院，还是熟悉的老地方，这一次，看啥都那么惬意。

这一天晚上，家属院里尤其热闹，老人们下棋的下棋，练气功的练气功，还有那平时略显聒噪的广场舞音乐，在刘站国听来，竟也如此美妙。他深吸一口气，这日子，美！

对刘站国来说，每一台发动机都犹如他的孩子

回所计算试验期间，分析验证方法也得到了进一步完善，总体提出，为了精准测得地面试车的局部热环境，建议用点焊的方法将热计量传感器焊接在喷管内壁，测试双机并联试车时的热流环境温度。11 所进一步优化了发动机设计，不仅在热环境参数的设计上留有余量，还为它穿上了一件局部热防护服，可谓“双重防护”。仅这一个问题的解决，历经一个四季轮回，评审总结报告多达 200 多页。

2016 年 6 月 25 日，长征七号首飞成功，飞行数据显示，发动机飞行条件下的热环境参数，与刘站国团队的分析基本一致。而后，这样的计算方法，应用到了一级使用八台液氧煤油发动机、两台氢氧发动机的新一代长征五号运载火箭热环境分析。

近年来，六院预先开启了重型运载火箭发动机的研制工作，“长五”首飞成功后，刘站国对 11 所时任四室主任陈晖说道：“热环境参数研究，关乎火箭飞行的成败，现在就要把它作为重型运载火箭发动机研制试验的重要部分，适逢关深阶段，正是验证计算方法的好时机！”

妈，这面真香

“师傅，还能再快点不？”

下午 6 点 30 分，在从高铁站返回家里的途中，刘站国一边焦急地看着手表，一边催促着司机。

他心里一直不停地犯着嘀咕：要不是这次身体不适，我就能去文昌看“长五”首飞了。眼看着马上要发射了，我至少得赶回去看直播吧！

妻子李明泽在旁边又好气又好笑，眼前这等焦灼难耐，五十多岁的丈夫，在她眼里突然成了小孩。

2016 年 11 月 3 日，新一代运载火箭长征五号即将在当日首飞。在从北京返回西安的火车上，刘站国还在惦念着发射现场的情况。

下午 5 点 30 分，发射场的同事打来电话，发射推迟了！

怎么回事，他不免有些自责，“长七”首飞的时候他在发射现场，亲眼看着火箭腾空，这次没能陪着“长五”去，临时有问题，还出不上力，只能看着手机屏幕干着急。

他从座位上起身，在两节车厢连接处来回踱着步子，车厢里信号不太好，他顺着窗户寻找信号最强的地方，生怕错过了任何一个关键的电话。

好不容易下了火车，坐上了返回所里的汽车。可发射时间迟迟还未定下来，他不免又着急起来。两只手来回摩挲着，仿佛只有这样，才能缓解无法抑制的焦虑。

“刘所长，您别着急，手机上应该能收到央视直播呢，车上也可以看。”来接车的小杨告诉他。

“那你会调试不，给我弄弄”，他脸上浮现出了一丝欣喜。

可希望瞬间又破灭了，手机搜索一无所获，好像就在他踏上三秦大地的一瞬间，他心心念念的“长五”突然就失踪了。

“叮——叮——”手机铃声就在这时响起，是发射场的同事打来的，“刘所长，目前情况还未解决，估计得推迟到晚上 8 点发射了。”

“什么？推迟到 8 点？”他愈发焦灼起来，眼看发射的最佳窗口期正在一点点流逝，问题还没有解决。他只恨自己没能和大家一起坚守在发射场，陪着“长五”，陪着他的发动机经受这艰难的考验。

匆忙赶回家中，他看了看表，还有 5 分钟到 8 点。老母亲看见儿子，迎上来说：“站国，你回来啦，妈去给你下扯面吃。”

“妈，我不饿，我现在不吃，火箭要发射了，我去看发射。”像是在回答母亲的话，又像是喃喃自语，他有点魂不守舍地踱进了儿子的书房。知父莫若子，儿子心有灵犀地理解老爸那份痴狂，已经提前为他调试到了央视网络直播。

“爸，您坐，我都调试好了，您在这坐着看。”儿子给他端过来一杯热茶，轻轻地放在手边，蹑手蹑脚地走出房门，他不想打扰父亲此刻的宁静。

时间一点一点过去，显示屏上，始终没有进展，没有人能告诉他，到底是怎么了。此刻，发射场的同事，都在各自忙碌着，他只能静静地等待，心里默念着，窗口期的流逝能不能慢一点。

8 点 40 分，紧急故障排查结束，所有技术问题全部解决，系统决定，进入发射期。他瞄了一眼手机，发射场短信传来，马上发射！

这是本次发射的最后窗口期，但进入负三分钟程序后，指挥大厅 01 号指挥员陆续发出的几次口令，让所有人的心都悬了起来。

本该按照规定技术进行的倒计时流程，连续几次重置，甚至出现了任务临时终止，这在以往的发射任务中从未出现过。

刘站国的心又一次提到了喉咙口，就像120吨液氧煤油发动机研制初期，每一次整机试车，他的心都如此忐忑。这样的感觉太熟悉了，二十多年，他就是这么一天天走过来的。他默默告诉自己，耐心等待，要相信发动机，相信“长五”。

8点43分，长征五号火箭终于腾空而起，在1821秒后，进入预定轨道。

“成啦”，书房里传来这样的一声高呼，然而他并没有走出来。妻子推门进去，他正紧盯着屏幕，边听火箭升空实况，边观察飞行数据，直到火箭飞出了监控画面。

9点，电视直播上宣布长征五号发射成功的消息，刘站国这才感觉到了饿，他像个孩子一样冲出房门，“妈，给我煮碗面吃吧！”

“来，刚煮好的，赶紧，趁热吃。”母亲心疼地端过面来，其实听到书房里的欢呼，她就开始做面了，一定让站国及时吃上这碗面。

“这面真筋道，就是这个味儿，妈，真香！”

看着他大口吃面的模样，老母亲在一旁偷偷抹泪，我这个傻儿子啊！

“爸，瞧您，您就发动机这一个儿子！”儿子假装吃醋地和他呛声。

其实儿子心里明白，在父亲心里，他一直有两个儿子，一个是自己，一个就是液氧煤油发动机，后者，是他花费二十多年心血，培育出来的“大宝贝”。

液氧煤油发动机研制的同时，国家的工业体系也逐渐形成并建立起来，在材料研制、加工工艺、设计水平方面都有了长足的进步，前后带动了50多种新材料的研发和应用。

刚刚“抚养大了”120吨发动机，刘站国又扛起了120吨液氧煤油泵后摆升级型发动机和重型运载火箭发动机的研制重任，研制均已取得重大进展。

2018年初夏的一天早晨，刘站国和八室副主任吕发正又一次来到了抱龙峪试验区，两天以后，采用泵后摆技术的二级发动机将在这里进行第一次试车。

“发正，你看试车台对面的山坡。”

吕发正循声望去。多年研制试车，在对面山坡的大片茂草中留下了焦黑的痕迹。

“呀，已经开始长新芽了。”吕发正发现焦黑之处已经出现了星星点点的油绿。

“我听老人说，这些草木生命力顽强，只要一场雨一阵风，来年，又是一片葱绿啊。”刘站国面露喜色。

是啊，液氧煤油发动机的研制道路，亦正如这片小山坡上的林木，从树苗到茁壮，经历了多少次失败和挫折，希望却永远都在，生命力也依然如此旺盛。

而如今，大树已成，只待开枝散叶。

葛李虎
一个老专家的航天强国梦

来到老专家葛李虎的家中，采访开始。这是第一次近距离地看到那被媒体报道过多次、富有传奇经历的老人，寻常，平凡。唯一不同的是，眼神里始终如一带着坚毅、自信。谈起了自己的工作，老人瞬间激情飞扬，有着一种“谈笑间，樯橹灰飞烟灭”的豪爽帅气。几乎不能相信，一个耄耋之年的老人，一谈起工作来，依然激情四溢。这所有的底气都来自对专业知识足够的积累，对所从事的工作下了足够的功夫，才能拥有如此足够的自信。

他是专业领域里问之无愧的老专家。一个人，究竟要有怎样的付出才有可能被称为“专家”？让同行敬仰，让别人折服？

“常规发动机我干了 17 年，液氧煤油发动机我干了 18 年，吸气式发动机我干了 13 年。我是穷苦出身，是党和国家培养了我，给了我一个站在科学前沿、发挥自己作用的平台，我感到很幸运！工作是大家一起干的，我只是尽了自己的一份责任，只要能为国家的发展做点事，就是我最大的幸福！”

耄耋之年的老航天专家一席肺腑之言，是他一生的事业轨迹。寥寥数语囊括了他为祖国、为人民、为航天事业无私奉献，成就斐然而又淡泊名利的精神世界，也道出了老一代科学家在道德、品格、修养、事业等方面闪耀的

虽已步入耄耋之年，但对于液氧煤油发动机，葛李虎的内心深处仍然澎湃着激情

人性光辉。

同事的眼里，葛李虎是一个令人尊敬的长者，是一个德高望重的指挥者，是一个知识渊博的专家，睿智幽默，豁达开朗，不计名利，勤勤恳恳，兢兢业业，敢为敢当。回顾过往研制的艰辛岁月，老人几次忍不住泪眼婆娑。

葛李虎历任我国大型常规运载火箭发动机副主任设计师、新一代运载火箭主动力液氧煤油发动机主任设计师、吸气式发动机主任设计师。在长达50年的科学求索中，他与同事们一道冲关夺隘，经受了无数次艰难困苦的考验，攻克了一道又一道技术难关。他身先士卒，一直奋战在科研第一线，在常温、低温、吸气式三个迥然不同的液体动力研究领域，奉献出自己全部的心血和智慧。年近八旬的他，仍然奋战在科研第一线。

可贮存推进剂的长征系列运载火箭发动机被誉为“金牌动力”，液氧煤油发动机推举新一代三型火箭首飞成功，吸气式发动机首飞告捷，这一个个足以傲世的辉煌成就，在诉说着葛李虎一生的奋斗足迹……

少年立志，献身航天

葛李虎出生于江苏省江阴县的一个农民家庭，自幼家贫，从小放牛，割草，全家靠租种别人的田地生活。九岁时，才得以入学，第一笔学费是母亲养蚕、抽丝、织布换来的。提起母亲，葛李虎深情地说，对我人生影响最大的就是我的母亲。她非常的坚韧、好强，这种性格深深地感染了我，也成为我日后读书向上的动力。

人的一生，都可以从他的童年时代找到痕迹。葛李虎的童年是在贫困中度过的。求学的路，断断续续，有钱了，就上，没钱，就暂时辍学在家务农。

即便这样，严厉的父亲，为了节约费用，也为了激励他，让小小的他尝试着跳级。这是当年的苦涩，却也是他一生引以为豪的财富。

早起，走上五六里地去上学，回家还要种菜、割草、放牛，晚上在牛棚里睡。年少的他，天资聪颖，勤奋刻苦，也深知读书的不易，非常珍惜。利用路上的时间背诵，晚上，在昏黄的煤油灯下写作业。饥饿也一路相随，早晨，吃一顿野菜上学，在学校饿上一整天，晚上回来依然是一顿野菜。

在上大学之前，冬天，从未穿过一双新棉鞋。耄耋之年的葛李虎，指着自己脚跟的冻疮依然沉浸在当年的往事里，唏嘘不已。

家贫，一次次受到辍学的威胁，当年的恩师，一次次登门拜访，苦口婆心劝诫，真诚地让家长不要放弃这难得的读书好苗子。

终于，在母亲的悉心教育和人格的影响下，年幼的他，学习成绩一路名列前茅，顺利地考上了当时江苏省最好的南菁中学。

知识，为他打开了认识世界的另一扇窗，也在他的心里埋下了“科学救国”这颗理想的种子。

1958年高中毕业，他以优异的成绩被保送到当时的西北工业大学。从此，葛李虎离开了家乡，踏上了航天报国的求索路。入学第二年，专业调整，由当时的航空发动机七系转入火箭发动机八系，开始了火箭发动机专业知识的学习。

1956年，当时的苏联卫星已经上天，而咱们国家的航空航天领域几乎是一片空白，看着这巨大的差距，青年葛李虎的内心掀起了惊涛骇浪，腾然升起的是一种报国情怀。为中国国防的强大，为实现中国航天大国而读书。“报效祖国”，“能为人民做点事”，这淳朴而又普通的语言，道出了他崇高的志向。信念一旦确立，生活中就有了坚定的目标，行动就有了方向。他开始发奋读书，想通过自己的努力为国家做点事情。以前，每天八九点就熄灯睡觉，现在，自觉地每天学习至午夜。除了吃饭和睡觉，他几乎把所有的时间用来学习，如同海绵吸水一般，将各科基础知识学得非常扎实。

1966 年 9 月，在祖国利益高于一切的理想号召下，从西北工业大学硕士研究生毕业后，葛李虎，这个从小赤脚上学、对党和国家培养充满感恩之心的学子，就全身心投入液体火箭发动机研制中，从一个普通的有志青年，变身为一个航天科技工作者。

开荒拓土，转战液煤

战略导弹发动机和长征系列运载火箭发动机研制定型后，在本该享受研制成果的时候，一项新的任务压在葛李虎的肩头：组织上安排他开展我国新一代运载火箭发动机的高技术论证工作。从此，他就组织开展我国低成本、无污染、高性能、高可靠的新一代大推力液氧煤油发动机预先研究的论证。

在进行发动机研制的近 20 个春秋里，他参与组织领导了液氧煤油发动机技术的消化吸收、关键技术攻关和型号立项研制。液氧煤油发动机，比起以前的常规发动机要复杂得多。它要达到高效的补燃循环方案，对组件对系统等各个方面的要求，严之又严。

通俗地讲，常规发动机在工作中，会有一些推进剂没有充分燃烧就被排到大气中，但是高压补燃循环技术，就是将吹动涡轮后的燃气“废气”，重新引入主燃烧室进行充分燃烧，最大程度地利用了燃料。高压补燃循环技术的关键在于，要保持很高的压力才能将不完全燃烧的燃气压入主燃烧室，能够将火箭所携带的液氧煤油推进剂进行二次燃烧，可以更充分利用推进剂能量。

面对复杂的结构，其设计难度超乎想象。当时只有苏联攻克了这一技术难关。我们所面对的状况是一无技术，二无图纸，三没有可使用的新材料，更没有可以借鉴的工艺技术。只能自行摸索，自行研制，摸着石头过河。

虽然当时，我国已有成熟的常规发动机研制经验和技术，但液氧煤油发动机不仅采用的推进剂、循环方式和常规发动机截然不同，而且在最高压力、涡轮功率、推进剂流量等设计参数上，比常规发动机高出很多。发动机的最高压力要达到 53 兆帕，这个压力相当于把上海黄浦江的水打到青藏高原。

一个国家的强大不能单就经济总量大小而决定，一个民族是否强盛也不能单凭人口规模、领土幅员辽阔来定，最重要的原因是掌握了高端科技。

我国的发展处于动力转换，方式改变的关键时期，我们需要更多更好的科技创新为经济发展注入新的动力，需要更多更好的科技创新保障国家的安全。

就这样，引进、消化、吸收再创新，自主研制液氧煤油发动机的决策确定了下来。1991 年 2 月 2 日，由多家单位派员组成的联合设计室成立了，办公室设立在当时的〇六七基地，共同研究液氧煤油高压补燃发动机技术。

葛李虎主要承担推力室的设计。

推力室，是液氧煤油发动机最为关键的组件之一，在没有什么研制资料可供借鉴的情况下，研制难度可想而知。

可是，这难不倒执着和倔强的葛李虎。在讨论技术问题时，他永远锱铢必较，浑身上下洋溢着一种饱满的激情。工作中，他是一名昂扬的斗士，探索未知的领域是他永恒的追求，无关年龄。他时刻要求年轻人要做到：眼勤，手勤，口勤，脑勤，也就是多看，多做，多问，多思。

彼时的 11 所七室试验厂房，坐落在安河畔边的青岩沟。山清水秀，天空澄碧，但所有设计人员的心头却笼罩着淡淡的愁云。从俄罗斯引进的 RD-120 发动机，只有薄薄的说明书，没有任何图纸和文字说明。葛李虎作为技术领头人，他要一步步地弄清原理、分析结构、分解组件，进行详细的反设计计算，好为日后的研究提供正确的借鉴和指明正确的方向。

葛李虎带领一帮年轻人，分解液煤发动机中最为复杂的部位——推力室，研究推力室结构以及复杂的冷却问题。对于液体发动机来说，推力室是火箭发动机中完成推进剂能量转化和产生推力的组件，由喷注器、燃烧室、喷管三部分组成。

产品被架起来，注水。通过试验，测量进出口压力，得出水流、水压和流阻之间的关系，为推理室内部冷却环的设计提供依据。

产品本身体积庞大，高达 2.9 米，因厂房高度限制，此时，产品距离地面仅有 20 厘米左右的空隙。

推力室的点火方案将如何确定？它内部的点火喷嘴分布结构如何？喷雾质量与流量压力之间又有着怎样的关系？

葛李虎背着手，默默地绕着正在注水的产品转了几圈，看了看，问了问，想了想，突然躬身从空隙中钻入了产品内部。现场的人惊呆了，如果不是亲眼所见，大家断然不会相信，那么小的缝隙，居然能钻进那么大的一个人！只见葛李虎站在产品中间，镇定自若，以命令的口吻，在里面指挥：注水，起动，调压……

声音简洁，坚决，铿锵有力。现场所有的技术人员和试验人员不由得担心，为他捏了一把汗！

研究推力室的结构，是液氧煤油高压补燃发动机中最为尖端最为复杂的技术之一，试验流程仅凭他钻入腔体内部就可以随便改动吗？

不过，现场操作人员还是认真执行了他的命令。压力甚小，注入的水流缓缓地，水，贴着内壁均匀地往下流。人站在产品中间，可以更好地观察产品内部结构，为日后的设计提供第一手感性的资料和借鉴。

钻到产品里面的葛李虎，为自己这一发现兴奋不已，遂让身边的设计人员一个个亲临产品内部瞧个究竟，他告诫身边的同事，学习研究先进技术，不但要知其然，还要知其所以然。

作为设计人员，一定要亲手触摸，亲眼观摩，不能凭空臆想。老专家葛李虎给大家上了生动的一课。

出来，进去。葛李虎又一次钻进了产品。他想更进一步探究液膜的压力和冷却的效果。增压，水的流速加大，水直接喷到了推理室的顶部，在旋转的离心力的作用下，水，倾泻而下，浇了葛李虎一头、一身。

在周遭同事一片善意的笑声中爬出来，葛李虎顾不上擦去脸上的水珠，兴奋地说：液体火箭发动机推力室，在热流密度最大的喷管喉部附近必须采用液膜冷却。可以更多地在喷注器周边设置一圈低混合比的喷嘴或燃料直流射孔，这样，整个在燃烧室内壁面附近形成低温边区或薄膜，可以把中心区高温燃气与壁面隔开。

葛李虎（右三）和年轻技术人员一起研讨型号研制方案

当然，这看似简单的道理，几乎人人都懂。但只有技高一筹的人，才能独具慧眼，善于总结，能从纷繁的现象中抓住事物的本质。

上下求索，只为材料

进行结构设计，首先要解决产品材料问题。液氧煤油发动机使用的材料，要求具有承受高温、低温、高压、抗氧化、耐摩擦等性能，那时，生产发动机的 50 余种材料国内都没有，需要重新研制。研制初期，在经费极少的情况下，为解决研制材料的燃眉之急，葛李虎一方面积极组织协调国家立项，一方面奔赴全国各地进行材料调研与合作。他的足迹东起上海，西到新疆，南至广州，北到哈尔滨，遍及东西南北中……就这样，利用国家有限的材料立项项目，解决了 50 余种急需的发动机研制材料。从顶层设计到具体实施，每个层面都稳扎稳打，逐步推进。

“兵马未动，粮草先行”，相比较常规发动机，液氧煤油发动机百分之八十的材料需要更换。材料是设计的先行之本。没有材料无从设计，更无须说后面的生产、试验。而且，液氧煤油发动机各项指标，都要高出很多，比如最高压力是原来的 4.6 倍左右，本身，还要考虑降低发动机本身的重量，这就对材料的各方面性能提出了更高的要求。

在充分吸收技术基础之上，进行大量分析计算，对国外的材料进行分析、化验、对比，然后确定到底使用哪种材料。根据各部件工作环境，接触的储存介质、摩擦系数、温度最后统计，需要采用 59 种新材料。有了新的材料，才可以说高端核心的技术完全掌握在自己的手里，而不受任何国家的制约。

葛李虎不仅是一个火箭发动机研究领域的专家，在采用新材料上他还是一名长于巧思、想象力极其丰富的“发明家”。他有时的灵机一动，想出来的主意却叫人拍案叫绝。液煤发动机研制完成后，大家也亲切地称他为“新材料专家”。

铜和金高强钢材料，用在发动机推力室，具有良好的导热作用。

根据工作特性，几经周折，最终选择了某铜厂，作为新材料课题承担方，与 11 所共同研究。

那个时期，葛李虎多次去该铜厂与技术人员一起探讨研究方案。该铜材加工厂接到研制课题后就逐步进行了大量的探索性研究，协助推动科研生产工作展开，并使预研课题得到落实。

因为工作要求的特殊性，对材料要求强度高，导热好，耐冲刷，还要再加工焊接性能好。普通铜板材根本达不到要求，只有在普通的铜里融入铬元素提高相对强度。

理想很丰满，现实很骨感。自行研制，谈何容易！困难一个个接踵而至，铜元素和铬元素本身并不相容，并不能按照像想象中的一样，按一定的比例均匀融合。

至此，葛李虎和铜厂科技人员一起攻关，试验。办法一个个被想出来，又一个个被否定。葛李虎也陷入了深深思索，他思维的触角延伸到了很远，很远……

葛李虎把单项研究工作纳入议事日程，一方面争取型号任务，一方面大力开展预先研究。他想，两种材料既然不能直接相容，能不能再中间加入一种媒介，作为催化剂，以期提高铬铜之间的相容率，减少铬离子的析出；还提出让铜、铬离子本身颗粒细化；采取真空冶炼等各种方法，较少铬离子偏析。

于是，葛李虎在厂家和技术人员一起商讨、配合，终于找到了一种与两种元素均能融合的催化剂，试验结果，一步步接近当初所提的性能要求。

一个突发的关于媒介的奇思异想，解决了棘手的问题。它的解决，大大地缩短了推力室喷管的研制时间。

彼时，正值 20 世纪 90 年代初，当时，国家许多大型企业正面临转轨变型的冲击，大量技术工人面临下岗重新择业，工程技术人员纷纷另择高枝栖息。整个新材料的研制，一度陷入极度的动荡之中。葛李虎勇挑重担，大力协助铜厂进行研发试验，多次奔赴生产试验现场，致力解决材料夹杂、偏析等问题。

每当遇到材料攻克难点的关键时刻，葛李虎总是第一时间出现在现场，在全国各地，各材料生产厂家之间不停穿梭。与厂家技术人员夜以继日地并肩作战，分析试验数据，查找问题症结；哪里任务重，他就出现在哪里；哪里有关键难题，他就给大家撑腰鼓劲；当研制过程遇到设计、工艺、试验等技术资源需要调配，他总能及时、快速、果断地给予解决，为课题攻关组完成任务保驾护航。

聚焦煤油，锁定国产

“中国的煤油哪能用？到时还得在咱们这购买！”

“就是，如果不这样就会一次次地爆炸。”

……

一群俄罗斯专家说得头头是道，语气斩钉截铁，态度傲慢坚定。当时，美国人也在进行液氧煤油发动机的研究，试车时，所有的煤油都是从俄罗斯进口。使用在试车上的煤油必须经过专门的技术进行提炼，美国并未掌握这样的技术，最终决定从俄罗斯购买成品煤油。

话虽难听，但却是实情，葛李虎的心沉甸甸的。精明过人的美国人之所以愿意从俄罗斯进口煤油，是因为他们经历过大量的研究和试验，并没有取得意料之中的成功，不得已而为之。

当初决定研制液氧煤油发动机技术时，中国航天界的领导和专家就有一个共同的意识，发动机上所有的材料必须是中国自主研制，不受控于任何国家，必须使用本国生产的煤油作为推进剂。在外国专家权威性的意见前，我们没有丝毫的退缩，为达到这一目标，葛李虎、马翰英自告奋勇，踏上了艰苦的“寻油之旅”。

所到之地，来不及休息，就开始收集样本，足迹遍及全国各地产油区。

一路辛苦，一路风尘，挤汽车，赶火车，精心呵护着收集来的样本。

“你看，咱们煤油的各项指标确实和俄罗斯煤油指标差距太大！”

“你再看看煤油高温高压下，烃成分变化。”

深夜，西安交通大学国家重点实验室灯火通明。端坐在椅子上的葛李虎眉头紧锁，连日的长途跋涉让脸上更是多了些许疲倦和沧桑。

不辞劳苦，全国各地，地毯式搜索，插红旗式的攻略……又一次，怀揣巨大希望而来，一路欣喜，却在实验室的结果前颓然倒地。

收拾行囊，匆匆上路。

终于，在一片灰暗中跳跃出惊喜！国内某油田出产的煤油与试验要求的专用煤油的成分指标极为接近。欣喜，掠过脸庞。趁热打铁，再进行传热试验，高压试验，取得更多的数据。

其实，煤油本身来说，只是一种极为常见的燃料，普通化工厂就可以提炼，但用于火箭发动机的煤油却有着极为严苛的条件。煤油是一种含烃类的混合物。即使是热值相当的同种标号煤油，也会因产地和制取方法不同，在各种物质成分含量和理化性质上存在极大差异。对于普通用途，这些差异并不影响使用，但对于火箭发动机，微小的差异就会带来严重的影响。

因为构成煤油的化合物成分复杂，在高温高压状态下，极易析出杂质，迅速产生结焦的现象。煤油的冷却效果本来就比偏二甲肼这类常规燃烧剂的效果差，那些结焦的杂质沉积在冷却槽底部，使冷却效果进一步降低，造成发动机燃烧室和喷管温度迅速升高，一分钟之内就会出现烧蚀、爆炸的现象。

春去春回，日出日落。

终于，功夫不负有心人，峰回路转，柳暗花明，禁区的大门开了，葛李虎和科技人员一起对专用煤油进行了大量的研制工作，一连串有价值的数据表明，国内这家油田生产出的专用煤油与俄罗斯出产的成分指标几乎相同。

燃料问题的解决，其意义非同小可。它不仅使我国液氧煤油发动机的研制进入另一个阶段，而且为中国的运载火箭研制，开辟了崭新的燃料途径，同时节约了大量的经费。

如果煤油会说话，它一定不会忘记为了它的诞生而千里迢迢、足迹遍及大半个中国的老科学家葛李虎。

站得更高，看得更远

丰富的想象力和敏锐的观察力，使葛李虎的设计理念站得更高，看得更远。在机械加工工艺上他常常提出一些迫在眉睫，但由于别人的认知不到而不理解的问题。他这种“超常”的理念，一度“阻碍”了他和工艺人员的交流，也常常使自己处于尴尬的境地。

独特的性格，超常的思考，为他赢得了“老虎”这一厉害称号。推力室本身是分段式的组合设计，是钎焊焊接结构，分为推力室头部和身部两部分。每个部分又包括多个单独加工的组件，以利于组装和分别进行所需的液流、液压和气密性试验。

一张张凝结着全体设计人员心血的图纸出来了。产品已经到了最后的生产阶段。会议协调室人声鼎沸，各种争论声不绝于耳。会议主持人张贵田一会儿看看这边，一会儿看看那边，多年的历练使他在问题面前能够沉稳、成熟，善于协调，然后统筹规划。但，今天这种剑拔弩张的场面，他也鲜见。

一张张图纸摊在桌子上，被工艺人员传阅。工艺人员以现有的经验直接否定，群情激愤。“你看，你看！就拿这个喷注器来说，结构太复杂了，它的内底、中底就由数百个喷嘴组成，各零件之间采用了钎焊焊接，涉及的焊接材料有铜—铜、铜—钢、钢—钢。这样的设计合理吗？你们设计的时候，有没有考虑到我们加工的可能性？而且零件制造精度太高，配合公差太小……”

工艺人员越说越激动，声音不由得越来越高。

葛李虎在周遭的一片质疑声中，举着自己亲手设计的图纸，欲言又止，几次想要打断对方的话语，无奈对方太激动了，根本听不进去任何意见。

百般无奈当中，葛李虎站起来了，想出去透透风，走出会议室，因内心情绪波动太大，或许还有风的助力，会议室的门“嘭”的一声，被重重地关上了。

这时，大家才噤了声，你望着我，我望着你。

会议主持人张贵田的脸，也不由得红了一下，但很快，又恢复了一如既往的镇定。站在会议室外面的葛李虎，也被自己刚才的关门声吓了一跳，此时，再被外面的冷风一吹，似乎内心也恢复了些许平静。

重新走进会议室的葛李虎抛却了情绪，一点点，把自己的设计思路、设计理念娓娓道来。

这一席话，足足说了一个多小时，葛李虎说得头头是道，口干舌燥。然知音难觅，应者寥寥。有人认为这种加工要求是天方夜谭，是奇谈怪论。但葛李虎仍然坚守着自己的坚守，用科学的态度，客观公正地阐明自己的要求和目的，同时，他也认真听取工艺人员分析加工的可行性，并将要进行的攻关课题一一记录。

这“愤怒”的关门声，终于使大家重新心平气和地坐下来，重新认识很多的问题，也更领悟到葛李虎所坚持的重要性，人们找到了共识，找到了在设计理念不变的情况下，应该共同努力的方向。

于是，成立课题攻关组，大家一起通过对喷注器各零、组件焊接过程中的热应力、热膨胀特性、钎焊料的填缝机理等理论分析和相应的理化分析，从钎焊间隙、产品结构和钎焊参数等方面制定了钎焊工艺方案和工艺参数。经过全尺寸模拟件的验证和喷注器的钎焊，这些工艺参数被证明合理、有效，满足了使用要求。

多年过去了，足以证明，当初葛李虎坚持的立场是正确的，他的设想和建议是富有远见卓识的。它不但大大加快了液氧煤油发动机研制的历程，也加速了我国征服太空的步伐。而且也为液煤研制团队赢得了良好的声誉——“默默耕耘肯钻研，技术作风双过硬，关键时候，顶得住；压力面前，扛得起；技术面前，攻得破！”

锲而不舍，勇攀高峰

葛李虎身上有一种闯劲，对待解决技术问题总是有一种天然的激情。他总是愿意去做别人认为不必做也做不到的事。居然，一件件，都被他做成了。这些难关都是他多年心血和智慧的结晶，在液氧煤油发动机研制的道路上，他既是设计者、决策者，更是披坚执锐、克难排险的攻关战士。这还不是最主要的，更重要的是他在研制过程中所表现的那种泰山压顶不弯腰、不达目的不罢休的韧劲。

经过夜以继日的艰苦鏖战，正是葛李虎的那种对待问题“咬定青山不放松”的精神，才一次次在困难面前，峰回路转，起死回生，他与厂里的工艺和生产工人一起攻克了多项关键工艺技术。与此同时，多项关键工艺技术被各课题攻关组相继攻克——

新材料的工程化应用技术；

复杂结构推力室的铜—钢异种材料扩散钎焊工艺技术；

高强不锈钢精密铸造工艺技术；

隔热抗冲刷复合镀层电镀工艺技术……

在液氧煤油发动机研制初期，科研队伍面临着重重困难，特别是2001年四次整机试车，遭遇了前所未有的挫折。逆境面前，葛李虎却显得冷静：“搞一个全新的发动机，遭遇失败，我们是有思想准备的。只要我们不懈努力，就一定能成功！”研制团队没有气馁，顶着压力继续前行。

其间，葛李虎历尽了艰辛和坎坷，承受了非议和质疑，然而，他依然像点着了火的火箭一样，勇往直前，奔向浩瀚天宇。

液氧煤油发动机的研制生产，容不得半点含糊。在每一项设计、生产、试验中，都要求参试的干部职工梳理研制资源，力求准备充分，确保无误。在生产过程中，要求大家严格按照程序做事，执行任务要精准；要开动脑筋，找窍门，提高工作效率；要严格遵守质量、安全管理文件，要有辨识发现问题和隐患的能力，决策要果断，命令要清晰，坚决保证每一个研制节点。

面对富有挑战性的液氧煤油发动机研制，以往的工艺技术和试验设备已远不能满足研制的要求。为了解决设计、生产、试验中的难题，他不仅要对研制进行策划、确定方案、对研制实施过程等进行总体技术把关，而且要负责重大技术问题的决策。他运筹帷幄，带领技术团队进行了开创性地科技攻关，用蚂蚁啃骨头的精神，终于实现了液氧煤油发动机核心技术和关键技术的重大突破。技术攻关成果的成功应用，确保了液氧煤油发动机整机的圆满完成，为研制做出了不可替代的贡献。

在液氧煤油发动机研制的道路上，葛李虎走了十八年，人的职业生涯能有几个十八年？他坚持下来了，并带领着队伍，迎来了最终的胜利！这一研制的成功，使我国成为世界上第二个掌握富氧燃气发生器液氧煤油发动机核心和关键技术的国家，显著提升了我国进出空间的能力，是我国由航天大国迈向航天强国的重要标志。

赤子之心，天地可鉴

为祖国做点事，是葛李虎当初最朴素的愿望，也是他职业生涯里追求的

在液氧煤油发动机研制攻关的道路上，葛李虎（右二）总是迎难而上，愈战愈勇

终极目标。接受采访的过程中，葛李虎始终表达了自己的观念：即使个人取得了一定的成绩，那也是团队共同努力的结果，而且，他也是在吸收前人的基础上才有所创新，成绩是属于大家的，而不是个人。正是大家共同怀着对事业坚定的信念，对成功强烈的渴望，鼎力相助，携手搀扶，才闯过一道道难以逾越的沟坎。

葛老始终不承认自己的人生有多么的成功，即使有一定的成绩，那也是许多机缘的巧合。他总结自己的人生经历，说得最多的一句话就是：组织让我做什么，我就做什么，再大的困难也要自身克服。我很幸运，我所做的事恰好也是我所喜欢做的。想办法把自己手中的每一件事情做好，这就足够了。这是老一辈知识分子的朴素情怀，而且，他的话语里始终透露着对一线劳动者的尊重，却并不看重自己发动机专家的身份。他曾感慨，液氧煤油发动机的研制成功，是整个团队每个成员兢兢业业工作的结果，飞天的梦想，凝聚着大家共同的心血汗水。

在他的身上，始终闪烁着那种炽热的爱岗敬业的情怀，那种发愤图强、艰苦奋斗的精神，那种勇于攀登、奋进不息的精神，那种团结协作、集智攻关的精神，那种埋头苦干、默默奉献的精神。除此之外，在他身上还具有高瞻远瞩的开放意识，向国际航天领域挑战的精神……

谈起周围的同事，在他看来，大家站在彼此的立场上将心比心，站在别人的角度考虑问题，多替别人考虑问题，周围的人际关系就和谐了，在和谐的环境里工作，才能滋生人的幸福感。谈到现在年轻人频频跳槽现象，葛老有点痛心疾首：老一代航天人在国防战线上干了几十年，当时各方面条件是艰苦的，但大家都是无怨无悔。如今，物质条件有了很大的提高，却仍然不满足。年轻人啊，还是需要责任感和事业心，从小事做起，不要好高骛远。在葛李虎看来，人没有事业心，没有成就感，活着还有什么意义呢？

刘红军
“红军”不怕远征难

2015 年 9 月 20 日上午 8 时许。太原卫星发射中心飞控大厅。

我国新一代运载火箭长征六号首飞成功的欢呼还在耳边回荡，已经连续熬了两天两夜的刘红军，默默走到窗边，遥望着天际的一抹湛蓝。透过走廊的玻璃窗，温暖的阳光正洒在他的脸上，刘红军嘴角微扬，表情中流露出淡淡的欣慰，微眯的双眼流动着温柔的光。循着他的目光望去，没错，就在一小时前，长征六号驾白雾、腾云霄，最终消失在那片遥远的湛蓝天际……

这一天，刘红军等了 15 年。

“决不能带问题上天！”

长征六号的第一发射窗口原定于 9 月 19 日早晨 7 时。

19 日早晨 6 点多，熬了一个通宵的参试人员正在做着发射前的最后准备，推进剂加注完成，气瓶补压完成，发动机液氧预冷完成……发动机燃料舱真空压力怎么降不下去？！此时已是早晨 6 时 50 分，离发射仅剩下十分钟。

短暂的安静过后整个飞控大厅骚动起来。

“应该不会有什么影响吧？”

“发动机有问题？”

“都准备倒计时了……”

“那还飞不飞啊！”

……不同的声音回荡在飞控大厅里，好像无形的千斤顶压在刘红军心上。时间一分一秒地过去，所有人如坐针毡。

“长六”总设计师兼总指挥张卫东突然转向刘红军，压低声音对他说：“红军，到底能不能飞？”两人的目光犀利相交，短暂凝视后，刘红军态度坚决地说：“不能！发动机有因气阻断流熄火的风险，决不能带问题上天！”

推迟发射！归零！

经检查验证，原来是给发动机抽真空的地面连接软管接头出现松动。为了不再错过第二天的发射窗口，刘红军与参试人员一起分秒必争，在 24 小时内完成了故障归零和发射准备工作，又是一天一夜没合眼……

9 月 20 日早晨 7 时 01 分，我国新一代运载火箭长征六号在太原卫星发射中心点火发射并取得圆满成功！这标志着液氧煤油发动机首次成功亮相我国运载火箭发射的舞台，实现了液体动力的新跨越，开启了我国新一代航天主动力应用的新纪元！刘红军终于笑了，从他深深浅浅的笑容褶皱里，藏不住的疲惫一览无余。

在靶场执行“长六”发射任务的过程中，长时间的久坐开会和频频深入装配试验现场，刘红军的腰病发作了，坐立难安。随着发射日的临近，工作强度有增无减，腰病越来越严重，疼得厉害时走路都得扶着墙。

“可别又被抬进指挥间吧……”刘红军扶着腰跟自己打趣。

一次早上开例会，去会议室的走廊上，靶场试验队临时书记看到刘红军一手扶着墙，一手扶着腰，拖着两条腿艰难移动，立马上前扶着问："刘总，咋这么严重了？"

"没事没事，老毛病老毛病！"刘红军一边摆着手一边笑着说，"你赶紧去吧，我就是走得慢一点。"说罢，为了减轻书记的担心，刘红军还强忍着直了直腰，试图加快脚步。但腰间一阵刺痛，刘红军咧着嘴巴倒吸了一口气，鼻根眉眼抽搐到一起。

"行了行了，这还撑呢，赶紧回宿舍休息吧！"

"得去得去，今天的故障应急预案我要听一下。"

拗不过刘红军，书记搀扶着刘红军进了会议室。

又是大半天扎实的协调会。刘红军感觉腰部就像灌了铅一样沉，时而又觉得像缠了千万只蚂蚁，用小小的钳嘴不断啃咬着他。他只能咬着牙坚持，时不时撑着座椅扶手调整下姿势。书记看在眼里。

会后，书记要了一辆车，跑到离靶场近30公里的县城，找了好几家药店，

刘红军在工作中

终于买到了专用的钢板腰箍。

“买不着更好的，将就着用吧，看能不能缓解一下。”

“哎呀，我这不用……你们还专门去买了……哎呀，谢谢谢谢……”刘红军感动得不知道说什么好。

“还真是管用哩！至少帮我撑完发射成功吧！”刘红军笑着回忆，“有时候一忙起来注意力不在腰上，也就忘了疼了。”他对工作的高度责任感和奉献精神深深感动着身边的每一个人。

这次爆炸“炸得好！”

长征六号是我国新一代小型运载火箭，其动力系统为三级构型。其中，一、二级发动机为新型的液氧煤油发动机。发动机堪称运载火箭的“心脏”，其先进程度是衡量一个国家航天技术发展水平的重要标志之一。液氧煤油发动机以其无毒、无污染、高性能、低成本和使用维护方便等优点，代表了当今世界液体火箭发动机的领先水平。

18 吨液氧煤油发动机是我国自主研制的首台上面级高压补燃循环液氧煤油发动机，应用于新一代中小型运载火箭的长征七号、长征六号二级发动机，具有高性能、无毒、无污染等特点。

早在 2002 年，集团公司提出研制 15 吨液氧煤油发动机。时任主任设计师的刘红军带领研制队伍用了一年时间，便完成了方案论证。

2004 年 12 月的寒冬。凤州试验区。

漫天雪花的笼罩下，试验区显得格外庄严肃静。首台 15 吨液氧煤油发动机正静静伫立在试车台架上，首次整机方案论证即将迎来大考。

这天一大早，刘红军早早就来到试验台，围着发动机做着电气性能等常规检查。也许是因为首次整机试车过于紧张，刘红军前一晚也没怎么睡好，导致眼神经痉挛，眼皮隔三岔五就跳几下，这让刘红军心里有些不舒服，数天前发动机整机装配好后做检查时，氧泵壳体出现轻微泄漏的一幕又从脑海浮现。尽管当时刘红军提出“有风险”，但大家都觉得也许是因为压力低的问题，“应该问题不大”，加之整机都已装配完成，再拆解检查、再重新装配都需要时间，进度会受到影响，于是刘红军也没再过多坚持。

但想到这一幕，刘红军还是有些忐忑。如今发动机已经在试车台架上，“怎么还迷信了？”刘红军把自己拉回现实，心里不禁笑话自己，“赶紧做好当下工作吧。”

所有人回到监控室，试车进入倒计时……

随着“5，4，3，2，1，点火！”的指令声，大家的心提到了嗓子眼，谁知指挥员话音刚落，强烈的爆炸震感连同屏幕上的一团火光，就把现场的所有人“炸”懵了。点火不到一秒的时间，辛苦了一年多的成果就这么“没了”？刘红军瞪圆了眼睛，脑袋跟眼前的屏幕一样，一片空白……

大家无不沮丧。

“炸得好！”事后刘红军在总结时却这样说，“这次爆炸教训深刻！但只有通过这样的爆炸，才能发现研制中的大问题，这个学费交得很值得！它让我们研制团队认识到，千万不能有任何侥幸心理！”

研制团队重整旗鼓，认真归零梳理分析。因连续几个月的高强度工作，刘红军腰椎病复发，痛得冷汗直流，遂被医生“勒令”不许下床。时值归零攻坚关键时期，刘红军心急如焚，在病床上也天天抱着电话，等待进展汇报，等不来就干脆打过去，问这个问那个，几通电话才能安心。

2005 年 6 月，第二台 15 吨发动机重新上台。

试验队出发到 300 多公里的山沟参加试车，到达的第二天，谁也没有想到刘总也火急火燎地赶来了。然而与以往不同的是，这次他是“躺着来的”——司机师傅专门为他放平了一排座椅改造成“床”，刘红军就这么躺着“进沟”，躺着“上台”，“躺着”也要与大家并肩作战！

“这么重要的节点，我怎么能掉链子呢？”刘红军笑着说，“别说‘坐’不住了，‘躺’也‘躺’不住，我得亲眼看着心里才踏实。”

15 吨发动机第二次整机试车圆满成功！刘红军兴奋得腰也“不疼”了，跟大家拥抱庆祝，脸上乐开了花。

从 15 吨到 18 吨 成就轻量级“大力士”

研制攻关的征途并非平川大道。

15 吨液氧煤油发动机在一次试车过程中，发动机点火时发生爆震燃烧，推力室振动冲击达到 30000G，是平时的 3 倍。试后检查发现，推力室喷注器发生严重变形，喷嘴直接被挤成了“扁南瓜”。

试后分析结果，是试车过程中出现的点火冲击导致热力组件局部变形。针对这一问题，刘红军带领研制队伍开展了点火过程分布参数的仿真和推力室充填过程的高速摄影试验研究，在短时间内完成了故障定位，理清了爆震燃烧机理。研制队伍通过创新采用新型喷注器结构，有效解决了冲击变形问题。

2008 年 5 月，汶川大地震期间，陕西宝鸡凤县余震频发。由于试验基地在山区，离震区较近，为确保研制进度，刘红军带领试验队毅然驻守在条件简陋的山沟里一待就是半个多月，住着帐篷坚持发动机改进验证试验工作。新的方案顺利通过多台次整机试车的考核验证。由于该项改进措施实施简便，效果显著，对于同类结构及方案设计具有重要的借鉴意义。

2009 年初，为满足新一代载人航天火箭发动机的研制需要，总体单位要求将发动机额定推力从原来的 15 吨提升至 18 吨，结构重量要求再降低。这几乎成了“不可能实现的任务”。有老同志提出异议，“15 吨好好的，非要提高到 18 吨，可靠性怎么保证？！”面对周围的质疑之声，刘红军并没有做什么反驳，反而更是沉下心来，调整思路，带领研制队伍马不停蹄地开展改进方案论证分析，在短时间内便完成了发动机提高推力改进方案论证、参数计算、系统设计任务书的编制等大量繁复工作。

为保证发动机质量，刘红军和研制队伍从设计源头抓起，避免设计方案反复，工艺上也充分考虑产品设计的安全性、可靠性、工艺性与经济性，借鉴已有型号的研制成果，保证产品质量和试验系统的安全可靠。

在短短一年时间里，刘红军带领研制队伍克服重重困难，高效完成了涡轮泵、节流阀及调节器、推力室、发生器等的改进研制工作，解决了一系列技术难题，使发动机额定推力提高 20%，而结构重量降低 12%，发动机推重比得到大幅提升。

当年确定改进方案，当年完成改进状态产品研制，当年实现改进状态整机试车成功，并顺利通过长程、高工况整机试车考核……骄人战绩大大鼓舞了刘红军和研制队伍的自豪感和成就感，为后续工作的顺利推进倍添信心！

单台发动机照样能让火箭旋转“起舞”

火箭发射过程中，箭体一般需要一级多台发动机共同做功，形成控制力矩，促使箭体滚动，为火箭提供俯仰偏航，如果没有滚控，就无法控制火箭

刘红军（左三）和研制团队一起研讨技术方案

航向，会导致箭体失控。然而与新一代中型运载火箭长征七号和大型运载火箭长征五号不同的是，长征六号的一级发动机只采用一台 120 吨液氧煤油发动机，“单台发动机如何实现滚控？”——这成为长征六号火箭研制初期令人最头大的问题。

“当时试了很多种方案，都行不通，总体都一度说，要不放弃吧，再研制一套滚控系统。”刘红军回忆说。然而长征六号本身就是小型运载火箭，再单独研制一套滚控系统意味着给火箭又增加了负担，降低了火箭的固有可靠性。

“我当然不甘心了。”刘红军说，“幸亏那时候谭院长（时任六院院长谭永华）一直支持我们，他一句‘相信你们一定能成功’给了研制队伍特别大的鼓舞，我们就非要把它干出来！”

研制队伍经过多方讨论、论证，最终提出从 120 吨涡轮出口引出高温富氧燃气产生推力，为火箭提供滚转姿态控制力。这种姿态控制方案在国内外尚属首创，带给研制队伍的难题也是极具挑战性的。刘红军压力巨大。

果不其然，液氧煤油发动机特有的高温、高压、富氧燃气再加上姿态控制所带来的大脉动压力，使其在试验过程中，富氧燃气软管多次泄漏，这一度成为滚控方案研制最大的“拦路虎”。薄壁金属软管遂成为整个方案的关键项目之一，既要足够“软”——满足摇摆要求，又要足够“硬”——足以承受恶劣的工作条件。

经多方调研，国内尚没有研制在如此恶劣条件下工作的金属软管的经验，只能摸着石头过河了。在软管研制初期，制定的方案在最初地面热试时还比较顺利，然而进入研制中期，产品按真实状态模拟安装试验后，却屡次发生软管泄漏的问题，甚至连冷吹试验都无法正常进行。而此时，距离长征六号一级动力系统试车交付时间只有 5 个月了，必须在这期间找到解决方案，并完成产品生产和试验验证，确保交付工作顺利进行。

“这可是液氧煤油发动机首次交付总体使用，如果出现问题，将严重影响到其他模块液氧煤油发动机的交付使用。”刘红军说。

面对严峻的形势和紧迫的时间节点，刘红军带领研制队伍通过模拟试验、仿真计算、裂纹分析等多种方法，最终明确了故障机理。

“那段时间，大家没日没夜地分析讨论故障原因，开展多种改进方案设计，最终确定了软管方案。”刘红军回忆道，“如此大的方案改动还要在短时间内迅速完成生产和考核，并且确定的方案已经来不及再有任何反复，研制队伍的压力可想而知。”

然而压力越大，动力越大。通过与金属仪器仪表研究所多次沟通和商榷，提出了创新软管接头连接方式的方案，有效解决了软管泄漏的问题，金属软管顺利完成了滚控地面热试车考核，并且再没出过任何泄露问题，确保了燃气滚控方案的顺利实施和应用。

“闭关”降服“730Hz之怪”

2012年，18吨发动机转入试样研制阶段。在一次试验过程中，发生器出现了730Hz的强烈振动，导致发动机突然关机。燃烧振荡问题遂成为困扰研制队伍的“卡脖子”问题。刘红军作为“长六”的副总设计师和18吨液氧煤油发动机技术总负责人，负责该问题关键技术攻关工作。

由于燃烧振荡问题涉及多种学科理论，技术复杂，攻关难度大，在国际上也是一项复杂难题。集团、六院组织多次专家讨论，大家提出的方案和意见很多，有的说改进系统，有的说改进喷注器形式，有的说干脆重新设计发生器……刘红军从喷嘴动力学角度提出对喷嘴结构进行改进的方式方法，但

刘红军（中）和研制团队一起群策群力，共克难关

也有人担心不能彻底解决问题。时任新一代运载火箭型号总指挥王珏也不由感慨，“这个问题不好办啊，两年都不一定能解决。”但按照总体要求，两年内必须攻破！刘红军陷入深深的思考……

之后的几天，刘红军一直“闭关”。当大家都开始为他担心的时候，刘红军拿着一份长达 50 多页的报告出现在大家面前：头发凌乱，眼睛充血却依然目光炯炯，一脸兴奋。他用了几个晚上对发动机的燃烧振荡理论机理进行了全面系统地阐述剖析，并形成了第一手的深度分析报告。

立刻召开技术攻坚会！会上，刘红军凭借深厚的理论知识、丰富的工程经验和很强的工程敏锐性，提出相应的解决措施。各参试单位技术负责人在会上进行了热烈研讨，两个多小时的集中讨论确定方案，两个月后，改进方案试车一次成功！曾困扰研制队伍的“卡脖子”问题得到了彻底解决。两年的攻关时限只用了两个月便搞定——他们的技术创新和攻坚效率赢得了总体的高度赞许。

钟情“艰深高难”

“作为工程人员、研究人员，在探索研究过程中，不但要具备发现问题的敏锐性和洞察力，还得要耐得住寂寞。”就是凭借这种“耐得住”的精神劲儿，刘红军只用了两年半时间便完成了四年的博士学业，并在完成规定课业之余，涉猎了很多复杂高难度的专业理论知识，光现代数学就学了好几门，《混沌动力学》《分形几何》《微分几何》《非线性系统动力学》《模糊数学》……这些光名字就又艰又深的博士课程，刘红军却觉得“越难越有趣”，以至于到了“如痴如狂”的地步。

在国防科大读博期间，他常常是一大早到图书馆，再抬头望窗外时才发现天都黑了——他已经扎在书堆里一整天没吃没喝却浑然不觉。那年夏天，爱人专程去学校探望他，来到宿舍发现他床上竟然还是厚厚的冬被。“大夏天还捂个棉被睡觉，你真是学傻了啊！”爱人又气又心疼，刘红军却一脸无辜：“我没觉得多热啊……”

对知识的渴求让刘红军在时间上争分夺秒，“每天都学到半夜十二点”。长时间伏案钻研学习、久坐不动，腰椎间盘突出的病根儿就这么落下了，一发病就站不起来坐不下去，疼得直冒冷汗。即便这样，“固执”的刘红军仍坚持学习，从未懈怠。紧张充实的学习，使刘红军提前一年半便完成了博士学业，并以高分通过答辩，成为11所也是航天科技工业系统第一位自培博士。然而答辩当天，已饱受病痛折磨多日的刘红军，硬是强忍着腰间剧痛坚持站立着做完报告，完成答辩后直接被送进医院……

“学习的时候、研究技术问题的时候真的是心无杂念的，一钻进去什么都忘了，”刘红军笑着说，“总想一口气弄他个水落石出，要不心里就放不下，结疙瘩。”液氧煤油发动机研制道路上经历了多少次坎坷、多少次攻坚，爱人也数不清有多少次半夜醒来，发现刘红军在床边蹙眉沉思，在房间里焦虑地踱着步，在月色倾泻的阳台上一根接一根地抽着烟，有时似又突然想起什么，跑到书房奋笔疾书、写写算算……

爱人心中的“传奇”

“我们是高中同学，”刘红军的爱人王苏平说，“高中时代，他简直就是我们学校的‘满分’传奇——考试总能拿超高分甚至满分，甩第二名远远的。”王苏平的笑容溢满脸庞。

“他做什么我都会全力支持他，哪怕自己累点，”王苏平说，“他钟情于做自己的事，对于自己钟情的事业，他如果放弃或者退缩，我反而会觉得失望。我就喜欢这样认真的人。”

带着青春时期一路走来的相知相惜，两个性格截然不同的人却有着他们之间的默契。年轻时的王苏平也“个性要强”，但“没想到他比我还个性”。如今步入中年，爱人经常劝刘红军别那么“性情中人”，工作上的事别那么较真，但往往“收效甚微”。“有时候看他回来脸又成了‘猪肝色’，血压又高了，肯定又遇到什么事了。”

为了缓解他的工作压力，爱人有时也采用“迂回”路线提醒刘红军：“生活太单调，我们去旅行吧！听说有个地方山湖景色不错。”

“山有啥看的，就是一块土堆堆么！湖有啥看的，就是一大摊水水么。”

“老刘，你得会生活！”

看到爱人突然严肃，刘红军也认真起来：“人的精力有限对吧？有那么些时间我就能翻多少页书呢，能多思考多少问题呢。”

对事业“痴狂”的刘红军，对生活就这么恪守着“佛系”路线。

“给他买了那么多衬衣，他就揪住一件洗了穿、穿了洗。”爱人“嗔怪”道。一次，爱人专门准备好了干净的新衬衣让他第二天穿，等到第二天却发现前一晚晾在阳台上还没干透的旧衬衣不见了，新衬衣还好端端地挂在衣帽架上。

爱人常常抱怨他“忘性大”，出门前忘了梳头、忘了整理衬衣领子和袖口，出差回来忘了给孩子带小礼物、忘了给久别的家人一点点小惊喜，工作27年，他也“忘了”自己还有“年休假”……然而一说起发动机、一论起技术难题，再庞大复杂的工程系统却像刻在他的脑子里，从宏观整体到技术细节全都了然于胸。

“他就是这样的一个人，是我见过的少有的大系统思维模式的人，逻辑严谨缜密，对技术问题、对工作、对事业的那种热爱和执着，作为爱人、也是同事的我，真的佩服。”说起“传奇”的刘红军，王苏平由衷的感慨里，听得出几分心疼。

“我就是一个搞技术的。”微笑着说出这句话的刘红军，用最简单朴实的语言诠释了自己的责任和使命，眼中灼灼的光芒掩不住对这份事业的挚爱。

陈建华
甘为航天付韶华

这是一个很难写、也很难写好的发动机专家。当笔者接受撰写任务时，内心十分忐忑。这份忐忑来自笔者对他所从事研究领域的陌生，来自内心一份虔诚的敬畏。

他曾经的上级、同为火箭发动机专家的栾希亭向笔者做了简单的介绍，

被誉为液氧煤油火箭发动机研制“智多星”的背后，是陈建华孜孜不倦的学习和钻研

他说："你去写他吧，他是火箭发动机技术型专家，是这个领域很多人心中的楷模。他研制路上的事迹一定会让你感动，你写出来了，会让更多的人知道那段液氧煤油发动机鲜为人知的艰难研制历史，让更多的人去传承和学习液煤团队身上所迸发出的高尚的精神品格——默默耕耘肯钻研，技术作风双过硬。关键时候，顶得住；压力面前，扛得起；技术面前，攻得破！"

他叫陈建华。液氧煤油发动机研制团队的杰出代表，被不少人称之为解决发动机研制难题的"智多星"。

"液氧煤油发动机推力室研究"，外行人很难听懂。大致来说，它是液氧煤油发动机研制过程中最为重要、最为关键的部组件之一，是将推进剂进行燃烧，使其发生化学反应，产生发动机所需推力的关键部位。它不仅要考虑到单独组件的可靠性，更要兼顾整个系统的完整性。大家公认，推力室的研制难度大，被誉为开在悬崖上的"液煤之花"。

可是，陈建华却对摘取这朵"液煤之花"，充满了浓厚兴趣。20 多年如一日，奋力攀登。

忐忑上路

陈建华，1966 年 3 月，出生于湖南沅陵县湘西偏远山区。本科就读于中国人民解放军国防科学技术大学，是 11 所招收的第三届研究生。前两届研究生，有雷凡培、谭永华、刘志让、刘站国等后来饮誉业内的领导专家。那时候的 11 所，正是科技人员极度缺乏时期，绝大部分设计人员都是 1966 年前参加工作的老面孔，搬迁到三线的二十几年，很少再有高学历的科技人员入职。

1991 年 5 月，26 岁的陈建华研究生毕业，分配到当时的基地主任张贵田批准成立的研究小组，进行液氧煤油高压补燃发动机相关的研究工作。

陈建华硕士研究生学习的是结构强度力学。入职时，液氧煤油高压补燃发动机项目，国家并未立项，研制前景不明。这也让组里不少年轻人忧心忡忡，甚至彷徨不安。当时，液氧煤油发动机的研制犹如攀登世界航天动力领域的“珠穆朗玛峰”，一系列关键技术需要攻克。而突破这些关键技术，不仅是对几十年来常规液体火箭发动机已有认知领域的创新实践，也是对未知领域的大胆探索。当得知〇六七基地要将液氧煤油发动机作为重点研究方向时，曾遭到国内外一片质疑，国外权威专家甚至断言：“即使你们能把发动机设计出来，也无法制造出来！”

在外界的担忧和质疑声中，研制团队上路了。陈建华是当时这个团队中最年轻的一个。面对前所未有的新技术，国内鲜有的新材料，无从借鉴的新工艺，陈建华的心中不免有一些忐忑。在老专家带领下，他和研制团队一起，向一个个难关发起了挑战。通过对我国基础工业水平和我国已有火箭发动机的研制基础进行分析，确定了各个阶段的研制目标、主要任务，对关键技术和核心技术集中力量逐一攻克。

潜心治学

液体火箭发动机是一个非常复杂的系统。陈建华从液氧煤油发动机的系统方案论证和系统设计开始，一步一步开始了他探索的征程。通过对发动机专业理论和先进技术的潜心研究，陈建华练就了扎实的技术功底；从大量中外书籍和文献资料的研读和思考中，陈建华的知识面和思维也得到不断丰富和拓展。

大家都知道陈建华“推公式上瘾”。一次在翻译某国外工程论著时，陈建华把书中的公式一个不落地推了一遍，竟发现其中多处错误。“好推公式”也使他养成了坚持科学真理、不盲从的治学作风。

科研之路并非一马平川，曲折坎坷总是伴随着全过程。某型号发动机试车出现故障后，作为故障分析小组副组长的陈建华心中似压着座千斤顶，连续半个多月失眠，总是在发动机爆炸声的梦魇中惊醒……为了尽快找准故障，他把自己锁在办公室里，趴在屏幕前反复看试车录像。高度集中的精神，目不转睛地凝视，草稿纸上同步飞快地记录着每一个细微过程。“6 分 9 秒 74，正常；6 分 9 秒 78，局部冒烟；6 分 9 秒 82，氧泵部位发光……”故障发生前后仅一秒多钟时间，陈建华却在高倍放慢的录像前一盯就是好几个小时，认真记录下几十个毫秒瞬间的故障变化，从中寻找着蛛丝马迹。多少次他因加班忘记了回家和吃饭，爱人电话催了一次又一次还不见回来，只好把饭送到办公室；有时开会赶场，来不及了就嚼几片饼干或掰几口面包、咕咚几口白开水顶过去……一年 365 天，他四分之一的时间用来出差，余下的时间不是上台子就是下车间，要不就“扎”在办公室里。在西安这座城市生活了几十年，陈建华却自嘲道：对西安市区的了解还不如对火车站、机场熟悉。参加工作 20 多年，光他存留的工作记录就达 30 余本。如今，翻开早年那些布满蓝黑钢笔墨迹的泛黄纸页，时光的味道扑面而来，陈建华却仍能清晰地说出这是哪一次会议笔记或者工作心得，每一本都像宝贝一样被他小心地珍藏着……

突破难点

作为液氧煤油发动机推力室攻关小组成员之一，陈建华在进行完最初的技术消化吸收后，一直在生产一线，和 7103 厂工艺、技术工人一起，随时解决产品在加工中出现的技术问题。他先后解决了喷注器钎焊、燃烧室钎焊、电子束焊接等一系列关键的生产工艺，却在喉部扩张段的加工卡了壳。

喉部，是发动机热流密度最大的地方，工艺要求极为严格，如果加工质量不达标，将导致部件烧蚀而损坏发动机。

一群穿着白大褂的科研人员，围着一台机床，看着一旁放置的产品，摇头蹙眉，小声议论。

"好像喉部壁厚达不到标准。"

"是不是咱们选择的材料强度有问题。"

"看来加工工艺还有待摸索。"

……

天，又一次黑云压城。问题的症结，依然没有清晰。陈建华不甘心被拦路虎绊倒。他知道，如果推力室加工被搁浅，那后面的问题就会更多。

一定要搬掉这只"拦路虎"！夜深了，陈建华躺在床上，思维依然活跃，怎么也睡不着。问题，像放电影在脑海里一一回放，不知不觉中，他又度过了一个不眠之夜。不！一定要找到问题的症结，这仅仅是实现自己抱负的开端，他的满腔热血、满腹经纶还未得到施展，不能就此放弃。他想，求学几十年，学了那么多知识，不就是要用到解决这些技术难题的吗？

反复试验，终守得日出云开。最后的结论，遇到的困难并非来自加工技术，而是材料的性能达不到要求。该材料是一种特殊的高强度钢材，当时国内研制出的新材料性能上有欠缺，加工配合时，变形量较大，而材料要求薄，制造过程中，常常出现撕裂现象，车间研制了几十套模具，都未能解决问题。

陈建华内心十分焦灼，虽然，他只是一个新同志，还处于锻炼学习阶段，领导并未对他提出更多的要求。但他在生产加工中，不光向老师傅和技术工人学习，而且还认真钻研起来。

发动机的喉部由内壁和外壁两部分组成，内壁由铬青铜材料制造，该材料导热快，外部由合金钢制造，该部位承受温度最高，特别容易烧蚀，因此，在制造过程中应尽量避免产生焊缝，或者移动焊缝，使其不在关键部位，以此保证发动机的性能可靠性。

原有的常规发动机喉部均有焊缝，许多老专家认为焊缝的存在，是工艺的必然。但年轻的陈建华大胆提出自己质疑，并写出解决问题方案。在技术权威面前，陈建华没有因循守旧，畏缩不前。如何达到既没有焊缝又能成型地完成发动机装配呢？年轻的陈建华又发起了另一轮攻关课题。他一方面积极与材料的生产厂家积极沟通，说明零件的工作环境要求，期待厂家能够配合研制出抗裂强度、拉伸强度更高的新型材料，一方面根据自己提出的设想，通过仿真技术，进行计算，为日后的成型工艺提供有力的理论支撑。

确定好自己的设计思路：胀型—热处理—装配—再胀型。为了弄清楚机理，最终通过几次胀型才能达到所需的尺寸，他一头扎进 11 所一室，和郭景录一起，开始进行仿真技术计算。

“条件不够咱也得摸索！”郭景录听了陈建华斩钉截铁的话，内心不由得一震。

“看，这是上次制造过程中出现撕裂现象的各项技术指标。”郭景录认真地将问题一次次回放、记录，提供数据，指望能迅速找到解决问题的突破口。

感谢现代科技的发达，它可以用一个虚拟系统模仿另一种真实系统的技术。它是伴随着计算机技术的发展而逐步形成的一类试验研究新技术，是进行一系列数学推理和科学实验，帮助人们认识客观规律的基本方法。

通过计算，算出每次的极限变形量，然后再得出需要几次胀型才能获得所需的变形值。在这过程中，产品需要再经过几次热处理才能获得所需的强度性能。这次仿真试验，不仅使陈建华提出的方案变成了现实，还直接确定了工艺规程，对工艺规程进行了指导，使设计和工艺的结合变得天衣无缝，配合完美。陈建华就是这样一个外柔内刚的书生，面对挑战，他在逆境中学会了抗击和忍耐，练就了顽强不屈的性格。

在厂里配合工人生产的间隙中，他发现工人只是机械地按照图纸工艺一步步操作。为了提高工人们的工艺水平和加工技术，他当起了培训师，利用业余时间给他们讲课，讲发动机的工作原理，每一种零部组件的相互配合和作用。陈建华的讲课通俗易懂，工人师傅们听得明白。经过培训后，大家不知不觉提高了加工技艺，提升了产品合格率。

在工作之余，陈建华经常利用空闲时间，默默进行钻研。根据自己的理论知识和配合工人生产过程中总结的经验体会，不断寻找规律，并编写成技术报告，用以指导日后的工作。这帮助他解决了发动机喉部外壁的材料问题，还突破了传统的加工工艺。

这种加工工艺，最后被大量地应用到发动机生产上，性能非常稳定，即使是后来的重复性试车，多次使用后，再拿来做寿命试验，其性能依然能够满足要求。此时，离他参加工作不过短短几年时间。

秦岭飙车

金秋十月，清风徐徐，秦岭深处风光迷人，满目朱红摇翠，天空高远，白云悠悠。

秦岭深处的两座试车台，是〇六七基地唯一没有搬到西安的设施。红光沟的试车架上，静静伫立着新一代液氧煤油发动机，在初升阳光的照射下，闪烁着幽幽的清冷的光辉。

这是一次意义特殊的试车。早晨，龙口。离开招待所的时候，负责人何阿姨，像母亲般关切地询问每一个参试队员：你们想吃什么尽管说，回沟了，把你们照顾好是我最大的责任。每个人的心，暖洋洋的。大家信心满满，奔赴试车台，开始了紧张的试车准备工作。

一切就绪，终于，控制间的 0 号指挥位上，再次呼叫各试验号就位，确认状态正常后，“点火！”一声号令，斩钉截铁。

发动机发出雷霆万钧的轰鸣，喷吐出耀眼的火焰，雪白的水雾从苍茫的山谷腾空而起，如同一条翻卷升腾的白龙……

“试车成功了！”一群人欢呼雀跃。陈建华却在发动机解除警报后，第一时间奔赴产品现场。

是呀，这是研制路上一路走来的惯例，每一次试车都是对发动机性能裕度的探索，裕度越好，说明发动机可靠性越强。

看到试验后的产品，陈建华惊呆了！从喷口向上仔细观察，推力室内部严重烧蚀，喉部局部烧伤。看着这样的结果，陈建华的心陡然沉重起来，刚才试车成功的惊喜成了偶尔掠过的一瞥眼神，转瞬即逝。到底是什么原因造成的？损伤部位的尺寸、大小、形状以及严重程度到底如何？在这种情况下，发动机还可不可以继续使用？推力室研制技术带头人陈建华的脑海里片刻不得轻松，所有的镜头像放电影一样，一幕幕显现。

龙口的庆功宴上，陈建华和身边的几个主要技术负责人，一直紧皱眉头，郁郁寡欢。刚勉强吃了几口饭，外面的小车司机过来了。原来，时任基地领导谭永华急于了解本次试车状况，特安排小车司机送陈建华回去，连夜听取试车情况汇报。

陈建华和电气专家朱伟，二话不说，上了车。身后，慈祥的何阿姨一路跑过来，体恤地递上几个包子，她知道，这里的每一个科研人员都是拼命三郎，把解决问题当成精神食粮又是物质食粮。陈建华摇下车窗，亲切地说了一句“谢谢何阿姨”，就匆匆上路了。

车，带着使命，在山道上飞速盘旋。秦岭山路十八弯，那是真真切切。路随着山势蜿蜒起伏，坡度大，全是“之”字拐。司机全神贯注，窗外已是夜色迷离，一旁飞速而过的路标都是比九曲回肠还要曲折的蓝色提醒标志。司机的水平真是好，在如此多弯的山路上依然游刃有余，把一辆小轿车驾驭得像游鱼在山的缝隙里穿梭。显然，这样的行程于他是家常便饭，或许，更是牢记领导的指示，午夜 12 点的汇报。司机连一句话也没有，这可苦了车上的陈建华和朱伟，一路提心吊胆，还要时刻提防着突如其来的弯道，人在车里，一会儿被甩过来，一会儿被甩过去，双手牢牢地抓住车内的把手，唯恐被甩了出去。陈建华年轻，身体仅仅有些不适，还能忍。可苦了身边的老同志朱伟，脸色蜡黄，拼命地捂着嘴，用头抵着前面的车座，尽量减少颠簸和晃动。

路旁，本是蓊郁蓬勃的灌木，现在得小心翼翼，否则变成深不可测的陷阱。终于，翻越了大山。朱伟实在忍不住，让司机把车停靠了路边，翻江倒海地吐。一旁的陈建华也晕得厉害，觉得脑袋足有脸盆那么大，发蒙。

稍事休息，陈建华他们又急匆匆地上路了。

好在出山的路平坦，稍微好了点的他俩，忍着身体的种种不适，各自打开了随身携带的笔记本电脑，开始了数据分析，整理。毕竟，还有更为艰巨的任务在前方等待。

晚上 11 点，小车泊在办公大楼门前。看表，几百公里的山路加夜路，只花了三个半小时的时间。办公楼的会议室灯火通明，等待他们的将是又一场攻坚的硬仗。

冷却攻关

液氧煤油发动机推力室内部的工作过程十分复杂，工作环境非常恶劣，压力高，燃气流速高，中心温度能达到 3000 摄氏度以上。如此恶劣的条件可能使推力室壁面局部热流密度过大，局部壁温过高，室壁在很短时间内可能会烧毁，因此，推力室冷却技术就成为新型大推力液体火箭发动机研制中的关键技术之一。

秦岭冬天的抱龙峪，正是一年当中最为寒冷的季节。

试车台上，静静地伫立着待检的产品。一切有条不紊地进行着，发动机迅速升温，燃料在气化，参试人员的心情之紧张可想而知。刚刚起动，只听得“轰”的一声，先是一个黑球从台子冒出来，接着从蘑菇云里喷出来一团大火，紧接着试车台旁边辅助设施的门窗被冲击波掀得变了形，玻璃全碎了。一片狼藉，陈建华第一个跑到现场：厚达 17 毫米的高温抗氧化合金钢被烧穿，发动机支离破碎……

一起破碎的，还有陈建华的心。冷却的方法想了许多，也循序渐进地改善了不少，却仍然没有起到关键作用。

“不要着急，总会找到解决问题的方法的。”出现任何问题，张贵田总是和大家在一起，看见他在，所有的科研人员都觉得心里踏实。

“先休息一下，明天我带大家出去放松一下？”张贵田故作轻松地活跃现场气氛。

当然，大家谁也没有心思出去玩，都在皱着眉头，苦苦思索，寻找解决问题的方法。

研讨会、论证会一个一个地召开。辐射冷却、再生冷却、排放冷却、膜冷却、烧蚀冷却、隔热层冷却……计算、讨论，仿真分析，办公室里的灯光彻夜不灭。大家都在煞费苦心，寻找最佳解决方案。

“你看，能不能这样呢，贵主任？”陈建华抬起通红的双眼问。

“说说看！”张贵田总是热情地鼓励身边的年轻人，大胆地提出自己的想法。

“咱们把推力室内壁上的洗槽结构，改为螺旋槽结构。通俗地说就是增大散热面积。”

“什么？”张贵田其实已经听懂了，却也更糊涂了。

本身推力室内部采用洗槽结构作为再生冷却通道，就增加了再生冷却通道钎焊连接强度，如果再改，强度如何保证？

张贵田脑海里首先浮现的是那次氧泵爆炸。由于锻件组织缺陷，采取堆焊工艺修补，结果在试车过程中，由于两种材料热胀冷缩系数不一，在极限温度下，与涡轮泵叶片产生挤压，造成氧泵爆炸。教训太深刻了！

“钎焊强度”，本身就是老虎的屁股摸不得，他有点惊异于陈建华提出的问题，怎么连这样的常识问题都不懂。

“在热流密度大区域内壁上采用螺旋槽结构，提高了冷却液的流速，增大了壁与冷却液之间的换热系数，降低气壁温，又使同一截面处的冷却液温度均匀，可以防止局部燃气温度不均而造成冷却通道中的冷却液过热、结焦

陈建华（左）和张贵田（中）院士、时任 11 所所长李斌（右）等领导专家一起研究液氧煤油发动机技术改进方案

甚至气化而造成推力室局部烧蚀……”

此外，还可以在喷管收扩喉部附近区域的收扩段内壁上采用人为粗糙度技术进行强化冷却。

“有道理，”张贵田颔首，眼里跳跃着惊喜。用手在陈建华的背上用力一拍，是赞许，也是褒奖。

一旁的陈建华如释重负，多日的纠结终于有了明确的方向，似乎立马就能守得日出云开。作为一名科技人员还有什么事是比自己的想法得到权威的认可更让人高兴的呢？

双机并联

从 2009 年开始，陈建华带领着他的团队开展了双机并联试车可行性论证工作，并确定了参加双机并联试车的发动机状态。

2010 年，液氧煤油发动机研制策划将双机并联发动机试车考核工作正式列入年度计划。在随后的产品配套、生产、装配、试验各个环节，陈建华协同 7103 厂和 165 所克服重重困难，使双机试验考核落实到位。

在历时五个多月的试车准备工作中，陈建华殚精竭虑，实施全过程质量控制，对状态风险点进行逐一识别。只为促成双机并联试车不留遗憾。如果此次试车成功，这就意味着给我国新一代航天大运载火箭提供的动力装置通过考核，我国大运载火箭实现首飞指日可待。

为了确保双机并联试车成功，陈建华组建了四个小组：试验小组；发动机管路动态特性组；力热环境分析组；风险、故障模式、系统仿真分析小组。各个小组各负其责，既相互关联，各有侧重，又整体合一。

发动机管路动态特性组，主要负责发动机在考核过程中最容易出现小管道的泄漏问题。一个小小的泄漏，往往会影响发动机试车的成败。以前，单机试车已经多次取得圆满成功，但是双机并联一起，装配空间狭小，管道之间振动相互影响，以及与试验管道的连结安全都是要注意的难点。既要分析其合理性，又要对潜在问题进行排除。

一个又一个问题汇集到陈建华案头：单机考核的时候，热环境是合格的，但双机并联后，试车产生的热量要大得多。散发的热流又无法得到一个确定的温度值，产生的热量过大的话，会不会灼伤发动机内部的电缆？如何对双机并联试车产生的热流、温度进行测量，为以后的设计提供有力的数据支撑？这些问题，一直是萦绕在陈建华和热力环境分析组同志们心头的难题。

吸热，散热，光的反射、折射，能量守恒……这些天以来，这些名词一直盘亘在陈建华的脑海里，挥之不去。灯光下，一群人的身影在办公室晃动，大家集思广益。

“你看，能不能采用铝箔纸做表面，中间加入隔热层实行保护？”

“不行，材料本身强度不够！”

“发动机结构复杂，这件外衣尺寸谁来剪裁？”

……

问题，抽丝剥茧般的，一点点浮出水面，解决问题的方法也渐渐显现。最后通过对热环境进行仿真分析，对产品的个别零部组件利用反射，进行热防护，有效地解决了这一问题。

陈建华既当“指挥员”，又当“战斗员”，当然更是风险、故障、仿真分析的负责人，在研制的道路上，陈建华总是另辟蹊径，不畏艰难，利用故障树分析的方法，对双机并联试验可能出现的故障利用仿真技术进行分析。这种分析方法原本是安全系统中最重要的分析方法，被他移植到现在的风险分析中。他从一个个可能的事故开始，自上而下一层层地寻找事件直接原因和间接原因，直到找到基本原因事件，并用逻辑图把这些事件之间的逻辑关系表达出来。这种分析问题的方法，先进、科学，直观、明了，既可以做定性分析又可以做定量分析，它具有系统性、准确性、预测性。陈建华根据仿真分析得出的数据，并一一编写了对应出现问题的解决方法。他这种整体式解决问题的方法，使得日后的试验工作更可靠、更稳定、更方便。

陈建华把自己多年的心血，都用在了故障分析树上，呕心沥血，夜以继日，终于凝结了一份高质量的故障分析研究报告。这个报告为日后液体动力事业的研制和发展，起到了重要作用。

抱龙峪试车台。天空明净澄澈，空气清冽，没有一丝云彩，此刻，所有参试的人员内心都飘着焦虑的愁云，如果此次试验失败，将意味着液氧煤油高压补燃发动机研制的路上还有长长的路要走……

陈建华绕着装好产品的试车台走了又走，看了又看，问了又问，算了又算，然后胸有成竹回到了监控大厅。

几个月来辛勤的努力，马上就要见分晓了。他的心里既激动，又期待。带领着操作人员对试车台各系统进行了细致的调整，并对试验程序进行了改动，在试验环节上他已经很有信心。

“起动！”随着一声令下，发动机爆发出震天的吼声，地动山摇，炙热的火焰喷薄而出——

发动机起动平稳，工作正常！

预定时间内，发动机关机程序平稳！

整个试车过程与仿真结果完美吻合。双机并联试验获得圆满成功！

苍山静默，它见证了这样的历史时刻。一群人，欢呼雀跃，忘却年龄。湛蓝的天空上，那团浓重的白色水雾翻卷着升上高空，化成白色的蘑菇云，缥缈，宛若人间仙境。

喜讯传来，陈建华端坐一隅，脸上露出欣慰的笑，这世上还有什么能比看见自己存在的价值更让人感到幸福的呢？这次成功，不但最大限度地降低了助推器动力系统试车的风险，竖立了百吨级液氧煤油发动机研制的里程碑，而且为最终确定双机并联发动机首飞状态奠定了坚实的基础。

陈建华曾经说，他一上班就能参与液氧煤油发动机的研制工作，这是领导对自己的信任，决不能辜负国家和人民的培养和希望。他无比热爱自己所从事的职业，知道干好自己本职工作的重要意义，一个国家如果没有尖端的国防技术，就是落后，就会挨打。就是抱着这样的信念，这些年来，在业务上他不敢有任何放松。正是出于这样的感情，一路走来，陈建华技术上日臻成熟，精益求精。

门禁卡见证

生活在现代的人们是幸福的，在八小时之外可以尽情地享受自己喜欢的业余生活，享受人生。三朋好友聚集一起，喝茶，聊天，聚会，看电影，逛商场，旅游，上娱乐场所……可是，陈建华却一直觉得时间不够用，他恨不得太阳永远挂在天边。工作几十年来，他按时下班的时间极少，极少。遇到技术问题的时候，通宵达旦地工作那是家常便饭。

为了解决工厂生产过程中出现的问题，他可以连续几日几夜在厂房里，和工艺及生产工人一起解决技术难点，直至问题得以解决；

为了进行发动机试车故障模式仿真分析，他可以连轴转；

为了更好地解决问题，他可以利用晚上时间对专业书籍进行翻译，为自己的解决问题方案寻找理论依据；

他的坐功特别好，一坐就是几个小时。做试验，一跟就是几个月，别人都是筋疲力尽，疲倦至极，他却不，永远是一副精神饱满、严肃认真的模样。

工作起来，忘记下班，忘记吃饭是经常的事。别人吃完饭，再来上班，他一脸茫然地问，“下班了吗？”然后挠挠头，不好意思地笑。

无论春夏秋冬，寒来暑往，他始终感兴趣的领域都是自己的专业，对专业的发展历史、前景和未来如数家珍，还有对目前各国在该领域的研制状况了然于心。提起专业领域，本是性格内敛的他，一脸的灿烂，一脸的骄傲。

尽管在专业知识方面陈建华的掌握是非常全面而又精通的，尽管大家公认，他为液氧煤油发动机的研制做出了重要贡献，但他的思想里总有一种危机感和紧迫感。在成绩面前，他始终能够保持清醒的头脑，对自己的要求很严，很严。

他说过，搞技术工作只有八小时是远远不够的，现有的型号，还有行业里新技术的研究和应用往往顾不过来。但作为一个技术工作者必须时刻掌握前沿动态、新知识。如果不努力，就会落后。既然选择了这一行，即使没有

陈建华（左）出席航天液体推进技术发展战略研讨会

大的创新，也要求每天有所进步。

无论是在技术岗位还是在技术管理岗位，陈建华都能够一步一个脚印，踏实前进。

陈建华对科技人员的苦衷深有体会。他说，科研技术人员干的是脑力活，也是体力活。工作本身，需要你特别努力，有时，为了选择最佳方案，往往得反复迭代计算，这种重复劳动的艰辛是不为人知的。为了推进整个设计工作，缩短设计时间，加速计算速度。

他唯一的业余爱好，是下围棋。他是〇六七基地围棋比赛的冠军，1994年代表单位参加西安市围棋比赛，获得“甲级队伍”的光荣称号。喜欢一行，钻一行，精一行，这是陈建华的性格特点。下围棋也是锻炼智慧的好方法。对弈时，每下一子就是提出一个问题，然后想出办法来解决这一问题。在这样不断提出问题和解决问题的过程中，大脑像做了体操一样，既得到了良好的锻炼，又培养了自己工作中解决问题的思维习惯。

为了液氧煤油发动机的研制，他将工作和爱好完美结合起来，学习、专业、工作，难舍难分，至爱情深。为了工作，他把生活那部分份额挤得很少，很少。上班刷卡，下班刷卡，门口的门禁卡记录了他奋斗的足迹。

说到陈建华这些年的努力，室里的同志不无感慨地说：“这小伙子刚分来，精神着呢！典型的南方人，脸白白的，书生意气。这些年，没白日没黑夜地工作，积劳成疾，才五十岁就头发稀疏，双腿股骨头坏死，步履蹒跚。”

可是，即便是这样拼命三郎式的工作，他对自己仍然不满意，常常感叹，时间过得太快了！从一上班近三十年过去了，却没有干件像样的大事情……

桃李不言，下自成蹊。其实，一路走来，陈建华的奋斗轨迹中，写满了他的成绩和贡献。

2008 年，在航天科技集团公司颁发的航天奖，奖励做出突出贡献的科技专家中，陈建华的名字赫赫在列；2010 年，他被授予航天科技集团公司“航天人才培养先进个人”称号；2011 年，他荣获“陕西省第二届敬业奉献道德模范”称号；2012 年，他又成为 CZ-5 运载火箭首届“年度之星”，集团公司学术技术带头人；享受国务院政府特殊津贴；长征五号运载火箭首次飞行任务突出贡献者 。

灯光下，陈建华稀疏的头发、光亮的脑门、熠熠的眼神，使得眼前这位普通的身影迅速地高大起来，是的，他的身上有一种光辉，那是知识分子的谦虚和坚韧、担当和做为。

李向阳
一件事，一生情

他，有着坚毅的信仰、坚定的奋斗精神、坚强的力量和坚韧的意志，从一入职到现在，一直坚守涡轮泵的设计研究，一件事，一生情；

他，为了潜心钻研技术，两次出国留学，拉开了液氧煤油发动机涡轮泵设计的序幕，书写了航天史上的多个第一；

他，勤奋好学，善于总结，举一反三的解决问题方法，使他成为该领域内专家式人物；

他，是一个简单、纯粹的科技工作者，对一切与自己研究领域相关的技术问题都有着浓厚的兴趣；

他，有着朴实、率真、崇高的灵魂，在成绩面前淡泊名利，在物质诱惑面前心如止水，始终如一，保持初心，在问题面前锱铢必较，严谨务实，勇于攀登；

他，就是李向阳，液氧煤油发动机涡轮泵专家。

李向阳在工作中

童年逐梦

人生事业的坐标，是由个人经历 X 轴和社会需求认定 Y 轴的交叉点所决定的。而选择了正确的交叉点，便会让自己的人生变得更加富有意义。李向阳，就是这样的一个人。

100 秒……200 秒……600 秒！

“成功了！”笑容写在脸上，喜悦洋溢在眉梢。掌声、欢呼声响成一片。这个时刻，无论是对于李向阳，还是整个液氧煤油发动机设计、生产、试验战线的六院干部职工，都是一个不平凡，有着跨时代、里程碑意义的难忘的日子。

这标志着中国初步掌握了高压补燃研制技术，突破了以下关键技术：高压富氧补燃循环液氧煤油发动机系统设计技术；大推力补燃循环发动机自身起动与系统稳定性控制技术；大推力高压补燃循环发动机总体结构设计技术……自此，中国航天液体动力技术正式跨入了全新的领域。

而所有这一切，都来之不易。

唯有披星戴月的耕种，才有米粮满仓的收获。为了让中国的新一代运载火箭早日飞向天宇，为了让载人航天工程、探月工程以及深空探测工程有一个强大的动力基础，李向阳和他的团队披荆斩棘，乘风破浪，在液体火箭发动机涡轮泵这一尖端科技领域辛勤跋涉，永不停歇。

从一入职，李向阳就牵手涡轮泵，从型号的立项，到试车的成功。需要怎样的倾情付出，需要经历怎样艰苦卓绝的跋涉，这其中的酸甜苦辣，或许只有他自己才能深刻体会。这个年轻的科技工作者，涡轮泵专业的设计专家，有着内敛的气质、真诚略带腼腆的笑容、严谨细实的缜密思维、孜孜不倦求真务实的工作态度。

一路走来，一步步地历练和蜕变，才成就了今天的李向阳。

李向阳，1968 年出生于陕西合阳，那是人杰地灵的关中东府之地。父亲是当地有名望的教师。母亲勤劳，慈祥。他们看着自己的第一个孩子，笑得合不拢嘴，对他的成长，倾注了全部的爱，希望他健康、快乐成长，日后，成为一个对社会有用的人。自幼，对李向阳要求严厉 。在严厉的家教下，在父母的言传身教、耳濡目染下，李向阳的学习成绩一路名列前茅。

父亲从小就在李向阳的心中埋下宽容、坚韧不拔的种子，潜移默化，像山泉般流进他童年的心田。他知道，要成就一番事业，必要心无旁骛地付出，只有日积月累的努力，才有可能到达成功的彼岸。

在农村，做一个乡村教师，被乡亲们羡慕着，风不吹，雨不淋，那是多少人梦寐以求的工作呀！父亲对自己的工作特别满意，虔诚地敬畏着。对待工作尽心尽力，一丝不苟备课，精心批注作业，在家长心目中有着良好的口碑。父亲不仅对自己要求严格，对年幼的李向阳也是如此。上小学时，李向阳不仅要认真完成学校的作业，还要达到父亲的严格要求。

记得有一次，贪玩的李向阳没有完成父亲布置的作业。小小的他，心存侥幸，以为父亲不会把他怎么着。父亲回家后，看见儿子没有达到自己的要求，还一副无所畏惧的态度，内心失望极了，沮丧，愤怒，恨铁不成钢，瞬间，情绪爆发。父亲高高地举起了手臂……这时的李向阳才渐渐感到害怕、惊恐。

看着孩子惊慌失措的样子，父亲举起的手又陡然放下，突然抓住李向阳的手臂，很严肃地说：“孩子，一个人做事，一定要尽自己最大的努力才有可能把事情做好，只有自己辛勤付出了，才会有所收获。你想比别人得到的多，那就要付出更多！”

当时的李向阳才八岁，但父亲那场关于努力与人生的对话却深深地印在了脑海里，那一场剑拔弩张的对峙，却成为日后最美妙的人生课堂。也就是在平常的源源不断的灌输中，他明确了自己人生的方向，逐渐学会了怎样做人，怎样处事，怎样在社会上立足。

1986 年，李向阳以优异的成绩考上了甘肃工业大学，在水力机械专业进行了四年的专业知识学习。怀着葳蕤繁盛的热爱和理想，1990 年，在同门师兄的极力引荐下，来到了 11 所二室。当年大山深处的 11 所，年轻的科技人员寥寥无几，那些高学历的人才不愿到山沟里工作，科技人才严重青黄不接。李向阳一来，就师从张宝琨从事涡轮泵的设计研究工作，二十二岁的他，拉开了自己职业生涯的序幕。

欣逢涡轮泵

1990 年 9 月，刚刚入职几个月的李向阳，就被单位派往苏联学习俄语。在科技全球化的背景下，科技人员的外语能力已经成为其专业工作的创新性和竞争性的重要因素之一。当时，他所研究的领域——高压补燃循环技术，只有苏联掌握这一技术。为了更好消化吸收，只有系统地学习了语言，才能更好地应对科技创新提出的挑战。

“我们急需发动机专业技术人才，单位挑选你们出国深造，就是要把你们培养成高级专门人才！你们一定要尽量从苏联这里学到一些有用的东西，珍惜学习时间，好好学习本领……”所领导站在一群韶华英姿、青春焕发的学子面前发表讲话，这些人，都是经过精挑细选即将赴苏的年轻人。

家乡火红的石榴，花开了，果笑了；异乡的冰封一尘不染，来了，又去了。

不知不觉间，春华秋实，岁月更迭，短短一年半的留学生涯结束了。勤奋是李向阳对自己唯一的要求。留学期间，他没有游历过任何一处名胜古迹，一直如饥似渴地努力掌握语言，学习更为先进的知识和技术。在这短短的学习时间内，他克服了语言障碍，在专业上下足功夫，使自己的理论水平更加的深厚。发动机制造业中最难的是涡轮泵专业，它的技术之复杂、专业知识之艰深并没有让他望而生畏。

他没有却步，没有畏缩，在困难面前，他像点着了火的发动机一样，勇往直前。他大量地翻阅涡轮泵方面的专业书籍，并进行翻译。新知识、新技术的学习，让他如鱼得水，极为振奋。

1991 年 2 月 2 日，航天部下发通知，由多家成员组成联合设计室，共同研究液氧煤油高压补燃发动机技术。张贵田被任命为联合设计室的行政负责人，组织领导相关工作。李向阳作为青年技术人员，成为这个团队的一员。这是他职业生涯迎来的第一个型号研制任务。

作为刚刚走上航天岗位的小字辈——李向阳，刚一工作就遇到这样的机遇，是幸运，也是挑战。难！非常难！比预想的还要难！技术问题层出不穷。虽说在大学学的就是涡轮技术，但“纸上得来终觉浅，绝知此事要躬行”。他以惊人的顽强毅力，向着液氧煤油高压补燃发动机涡轮泵的设计挺进了！

液氧煤油高压补燃发动机不仅采用的推进剂、循环方式与常规发动机不同，在最高压力、涡轮泵功率、推进剂流量等设计参数上，也比现有发动机高出数倍，在推力吨位、性能及可靠性方面有大幅度提高，必须在结构设计、材料、工艺、试验等方面采用一系列先进技术。

涡轮泵是火箭发动机的“心脏”，由涡轮驱动泵，对液体推进机组元——氧化剂和燃料进行增压的一种联动装置。涡轮泵是液体火箭发动机中的高速旋转组件，随着压力的提高，涡轮泵的可靠性在整个发动机可靠性中占有重要地位。据统计，发动机发生故障的部位，有一半左右发生在涡轮泵中。因此，对涡轮泵的设计提出了更高的要求。

发动机涡轮盘的设计是很大的难题。涡轮的形状有点像带许多叶片的风

李向阳（前左一）心心念念的，就是涡轮泵，就是液氧煤油发动机

扇，在设计中不仅要突破传统的工艺加工方法，还要确保机械加工的可能性。要保证在高温、高压、高速的环境中万无一失地工作，因此液氧煤油发动机涡轮盘需要整体加工。这种复杂的涡轮盘设计，国内没有一家涉足过。李向阳埋首大量的资料学习中，在消化吸收的基础上，大胆创新，逐步提出可行性设计方案，脚踏实地，一步一个脚印地突破每一个设计关键技术。凭着对工作的执着追求、满腔的热血和深厚的理论功底，他成为年轻的技术骨干。

研制任务艰难地向前推进。紧张的工作之余，性格内向的李向阳用学习来排遣心中的压力。日积月累，知识的储存由量变到质变。

初生牛犊不怕虎的他，敢于提出自己独到的见解，有时，同事正在为一数据的计算焦头烂额的时候，他能轻松地利用从书本中学到的计算方法，给大家另辟蹊径，加以指导。

因为他会俄语，工作间隙，教大家说简单的俄语成了生活中的调剂，大家渐渐喜欢上了这个单纯的小伙子。工作气氛轻松，活跃。同事们在欢声笑语的背后，也知晓了李向阳博览群书、记忆超群的一面。

勇挑重担

1995 年，液氧煤油发动机的预研工作已经进行了两年多，但基本还是停留在资料整理、测量数据、分析消化、反设计阶段。同年 3 月，李向阳再次被委派到莫斯科航空学院进行专业知识学习。为了更好地消化吸收，他反复对样机进行反设计，请教专家，并自行整理出了一本厚厚的记录。

李向阳知道，要在短时间掌握液氧煤油发动机涡轮泵技术，谈何容易！即便是当时的航天大国美国，也望而却步。“拦路虎”一个接一个，我们能行吗？

一连串的问号，在李向阳和他团队的脑际徘徊，他们思索着，议论着。最后一致决定，我们只能勇于挑重担，不妄自菲薄，群策群力，集智攻关！

“谈谈你的看法吧。”课题负责人有点失落，似乎总觉得有点欠缺，一到实质性的技术问题时，大家的思路就不那么清晰。他把目光落在了年轻的李向阳身上，彼时的他，有点羸弱，白皙的皮肤，貌不惊人。大家都亲切地叫他向阳。

李向阳有自知之明，他始终给自己在这个团队中的定位是学。他听得很专心，对每一个人的发言都感兴趣。听着，听着，他的思路渐渐清晰，于是，他暗暗思考着，分析着，时不时拿着铅笔画着，计算着。

他在大家的讨论中渐渐形成自己的思路，但他作为刚入航天的小字辈，没有贸然说出自己的想法。严谨的性格，对待技术问题严肃的态度导致他不轻易发言。现在，既然领导让他谈自己的看法，他也就不假思索地娓娓道来。

一串清晰的、带着一点关中口音的普通话，在会议室响起。那充满勇气和自信的、逻辑严密而又有说服力的话语，使与会者为之震惊，有些沉闷的会议现场，顿时变得振奋起来。

李向阳的发言，一开始便观点鲜明地向常规发动机涡轮泵进行挑战。他对两者加以比较，没有空洞的许愿，也没有保证，而是有理有据对研制的新型泵体的技术关键和难点做了概括，并对解决这些问题提出了自己的设想。

课题负责人被他清晰的思路、出色的分析判断能力和求实的精神深深打动了，几乎不假思索地当场决定，由他来负责这一分系统，根据他的思路进一步调查研究，推导论证，提出研制方案。

从一个刚刚入职的小年轻，到行业里举足轻重的人物，再逐渐成长为权威专家，李向阳历经了岁月的洗礼和时间的磨炼。他用自己特有的执着、勤奋、努力、严谨，赢得了领导的信任和同事的折服。

“在科学的道路上没有平坦的大道可走，只有不畏艰险沿着崎岖陡峭的山路攀登的人，才有希望到达光辉的顶点。”当发动机的“心脏”——涡轮泵浸润着汗水、心血和智慧，经过无数个日日夜夜，终于研制成功之后，李向阳和他的团队，对这句话有了更加深刻的体会。

锱铢必较

李向阳不仅是一个“身怀绝技”的科技工作者，更是善于巧思、对待问题锱铢必较的执着者。

产品交付前，一般都要进行发动机工艺试车，考核包括涡轮泵组件在内的各组件的特性及协调性。

某产品工艺试车中，出现了问题：煤油泵的密封性满足不了要求，泄露量大。作为解决“泵”问题的专家——李向阳，再一次被推到了风口浪尖处。大家非常疑惑，因为相对于泵体结构的复杂和运转环境的不可控性，这类问题实在是太小儿科了，而且，平时，煤油泵的技术性能非常稳定。

一场反推式推理法解决问题的讨论会，正在如火如荼地进行。参会人员，人人开动脑筋，办法一个个想出来，又一个个被否定。李向阳也苦苦思索着，眉头紧锁，他的思维从实际状况到理论知识，还有经验的积累，延伸到了很远，很远……

研制以来交付的有一百多台产品，到目前为止，出现这种试验状况的仅此一台！显而易见，这台产品并不具备代表性，但作为一个严谨的科技工作者，一定要有不放过任何问题和疑点的决心。这小小的泄露，到底是怎么产生的呢?

李向阳把所有密封产品在大脑里飞快过滤，动密封、静密封、唇形密封、尾轴密封……他的脑海里像放电影，所有的可能性都一一显现，忽然，他想到了尾轴密封！此时他果断地判断，问题应该是在此处产生的！

锁定目标后接下来的问题是论证。拆卸发动机，成本太大了！有许多的器件是焊接工艺连接，只能采取破坏性拆卸，这样一来，影响产品正常交付进度。一次又一次慎重讨论、坚持，最后，还是决定采用李向阳的方案，在不损坏发动机的情况下，将发动机进行分解，排除问题。

“向阳，我就欣赏你对待问题的态度！”一旁的陈建华，拍了拍他肩头，眼里是鼓励，也是欣赏。

“问题应该出自那里！”李向阳抬头笑着说，那笑容里，有些许苦涩，也有坚定和固执。

此时的发动机已经完成了工艺试车，一旦分解完成，若前期判断有误，对提出此方案人员的技术水平将是一个巨大的讽刺，后续，还要再进行一次工艺试车，一次工艺试车需耗费上百万……

人们在焦灼和忐忑中，等待结果。

分解完毕后，尾轴密封件表面出现损伤，和李向阳前期的分析判断完全吻合！这么大的一个难题，就在李向阳的奇思妙想中定位了。

问题的解决，为归零锁定了目标，为进一步解决问题指明了方向，让复杂的系统问题，变成了解决单一的产品问题。

该产品的制造、装配，包括整个流程，都纷纷进入科技人员的视野。零件尺寸完全符合要求，表面质量也符合要求，甚至产品压制过程也完全符合要求。通知装配车间，进行该环节的工艺复查，整个工艺复查报告每一个操作步骤有图片，记录清晰、完整，几乎无懈可击，归零工作又一次陷入了死胡同，问题根本无法复现。

讨论会上，剑拔弩张，双方各抒己见。气氛，遇火能燃。但丰富的想象力和敏锐的洞察力，常常使李向阳在问题面前，考虑得比别人更深、更远。但这样的思维，常常使他陷入尴尬的境地。由于认知上的差距，常常引来学术上的争论，于是，在工作上也落下了“犟脾气”的名声。

面对眼前的难题，李向阳坚持认为是产品在装配过程中由于操作不当而造成的。但苦于没有证据，他仔细观察卸下来的产品，发现明显是由于受力不均而造成摩擦过大，最后，产品在撤除外力的情况下不能正确复位，造成泄漏。他反复解释自己的观点，说得口干舌燥、信誓旦旦。然而，问题不能复现，归零工作陷入前所未有的困境。

“建华，我该怎么办？”一向生性乐观的李向阳也皱起了眉头，发出长长的一声叹息。

“整个发动机系统那么复杂，作为设计人员，也只能考虑到能控制的因素，发生问题部位与你的判定完全吻合，你已经相当厉害了！”陈建华顾左右而言他，给了李向阳一番语重心长的安慰。然而此时此刻，在李向阳的眼里，所有的语言是如此的苍白无力。

“我想跟踪整个产品流程！”李向阳抬起头，目光坚定地说。

“你疯了！时间上你能陪得起？”一直支持他的陈建华，此刻也觉得面前的李向阳的“犟脾气”是如此的不可理喻。问题已经清楚了，让领导们去定夺就好了。

“不，我要到现场去看看！”李向阳不回头地奔向了远方。陈建华的话，不无道理，也是满满的善意，但，李向阳就是这样的“犟脾气”，在技术问题面前不弄个清清楚楚，明明白白，他根本放不过自己。

他知道，只有真正地找到问题的“真凶”，所有的一切才能迎刃而解，否则，这些发动机即使硬着头皮交付，也像高悬在头上的利剑，随时，都有致命的可能。他决心，“入虎穴，擒虎子”！

日出日落，李向阳按时和工人一起上班，一起加班，参与他们工作的每一个环节。

山重水复疑无路，柳暗花明又一村。

问题终于再次显现！性格一向温和的李向阳，急不可耐地掏出手机给陈建华打电话，声音因激动而有些发抖。“找到了！复现了！”话语断断续续，语无伦次。

偌大的质量事故，经过剥茧抽丝的查除，最后仅仅归结为那么小那么小的事件上，最后，仅仅改进了产品装配过程中的工装，保证产品装配时形位正确，就再也不会有类似的问题发生。但查出问题的这个过程却是如此的艰苦、艰辛、艰难，每一个脚印，都是研制团队集智攻关淌下的汗水。

外包产品质量控制

液氧煤油高压补燃发动机的研制，要求任何环节都必须高质量、高要求。

即使是外包产品，也不例外。

涡轮静子、转子的生产由北京钢铁总院完成，李向阳为了解决产品的质量问题，多次上北京与科技人员一起进行攻坚克难。

涡轮静子属于铸件，所用材料是高温镍合金，该材料强度高，耐热性好，但也给铸造带来了难度，容易产生裂纹等缺陷。

前方，充满了不可揣测的神秘和诱惑，或模糊或清晰，却又让人忍不住去征服，去探索。或许问题的真相也正在和李向阳相互打量，真想拥有一双深邃的双眸，穿越无尽的困难，洞彻一个个横亘路上的秘密。

北钢院的科技人员，每提出自己的建议都小心翼翼，他们听了别人的以讹传讹，误认为李向阳是一个非常固执的人，听不见别人的任何意见。

北钢院的职工也担心：这小子爱提出苛刻的要求，喜欢特立独行，爱冒险，如果按照他的思路还是研制不出来，搞砸了，他拍拍屁股就走人，咱们怎么办？

李向阳知道情况后哑然失笑。在技术方面，他可不是一个小心眼的人，学术讨论，本来就是要集众人之长，只有在切磋琢磨中，在不同的意见争论中，才能达到日臻完美。在为人方面，更不用担心，陕西人，厚道，实诚，重感情，讲义气，他不是那种做事虎头蛇尾的人。

整个涡轮叶片的设计借鉴了哈工大教授的一篇理论成果。这次叶片的设计，也是把最新的理论成果运用于液氧煤油发动机涡轮泵的叶片设计中。教授专程从哈尔滨过来，历时两个月，在电脑上精心绘制，再根据实际要求修改，再完善。

理论指路，激情吹彻，试验论证，面对着困难的堡垒，不服输的李向阳向困难吹响了冲锋的号角。

为了解决涡轮叶片的技术问题，李向阳和攻关团队与教授一起，开过无数次的技术方案讨论会，从叶型的受力、铸造的工艺、产品的尺寸、装配的公差等问题，一直研究到涡轮叶片的重心位置问题。

在实现自己的想法和达成自己的目标时，李向阳的内心始终澎湃着非凡的动力。

“甭急躁！”李向阳用自己的沉稳，感染着外协厂家的同事，“心急吃不了热豆腐。要静下心来，一个问题一个问题耐心地查找。”

探索的脚步，虽然走得很慢，却很稳健。因为科学的进步从来不是靠缘分，不是靠偶遇，而是脚踏实地。关键时刻，李向阳潜下心来，大量考证，大胆借鉴已有的经验，用排除法一个个歼灭问题。通过试验数据，进行理论分析、比较。终于设计出最佳图纸，改善了铸件本身所固有的产品缺陷，剔除了原材料中的某些与产品不利的影响元素，遂调整相关部件工作结构，对工作间隙进行控制，一步步摸索。一点点迈进。

终于，所有问题得到了改善和解决。涡轮泵的试车时间由 20 秒、100 秒、500 秒……1000 秒、1500 秒，最后竟然达到了 2000 秒。一丝会心的微笑，挂上了李向阳清瘦的脸庞。

那一刻，李向阳愉悦的心情如春风荡漾，豪迈的气概激情四溢。“可上

李向阳（前排左一）和科研团队一起，研究涡轮泵改进方案

九天揽月，可下五洋捉鳖”，一代伟人的诗句，词义旷达，充满理想主义色彩。而此刻，他的眼前仿佛真的展现出神秘的太空，浩瀚的宇宙，在那蔚蓝的天空之上，有着神秘的蒙娜丽莎梦幻般的微笑，无不吸引着他一步步靠近，并义无反顾揭开那旖旎风景的一角。

耀眼时刻

2015 年 9 月 20 日，我国新一代运载火箭液氧煤油发动机实现首飞。作为目前世界上最为先进的液体火箭发动机之一，液氧煤油发动机的研制成功，成为我国走向航天强国的重要支撑。液氧煤油发动机历时 20 余载，历经研制论证、关键技术攻关、立项研制、国家验收、动力系统试车、火箭合练等重大、关键环节，终于实现了首飞。其间，发动机研制倾注了几代科研人员的智慧和心血！

成功总是那么耀眼，然而过程却是那么艰辛！

11 所七室试验厂房二楼的北边，静静地安放着一个大家伙。庞大的灰色外壳，斑驳的油漆，这台电机曾经是全亚洲功率最大的。它见证了中国液体火箭发动机涡轮泵的成长。现在它又担负起 120 吨液氧煤油发动机涡轮泵研制试验的重担。

让我们穿过时光隧道，一起回到那个峥嵘岁月。

1998 年的深冬，液氧煤油发动机涡轮泵的首台产品——氧泵水试件终于面世。仅 50% 转速，功率就达到了兆瓦级、秒流量达到了近 200 公斤。不论是俊朗的外表，还是内在的“性格”，处处透着与众不同的气魄。它创造了多项国内记录。首次采用叶片式扩压器技术、首次采用浮动环密封技术、首次采用平衡轴向力系统……一个又一个“首次”，凝结了液氧煤油发动机涡轮泵研制团队的多少心血。氧泵水力试验是他们迎来的首次“大考”，不由得让人激动、兴奋和忐忑。

这是一个平均年龄不超过 30 岁的年轻设计团队，具有年轻人特有的拼劲和闯劲，让他们在不到五年的时间内，完成了发动机的“心脏”——涡轮泵的关键技术攻关等研究工作，创造了多项国内乃至世界的第一。有道是：“十年磨一剑，霜刃未曾试。”注视着首次“登台”的氧泵水试产品，设计团队的每个人，心中除了剑客一般的豪情，还多了一丝忐忑。

“陈老，有信心吗？”李向阳微笑地问，其实此刻的他，内心淡定，从容。

“采用新技术多，难度大，试试看吧。”陈本森平静地说，老人见多识广，胸有成竹。

“李斌，对平衡系统有什么担心的吗？”

“我们进行了充分的研究，有信心成功！”那一声回答得铿锵有力。

“现在真有点大姑娘出嫁的感觉嘞！”黄智勇说。

随即，大家都笑了，试验现场紧张的气氛也缓解了下来。

其实，对于每个团队成员来说，大家心里都很清楚这次试验有多重要，难度有多大，背后付出了多少艰辛，他们的身上背负着期待的眼神！大家都捏了一把汗，内心紧张，忐忑。但是，作为航天人，就应当有勇气、有担当。

“试验都准备好了。向阳，能试吗？”试验指挥问。

“试！”李向阳坚定地说。

随着电机起动前的警铃声响起，在场的所有人不由得屏住了呼吸。

“起动！”

1000……2000……5000……7000，转速稳稳地“站在”了试验转速。大家都屏住了呼吸，紧紧盯着屏幕，现场鸦雀无声，只能听到点击鼠标的“嗒嗒……嗒嗒……嗒嗒”声。

“试验成功了！”

李向阳的脸上终于露出了难得的一丝轻松的微笑，眼角泛起了泪花。沧海横流，方显英雄本色。经过了多年实战的磨砺，这个年轻、朴实、干劲十足的小伙子已经被打造成一个成熟、稳重、睿智的科研工作者。五年来，整个团队用自己的热血、汗水和泪水铸就了发动机的“心脏”，赋予了它生命、性格和灵性，它就像自己的孩子。当然，它还有些调皮，但这并不影响其澎湃有力的特质。

十七年的时光，试车台老骥伏枥。多少个春夏秋冬，液氧煤油发动机从襁褓中的婴儿成长为中国航天的扛鼎重器。在一次次的攻克难关中，磨炼出了李向阳勇挑重担的坚毅品格，锻造了一批年轻人不畏艰难的英雄本色。成功与荣誉的背后凝聚着李向阳辛勤的汗水和无私的奉献，他始终以坚定的信念不畏艰难的精神影响着身边的每一个人，用善于攻克难关的精神引领着液氧煤油发动机涡轮泵这一团队，勇往直前。

心中的楷模

他曾经的一位室领导，接受采访时说的第一句话就是，“向阳是一个有真才实学的人”。

李向阳的确是一位典型的学者，他的学术能力在自己的专业领域得到大家的一致认可，领导的高度赞誉和同事的充分肯定。

在同事的心中，他是一个前辈、一个长者，更是与大家并肩战斗的战友。什么时候见到他，脸上永远挂着真诚的微笑，但在自己的专业领域上又是锱铢必较，敢于站出来，不怕得罪人，敢于大胆提出自己的观点，顶住压力，据理力争。有人这样评价：如果没有李向阳，液氧煤油发动机涡轮泵的研制就没有如此顺利。李向阳，为研制工作的推进，奠定了坚实的基础。

“他是一个学者，有着严谨的治学态度，为了更好地掌握专业理论知识，他在语言方面下足了功夫，自学俄语、英语，经常阅读专业方面的俄文著述，翻译资料，搏取众长。在单位的学术交流活动中，他作为专家可以和俄罗斯专家进行面对面交流，这与他平时的勤奋好学是分不开的。”

“他是一个纯粹的科技工作者，有信仰，始终明白自己内心的方向。没有架子，淡泊名利，苦心钻研技术。能够细心听取科技人员的意见，从不武断，但在关键时刻，又能敢于负责，敢于决策。作为老师，他有过硬的理论技术支撑，答疑解惑，甘为人梯。对待年轻人，他总是精心栽培，在研制过程中培养他们成长，并多次强调积累经验的重要性，保持理论学习的必要性，工作中学会总结，抓住共性，把经验上升到理论，指导日后的工作。作为战友，他平易近人，温和，乐观豁达，积极向上，内心如他的名字，永远向着阳光。”

“身边的同事一个个来了，一个个走了，当年的徒弟也荣升为领导，在他，没有任何怨言，固守一隅，守着自己的专业、自己的技术，让自己的人生如一杯清清亮亮的白开水，透亮，却自有本真的芳香。”

“他，在名利面前从不患得患失，在工作面前勇于担当。”这是他的多年共事的领导对他的综合评价。室里为了发展的需要，成立一个新的补燃组，此时的他，在高压补燃方面已经是专家了。室领导找到他，有点为难，让他承担新项目的技术把关工作，他毫不犹豫地欣然应命，毫无怨言。

从上班以来，他从来没有因为个人荣誉和得失找过领导，他，看淡得失，知足常乐，他永远在乎的是作为一个科技工作者应有的担当和高尚的情操。

他，是大家心中的楷模。像一抹阳光，永远有着自带的能量，自觉地感染着身边的人。

李小明
心有大我，矢志航天

引子

30 年前，他从国防科大一路走来，来到了一个叫作秦岭红光沟的地方，只为一个与航天的约定。

30 年中，这个像机器一样高速运转的人，和他的团队一起，使液氧煤油发动机从预先研发到国家立项，从正式研制到成功交付，用一次次成功的发射，见证了“金牌动力”的魅力，不断刷新中国科技、中国制造的高度与美誉度，留下了一段震撼世间心灵的传奇。

李小明——

这个在荣誉与鲜花背后的航天无名英雄，一直都在像园丁那样，默默耕耘，无私奉献，把理想和情怀践诺在一台台液体火箭发动机阀门上，融入了彼此的生命，见证了彼此的成长……

李小明在工作中

梦想起航

清晨，湖南郴州的一个小山村，阳光透过树缝洒进这个农家小院，9 岁的李小明已经早早起床，准备好一家人的早饭，才匆匆忙忙地赶到学校，开始一天的学习生涯。

20 世纪 70 年代的农村，经济还比较落后。父亲在县城工作，家庭的重担就全落在母亲一人身上。为了减轻母亲的负担，小小年纪的李小明已经学会了烧饭、做家务、照顾弟妹，艰苦的生活条件，练就了他的生活自理能力和动手能力。小学时期，他就会用自己所学的数学知识给生产队计算插秧的面积及工分；初中时期，他就能单独完成家里照明电路的安装。冥冥之中，这种遇到问题就钻到底的精神为他以后的工作奠定了良好的基础。

1984 年 7 月，取得优异高考成绩的李小明，在老师的指导下，报考了国防科大液体火箭发动机专业。那时的他，根本没意识到，自己的青春会在液体动力事业的这片热土上留下浓墨重彩的一笔。

1988 年，以优异的成绩毕业于国防科技大学液体火箭发动机专业的李小明，继续攻读 11 所的研究生，并取得液体火箭发动机专业硕士学位。自此，开始了他献身航天的生涯……

作为 11 所的第三届研究生，他和陈建华、刘红军、张敏贵一起，被分配到 11 所二室高技术组。

那时候的 11 所，正是科技人员极度青黄不接的时期，绝大部分设计员都是 1966 年参加工作的“老面孔”。李小明和他同期的研究生，就成为 11 所稀有的“宝贝”，被安排在了重要的岗位并委以重任。

1992 年 9 月 21 日，中国的“921”载人航天工程正式立项，确立了“三步走”的发展战略。一期计划包括发射 6 艘飞船，即神舟一号至神舟六号，实现由无人飞船发射到载人飞船安全返回。二期计划将突破载人飞船和空间飞行器的空间对接技术，实现宇航员出舱执行太空行走任务。而第三期任务，在太空中建造空间站，解决有较大规模的长期有人照料的空间应用问题，并为未来的深空探测研究做好准备——则必须拥有近地轨道运载能力超过 20 吨的大型运载火箭。

这样的要求，使用现有肼类燃料的发动机已经难以实现，液氧煤油发动机此时被列入发展计划，11 所专门成立了二室高技术组（后来成为八室），李小明和他同期来所的研究生以及本科生，开始了大推力液氧煤油发动机技术的预研工作。

一切从零起步，研制难度之大可想而知。专业功底深厚的李小明，被组长魏超一眼看中，难度最大的流量调节器的研制任务，交到了他的手中。

秦岭深山中，红光深沟里，自此融入了一个清秀、坚毅的身影。

雨果曾说，“谁虚度了年华，青春就将褪色”。在那个知识重新闪光的黄金时代，李小明刻苦学习，读研期间，为了能在所里为数不多的工作计算机上进行设计计算，他与师兄经常为抢占机位而“斗智斗勇”。后来他们达成默契，友好协调，进行排班。自此，周六、周天，中秋、国庆节，办公室、机房里都留下了他的身影。毕业答辩会上，他手抄工工整整的论文得到评委会主席西交大教授的高度赞扬，并要求带一本论文回去给她的学生们看看，什么叫“认真”。

1991 年 5 月，李小明研究生毕业。他的心里高兴极了，空气中，仿佛处处涌动着快乐的因子，那个深埋在心中的“航天梦”就如火山喷发，势不可挡。

李小明悟性很高，也十分刻苦，遇到难题他就钻进去，搞不清楚就打破砂锅问到底。那段时间，他既要负责立项报告的编写，又要进行大量的理论计算分析设计准则，遇到他认为正确的事情也总是据理坚持，骨子里很“硬”。

最终，经过刻苦攻关，李小明得到了用于实际设计的设计准则，节约了大量的试验研究经费。

善于运用新技术、新软件、新成果，挑战新事物，是李小明性格的一大特点。在流量调节器的结构设计中，他尝试用 UG Ⅱ 计算机辅助设计软件进行全过程设计。然而，11 所当时没有一个人会用 UG 软件。为了提高工作效率，“做一个最早吃螃蟹的人”，李小明开始了 UG 软件的学习。他的学习能力特别强，经常问的问题让当时的UG培训老师很难回答。很快，他就掌握了 UG 软件的应用，并成为 11 所第一个用 UG 软件建三维模型并绘出二维图的人，成为当时 11 所设计界的一股“清风”，他的成果也因此荣获当年“五小成果”一等奖，为 UG Ⅱ 应用于 11 所的工程设计积累了经验。

献身航天，坚如磐石

研制过程中，困难犹如无尽的山路，而他的斗志却如脚下的石头。研制过程中，李小明总能克服困难，顺利完成组里分派给他的研制任务。这个从南方小城郴州来的小伙，凭借着深厚的专业功底，很快成为阀门组的组长，更是收获了自己的爱情。

从宿舍到办公室，从办公室到宿舍，在这两点一线间，李小明的身影吸引了一个漂亮姑娘的注意。她喜欢他的专注，喜欢他的聪明，他欢喜她的漂亮，她的细心、体贴，两个心有灵犀一点通的年轻人，在双方家人的祝福中，组建了新的家庭。

婚后，妻子郭胜包揽了全部家务，全力支持他的工作。他加班加点，她守家烧饭；他熬夜研究，她捧上夜宵……而李小明只要有时间，就陪妻子散步。儿子的到来，更是给他们恩爱的家庭增添了新的快乐。

由于孩子没人照顾，李小明把老家的父母接到西安来照顾孩子。那时，刚由红光沟搬迁到西安的李小明，栖居在顶楼的一室一厅里。那一年的夏天特别热，在没有空调、冰箱，居住面积不到 50 平方米的顶楼，为了孙子，老两口度过了难熬的一夏。

在照看孙子的那段时间里，父母一时难以理解，从事航天军工的儿子，学历在家里最高，收入却是家里兄弟姐妹中最低的，连买一台冰箱都需要家里资助的儿子，为什么会这么忙？

善解人意的妻子总是在关键时刻鼓励、安慰他，向公婆解释航天事业的特殊性。然而，李小明的心中还是有很多内疚，他只能通过一些小事表达对妻子和家人的爱。卫生间的瓷砖掉了，他买来材料自己更换；儿子学习遇到了难题，他亲自辅导；家里的洗衣机坏了，他亲自买来配件拆下电机自己维修；妻子在工作中遇到难题，他不经意的一句话就使妻子茅塞顿开。

最能理解他的妻子知道，李小明的心里有家人、有朋友，他只是苦于无法分身的无奈……他把更多的时间给了科研，给了祖国的航天事业，追求着更大的价值和人生境界。

这更大的价值是什么？和李小明在一起搭档了 20 多年的组员程亚威始终在慢慢品味：李主任的爱不是儿女情长，而远远超出常人的境界。他是希望我们的航天强大。站在他的高度，他心里担负的是“航天强国，匹夫有责”的使命感。

家国情怀，胸怀天下。“做一名优秀的阀门专家！”老一代 11 所专家陈本森、葛李虎、董锡鉴对他潜移默化的影响，使他更加坚定自己人生的梦想：献身航天，矢志不移，从此坚如磐石。

国外能达到的，我们为啥做不到？

科学的春天里，风华正茂的李小明和中国航天，正一起追赶着世界。

1996 年，李小明所在的阀门组承担了“863”预研课题项目“液氧煤油发动机阀门技术研究”，研制发动机发生器—涡轮泵联动试验所需阀门。该项目包括液氧主阀、电动气阀、推力室燃料主阀、发生器燃料阀和点火剂清除阀五种阀的研制工作。

由于液氧煤油发动机所采用的阀门要具有多次工作能力，工作压力高，并且还涉及超低温环境。而当时 11 所在用型号发动机的阀门不能满足这些要求。

作为具体技术负责人，为了把方案论证好，几个月的时间里，李小明和他的组员一起，查阅了大量国内外资料，进行了多种方案论证。加班成了常态，办公室的灯光见证了他们攻关的身影，以至于他们被人们戏称为“科研疯子”。正是他和这群“科研疯子”，一直在与时间赛跑，在项目计划节点时间内完成了设计方案，如液氧主阀提出了弹性阀座式截止阀、凸轮抬起阀座式球阀和气抬阀座式球阀三种方案，并进行了验证。

发生器燃料阀压力极高，阀的关闭副密封采用锥面密封——金属硬密封。阀门在 7103 厂 25 车间配合生产期间，首台产品就出了问题。

“哎呀，漏得一塌糊涂！泄漏量比要求值大几十倍！”检验员一声惊呼。

大家围上来，你一句，我一句。车间的工艺、检验都是资历比较老的航天人，在航天战线摸爬滚打了好多年，凭他们现有的经验，都说是设计出了

李小明（左）对待研制的每一个环节，都是锱铢必较，严谨严苛

问题，认为这个金属硬密封不行。

当时的主管设计谢宁也刚刚毕业，在大家的质疑声中，他对自己也没有了信心。

“组长，咱们的设计方案能行吗？”谢宁忐忑不安地向李小明请教。

李小明在分析了产品设计结构后，认为产品设计没有问题。主要原因是阀芯密封锥面的形位公差不满足要求造成的。

他果断地说：“同样的技术，国外能达到的，我们为啥做不到？”

他立即找到当时车间的主管工艺，认为应该是加工方法出了问题。他要求工艺对锥面密封不断地研磨，一天，两天……他亲自在现场配合指导，经过与工艺、工人的不断磨合，最终达到了设计要求。

从那过后，随着 7103 厂加工设备的不断改善，经过对工艺的不断改进，燃料阀在加工中再也没有出现过此类问题。

研发过程中，李小明作为组长，设计中他总能比组员们想得深，那时，他对所有的阀门设计都比较清楚，总是在关键时刻给组员吃一颗定心丸。

液氧主阀在研制过程中也是一波三折。首批产品研制生产过程中，也出现了密封泄漏，经过连续一个多月的分析排除，虽然准确定位高压金属关闭密封泄漏，但一直不能解决问题，7103 厂主管工艺坚持认为是设计出了问题，不肯对工艺进行任何修改。

怎么办？内心焦虑的李小明没有把情绪表露出来。一次，趁主管工艺不在，李小明直接找到了 7103 厂主管副厂长，他没有说明工艺有问题，只是要求厂长按照他的要求对加工工艺进行修改。在其他工艺人员的帮助下，按照他的思路，最终解决了密封泄漏问题。

事后主管工艺找到他，虚心向他请教，双方还互相交流了许多，对他高超的水平赞不绝口。

研制过程中，总会出现一些工艺问题。这些问题在李小明的分析指导下，基本都得到了解决。

为提高阀门密封面的硬度，其中几种阀采用了新研制的材料，由于该材料的渗氮工艺不成熟，产品经过部分试验后，渗氮表面出现锈蚀，严重影响产品性能。李小明经过仔细查阅有关资料，给工艺部门提出了对这些零件进行钝化处理的建议，实施后抗蚀能力有了很大提高，满足了基本要求。

正是由于他的倾心付出，这些采用了薄壁弹性金属低温动密封、高压锥面、平面金属密封、碟形静密封等结构的阀门，满足了高压补燃发动机要求的高压、超低温、多次工作能力等要求，性能达到了国际先进水平。这些关键技术的突破为液氧煤油发动机其他阀的研制起到了关键性作用，该项目于1999 年通过验收，并获国防科学技术三等奖。

流量调节器：弯道超车的背后

瞿秋白在牺牲前曾说：“光明和火焰从它心里钻出来的时候，难免要经过好多次的尝试，试探自己的道路，锻炼自己的力量。”

李小明的流量调节器，就是凤凰涅槃般的重生……

在负责审核把关组员设计的同时，李小明还独自负责了 120 吨级液氧煤油发动机流量调节器的研制工作。

流量调节器是液煤发动机研制难度最大的自动器之一，发动机系统要求该调节器具有起动、初末级和主级三种工作状态，因此结构更加复杂。如果说涡轮泵是发动机的心脏，那么，调节器就是发动机的中枢神经，控制着发动机的运转和精度。俄罗斯专家曾说过：“调节器研制成功了，发动机研制就成功了一半。”

勇挑重担的李小明，开始了自己与时间的赛跑。

科学是严谨的，但离不开奇思妙想。巴尔扎克说：“真正的科学家应当是个幻想家。”

每冒出一个新想法，他马上去找熟识的专家探讨一番，然后连夜查找资料，进行调研论证、设计实现路径。有的人一边和他探讨着，一边心里犯嘀咕：他说的这些都能实现吗？

与乌克兰专家多次探讨、比较、修改和完善，与国内航天专家多次交流，在李小明想要构建的“科研特区”中，没有什么不能做。如果说当很多人还站在 2.0 时代，他已经望到了 4.0 时代。

然而，“小明奇迹”越来越多。在经过与乌克兰专家多次讨论、比较和修改完善后，他用不到一年的时间，完成了流量调节器、压力调节器等阀的结构设计，完成了近 100 张的图纸设计，最终确定了流量调节器的结构方案，完成了弯道超车，被乌克兰专家戏称为“天才的学生”。

天才是背后别人看不见的拼搏和努力。这个心无旁骛、专心科研的阀门专家，把心思全用到了科研上。他吸取国外的研制经验，采用先进的 UG 三维辅助设计软件，那时，计算机房的条件比较差，室内温度达到 40℃，计算机都进行自我保护黑屏罢工。就是在这种条件下，他和程亚威一起，一个负责设计，一个负责校对，完成了两种方案的流量调节器的设计。试验表明，两种方案流量调节器主要性能满足设计要求，达到了国际先进水平。

设计是产品实现的第一步。流量调节器的第一套图纸下厂进行生产时，却碰了一鼻子灰。

7103 厂生产处主管看完图就直截了当地说：“太复杂了！要求太高了！我们干不了，你拿走吧。”

李小明也不示弱，他采用激将法，“你给我出个证明，就说 7103 厂没有这个加工能力，盖上厂里的公章，我就不让你们干！”

“你！这不是为难人吗？厂里现有的加工能力，你又不是不知道！”

视厂为家的生产主管哪受得了别人对自己的否定，他咬牙接下了这块“难啃的骨头”。

带着情怀做科研，即使是最难的事情，也最终会得到解决。最终，经过设计参与工艺，双方共同出谋划策，逐步解决了调节器的加工难题。

由于流量调节器功能多，结构复杂，研制进度非常紧迫，很多人都担心不能满足系统试车的进度要求，甚至有人怀疑第一回合能不能顺利装配起来。

当时院生产主管高新辉说：“你这东西这么复杂，能装起来吗？”

装配现场的气氛验证了高新辉的话。

“这么细的钢丝，弹簧力这么大！能固定的了吗？”装配现场，工人你看看我，我看看你，看着这么复杂的图纸，谁都不敢下手。

紧急关头，李小明说：“我来装！”

从小养成的极强动手能力和他对产品结构的了解，他亲自上阵装了两台，并现场给工人进行指导。

在李小明的指导下，两种方案的流量调节器产品装配，非常顺利，其主要性能达到了设计指标。

如今，曾经对小明的质疑已经湮没无闻，一个个“小明奇迹”正在变为现实，120 吨、18 吨液煤发动机自动器已经成功上天，可靠性得到充分验证；某重型发动机所需十几种自动器结构方案优化设计以及预研型号发动机所需多种型号阀门的研制攻关也已完成。

其间，他还将发动机的阀门技术应用于航天技术应用产业，和他的学生一起，研制开发的旋塞阀、调节球阀、水击泄压阀，已经打破国外产品的技术垄断，成功应用于中石化、中航油、中海油、中石油、山东地炼等市场领域，创造了良好的经济效益和社会效益。

艰难抉择

2000 年 6 月 10 日，凤州试车台，120 吨液煤发动机即将要进行半系统试车。

1999年2月6日虽然首次发生器—涡轮泵联试取得成功，但后续两次试车的连续失利阴影，让不少人开始质疑：闭式补燃循环方案到底可不可行？此时，远在乌克兰的李小明承受的内外压力难以想象。试车按时进行还是推迟，还是……一番思考后，他与乌克兰专家连夜召开紧急分析会，经过分析，乌克兰专家认为，此次试车试用的流量调节器使用的2毫米的定位销钉在发动机起动瞬间可能会被切断，建议取消这次试车！

李小明知道，这次半系统联试是经过了半年多的准备才具备了联试条件，已经到了失败不起的地步！

他和刘可望经过对该故障模式出现的可能性、后果及可能采取的措施进行分析，认为乌克兰专家担心的销钉强度是在 23 兆帕压差作用下引起的，而实际工作条件下压差应相对较小并且作用时间很短，销钉不一定会断裂。但为了确保万无一失，必须要继续试验验证。

此时，已是深夜。第二天是星期六。心急如焚的李小明经过与乌克兰专家的多次协调沟通，对方才勉强同意第二天对产品进行试验验证。

那又是怎样的一个不眠之夜！

连夜给“家里”打长途电话，汇报方案，在得到专家的同意后，已是第二日凌晨。

第二天，李小明揉了揉布满血丝的双眼，急急赶到试验室门前，等待乌克兰的试验人员，以惯有的劲头和对方试验人员一起确定试验方案、试验步骤以及相关要求……试验结果证明，销钉没有出现断裂。

经过多次沟通协调，半系统试车万事俱备，指挥员一声令下，当听到流量调节器各参数按预定指令工作正常，试车取得圆满成功的消息时，一种巨大的喜悦如潮水般冲击而来，李小明那颗先是吊着，后是沉着的心终于放了下来，一时僵硬在那里，一动不动。脑子里只盘旋着那一句最结实的话："流量调节器各参数按预定指令工作正常！流量调节器各参数按预定指令工作正常！"

这次试车，全面验证了液氧煤油发动机关键技术攻关成果，为后续工程研制吹响了前进的号角。

一个小小的销钉，充分体现了以李小明为代表的 11 所人脚踏实地、严谨细实以及敢打硬仗的工作作风。正是他和 11 所的这批能打硬仗的精兵，才使我国的航天液体动力事业从无到有，从弱到强，站在了巨人的肩膀上。

是严谨，也是情怀

设计员陈维宇说到，小明是个特别严谨的人，对事不对人。大到设计方案，小到出图，作为主任，他都要一一把关，有时甚至到了"严苛"的地步，以至于在年底民主测评时，有人给他提建议，说他太严厉了！他不唯上不唯权不唯关系，有些人甚至说他是"不食人间烟火"，"不懂人情世故"。

比如，有时在项目进度协调会上，由于补燃发动机配套阀门太多，为了保证发生器—涡轮泵联试进度，有些人认为阀门检查试验能动作就行了，至于典型试验以后再说。但他考虑，尽管联试主要考核的不是阀门，但阀门一旦出现问题将使试验失败，造成巨大损失，坚持必须完成相关的介质、动作等试验。有时甚至固执、倔强得让领导下不了台。

李小明有时候也想不通，说：“这都是按照科学规范做事，为什么有人不理解啊？”

同事劝他道：“你这干的全是得罪人的事。”

可是李小明却说：“我就是想干成事，不这么干不行啊！”

正是因为李小明的“不懂人情世故”，坚持阀门在组合件研制阶段充分暴露问题和薄弱环节，并加以解决，才确保了发动机的顺利研制，在发生器一涡轮泵联试、发动机半系统及上百次的整机试车中，阀门没有出现过大的故障。

陈维宇原来在三室是搞总装的，1998 年调到阀门组。刚来时不太适应李小明的工作方式。对于报告，有时需修改十多次，甚至连标点符号的错误也不放过。“有时候觉得他都有点吹毛求疵，但过后才意识到他的用心良苦。”陈维宇不好意思地说，“但是他总会把自己所知道的毫无保留地告诉我，使我进步很快。”

其实，有这种想法的人不只陈维宇一个。很多年轻设计人员见了他，总是“既忐忑又期待”，忐忑的是任何瑕疵都逃不过他的“火眼金睛”，期待的是他不仅会提出课题报告中有哪些问题，还会提出下一步怎么改进，怎么转化成产品。

有一次，液氧阀在试车时出现卡滞。为了减轻设计员的思想压力，他和他们一起，建立好故障树，一层一层剥离，分析原因，最终发现原来是镀层不均匀引起的。他总能站在更高的角度，把故障原因弄清楚，解决问题。

不管任何行业的专家，如果是带着报国的情怀做事，这件事情或多或少、或快或慢还是会推动起来。有很多过去感到“不舒服”的人后来也感到，李小明的严格对自己以后的工作是有益的，是真诚的，也开始向他求教，与他交流。

渐渐的，他的专业技术水平得到了业内人士的认可，他所在的十九室整体设计实力不断增强，他也被聘为中国机械工程学会流体工程分会常务委员、阀门与管道专业委员会委员，全国阀门标委会委员、《流体机械》编委。

如今，在看到以液氧煤油发动机为动力的“长五”“长六”“长七”顺利发射后，这位工作了30年的阀门专家充满感情地说道：阀门在发动机中看起来很小，有时不注意看都发现不了，但作用很大。在阀门研制过程中，只有踏踏实实，在早期吃透设计方案，并坚持在做产品上下功夫，才能确保发动机的成功。

然而，这位低调、朴实的阀门专家，心中却一直有一个小小的愿望：啥时能亲眼在发射现场目睹一次火箭升天，见证祖国航天事业的强大，让那种发自内心的自豪感、成就感充盈于胸膛……

培育新人，逐梦航天

一个优秀的阀门专家，不仅应该是专业领域的领跑者，还要做学生成才的陪伴者。李小明的研究生，如今在11所的各个重要岗位，个个都是核心骨干。为了培养他们，李小明也是费尽了心思。

李小明说，“传道授业，是人生最高的境界。我想把我知道的所有东西都传给他们，不想让他们走弯路。”

许长华是李小明的第三个研究生，李小明微笑着对许长华说：“长华，欢迎你读我的研究生，你要做好心里准备，跟我做科研的日子会很苦很累，但一定值得。”

很快，许长华就理解什么是“很苦很累”，也理解了同事们为啥打趣的说主任是典型的“一丝不苟的处女座”。

主任的大脑里，仿佛给每个学生建立了档案。他了解他们的情况，熟知他们的脾性。只要手头有时间，他就会到办公室，询问学生近期学了什么，想了什么，遇到什么困难，现场进行答疑解惑。

写一份研究报告，每个文字、每个标点，李主任都要反复琢磨，逐个推敲。做一个 PPT，从配图到解说，他也要精心指点。他说，技术报告首先不能啰嗦，不能口语化。报告字体首先要规范，Word 格式，四号字，行距 24 磅。要求规范使用技术报告图标中的题注和引用。

有一次，学生王兴录设计的一张电磁阀设计图，主任反反复复要求修改，在修改到第五遍时，平常性格十分温和的王兴录也憋不住了，和主任大声吵起来，说主任这是在吹毛求疵。但李主任还是耐心地给他解释，事后，王兴录在冷静下来后，才感到主任的要求是完全正确的，他按照主任的要求修改了图纸。

李小明（后排左一）在指导年轻技术人员进行方案设计

就连不是李小明的学生的杨振宁、王伟，也感觉和他相处的几年，收获不小。杨振宁说“我是李小明的半个学生”。李小明总是有意识地教他们做人清清白白，做事踏踏实实。

有一次，学生把一个科学术语的大小写弄错了，李主任提出要修改，学生嘟囔了一句“其实大家都明白”，结果李主任厉声地批评道：“大小写区别很大，会导致多种理解，科学容不得半点马虎，更不能有丝毫懒惰。”

对于学生的论文，李主任也非常上心。他亲自指导，用铅笔逐字修改，论文上是密密麻麻的铅笔修改的痕迹，有时甚至要修改十多遍，“这都无所谓，你们将来出息就行，但要记住，做科研绝不是写写文章就行，要耐得住寂寞，坐得住冷板凳。”

有人劝他，“带学生差不多就行了，用不着那么细”。可他却认真地说：“我们单位太需要人才，现在多用点心，要求严一些，他们中间就会出大师，单位发展就会更快一些。”

在很多人看来，做科研可以出成果，带学生是捎带手，可是在李小明心里，对名誉什么的不在乎，他最看重的是导师的身份，是为国家培养更多的人才。如今，他的学生个个都像一粒粒蒲公英的种子，播撒在单位的各个核心岗位上。而他，还老骥伏枥，在航天梦的征程上继续前进……

春的觉醒，夏的奔放，秋的收获，冬的蓄积，他就像一棵大树，伸展出一片绿荫，献出累累果实，将枝头的一抹亮色，都献给了脚下的大地。

20 多年里，在他指导的研究生中，如今个个都在型号科研的关键岗位，其中有多人成为集团、院级、所级学术带头人。每个学生都像一块璞玉，被李小明发掘着，打磨着。

聚是一团火，散似满天星。

“科研容不得半点马虎！”

“搞研究不能急功近利！”

“科研工作很辛苦，要耐得住寂寞，坐得住冷板凳！”

“要心无旁骛搞科研！”

“阀是小东西，影响大系统！”

……

导师的每一句话，学生们都记住了。他们正在传承老师的梦想，播撒新的种子，为了航天的新动力，为了祖国的强国梦……

后记

在采访李小明的过程中，我们也曾经无法理解他，在当下惯见的世俗中，他太过于倔强，过于坚持原则，好像生活在真空中。我一直在追寻，想寻找一个可以合理解释的答案。

组员程亚威说：“主任太过严厉，有些设计员都不敢找他签字！”

陈维宇说：“小明比较严谨，对事不对人。遇到问题从不放过，而且总能把自己知道的毫无保留地教给你。”

谢宁说：“主任不喜张扬，做事总是低调、踏实。”

“他总比别人站得高，看得远。”

“我们主任从来不发朋友圈，但偶尔也会给大家发个红包。”

“液煤发动机的研制是个高风险的行业，不能有半点马虎！”

儿子说道：“爸爸经常会晚上把设计文献和标准带回家看，周末总是加班。”

仿佛一夜之间，找到一把钥匙，我们走近了李小明，再不需要任何文字的修饰，那些故事就从心间、笔下流淌出来，像清澈的溪水，映照他纯净的灵魂。

20 世纪 90 年代初期，和同学为抢占机位“斗智斗勇”。

在没有空调的机房里一待就是一个多月。

和同事们在一起建立故障树，分析阀门卡滞的原因。

项目协调会上决不让步。

心无旁骛研制流量调节器。

指导学生认真细心。

……

这种对工作的认真、热爱，耳濡目染着儿子，他以优异的成绩考上了清华大学，报考了和爸爸相近的专业。

儿子深有感触地说：“爸爸对我的学习特别关心。在我上小学时经常给我辅导奥数，这使得我从小学开始数学成绩一直比较好。中学阶段对我的学习更是帮助不少。由于我当前学习的专业和爸爸的专业非常接近，所以他也经常给我一些学习方向上的指导，以及今后职业选择的建议。他更推荐我如果可以的话从事科研方面的工作。” 其实，“不食人间烟火”只是大家对他工作态度上的一种描述，生活中的李小明，也是谦谦有礼，温润亲和，夫妻恩爱。

儿子说：“爸爸与妈妈非常恩爱。如果他们之间出现了矛盾，爸爸总会主动做出让步迁就妈妈。在家里，妈妈负责做饭洗衣服，爸爸负责拖地、浇花。周末爸爸会和妈妈一起去买菜、购物，缓解一周工作上的疲劳。” 随着对李小明采访的深入，一个爱家人、爱朋友、对工作严谨认真、低调朴实的人物形象跃然纸上。从不懂他到理解他，甚至佩服他。如果我们手中的这支笔能够忠诚地记录下这份普通航天人对事业的热爱与忠诚，那么，李小明用青春点亮的那盏灯就会照亮更多的人，在攀登航天液体动力事业的高峰上，勇往直前！

徐浩海

皓月星海任飞扬

“徐总，这么晚了才下班啊！”

“不晚，不晚。”徐浩海边说着边看了看手腕上的表，嘴里嘀咕了一句，晚上 9 点多还来得及去看看女儿，转过头，对同行的人说了句，“你们也都

徐浩海在工作中

早点回家吧，有活儿明天再干。”

“您去哪儿？我顺路送您一段。”年轻人问道，徐浩海赶忙摇摇头说：“不用，不用，我得去看看女儿，一个星期都没见了，高三压力大，我得去慰问一下呢！”说着便快步走进了车棚。

身后的年轻人看着徐浩海匆忙的背影说道：“总师里头骑小电驴上班的，也就咱们徐总了吧？”另一人道：“徐总技术好，一阵风过去也是所里一道靓丽的风景呢！”

这位将近知天命之年的长征七号运载火箭副总设计师，20 年如一日地骑着他那辆电动小摩托，过着家和单位两点一线的生活，依旧像钟摆一样，不紧不慢、不早不迟。

徐浩海这单纯质朴的品性，与其从容安宁的气质似乎是与生俱来的。

“幸运儿”

1971 年，徐浩海生于西安市长安县的一个小镇。父亲是镇上的一名高中教师，母亲一边带娃一边干农活。他是家里的长子，下面还有弟弟和妹妹。在父亲的眼里，徐浩海从小就很有哥哥的榜样：“我只告诉他好好读书，将来才有出息。”

徐浩海很早慧，就这一句话，他铭记于心。学习上从不让人操心，肯下功夫，爱钻研。“学习的事儿只能靠自己。我没想过将来当科学家什么的，但我知道，只要考上大学，就能分配工作，就有出路。”

“从小到大，我好像一直都比较幸运。” 镇上的初中，6 个班 300 多人考上高中的只有八九个，考上重点高中的只有 3 个人，徐浩海是那幸运的三人之一。高中一个班50个人，那么多班，能考上大学的也只有十几人，淘汰率很高，而徐浩海又成为了那个幸运的人。这仅仅只是幸运吗？这背后的艰辛付出也许只有徐浩海自己知道。

1989年，徐浩海考上了西北工业大学机械设计与制造专业，成为那个年代的香饽饽——大学生。经历了四年寒窗苦读，1993年，徐浩海从西北工业大学机械系毕业，幸运地被分配到11所八室系统组，成为一名普通的设计员。

当时的八室已经开始了液氧煤油发动机关键技术攻关的预研进程。徐浩海先后参与了方案论证、静态非线性仿真等方面的研究，积累了不少经验。但液氧煤油发动机的研制，毕竟是未知的旅程，国内并没有成熟经验可供借鉴。全新的知识体系和技术要求，对徐浩海来说，很是陌生。

“当时，每天工作中都会遇到很多专业上的问题，我却没有相当的专业知识，从手头的书中也无从寻找。我明显感到自己技术知识的欠缺，选择脱产读研对于当时的我似乎是唯一的出路。现在回想起来，读研的过程其实也是对自己思维方法的一个训练，培养了我解决科学问题的一种思维方法和能力，这是我最大的收获。”但是这个决定对于当时徐浩海的家庭来说，影响巨大。

徐浩海的妻子王永芳回忆道：“当时，女儿才出生4个月，我们没房子没钱，一个月才几百块生活费。名利呀，得失呀，这些他都没考虑，学通弄懂技术，是他唯一的想法。当他告诉我这个想法时，我毫不犹豫地选择支持他。那几年，全家的经济重担都在我的身上。那时有同事经济条件好的给孩子喝400块钱一罐的进口奶粉，我们女儿就喝8块钱一袋的奶粉，我们也觉得很好，没必要花那个钱。现在我俩聊起来那时候都感慨：我们都穷成那样了，咋也没觉得穷呢。徐浩海读研放暑假回来，天天抱着孩子，所有的活他都抢着干，时间好像一眨眼就过去了，现在回忆起来，那时的日子还是觉得特别美好。”

在妻子的支持下，徐浩海脱产攻读了 11 所航空宇航推进理论与工程硕士学位，师从刘站国，潜下心来认认真真研究这门学问。读研的三年，对徐浩海的影响巨大，尤其是做论文期间。徐浩海的研究方向是补燃循环发动机起动过程，这在当时，包括我们国家在内，在补燃循环发动机自身起动特性方面研究的都特别少，资料基本上没有，徐浩海却对这些研究产生了浓厚的兴趣。作为一名科研工作者，要完成高水平的设计任务，要攻克前所未有的难题，则需先练就扎实的功底。

“理论是解决实际问题的基础，搞科研，没有扎实的理论功底，很多问题将难以解决。”徐浩海说。日复一日、年复一年坚持不懈的理论学习，使徐浩海不仅在解决技术难题上大显身手，而且在科研工作中也硕果累累。

“攀登者”

发展航天，动力先行。从某种程度来说，人类探索太空的能力，取决于航天发动机的推力，发动机就是火箭的“心脏”。为火箭腾飞提供动力的发动机是否合格，是火箭发射成败的关键一环，而这成功的背后，是无数个不为人知的航天人用激情与梦想的浇筑，这其间也要不断经受失败的磨砺。火箭发动机专家陈建华开玩笑说：“搞液煤的心脏都不好，压力太大了。所以，强大的火箭“心脏”是由无数液煤人的心血浇灌的。”

1990年，新一代无毒、无污染、高性能液氧煤油发动机研制提上日程，当时只有苏联掌握这项技术。液氧煤油发动机被誉为世界航天动力领域的“珠穆朗玛峰”，不仅采用的推进剂、循环方式与常规发动机截然不同，而且在最高压力、涡轮功率、推进剂流量等设计参数上，也比现有发动机的高出数倍。

学成归来的徐浩海，面对新挑战爆发出惊人的热情与创造力，每天跟着老师泡在办公室和试验室里夜以继日地搞研究，计算、试验、再计算、再试验……他在自己的研制记录本封皮上写着“技术作风双过硬，默默无闻肯钻研”的室训，这个笔记本跟着他从薄薄的一本，不断地加页加页，垒成了厚厚的一摞。他说：“我想一步一个脚印地攀登液氧煤油发动机这座‘珠峰’，站在山顶，尽情领略它的无限风光。”

未知的难题，是对徐浩海智慧的挑战和毅力的考验！

“发动机的起动关系着发动机的生命，我们就是要寻找维系发动机可靠起动的生命通道。”

“与常规发动机起动思路、方法完全不同，补燃发动机首先要解决自身起动这一难题”， 120 吨级液氧煤油发动机自身起动技术，对于研制团队来说，是一种全新的技术，也是液氧煤油发动机关键技术之一。“补燃循环发动机起动过程更为复杂，各路控制点多，每一道控制指令的下达必须精准到位。”

为者常成，行者常至。面对国内无成熟经验可供借鉴的困难，徐浩海从原始理论开始，推导一个个公式，编程仿真每一个步骤，针对发动机特点设计了补燃循环发动机自身起动特性仿真软件，并充分考虑了自身起动的特点，准确模拟了发动机的自身起动特性，在发动机自身起动程序设计、起动过程优化、发动机极限起动边界条件确定、发动机故障分析等方面发挥了重大作用，成功解决了补燃循环发动机自身起动技术关键。

“坐过飞机的人都知道，起飞和降落是飞机最难控制的时候，也是出事最多的时候。液体火箭发动机也一样，起动和关机是最复杂的动态过程，尤其是起动过程，在几秒甚至零点几秒内，发动机的转动件要从不转动加速到每分钟几万转的高转速、燃烧组件要从环境温度达到三四千度的高温，起动过程的每个指令都必须精确到零点零几秒、零点零零几秒，任何一个环节设计不好，都可能导致发动机故障甚至爆炸。”

2007 年，18 吨级液氧煤油补燃循环高空发动机热试车连续出现推力室喷注器起动变形烧蚀问题，发动机研制工作遭遇重大挫折。

回想起这段经历，徐浩海感慨地说：“为了在总体要求时间内完成新的方案设计，大家都像上紧了发条的闹钟，一刻不停地运转。那段时间正处于深秋冬初，山里温度已在零摄氏度以下，山风凛冽，站在钢铁铸成的试车台上，穿再厚的鞋都无法抵御脚底的寒气，双脚被冻得发麻，虽然穿着羽绒服，刺骨的寒风仍然能够穿透，好几个试验队队员都得了重感冒，但大家依然坚持在试车台上。常常是在试车台上加班至晚上 10 点，回来后还要返回办公室对试车技术状态进行复核、复算。整晚通宵做试验，要不是急着等结果，估计早就撑不下去了。”

徐浩海坚信没有攻克不了的难题！经过三个多月的艰苦攻关，他率先提出故障机理为喷注器充填不同步引起起动过程中燃气窜腔爆炸，并通过高速摄影对不同状态产品进行了充填特性冷试验证试验，完全验证了分析结论。并根据故障机理分析结论，通过喷注器打孔的简单措施，解决了这一重大技术难点。

“前线指挥”

“纸上得来终觉浅，绝知此事要躬行。”徐浩海身上有一股执着劲，那就是不怕麻烦，不怕困难，对技术严慎细实，对问题事必躬亲。

在某次发动机环境适应性试车时，意外发生了，发动机喷管莫名爆裂，阀门突然关闭，现场一下紧张了起来，徐浩海也意外地愣了一下。已经定型的型号，居然出现问题，这给了研制队伍当头一棒。

是发动机本身的问题吗？大家个个表情凝重，疑惑不解，就像自己小心翼翼精心呵护很多年的孩子，突然间摔了个大跟头，而且还这么严重。

11 所随即紧锣密鼓地开始故障归零，徐浩海作为故障归零小组的副组长，执笔分析报告的撰写工作。

“写分析报告可不是把别人的观点叠加起来，而是要原创性地通过自己的分析思考，自上而下摆出观点，从下到上提炼出核心观点，清晰地按照时间轴，梳理出每个时间点的状态，脉络梳理需要十分清楚，仿真分析要与实物一一对应。徐浩海的分析报告就显示出了极高的技术水准。”徐浩海当时的室主任陈建华一脸自豪地说道。

凭借着过硬的技术水平，徐浩海就像一个前线指挥，在关键时刻，困难面前顶住压力，展示出高超的现场指挥能力。

在现场，徐浩海仔细检查发动机烧蚀部位，又对比试验数据，梳理故障树，抽丝剥茧，一项一项排查可能原因。回到办公室后他便把自己关在办公室里三天，对着电脑屏幕的数据和试车录像一帧一帧地查找原因。困了，用凉水冲冲脸；累了，趴在办公桌眯瞪一会儿；加班餐凉了，用热水再泡一泡……终于在一个数据上发现了问题，通过数据顺藤摸瓜找到了问题的根源——一个阀门的动作，原来是试车过程中，一个阀门没有打开。

可为什么阀门没开呢？仅仅是因为一时疏忽吗？没有这么简单。这次试验是考核发动机环境适应性的，发动机上台后加注燃料时要关闭阀门，而试车前还要打开，跟平时的程序不同，而这个开关的动作就被遗漏了。

“从纸面上的一个数据可以分析到阀门开关的动作，这就是徐浩海身为高手的证明。”陈建华啧啧称赞道。

说起专业技术，徐浩海不管是对内还是在外口碑都非常好。一次在与总体技术协商过程中，发动机负责人李阳跟徐浩海因为设计参数发生争执，徐浩海据理力争，为总体详细地讲解发动机参数设计的原委，最终问题在协商中得到化解，这位负责发动机的总体设计师从此每每遇到问题都会请教徐浩海，更戏说："我拜你为师，现在也已经是半个发动机专家了。"这样的消息不胫而走，徐浩海的好口碑如今成了航天圈内的美谈。

"拼命三郎"

陈建华对于徐浩海来说，既是领导亦是老师。提起徐浩海，陈建华频频

徐浩海（右一）在和同事们一起分析研究设计方案

竖起大拇指："浩海不但技术水平非常过硬，善于思考，思维敏捷，工作起来更是个拼命三郎。"陈建华与徐浩海一起工作的二十几年来，关键硬仗中的关键处，陈建华就会指派徐浩海去，一句"这次你去"两人便会心有灵犀，这次任务很重要。

2012 年 11 月，长征六号火箭迎来研制历程中最关键的考验——一子级热试车。这是 120 吨级液氧煤油发动机参加真实火箭飞行状态的首次外场试验，亦是六院新建的新一代运载火箭动力系统试车台的首次考台试车，对发动机研制具有里程碑式意义。

"这次试车只许成功不许失败，发动机上面连的是大量级的煤油和液氧推进剂贮箱，面临着易燃、易爆、高压、低温等危险因素，这相当于发动机头上顶着炸药包啊，一旦出现问题，甚至可能影响到整个华北电网。只有浩海去了我才能放心。" 谈起 2012 年的这次试车，陈建华依旧心潮澎湃。因为这是液氧煤发动机开始步入工程应用前的第一个重大节点。

面对全新试验系统的复杂性和多个未知的"第一次"，徐浩海要充分考虑发动机与箭体连接后的各方面影响。"试车模拟真实火箭发射制定流程，但比真实发射还要紧张。"

"这次试车成功与否，关系到发动机后续研制交付的进度，是当年我们最重要的工作之一。发动机研制了这么多年，第一次要真的交付系统级试验了，大家都很激动。"当时一同前去北京参加试车的成洁回忆道："徐主任到那之后，白天开会跟大家一起讨论技术方案，在台子上检查发动机的各个状况，跟团队讨论如果出现问题，要怎么解决。到了晚上，其他队员吃完饭，有时候会出去溜溜弯儿，缓解一下压力，可是徐主任从来不去，每天吃完饭就一个人窝房间里，反反复复地看总体给的各种要求、各种材料、各种事前分析，然后就琢磨着还可能会发生哪些问题，试车前足足做了上千个预案。加压多少兆帕、用什么接口……总装后处理、使用维护的各项参数和要求，徐主任都能倒背如流。”

在所里留守的陈建华，此刻也不轻松。肩上的担子、心里的担忧，扰得他心神不宁。趁着去北京开会的间隙，陈建华还是去了一趟试车台。“那天北京的天气很冷，风吹得树木东摇西摆，我跟浩海穿着防静电服，站在一个空旷的地方点了根烟，沉默了一会，谁也没说话。我拍了拍他的肩膀，告诉他，放轻松，我们要对自己的产品有信心。”

“试车前一天，晚上睡不着，我就把试验的流程在脑子里像过电影一样又回想了一遍，看看还有哪些地方没有想到，哪些地方还有风险。等到该做的工作全部做完了，第二天试车时反倒不紧张了。”徐浩海回忆道。

“4 点起床；4 点半出门；5 点试验队集合；6 点参试人员进入现场检查设备状态……”在徐浩海的工作手册上，清晰地记录着试验当天的流程安排。“-9 小时，各系统准备；-8.5 小时，加注准备；-6 小时前，煤油加注结束；-4.5 小时，煤油管路处理完毕，各系统就位、准备……-30 分钟，现场人员撤离……倒计时 20 秒开始……”

点火前的 9 小时，全体试验人员进入紧张备战。从 8 月到 11 月的 90 余天里，每个人都在心中默默倒数着试验节点。

2012 年 11 月 27 日，伴随着震耳欲聋的轰鸣和蒸腾的烈焰，170 秒试车点火，增压输送系统增压正常、控制系统按预定程序发出控制指令、伺服机构双向摆动顺利完成、燃气滚控按预定程序完成多次打开关闭，徐浩海高度关注着试车的每一处细微变化，首次热试车圆满成功，控制大厅传来阵阵的欢呼声，而徐浩海一直紧握的双手也终于在这一刻慢慢松开了。

“试验特别顺利，一切都是按照我们预计的流程在进行。”徐浩海那副细丝银边眼镜，此时，也难挡眼眸中的激动之色。谈及成功后的感受，他说：“感觉特别顺利，有点小小的成就感，这毕竟是我独立负责的第一个重大的项目，没有辜负领导对我的期望。”这一次，徐浩海依旧很“幸运”。

“出征的战士”

南海滨，星空下，海风徐徐，椰林婆娑，乳白色的箭体上，用航天蓝标示的“CZ-7”格外醒目。我国自主研制的新一代运载火箭长征七号，正雄姿英发地矗立在发射平台上，待命出征。

长征七号运载火箭执行“零窗口”发射模式，这对运载火箭的可靠性提出了更高的要求。“拓宽发动机靶场最低发射条件，确保成功！”是试验队员在出征前发出的响亮誓言。他们像战士一样，肩负重托与期望，怀揣光荣与梦想。

在靶场连续奋战40余天里，徐浩海带领队员依据天舟一号发射任务特点，为确保按时、准点发射，从飞行全任务剖面发动机试验充分性、环境适应性、设计裕度与验证、存在的问题与举一反三等几方面进行详细梳理，对识别出的风险项目，采取有效措施，并经过试验验证，进行“围歼”，掀起了一场全面提升发动机适应性、可靠性改进的“风暴”。

发射前，总体要求全箭完成4次总检。试验队要完成84个传感器、84个变换器及92台电动气阀、电液阀的全部测试。“这么大的测试量能保质保量按时完成吗？”有队员提出了疑问。徐浩海指了指提前准备好的记录表格、工作流程还有专门研制的测试仪，“有了这些‘神器’，我们就可以‘流水线’测试了。”

海南文昌发射场虽然风景秀丽，气候宜人，但是湿润的海洋气候（潮湿、盐雾）对刚刚走出厂房的发动机提出了严峻考验，来自大西北的“铁汉子”，为了顶住海风的侵蚀，开展了大量的环境试验和极限考核，并在这次实战中准备进一步考核，徐浩海和试验队员们已经做好了充分的准备迎接这次挑战。

“各号注意，30 分钟准备！”这 1800 秒，比任何时候都显得漫长。数十年夙兴夜寐的执着坚守，几代人攻坚克难、艰苦创业的不断研发，耕耘出新一代的大国重器。数万道工序层层把关，数万次试验全面考核，都在静静地等待着此刻的绽放。

“各号注意，1 分钟准备。”

2017 年 6 月 25 日晚 7 点 41 分，海南文昌航天发射场上空，传出指挥员浑厚有力的口令声，现场气氛也骤然紧张了起来。徐浩海聚精会神地紧盯着屏幕，从他的眼中不难看出，既有严肃、认真和紧张，更充溢着对成功的那份执着、期待与自信。

当倒计时口令“10，9，8……点火”，多台液氧煤油发动机同时点火，拖着长长的火焰，点亮了沉寂的发射场上空，托举着长征七号运载火箭一飞冲天，最终消失在那片遥远的天际。直到这一刻，每一个人提到嗓子眼的心才终于落了下来，一阵幸福和自豪之情传遍全身。历经 40 多天的奋斗与坚守，成功的那一刻，他们心中感慨万千。“这次任务要求零窗口发射，对发动机质量要求严格，直到临发射前 4 分钟所有参数都满足发动机起动条件，心里才踏实下来。”如今已是长征七号运载火箭副总设计师的徐浩海，回忆起当时的情景依然激动不已。

“幸福的徐主任”

宝剑锋从磨砺出，梅花香自苦寒来。2013 年，因为工作上的出色表现，徐浩海被任命为八室副主任兼副主任设计师，从技术攻关到技术管理，他的天地从系统组扩大到了系统、总装、发动机新技术等多个专业。深入了解，才能把握全局，为了更好地协调各组事务，他总是虚心请教同事。每每遇到新的计算方法，他都自己先查找资料研学，全面掌握相关理论，与专业人员探讨，分析和论证效用，再推荐给团队。

别看他不苟言笑，其实他内心十分温暖，对于队员，从来不吝赞美。徐浩海说，回想自己做技术员的时候，总是希望辛勤的劳动得到领导肯定。所以，做得好的，我要及时去肯定，明确他的贡献，这是他继续努力的动力。但是作为设计员，压力本来就很大，如果出现问题，就把自己撇到一边，去追究其他同志的责任，那这个团队，人心就散了。

做技术工作，千万不能搞“一言堂”，总是一个人说、按一个人的思路去做，很容易犯错。有次团队会上，徐浩海提出自己的想法，立即遭到了一位队员的反驳，队员说话情绪十分激动，听起来并不入耳，甚至让他有点难堪。徐浩海静下心来，觉得这位队员的建议其实并不错，抛开情绪上的因素，他欣然接受。

徐浩海（右三）和年轻技术人员一起分析解决研制中出现的问题

用大家的话说，徐浩海心里只有技术，做技术管理那是一把好手，让他履行行政职责，他并不习惯。因为在他心里，根本就没觉得自己是领导。

面对如今年轻化的设计师队伍，徐浩海的态度也让妻子频频称道："我们幼儿园教师流动性大，都是90后独生子女，工作没干好你批评她，她听了也不上心，扣她钱随便扣，奖励无所谓，你周末让她加班，她说要约会就直接辞职。在家里，我有一次跟徐浩海抱怨，他就跟我说你一定要看到别人的优点。'你看我们单位的孩子，现在翻译一篇文章我要花一两天的时间，可你给那些孩子做却只需两三个小时便能完成。而且，他们还很乐意分享，你不懂的问他，他会特别热情地告诉你。不像咱们过去有个技术上的优势还怕别人知道。'后来我真的仔细观察了这些年轻人，结果发现他们确实有我们这代人不具备的优秀品质，比如乐于分享，文化素养高，他们需要工作环境带给他们愉悦感等等。"

徐浩海觉得自己太幸福了。他总认为，工作赋予自己的存在感和满足感，已经远远大过了自己的付出！他尽情享受着事业赋予他的苦辣酸甜，怀揣一颗赤忱的航天心。

"浪漫的理工男"

1995年，经人介绍，徐浩海认识了妻子王永芳。"第一次见他的时候我心里想，学理工科的人，原来也可以这样风趣幽默，跟他聊天一点儿都不冷场，刚谈恋爱那会儿，没有现在年轻人这么多玩的，我们就在院子里轧马路，边走边聊。感觉有很多的共同话题，总也聊不完。我在师范大学的北大街教学点进修本科时，每天晚上九点半下课，一周五天，他为了鼓励我，花光了他所有的积蓄，好几千块钱（当时的巨款）买了个电动车，风雨无阻每天骑着这辆小摩托去接我。那时，西安的冬天特别冷，北风呼呼地刮着，而我却没有一丝寒冷，我知道，是他用宽阔的后背，替我把来路不明的狂风阻挡。现在想起来，这大概是迄今为止我俩之间最浪漫的事了吧。”

“徐主任挺没情趣的，就知道工作。” 当王永芳听到同事对他是这样的印象时，她摇着头笑着说：“他一定不是你们看到的那个样子。我们两个人在一起话题特别多。时事热点、娱乐八卦他都能跟你聊上半天，有时，他有他的想法，我有我的观点，但每次两人交流过后，都会达成共识。他给我们下载了一个七十二峪的地图，只要有空我们就去爬山，现在我们已经爬了十几个峪口了。徐浩海也特别爱看书看电影，金庸全套家里齐全，周星驰的电影他如数家珍。”

刚开始交往的时候，王永芳会疑问地问徐浩海：“你们单位有这么忙吗？”徐浩海就笑着说：“你没事儿晚上可以去所里的研发楼转转。”于是，王永芳特意晚上十点开车来到11所研发楼下，果然大楼里一片灯火通明。

“我现在习惯了，晚上七八点他回家是正常下班，如果是加班那就是没点，晚上十一二点，甚至更晚都是常有的。有时候一晚上都不回来。我一般下午 6 点半下班去接孩子，如果我回来看到他在家就会很惊讶：‘哎，你今天怎么回来得这么早啊。’大部分情况就是他刚出差回来。”

王永芳一度感慨，认识徐浩海这么多年以来，他在家从不埋怨工作，压力大呀，事儿多呀。他看待问题的视角、处理问题的方式特别正能量，徐浩海让她最佩服的一点就是：从不抱怨。

“青春年少时，他 23 岁我 22 岁，我们没房子没钱，我是‘航二代’，又是家里老小，他是农村孩子，跟他身上的吃苦耐劳、心思细腻相比，我很娇气。有时候遇到单位迎接验收，会经常加班，准备上半年时间，我压力大，就会言语上给他抱怨。而他总会说，我们对单位要有感恩之心，在我们一无所知的时候，单位给了我们平台让我们去学习成长，你看看我们所里的这些职工，‘白加黑’‘六加一’那都是常态化。几十年过去了，我已经被他的价值观深深地影响，现在不抱怨不计较，多干活，少说话，心态平和了，干工作也顺利了，也没有那么多的烦恼了。”

徐浩海不仅工作上精益求精，对待家人也是尽力做到无微不至。

“家庭生活中，我的转变分两部分，头十年和后十年至今，头十年我还年轻，也希望周末能跟他一起逛逛玩玩，但因为他工作的关系，我的希望总是落空，所以我经常会抱怨。可是慢慢地，我被他改变了。一到周末只要不加班，徐浩海就会买一星期的菜把冰箱塞得满满的。只要他在，就去菜市场买菜做饭。其实徐浩海以前也不会，都是婚后跟着视频菜谱学着做菜，因为他总感觉工作太忙，亏欠了家里，所以家务如洗碗等他全包了。女儿高三那年，为了孩子上学近，就在师大附近租房子住，徐浩海每到周末一定会骑着他的小摩托去看孩子，就是周天加班到晚上九十点也必去。

这些事，女儿也都记在了心里：“爸爸工作很忙，周六周天加班是日常，很少有双休的时候，但是也没有因为工作就冷落家里，我上学租的房子离我家很远，他一有空就会过来看我，给我和我妈做饭。平时对我学习成绩他管得很严格，也经常会潜移默化地给我灌输学习的方法，比如他经常给我说他工作常用的一种方法，归零，就是教我从源头找问题，作业学习有不会的问题只要找他，他就总是特别耐心地给我解释，如果我听不明白，哪怕花好几天时间他也要想出一个我能理解的方式给我解释清楚，经常是我都忘了我问过他这个问题，他还记得清清楚楚。”

当然，徐浩海遇见最多的情况，便是被女儿拒之门外，也难怪，像极了徐浩海的独立性格。女儿即使有了问题，也不会第一时间就向父亲求助，而是独立思考、自己解决。最近一次，因为女儿出国读大学遇到语言问题，高等数学学习得很吃力，有两道题不会，微信上徐浩海就激动地说女儿：我给你讲，我给你讲。可女儿直摇头：先不用，我要自己思考。徐浩海只得无奈：你咋老不给我表现的机会呢。

谈及父母对他的影响，徐浩海说：“父亲其实对我的工作不是特别了解。只是知道自己孩子是搞火箭发动机的，但具体是哪个火箭的，其实他不清楚。”

可是这几年，徐浩海的父亲养成了一个习惯，看新闻时，他会特别关心火箭发射。每次要是哪里火箭发射出问题了，他会第一时间打电话，问徐浩海是不是他在负责，是不是他们研制的发动机。

“我跟他说不是我，他就会放心，因为这么多年，他对我的工作性质还是很了解的。他知道如果一旦出了问题，那就是通宵的没日没夜的加班，所以他一听到说不是我们的问题，就踏实了。我想这可能是搞航天的这些家里人共同的一个想法吧。”

2016 年，中央领导接见载人航天二期工程研制团队的代表，徐浩海作为代表，在人民大会堂接受习近平总书记的接见时，拍下了一张跟领导的合影，这个照片拿回来以后，全家人看着这张照片都很激动。

“只要一有亲戚或者朋友来家里，他们就把这张照片拿出来给大家看一看。我第一次感到家人对我从事工作的自豪感，心里暖暖的。”

“这是一个宏伟的、具有远大前途的事业。投身这个事业是很光荣的。大家既然下决心来干这一行，就要求大家终生就献身于这个事业。由于工作性质的关系，干我们这一行是出不了名的。所以大家还要甘当无名英雄！”钱学森曾这样说道。

“我其实没有考虑自己做的事儿有多大的意义，就是兴趣使然。做这件事儿有兴趣，你就可以持之以恒地坚持下去。有时候，突然想通了工作当中的一个道理，我就会特别兴奋，这就是工作本身带给我的快乐。其实，我对自己并没有什么长远的目标，就是把自己眼下的事情做好，每天日积月累，每天都有进步，每天都能有收获，这就够了。”

“风吹枯叶落，落叶生肥土，肥土丰香果。孜孜不倦，不紧不慢。”而对于徐浩海来说，人生果实已然丰厚，名利似乎从来都不是他的追求。

数载攻坚路，峥嵘岁月稠。在液氧煤油发动机研制道路上，徐浩海执着地用热血谱写着航天液体动力技术的精彩乐章。

李护林

孜孜不倦书写航天报国情

俊秀潇洒、为人谦和是他留给外人的好印象；对党忠诚、率先垂范是他对自身的严要求；严谨务实、不断创新是他对事业的高追求。

李护林，六院 7103 厂副厂长，集团公司首席专家，陕西省有突出贡献

李护林向一线职工做形势任务教育报告

专家，享受国务院政府特殊津贴……这些荣誉，标定了他在液体动力领域的特殊地位，也勾勒出一名近 30 年不忘初心、孜孜不倦书写航天报国情怀的科技工作者形象。

毫不犹豫的选择

1968 年，李护林出生在陕西周至一个环境优美的小镇，淳朴的民风孕育了他质朴的性格。1986 年，李护林考入国防科技大学金属材料及热处理专业，毕业后他毫不犹豫地选择了秦岭深山腹地的红光沟——六院 7103 厂工作，从此与航天结下了不解之缘。

20 世纪 80 年代，我国市场经济方兴未艾，“下海”的浪潮席卷大江南北，不少科研人员禁不住外面世界的诱惑，纷纷选择转行。青年时代的李护林对此毫不在意，而是一门心思扑进了刚刚立项不久的液氧煤油发动机研制当中。

“当年进厂面试时，有个领导问我，能在这里一直干下去吗？我想也没想就回答：能！”

这一干，就是 29 年。从 1990 年分配到六院 7103 厂起，李护林就没有离开过这里，他的命运与液氧煤油发动机牢牢地捆绑在一起，与中国航天捆绑在一起，与党和人民的期待捆绑在一起。他说：“是国家培养了我，我要用自身所学报答国家的培养，要一直干下去！”

那一年，李护林年仅 22 岁，满怀报国之志的他被安排在 7103 厂技术处，担任火箭发动机型号主管工艺员。虽然专业不太对口，但他以大局为重，服从组织安排。永不服输的个性使他不畏艰难，敢于一切从零开始。

为了尽快适应工作，他重新拿起书本，《液体火箭发动机原理》《机械原理》《焊接学》等，凡是发动机制造工艺用得上的知识，他都结合实际重新学习。他把别人聊天、打牌、闲逛的时间都用在了学习上，甚至与女朋友的感情也是在她当陪读时修成的正果。

命运之神，往往垂青于自强不息的人。李护林凭着聪明才智，加上勤奋好学，很快从同龄人中脱颖而出。1994 年他被任命为 7103 厂技术处副处长，1998 年被任命为工艺处处长，2000 年年仅 32 岁的他被提拔为型号副总工程师（副总工艺师），担任液氧煤油发动机工艺研制主管副总师。2007 年，他被提拔为厂总工程师（兼总工艺师），全面负责厂液体火箭发动机研制工艺技术及工艺管理工作。

初识液煤发动机

1990 年，六院从苏联购买了 3 台 RD-120 液氧煤油发动机产品实物。当时，航天部领导就决定对原型发动机不进行仿制生产，只进行工作原理和工程技术研究，在充分消化、吸收相关技术的基础上，走自行研制设计的道路。〇六七基地抽调北京、上海、西安三地的老专家和年轻技术骨干成立联合设计室，共同学习研究液氧煤油发动机技术。联合设计室先后完成了 3 台 RD-120 液氧煤油发动机的产品验收。面对只有产品实物、没有任何技术资料的困难，联合设计室要对其中一台发动机进行完全分解测绘，开展发动机的原理分析与摸索，这台发动机于 1990 年底顺利到达 7103 厂。

初来乍到的李护林第一次接触到这台发动机，也被眼前这台精致的工艺品深深地震撼了：巨大的发动机静静地矗立在车间的一角，灰色的喷管像武士的盔甲般沉稳，主管路弯成一个巨大的 S 形曲线，外面包裹着隔热的金黄色织物，众多管路的转角都有着优美的弧度。经过几年在国防科大的专业学习，李护林很清楚，那美观的外形并非只是“好看”这么简单，真正的意义在于设计的合理性以及材料性能、加工水平的优异。

眼前这个庞然大物，深深触动了年轻的李护林，他心里明白：“我国研制的发动机与国外还是有很大差距，不管是制造工艺还是材料性能，国外发动机更像是一件艺术精品，系统复杂；我国在生产制造、研制工艺方面，还有很多工作要做……”

此时的李护林被分配到 35 车间实习，跟随王亚平（时任总工程师）负责其中一台发动机的分解、测绘、消化、吸收。发动机分解为组件状态的过程，使李护林对 RD-120 发动机采用的焊接工艺、真空精密铸造工艺、电加工工艺、机械加工工艺和钣金工艺有了初步的认识。

分解完产品以后，设计着手开展发动机的原理分析工作，工艺人员也梳理完大量产品，此时的李护林配合 11 所联合设计室，深入北京钢铁研究院和西安航空发动机有限公司，对发动机材料成分、使用状态进行理化分析。这虽然是一项基础工作，但对于前期液氧煤油发动机的研制至关重要。

液氧煤油发动机所需新材料多达 50 多种，有金属材料、非金属材料、复合材料等。这些新材料各自具有独特的性质和应用特性，在国内大多没有相应的牌号，找不到替代材料。因此，要研制液氧煤油发动机首先要解决材料问题。

基地主任张贵田要求各单位和材料研制单位一起，共同制定了 50 多项材料暂行技术条件或暂行技术协议，北京、上海、天津、武汉、南京、西安等地的研究院所和一些著名大学，都成为新材料的研制攻关之地。“对材料工艺性我们完全自己摸索，没有专门的材料研制单位和机构，特别艰辛。”李护林回忆说。

联合设计室的老专家们，他们对事业的执着、对工作严谨科学的态度、深入细致的工作作风及全身心的投入，深深影响着李护林，使他学会容忍失败、开动脑筋、钻研技术。特别是老一辈专家干航天发动机的条理性和严谨性对李护林触动很大，正是在他们的熏陶、影响下，练就了李护林精益求精的工作态度，使他一步步成长为型号研制战线的领军人物。

两个硬件条件的引进

1998 年，液氧煤油发动机开始第一次泵联试，7103 厂开始承担生产零部组件产品的任务。李护林作为工艺处副处长，从这时开始，他才实质性介入液氧煤油发动机的研制工作。

“当时的核心制造工艺都是外协，工厂不具备加工能力。铸件在北钢院外协，大型零件的加工和齿形件的加工都是通过国内合作，在全国各地找设备，费了很大劲。”李护林这样说。

“两个硬件条件的引进，在液氧煤油发动机的研制中非常重要。”直到现在李护林对当时引进的设备还记忆犹新。1993 年、1994 年 7103 厂先后引进两台关键设备——真空加压扩散钎焊炉和真空电子束焊机。

“真空加压扩散钎焊炉的引进，对推力室的研制生产至关重要。加压扩散钎焊技术是推力室生产的关键技术，没有这项技术推力室无法生产出来。”当时这项装备和技术中国是没有的，到现在为止加压钎焊技术也是国内最领先的，这也是发动机研制生产中一项非常重要的基础工作。

真空电子束焊机是当时国内第一个最大的电子束焊机，是从国外廉价引进的旧设备。硬件的引进，对工厂来说是一项非常重要的基础工作，也为液煤发动机研制生产体系的建立打下了基础。

四次工艺咨询

液氧煤油发动机是我国新一代运载火箭的主要动力装置，其高性能技术指标和全新的结构以及大量应用的新材料，大大提高了发动机制造方面的技术难度。李护林作为7103厂这一项目的主要负责人，组织了发动机模样、初样和试样阶段的研制工作。发动机研制初期，他坚信‘它山之石，可以攻玉’。通过大量的技术交流和引进，以派出和请进方式开展了液氧煤油发动机工艺咨询，曾先后两次带领工程技术人员赴乌克兰南方厂学习，后续又分四次邀请乌克兰南方厂专家来厂交流，初步认识了液氧煤油发动机制造工艺技术。

工艺咨询工作，是液煤发动机研制的重中之重。从 1999 年到 2000 年，为了加快对新人的培养，使他们快速深入掌握技术、吃透技术，在李护林的策划安排下，7103 厂分两批安排工艺骨干人员前往乌克兰南方厂，先后进行了四个阶段的工艺咨询，涉及机械加工、表面处理及表面改性、焊接、热处理等多个专业。工厂充分利用国外资源，在产品研制中培养出一批骨干人员。

在工艺咨询前期，7103 厂选拔 9 名年轻的工艺技术骨干前往西安外国语学院脱产学习俄语一年，学成后又择优选拔俄语水平高的陈新红、迟淳、刘新洲、宋国新、邱伟真、许桐晔 5 人去乌克兰学习专业技术。他们先是在第聂伯国立大学学习了 2 个月的基础语言，随后又来到第聂伯青年宇航教育中心，邀请当时乌克兰南方厂的总师及专家授课，专心学习专业课程。他们后来都成为液氧煤油发动机研制中的骨干，为液氧煤油发动机的初期生产研制奠定了人才基础。

“首台产品吃了不少苦”

2000 年 9 月，液氧煤油发动机立项大会在曲江国际会议中心的召开，标志着液氧煤油发动机的全面研制正式启动。10 月，工厂任命李护林为液氧煤油发动机型号副总师，全面负责新一代发动机生产制造，至此，7103 厂液氧煤油发动机的全面研制拉开大幕。

“首台产品吃了不少苦。”首台涡轮泵的生产都无法下料；用日本进口锯，成本很高，直到后来才发现有线切割的方法。材料的工艺性完全由生产企业摸索进行。产品生产过程中不断碰钉子，摸索试验，不断优化工艺方法。特别是推力室研制中遇到了很多难题，其中最大的两个难题，当时已经被质疑“中国能否制造出液氧煤油发动机？”

在整个液氧煤油发动机的研制初期，他们遇到的难题一个接一个。失败与挫折如影相随，但是这并没有打倒李护林和他的团队。

经历过质疑，也经历过整机试车的失败，正是在失败与成功的交替中，液氧煤油发动机试车时间从最初的几秒增加到几十秒，然后再到突破百秒大关。

从 1991 年到 2000 年，历时近十年的研发，他们成功攻克了一系列关键技术。后续发动机研制中，李护林坚持走原始创新的发展思路，充分发挥个人组织管理能力，调动全厂工艺师系统精兵强将，开展了大量制造技术研究，在发动机材料应用、制造工艺、高压试验等方面，先后突破了新材料工程化应用、带叶冠扭曲叶片整体涡轮盘电火花加工、铜—钢异种材料电子束焊接、复杂结构螺旋槽的加工、高温合金和高强不锈钢精密熔模铸造、发动机整机清洗等关键技术，使我国液体火箭发动机制造技术水平得到大幅度跨越和发展。

“跌倒了爬起来再干”

液氧煤油发动机研制中，喉部收扩段成形是一个工艺难点。研制初期，曾出现连续 4 台收扩段成形过程失稳变形问题，发动机研制举步维艰。李护林作为 7103 厂项目主要负责人，首次提出了无焊缝整体喉部收扩段成形工艺方案，并组织完成了胀形方案设计和分析仿真计算工作，目前该方案成为喉部无焊缝收扩段主要成形方案，在 120 吨和 18 吨液氧煤油发动机上得到应用。

喉部收扩段的加工难度之大，在当时令人望而生畏，喉部是发动机热流密度最大的地方，加工工艺稍有不慎将导致部件烧蚀而损毁发动机，为此需要进行整体胀形。由于受材料性能的影响，加工时的变形量较大，制造过程中多次出现内壁撕裂现象，车间研制了几十套模具，都未能解决问题。前期连续五六台产品在成形过程中要么失稳、要么开裂，大家辛苦干了四五个月，最后产品全部报废。俄罗斯人甚至断言：“中国制造不出这台发动机！”

眼看着立项评审日渐临近，喉部收扩段的制造难关却久攻不下，有人提出找俄罗斯的发动机生产厂代工，先解决当前的燃眉之急，以后再逐步解决材料研制和加工工艺问题。

这一提议立刻被采纳，六院组成的专家团被派往俄罗斯，与一家火箭发动机生产厂商洽谈代工合作事项。此时的俄罗斯经济依然萧条，军工企业都面临着生存困难，那家生产火箭发动机的工厂因为没有订货，只能靠生产拖拉机维持基本运转，原来 5000 多名员工如今只剩下不到 2000 人。得到中国这个代工机会，他们非常高兴，材料和加工设备都是现成的，只要签订合同随时都能开工。双方很快便谈好了加工数量和价格，俄方甚至表示愿意长期合作。

专家团也高兴地返回国内准备拟订合同，可刚回国就收到了俄方工厂发来的终止合作通知，原来他们向俄罗斯政府申报此项合作时，被刚刚上任的总理普京予以否决。正走向俄罗斯权力之巅的普京开始采取对外强硬政策，并加强了对先进核心技术的管控措施，尤其是航空、航天等方面的产品、技术都禁止向外输出。

购买国外产品的路走不通，7103 厂只能继续自行攻关。

从 1995 年开始，7103 厂有关液氧煤油发动机的工艺预研和工艺攻关课题超过了 100 项，型号副总师李护林自身就负责或参与了近 20 项。这些课题项目涉及焊接、电火花加工、精密铸造、表面改性等多个领域，是工厂有史以来攻关课题最多、参与人员最广、难度最大，也是持续时间最长的研制型号。每个专业都成立了攻关组，确定了项目负责人，制定了攻关计划，整体收扩段成形组的组长更换了 2 次，都未能拿下这个“拦路虎”。时任厂长尹宝宜命令道：“李护林你是负责液氧煤油发动机这个型号的，你亲自当这个组的组长，要把收扩段这个关攻下来。”

作为主管液氧煤油发动机型号的副总工程师，李护林既要全盘负责型号技术管理难题，还要担任整体收扩段成形组组长，他既是工程、技术“指挥员”，又是“战斗员”，压在他肩上的担子更重了。

接到任务后，李护林带领攻关团队采用“中国特色”办法，在确保中国现有材料、工艺技术基础、设备和工业水平下，先把发动机制造出来。他们采用整体法先制造了 5 台，结果 3 台报废，只有 2 台成功。采用整体法做出来的产品不仅达不到工业应用水平，而且成本高、周期长。为了减少研制难度，李护林和团队果断采用“分段法”。当时设计意见非常大，工厂顶着压力，坚持自己出图（先按工艺通知单生产，最后再纳入设计图纸出图），自己做试验，决心一定要把第一台产品做出来。

每一台产品胀形过程中，李护林都蹲点守护，每次都爬上液压机用手摸，看产品有无失稳、变形，表面是否光滑。每次看着模具往下压时，他都特别担心，心里的弦绷得紧紧的，身上手上沾满了机油却全然不顾，一遍又一遍……再摸再看。

在试验现场、在车间里，每当大家遇到攻克技术难点的关键时刻，李护林总是第一时间出现在现场，与工艺人员夜以继日地并肩作战，分析试验数据，查找问题症结；哪里任务重，他就出现在哪里；哪里有关键难题，他就给大家撑腰鼓劲；当研制过程遇到设计、工艺、试验等技术资源需要协调时，他总能及时、迅速、果断地给予解决，为攻关组完成任务保驾护航。

最终工艺与设计联合，结合成形特性，利用当时先进的有限元分析和受力分析，设计仿真计算和工艺过程结合，模拟开裂过程，失稳、受力状态，把模具成形方案、步骤进行调整，12 套模具一台一台保证不失稳、不开裂，并保证先从根部成形开始，层级递推，一步一步往上递推，只有这种方法才能杜绝失稳。

最终经过失败、改进，再失败、再改进等几十个回合，大家毫不气馁，互相鼓励，总结经验，跌倒了爬起来再干，最后终于攻克了这道难关。

历时一年的攻关，面对的压力和经受的挫折难以想象，但是大家都挺了过来。

“失败了重新再来”

受材料、工艺技术水平的限制，喷注器钎焊更是一只“拦路虎”！

液氧煤油发动机推力室上的喷注器结构复杂，由内底、中底和数百个喷嘴组成，各零件之间采用了钎焊焊接，涉及的焊接材料有铜—铜、铜—钢、钢—

钢。喷注器是液氧煤油发动机组织燃烧的关键部件，发动机的喷注器由几百个直流离心式喷嘴钎焊而成，并采用隔板喷嘴分区。在喷注器钎焊过程中，钎焊料流失、喷嘴口堵塞、钎焊缝渗漏以及重复钎焊时喷嘴溶蚀等关键工艺，困扰着研制团队。

攻关团队生产研制的前 3 台产品全部失败，但是大家没有气馁，“失败了重新再来！”李护林斩钉截铁地说道。语气里没有责备，满满的全是正向激励，他鼓励大家树立信心。

所有人打起精神继续干，在设计和国外人员不认可的情况下，厂里坚持用“土”办法，把钎缝泄漏的喷嘴挖掉，重复焊接多次，先生产出第一台，首台产品采取了很多异常措施，最终还是“残缺不全”。

2001 年，零件齐套后终于做出了第一台产品。首台产品只能满足工程研制试车。推力室喷管满足不了打压要求，在李护林的带领下，工厂骨干技术人员继续攻关。

攻关组的同事们通过对喷注器各零组件焊接过程中的热应力、热膨胀特性、钎焊料的填缝机理等理论分析和相应的理化分析，从钎焊间隙、产品结构和钎焊参数等方面，制定了钎焊工艺方案和工艺参数。经过全尺寸模拟件的验证和喷注器的钎焊，这些工艺参数被证明合理、有效，满足了使用要求。经过攻关团队的精心研究和反复试验，在成百上千次试验件加工和试验验证之后，终于研制出了可靠、合格的喷注器。

“核心技术要自主可控”

液氧煤油发动机使用的燃料属于烃类物质，对工艺试车后的发动机要求在不分解的情况下，有效地清洗发动机内腔，进而保证发动机的可靠性和可重复性使用。液氧煤油发动机系统不仅清洗技术复杂，清洁度要求高，而且要保证发动机性能不受影响。

国内对发动机热试车后的清洗技术还是一项空白。为确保我国新一代液氧煤油发动机热试车后清洗质量，达到重复使用的目的，“十五”期间在外专局的大力支持下，在李护林的精心安排策划下，7103 厂与乌克兰就整机清洗系统技术进行了专项咨询和交流，工厂委派梁宝恩、辛武顺等七名专业技术人员到独联体国家进行了为期半年的发动机清洗系统设计培训。乌克兰方也同意在 2 年内分 3 批 8 人来华，为 7103 厂提供发动机无氟清洗改造技术咨询。

李护林充分借鉴利用国外航天先进技术，在引进消化吸收和再创新基础上，结合技术改造组织了发动机整机清洗工艺技术研究工作，通过研究和试

李护林（左）向上级领导汇报液氧煤油发动机工艺攻关情况

验摸索出了发动机的清洗工序、除积碳工艺、热真空干燥及干燥后气体取样检测、氮气吹除、油脂含量检测等关键技术。该技术填补了国内空白，已达到国际先进水平。

经过多年的消化吸收，“十一五”中期已完成清洗系统建设并投入使用。“后续系统的改造都是我们自己设计，核心技术我们自己掌握，学习借鉴但不照搬。”李护林明白，只有将“核心技术自主可控”作为液氧煤油发动机自主创新的目标，才能真正把关键核心技术牢牢掌握在中国人自己的手中。

创新打造核心竞争力

作为液体火箭发动机研制的工艺管理领军人物，李护林积极探索先进的工艺管理方法，在工艺规范化、信息化建设，规章制度建设等方面大胆创新，不断引进新的管理思路和管理方法。他从企业发展及科技进步长远考虑，改进工艺师系统管理模式，创建了一套比较完整的工艺师系统管理体系，提出了工艺人员分级使用的管理思路，同时明确了工艺师系统不同岗位的职能，加大了考核和奖励力度。

他始终坚信创新需要人才，人才助推发展，将人才培养和队伍建设列为工厂发展的重中之重。他重视高素质科技人才的引进，加强了重点专业领域人才的引进工作，逐年提高工艺人员引进数量和质量。工艺人员作为工厂的技术核心，由 2005 年的 100 余人已快速发展为 260 余人。他注重年轻技术人员的培养，并身体力行先后培养 12 名“弟子”，这些人已成为工厂的中层干部和技术骨干，使年轻工程技术人员脱颖而出。

他带领团队承担了总装、科技部、科工局、集团公司及院级攻关项目

50 余项，有力地推动了工厂技术发展，保障了型号研制工作顺利进行。他注重与国内知名高校合作，分别与上海交通大学、哈尔滨工业大学、西安交通大学、华中科技大学、西北工业大学等高校，在增材制造、焊接自动化、电弧加工、热处理等专业开展了广泛的技术合作，开辟了产、学、研结合的新模式，推动新技术在航天型号产品上应用。

在他的带领下，牵头组建了国防科技工业航天特种构件增材制造技术创新中心，组织开展了航天特种构件增材制造材料、设计、工艺、标准的基础研究和关键技术攻关，形成了航天特种构件激光增材技术体系和核心能力，实现了 3D 打印技术在液体动力领域的跨越式发展，提高了工厂在制造领域的核心竞争力。

他十分注重工艺信息化建设，由他组织开展的 CAPP 应用工作、AVIDM 系统、DNC 系统实施工作和工艺仿真工作已在全厂推广应用，并覆盖多个型号，大大提高了工作效率。

李护林主持 2018 年航天增材制造技术学术交流会

作为 7103 厂工艺师系统的“领路人”，李护林格外“惜才”，不愿意工艺师系统人才外流。每次工艺招聘他都亲自面试，在职称评审、成果申报中都积极向工艺人才倾斜。在他看来，“一支年轻的创新团队是比‘嫦娥奔月’更为振奋人心的宝贵财富”。

成功的喜悦只属于当晚

作为型号主管总师，李护林从不以权压人，而是讲究以理服人、以情感人。布置工作总是以商量的口气进行，对年龄大的同志更是尊重有加。在群众中，尤其是在厂工艺师系统享有较高的威信。

面对取得的成绩和组织上给予的荣誉，李护林始终保持一颗平常心，宠辱皆忘，波澜不惊。与下海的同学相比，李护林也会有失落感，尤其在同学聚会时，常常感到囊中羞涩。同学开玩笑说：“你这个李总的含金量不足啊！不如咱们一块干吧？”虽然心动，李护林也总是一笑了之。他说市场经济处处充满着诱惑，一个人总要拿得起，放得下，不管干什么工作，都要踏踏实实干好，这才是立身之本。

工作中李护林处处以身作则，与同事们融洽相处；每个星期总有几天晚上在办公室加班加点，不管是星期天还是节假日，只要一线需要，一个电话他随时出现在现场。可以说液氧煤油发动机研制的每一个生产现场，都留下了他奔波的身影和足迹；每一份成功，都倾注着他的心血和汗水。

作为工厂的型号总指挥，一有急难险重的任务，他都冲在队伍最前面。出差成了他工作的“主旋律”，数不清的破晓黄昏，他奔波于机场车站；数不清的节日假日，他坚守在工作岗位；任务忙的时候，每天要工作十三四个小时。有人说他是工作狂，他却笑呵呵地回应：“我也知道这个地球少了谁都能转，可心里就是惦记着工作。”

李护林不仅是个好领导、好科技工作者，生活中李护林还是一个好丈夫、好爸爸。虽然平时工作很忙，一旦有空他总会主动干干家务活，陪爱人聊聊天；起早锻炼身体，顺便把早点买回来，几乎是每天的必修课；闲暇之余他还学习诗词歌赋，读《论语》、诗书礼仪等古典书籍，增加文化底蕴。

对待儿子，李护林更是关怀备至，总会在百忙之中抽出时间关心关心儿子的学习，甚至陪儿子打打球、散散步。老师要求写秋天景色的作文，李护林就利用星期天带儿子到大自然中观察。2001 年李护林去乌克兰进行学术交流，回来时没给自己买任何东西，却为学前班的儿子买了一个一百多元的书包。他爱人说：“我家那口子话不多，事情做得真没的说。”

面对航天发射的巨大压力和繁重任务，李护林始终是个“乐天派”，他有着一名科研工作者独特的“苦乐观”。他常说：“航天事业的发展对党和国家举足轻重，这份职业带给我的成就感和愉悦感，是别的职业很难比的。”

2015 年 9 月 20 日，我国新型运载火箭长征六号在太原卫星发射中心点火发射，成功将 20 颗微小卫星送入太空。此次发射任务圆满成功，不仅标志着中国长征系列运载火箭家族再添新成员，而且创造了中国航天一箭多星发射的新纪录。更为重要的是，这是液氧煤油发动机的首次飞行，堪称完美！

然而，成功的喜悦只属于当晚。第二天，一切工作都从零开始，李护林和他的团队又全身心地投入到下一次发射准备中……

郝忠文

一生忠于航天事业

他常说：〇六七人暗自憋着一股劲，少说多做，不鸣则已，一鸣惊人。而他自己，在液氧煤油发动机研制过程中，更是以热血和忠诚，坚守岗位，忠于职守，为液氧煤油发动机早日研制成功默默奉献，殚精竭虑。

他，就是7103厂退休职工、原副厂长郝忠文。

郝忠文在工作中

决战首台液氧煤油发动机试车

说起当年研制历程中的那些事儿，老人竟如数家珍。液氧煤油发动机研制，是一个难度空前的系统工程，需要设计、制造和试验等领域的大力协同，攻坚克难。

1990 年，国家引进三台代表世界先进水平的液氧煤油发动机。随着发动机的引进，根据当时航天工业部的指示，成立了联合设计室，完成了对发动机设计计算，摸清了补燃循环发动机关键技术。1995 年 12 月 15 日，利用国产煤油首次对引进的液氧煤油发动机进行了 10 秒热试车，并获圆满成功。

当时，郝忠文是 7103 厂液氧煤油发动机研制指挥负责人，亲身经历了试车前后工艺工作的全过程，“从 1995 年 2 月工艺准备开始，到 12 月 15 日第一次试车结束，历经 10 个月，在这段时间里我们做了过去从未做过的许多事情，学了过去许多没学过的知识，确实受益匪浅。”

液氧煤油发动机试车前的检查试验以及对环境的要求，与长征系列发动机截然不同，对装配试验环境的清洁度要求极其严苛，当初厂里许多职工还有些不大适应。为了争取到这个项目，工厂在各方面做了许多工作、尽了许多努力，但咨询专家仍然不十分满意。

20 世纪 90 年代，7103 厂搬迁后，由于原总装厂房水、电、气供应已不具备条件，为了满足试车发动机上台前装配试验，下台后分解清洗，在郝忠文的指导下，工厂对红光沟物资处材料库进行改造，作为试车发动机临时性装配厂房。首台液氧煤油发动机试车前的一些装配试验，就是在这个临时性装配厂房内进行的。液氧煤油发动机试车前，工厂又对这个厂房进行了许多完善整改工作，但仍然不能令人满意。原因是，从厂房的高度、密封性和洁净度来讲，都不大适合液氧煤油发动机的检查试验。

液氧煤油发动机气密性检查，“竖式”方案最理想，但由于厂房高度不够，只好采用“卧式”方案，因此专门研制出了一套封堵发动机喉部的气密夹具，可即使采用“卧式”方案，厂房高度仍不能满足发动机试验的操作要求，经过讨论，又专门安装了一台只能东西方向行走的电动葫芦，勉强满足了要求。

为尽可能满足液氧煤油发动机对清洁度的要求，郝忠文带领人员对厂房进行彻底清理，地面铺设人造革，所有门窗缝隙和排气扇也都用报纸封堵，操作场地设置围栏，非操作人员一律不得进入，规定操作人员必须穿防静电服。

液氧煤油发动机的气密性试验，严禁气源含油脂进入，一旦进入，极其危险。最初研制的气密试验台，由于观念上认识不足，试验台管路是用汽油清洗的，得知这一情况后，立即对试验台进行返修，消除隐患。除了上述工作外，工艺部门还编制了许多工艺规程和工艺文件，光按设计文件要求就制做了 9 种 11 套试验装配组合件、23 种 581 件试车工装零配件。

决胜首台液氧煤油发动机燃气发生器——涡轮泵试验

1995 年 10 月，正是液氧煤油发动机研制的关键时期。7103 厂召开了全厂液氧煤油发动机试车工作会，郝忠文作为第一责任人，压力、使命、责任首当其冲。最终决定，由生产、技术、装配、起重、运输各部门有关人员组成试车小分队，由技术处同志带队进驻红光地区全程参与试车工作，直至试车成功。

1996 年，〇六七基地承担了 863 专家委员会下达的《液氧煤油发动机总体方案论证》《富氧燃气发生器研究》《液氧煤油发动机主涡轮泵关键技术研究》《液氧煤油发动机阀门研究》四项课题的研究任务，并确定进行燃气发生器——主涡轮泵联动演示试验的目标，目的在于先突破 120 吨推力的液氧煤油发动机关键技术。

1996年10月，3台燃气发生器缩尺件研试获得成功；1998年1月15日，6台燃气发生器缩尺件开始点火试验，历经半个月奋战，喜传佳音；许多课题、攻关项目取得成功或突破性进展，如扩压椎管、氧泵壳体、集液环、发生器内壁铣槽、发生器喷嘴的加工；发生器异种材料的扩散钎焊及高压壳体导向叶栅、带叶冠扭曲叶片电火花特种工艺的成功；高强度不锈钢等材料的锻造、铸造、热处理、异种材料的焊接等，厚镍铬复合层的电镀工艺、镀金工艺……一系列成功和突破性进展为“联试”任务的顺利进行打下了坚实的基础。

然而，面临的主要问题和困难纷至沓来：材料的应用研究工作虽取得许多突破性进展，可由于进度紧时间短，许多试验工作是与生产穿插进行的，外协工序多、随机性大，给工艺准备和工艺人员带来许多困难。由于试验材料短缺和试验手段不具备，许多材料的工艺性能未能掌握。许多关键组合件和关键工艺尚未得到考验，因此心中无数，铸件的缺陷多，因此增加了许多排除缺陷和无损检测工作，拖延了进度。短线多、工作量大，如涡轮壳体、涡轮转子、大轴、二级泵壳体、五种活门、发动机总装导管的弯制，特别是八项弯头、工艺喷管等，“联试”工装多达240多套、时间紧、难度大；其中产品的许多零件还都是“独生子”。

那是1998年秋季，为了确保1999年元月30日燃气发生器一涡轮泵联试成功，工厂召开动员会。会上，郝忠文做了激动人心的动员讲话。言语之间，慷慨发言、热血沸腾：“特别是在年底冲刺阶段，从技术难度、工作量、时间进度及长远意义来讲，液氧煤油发动机占有更加突出的地位。该型号是一个在技术上几乎没什么继承性，它的研制成功不仅可用于运载火箭的助推级和芯级。同时也是我们基地今后生存与发展的试金石，是养活我们今后几代人的大问题。该型号的燃气发生器一涡轮泵联试是“863”专家组最为关注的验收目标，也是该型号研制的基本条件。‘联试’方案已经通过专家组评审，所以‘联试’任务能否按时完成，至关重要。目前全基地正在全力以赴为其成功而共同努力奋斗！我们怎么办？一句话，决不让研制工作在7103厂误点！”

为了确保“联试”任务的全面完成，郝忠文组织实施了一系列措施：组织相关单位领导、技术和管理骨干，就“联试”方案与设计进行多次交底；成立以工厂为组长单位，由设计、工艺、计划调度、基地有关人员组成的现场协调小组；确定了“联试”中的13个关键技术研究项目；成立了发动机新材料应用研究小组；明确了各有关单位“联试”任务主要责任人，建立了“联试”为主题内容的例会制度；制定了课题攻关计划，由工艺处每半月检查一次；制定了工艺总方案，使工艺工作做到思路清晰、避免盲目性。

在决战百天，确保“联试”成功的那段艰苦岁月里，郝忠文的心里像着了火，他着急啊。然而，他知道，这个时候，绝对要保持冷静，绝对不让研

郝忠文在向上级领导汇报液氧煤油发动机工艺技术攻关情况

制队伍失去信心，甚至忙中出错。全厂干部职工必须要牢固树立质量第一的思想，强化质量意识，严格执行“72 条”“28 条”和质量问题归零双五条标准，不折不扣，不走过场，以人人讲质量、事事讲质量、时时问质量、处处搞质量的良好局面，确保“联试”成功。

全厂上下充分认识到该型号研制工作的重要意义及其突出地位，大家身体力行做到了统一思想、统一行动，不断加强调度的指挥权威性和计划的科学性、严肃性，强化固定项和不可调项的力度。涉及的处室人员也是随叫随到、不叫也到，深入基层，服务基层，大家都发扬航天精神，严防死守，决战百天，确保“联试”产品 1999 年 1 月 15 日上台，确保 1 月 30 日试车，确保“联试”成功！

任务压力责任层层分解　感动激动奋战不断上演

某壳体，1998 年 10 月 21 日车—11 月 1 日铣—4 日钳—5 日研—8 日检—9 日入库……

这是 7103 厂 25 车间某阀体一个关键项目零件倒排计划表。郝忠文心里清楚，任何一个节点出现问题，都将影响整个研制进度。

在决战中，25 车间承担着三大项壳体和几种阀芯的零件加工任务、其结构复杂、材料新、工艺难度大、加工周期长、进度要求紧。郝忠文主动深入车间，了解情况，制定措施。为了确保任务不在本单位误点，自基地、厂里召开决战动员会后，25 车间相继召开专题调度会和全车间动员会，提出了“大干 40 天，流血流汗，严防死守，为确保该型号零组件按时完成”的动员口号。在郝忠文组织带领下，工厂制定了五条切实可行的措施，从生产过程的调度与协调、到检验及二线人员的配合等都提出了严格要求，并对每项关键任务实行倒排计划。

在大干的日日夜夜，职工们集思广益，对任务实行分卡制，有时甚至是一活一卡。检验员不嫌麻烦，随到随检；工艺员面对遇到的工艺难题及时深入一线了解和掌握工艺的可行性和可靠性，发现问题及时解决；一线职工自觉主动加班加点。从 10 月下旬到 11 月中旬，车间没日没夜苦干，人困马乏。郝忠文看在眼里，也疼在心头。他知道，繁重的任务不允许他们有一丝一毫的放松和懈怠。郝忠文和车间领导又一次召开专题调度会，分析形势，动员宣传，振作精神，一鼓作气，克服厌战情绪，树立能早一分钟完成任务就绝不向后拖一秒的思想，全力以赴争取主动权。

随着隆冬的降临，天气一天比一天寒冷，可与这寒冷形成鲜明对比的是二车间火热朝天的大干场面。

最后决战阶段，车间承担的该型号高压壳体、内壁等零件的加工任务，也已到了关键时刻。因为是新工艺研制，他们这次面临的课题更新、更难，为了确保不拖年底联试的后腿，车间上下齐动员，从生产管理、任务分配、组织落实等方面都采取了一系列切实可行的措施。各专业加工组将每一项任务、每一个零件按工序进行分解，定出每个工序的完成时间，定出每个操作者的责任，使人人心里有本账；工艺员及时吃透图纸，保质保量完成程序编制及工装设计，工艺文件做到可行、可靠；维护组、经营室等管理人员以一线为主，为完成任务创造条件，确保工序流动快捷、高效，各种生产准备充分到位；周期紧张，由一班倒改成两班倒、三班倒；设备不足，人换机不停。

1999 年 12 月 2 日，涡轮泵联动试验发动机及相关人员在凛冽的寒风中出发了。

这将是此新型号的第三次试车，也是即将转入半系统阶段的决定性试车。基地、工厂和车间各级领导及此次参试人员都从思想上高度重视。11 月 14

日晚紧急动员会后，所有参试人员均进入状态，15 日早晨正式开装。

郝忠文（右二）现场协调装配生产

由于上次泵联试的失利，导致了本次联试部分关键部件及大多数导管的报废，增加了此次联试生产的工作量及难度，更给装配人员增加了新的压力。

此时此刻，郝忠文的内心比谁都着急。从每一根导管的生产到每一个密封件的安装，他始终坚持“严上加严、细上加细、慎之又慎”的原则，严格把好质量关。

工艺员认真消化图纸及各种工艺文件，参照照片，与设计协商确定导管走向及零部件装配位置。氧泵系统不允许有油污、灰尘等，他们更换的白细纱手套达三百双之多；零件、导管均用氟利昂仔细清洗，迅速挥发的氟利昂冰彻肌骨，但他们浑然不顾……

导管历来是此次工作的重点难点，它由三通、节流圈、斜环及三个不同角度的法兰盘和数个直管、弯管拼焊组合在一起，既要保证法兰盘与相关组件的密封、紧度要求，又要保证焊接质量。九条焊缝，每条要焊四遍，层层打磨，条条透视，仅试装就多达数十次，难度可想而知。

在郝忠文的组织带领下，7103 厂向困难发起了冲锋。

尤其是“斜环”的加工，这个以往又锉又磨需十几小时才能啃下的“硬骨头”，在技术高超人员的手中乖乖降服了。

为了泵联试，大家每天工作 14 个小时左右，郝忠文和车间领导除了处理日常的工作外，坚持现场值班，每天与职工一起加班加点至深夜，他们广泛了解职工家中情况，及时给大家送来关心与鼓励。郝忠文说：“你们每个人有什么事情，我们都知道……”一席话，温暖了大家的心情，使同志们感觉到浑身充满干劲。

集全厂智力 集全基地之力

只有经历过研制过程中艰难的岁月，才能对研制的每一个关键节点都记忆犹新。在郝忠文的脑海里，这些研制时间轴，已经刻在他的脑海，成为永远的记忆。

1998 年 1 月 24 日，国内第一台大流量、高扬程液氧泵在泵水力试验室进行运转试验。由于国内试验条件限制，1 月 9 日至 23 日，六台富氧燃气发生器高压缩尺件试验在俄罗斯研究所进行；

12 月 15 日，两级液煤油泵在泵水力试验室进行运转试验；12 月 20 日，第一台大流量、低压比、反力式液体火箭发动机涡轮吹风试验，取得成功；

1999 年 1 月 1 日，燃气发生器一主涡轮泵联动试验装置进入总装；

1 月 17 日完成装配的产品运往试车台；

2 月 6 日下午 4 时 51 分，成功进行了 10 秒的演示试验。试验获得圆满成功，表明我国已成为继俄罗斯之后第二个掌握液氧煤油发动机多方面关键技术的国家。

面对全新的领域、全新的专业、全新的装备，无经验可循、无模式可鉴、无资料可查、无教材可学。所有产品大都是新技术、新工艺、新材料；进度之紧，难度之大，困难之多，可想而知。

但再大的困难，也没有难倒 7103 厂干部职工。郝忠文每每回忆起当年攻关的岁月，禁不住热泪长流。液氧煤油发动机之所以能够成功，是研制队伍同舟共济、团结奋斗的结果。当然，研制过程中，倾注了 7103 厂广大职工，特别是日日夜夜奋斗在液氧煤油发动机研制生产一线职工的艰辛汗水。

我国首台百吨级液氧煤油发动机燃气发生器—涡轮泵联动试验获得圆满成功后，国家国防科学技术工业委员会向〇六七基地发来“贺电”，高度赞扬“此次联试成功标志着我国初步掌握了新一代液氧煤油火箭发动机核心技术，为我国火箭发动机技术发展掀开了新的篇章，为今后开展新一代运载火箭动力系统的工程研制打下了良好基础，奠定了我国 21 世纪航天运载技术发展的基石”。

看到这份贺电，郝忠文心里想，付出再多，也值了。

曹玉玺
引燃焊花　照亮人生

引子

迟迟无法动笔，因为太想把曹玉玺写好，想把他最精彩的部分呈献给读者，让更多的人通过他去了解航天人，了解航天精神。于是跟特级技师曹玉玺打电话闲聊。

笔者：无法下笔怎么办？

曹：跟小孩学走路一样，先试着走几步。不管写好写坏，先试着写写看，不动笔，你永远不知道自己会写出什么。

笔者：写的不能让大家满意怎么办？

曹：让大家满意是个误区，走出误区，你的思路会开阔起来。

笔者：写得不好，您会不会生气？

曹：肚量要是如此狭隘，肯定是个“水货大师”。

笔者：太想写好了。

曹：其实写人就是围绕着人性来写就可以了，不能受官样文章所限。平平常常的就是好作品。比如朱自清的《背影》那样平淡的精品。

笔者：我就是太在意别人的评价了。

曹：成功与否是自己内心的感觉，不要在乎别人的评价。

笔者：您一直有自己的一个世界，也维护住了这个世界，我感觉您活得很成功。

曹：其实没什么，就是不要指望获得别人的理解和支持，学会自己跟自己玩，享受而不是忍受孤独，静静地干自己的事情，不跟众人解释。走着走着，不知道哪一天你会发现越来越多的人开始认可你，理解你，支持你。能取得一点成绩的人，无非是当别人在睡梦中的时候，依然还在灯光下行动或者思考。

曹玉玺在工作中

灯光辉煌不及焊花灿烂

2016 年 1 月 16 日，央视科技盛典颁奖晚会，曹玉玺作为六院液氧煤油发动机创新团队的一员，与同伴一起走上前台接过“中国 2015 年度十大科技创新团队”的奖杯和证书。那一刻，将会成为他人生最闪亮的时刻，值得永生铭记。

在全国观众面前，他被介绍为“火箭发动机工匠”。这个称号是对这位从一线一步步成长起来的焊接工人最好的褒奖，也是对痴心于航天事业精益求精的制造者，最为真挚的敬意。纵使此刻，萦绕于曹玉玺脑海中的始终是焊花的光芒。央视舞台的灯光再辉煌，也不及他的焊花灿烂。

曹玉玺是航天六院发动机厂焊接技术的带头人，他曾参与载人航天、探月工程等多项重大航天工程的火箭发动机制造任务。他的工作内容主要是液体火箭发动机各零部组件的焊接。发动机焊缝强度要求非常高，面临的环境差异非常大，要保证发动机在超高温、超低温、大振动等极端环境下保持正常运转，不出一丝的差错，是这项工作的难度之一。

焊接在常人看来是很寻常的一个工种，然而放在航天人身上却有些与众不同。你可能看到过手机、电器，甚至是路边护栏的焊接，但是在航天领域，如果把火箭比作一件衣裳，焊工就相当于是金属裁缝，把它的各种零部组件组合成一个系统，最终拼成火箭发动机。尽管焊接自动化已经发展到相当高的程度，但是航天产品的焊接永远离不开手工技能，而且还需要做到更精更细，以达到机器难以企及的水准。正是特殊行业的特殊要求，在不断的实践下，曹玉玺在火箭发动机焊接专业领域达到了常人难以企及的高度。曾分别两次被委派到乌克兰巴顿焊接研究所、德国学习焊接加工技术，以“异种有色金属焊接”获得六院首批“绝招绝技”及“技能名师”称号，并于 2003 年考取国际焊接协会（IIW）颁发的国际焊接技师（IWS）资格证书，这也使得他成为航天六院唯一的国际焊接专业技术人才。

一路前行一路歌

人生没有白走的路，曹玉玺走的每一步都很实在。在秦岭深处的红光沟，二十多年的难忘岁月，那独特的“三线”工作、生活环境注定给老一辈航天人和他们的后代留下难以割舍的独特情怀。以至于到现在，还会有人在不间断地回去看看，那里承载过老一辈航天人无私奉献的奋斗岁月，也留下了第二代航天人的成长足迹。那里是有些人曾经拼命想逃离的闭塞之地，也是很多人至今还心心念念、魂牵梦萦的天堂。那种情愫，没有经历过“三线”生活的人是不可能理解的。

小时候，就在同龄人学习之余上山打鸟、下河摸鱼、肆意玩耍时，曹玉玺的乐趣却是趁大人不在家，寻摸家里一切可拆的东西，把它们拆开，再复原。每当看到经他拆卸重新组装的闹钟依然咔咔走动，缝纫机依然嗒嗒工作，他心里就会有些小得意。

是妈妈给了他足够的信任，让他有了自己独立的空间：他有自己的带锁的柜子，可以用业余时间做自己想做的事儿，即便柜子里那些弹弓、烟盒、石头、树叶和一些在旁人看来莫名其妙的东西，也都被他分门别类，整理得井井有条。他经常对着这些宝贝发呆，对着安河水发呆，对着山沟里看不到头的群山发呆，沉迷在自己的世界里，自得其乐。一颗小脑袋里整天有数不清的问题，一个个黄昏拉长了一个个孤孤单单的身影……

初中毕业，学习成绩在班里一直数一数二的曹玉玺，作为一个受“三线”精神“献了青春献终身、献了终身献子孙”影响的“三线航二代”，毫无悬念地考进红光技校，选择学习焊工专业。考取的都是佼佼者，在那个年代，红光技校就是他们眼里的“黄埔军校”，是为航天事业输送新鲜血液的摇篮。

刚进技校时，瘦弱的曹玉玺掰手腕都掰不过女生，为了加强腕力，实习的时候，他抓紧一切空余时间不停地练习锉削，手心的皮被磨掉一层又一层。练习錾削，抡起的榔头最终达到了“稳、准、狠”，胳膊也日益粗壮，学校操场上经常出现他奔跑的身影，经过三年理论与实践相结合的技校生活，曹玉玺从入学时瘦弱的“豆芽菜”锻炼成了一个健壮的小伙子。

1980 年，曹玉玺从红光技校毕业，进入六院 7103 厂焊接车间。这份既用脑又动手的工作充分激发出他内在的潜力。刚参加工作的他凭借着对焊接的热爱，努力钻研，不断自我加压、不断自我挑战，在工作中迅速成长起来，取得了许多创新与突破。记得 1985 年，曹玉玺荣获航天部“新长征突击手”称号，这也是自他上班以来获得的第一个荣誉。之后在多次技术比武中，他崭露头角，获得六院技术比武电阻焊组和氩弧焊组双第一的成绩、并且荣获陕西省“十大能工巧匠”“集团公司航天技术能手”等殊荣。

红光沟的工作环境简陋，但是在曹玉玺看来，办法永远比困难多，无论工作中遇到什么困难，他都会想办法解决。曹玉玺爱学习、爱思考，每次工作之余，他都会用看书和练习来充实自己。“白日不到处，青春恰自来，苔花如米小，也学牡丹开”，清代诗人袁枚这首小诗是他那个时期经常默念的，他认为一个人一生只要把一件事干好干精就可以了，他要做一个引燃焊花的人，而焊花也必定会照亮他的一生。

没有桌子，他用废弃的木料钉了个桌子，安放在角落里，给自己创造了一个独立的小空间。车间里异常嘈杂，车钳铣焊等各工种同时运行时，如同奏响了交响乐，人与人之间说话基本靠吼，而曹玉玺一拿起书，就会自动屏蔽周围的一切。没有练习的材料，他把车间能搜集到的边角料搜集在一起废物利用，苦练基本功。不吭不哈的他赢得了师傅们的赞赏，时间一长，大家都主动把废弃的料头给他，并戏称他是“破烂王”。

被汗水浸透又被弧光烤得发白的工作服，见证了曹玉玺一遍一遍地反复引弧、运弧、收弧的实践过程。一烧起焊件，他就会忘记时间，经常一个姿势一站或一蹲就是几个小时，在别人眼里无比枯燥的基本功练习，对他来说却是乐趣无穷。手上功夫越来越稳，动作也越来越干净利索，用他的话来说，就是要通过这样不计其数的练习形成身体最正确的记忆，同时不断摸索出来的试验焊接参数、焊接角度被一一记录在他的小本子上……

1992 年，曹玉玺随工厂搬迁到西安，工作环境好了，曹玉玺奋斗的劲头儿更足了。越是任务重，越是要承担更大的工作压力。接触更多领域后，曹玉玺发现自己离新的目标“要做就做到最好”相距很远。于是他翻找资料，开始接触欧洲人的焊接过程，系统学习了哈工大的专业课、多次参加焊接培训班。学习、工作、深造、思考、练习……成为他工作生活的新模式。

曹玉玺爱足球、爱围棋，对聂帅那句“没个性，不成才”的话感触良多。痴迷于围棋时，他看聂卫平的自传、棋谱，看得昏天黑地，静若处子。而一旦投身足球场时，围追堵截，奔跑呐喊，摇身变为激情四射的“曹先锋”。这一动一静的两个爱好在他身上完美结合，没有丝毫的违和感。他认为只动胳膊腿就踢不好足球，踢不好足球就干不好焊接，万事都是相通的。

古人云，读万卷书，行万里路。旅游，是曹玉玺的另一大爱好。年轻的时候，一有时间，曹玉玺就坐着绿皮火车去旅游，如果说读书是纸上感受他人的生活的话，那旅行就是近距离观察他人的生活。曹玉玺对自己的坐骑摩托车也有独特的看法，在别人眼中的代步工具，在他眼里却是个好玩的玩具，可以带他去邂逅一处处没看过的风景。空闲的时候，曹玉玺就独自骑着心爱的摩托到处转，他并不是轰着油门在马路上狂飙的刺激派，而是喜欢信马由缰地慢慢骑下去。曹玉玺说，他享受这种独处的时间，也喜欢这种像风一样自由的感觉，这是他放松的方式，正如他喜欢的西安籍歌手许巍唱的那首《像风一样自由》，骑行带给他的不是血脉偾张，反而是内心的宁静，他可以在骑行的时候让头脑安静下来思考，正如幼年的他经常面对着连绵群山发呆一般。

探索 超越 创新

从事航天工作的人，都或多或少的有着追求完美的强迫症。曹玉玺更是如此，他干活，从来不满足于焊接到图纸要求，他把焊接件当成工艺品完成，让它们在弧光下以最完美的姿态呈现。在他眼里，工作是很有趣的，跟下围棋、踢足球一样有趣，每解决一个难题，就跟下赢一盘棋、踢进一个球、邂逅一处好风景所获得的愉悦一样的感觉。

曹玉玺喜欢挑战、喜欢接受新事物、喜欢钻研新课题，因为，这些吸引他的远不止工作本身，它的微妙之处在于你根本不知道在焊接过程中会遇到什么样的困难，而你又不知道最终你会用什么样的方法去解决这些困难。随着技术的进步，越来越多的自动化大型设备进入车间，国家特级技师也要与时俱进。每当有新设备进车间以后，就能看到曹玉玺趴在设备上，有时候一趴就是大半天，“他在研究新设备”。徒弟胡海刚介绍，新技术总是能激发曹玉玺的兴奋点，如果过几天在新设备上看不到他了，就表明他已经把新设备摸透了。

在液氧煤油发动机研制过程中，挑战成倍增加。曹玉玺把这种挑战当成一种全新的体验。没有固定模式，可以实现自己的想法。在创新的路上，约束越少越好，过程不约束，只看最好的结果。这些都是曹玉玺的理念。他通过优化焊接工艺，改进焊接装备等，解决了推力室头部高温合金焊接中易产生裂纹的难题；采用预置焊丝、阻挡电弧能量的方法，解决了平衡环表面堆银层结合强度较低的技术难题，创造性地采用手工氩弧焊完成了喷管铜一钢电子束焊焊接缺陷的修补；运用双枪焊预热焊接的方法，实现了对大尺寸铜内壁的补焊；通过大量技术攻关和试验创新，确保了液氧煤油型号研制顺利进行。

记得在一次液氧煤油管子的焊接过程中，主制车间的焊工遇到了问题，管子焊接完出现裂纹，补焊和更换操作者都无法解决这个问题。情况汇报到型号负责人李护林总工程师那里，李总毫不犹豫地拍板，点名曹玉玺来焊接。当时临近下班，拿到管子后，曹玉玺没有急于动手，他详细询问了前面操作焊接的情形，仔细查看图纸，对材料性能进行分析。最后，他果断地调整焊接顺序，采用分区单边焊接，释放了应力，时经三小时，六根管子一次焊接

对待液氧煤油发动机产品生产制造，曹玉玺特别上心，关注每一个加工环节

成功。李总和有关人员一边探讨液煤发动机研制中遇到的问题，一边等待消息，等曹玉玺完成工作赶过去和他们一起吃工作餐时，发现始终没有人动筷子。大家听到曹玉玺说焊接问题解决了时，心里才松了一口气。于是他们一起吃饭，一边听曹玉玺讲述解决的过程。

类似的事情很多，有时产品出现问题需要补焊，在别人束手无策时，只要曹玉玺一出手，问题立刻会得到解决。熟悉焊接的人都知道，补焊是焊接必不可少的，在曹玉玺的职业生涯中，他曾有过数不清的化腐朽为神奇的点睛之作，作为“大师”，很多时候，曹玉玺是同事们一筹莫展时的救星，7103 厂 5 车间装配 2 班班长程喜文依然记得 2003 年第一次见到曹玉玺时的情景，那是一个阳光明媚的下午，厂房内的人却已如热锅上的蚂蚁，当时产品出现问题需要补焊，在尝试无数次以后，一堆人束手无措。“找曹玉玺来。”有人提议。

不久以后，逆着阳光，程喜文看到一个高大的身影从远方走来并出现在厂房门口。衣服干净整洁得不像个一线工人，就见他一言不发地绕着产品转了几圈，又蹲下看了看，随后变换角度又仔细观察了一番，稍后，帽子往旁边一搭，衣服袖子整齐往上卷好，操起焊枪，开始焊接。产品上弧光闪烁之后，曹玉玺停下来观察了一番，进而放下了焊枪，“焊好了。”他淡淡地吐出了三个字。

“原来他就是‘曹特技’。”程喜文在心中默默念道。2002 年，曹玉玺被评为国家特级技师，私底下，厂里的同事们都称他为“曹特技”。

初次见面让程喜文觉得，这个“曹特技”不一样。后来，他们成为工作中的搭档，也成为生活中的朋友。一晃十几年过去，那个明媚的下午与“曹特技”首次相见的场景一直烙在了程喜文的脑海中。他的印象仿佛就是曹玉玺的形象素描：一个技术精湛、身材瘦削高大、少言寡语、看起来很“稳”、而又带点知识分子范儿的焊接工人。要想一次补焊成功，必须得把“脉”号准。曹玉玺没有落下六院的任何一个型号。他如同熟悉人体骨骼的外科医生。熟悉发动机上的每一个细节、每一类材料、每一种焊接方法，甚至是焊接温度间的细微差别，焊枪下去就要解决问题。

“我相信，如果我不能焊好的活，世界上也没有几个人能够焊好。”这种自信的底气来源于长年累月的实践积累，来源于工作中无数的历练。

曹玉玺随身总是带着一个放大镜，在他看来，肉眼能看到的就不是问题。他经常用放大镜检查产品表面焊接成型和边缘的熔合情况。但同时，曹玉玺又不完全相信设备，这点体现在 X 光报告上，他经常察看 X 光底片，其专业程度丝毫不亚于专业人员，他发现有的活 X 光底片看着没问题，进行水压打压试验却出现渗漏。所以，在曹玉玺看来既要依靠设备又不能完全迷信设备，焊缝存在的有些问题，X 光是无法发现的，还得靠手上的技术来保证。尤其是由于结构因素根本无法进行 X 光透视的部位，更是只能靠手上的技艺来保证。

2013 年，“曹玉玺焊接大师工作室”成立，工作室以特种熔焊为主，主攻自动化焊接应用及特种焊接工艺技术研究。作为高能束焊接，主要包括离子束焊、激光束焊、电子束焊加工，承担着 7103 厂长征系列运载火箭、载人航天、探月工程、战略武器配套液体火箭发动机推力室、发生器等关键组件焊接装配任务，班组有特级技师 1 名、高级技师 3 名以及工艺研究人员若干。

针对液氧煤油发动机推力室、燃气发生器等部件上的空间复杂曲线焊缝，工作室通过开展自动化焊接工艺可行性研究，最终实现产品一次性装夹，完成多条焊缝机器人焊接，提高了焊缝质量一致性，降低了更换操作者对产品质量的影响，并针对推力室上多条交叉焊缝无法进行 X 光透视等检测的焊缝，修正了焊缝工艺方案，制订了多项提高焊缝质量的工艺保证措施。

曹玉玺的下班时间，从来没有早于晚上 8 点，有时会到晚上 10 点才下班，赶上攻关的项目甚至会通宵加班，这样的工作模式对他来说，已经成为常态。

他感觉在车间待着比较有意思，这里有他想干的事儿，总感觉时间不够用，总感到有好多想干的事情还没干。忙完本职工作，他还要看书。随着年龄的增长，曹玉玺的兴趣悄然转移，他开始迷上了哲学。在他看来，哲学是一切学科的基础，对开拓思维和管理思路特别有益，有时看得入迷就忘记了时间，变身为一块投身书海的海绵，不停地吸收着营养。他渴望得到更多的知识。他深刻体会到读书就像跟一位哲人交谈，你要找寻的一切答案都可以从书中找到。在他的书架上既有《焊接工具》等工具书，也有《民国国民课》《中国哲学简史》《古罗马与汉长安》这些人文社科类书籍。有了工作室这么好的条件，他在车间停留的时间更多了。

不忘初心　善于归零

人常说初心易得，难在相守，但曹玉玺却从未偏离过奋斗的道路。甚至在面临外单位的高薪聘请和本单位委以领导职务时，他也从没动摇过，他说他已经把根扎在了一线，在单位快 40 年了，只有在 5 车间，他才有自然的归属感，找到身心踏实的感觉。

曹玉玺认为人不能跟别人比，但一定要跟自己比，今天跟昨天比，今年跟去年比，在不断比较中一点点剔除坏习惯，一直走在不断完善自我的路上。每年的春节假期，曹玉玺都会充分利用起来，好好地发发呆，反思与总结过去一年的工作，对未来的一年做出计划，让未来的一年比过去的一年再进步一点，干得更好一点。其实在平时，他也是这样做的。每过一两个月，他就会做一次小结，只有杯子空了，才能装更多的水，及时将自己归零，才能做到轻装上阵。

他经常告诫自己，没有什么老本可吃，要善于在压力下挖掘潜力。如果不努力进步，总想着过去的成绩，就会落后。要不断学习，不断更新现有的知识结构，才能更好地引领年轻人成长。

班组的墙上挂着一幅字——“情理”，他说“情理”之间为道，如何做到道法自然，是需要动动脑子的。随着时代的进步，航天精神也在悄然变化，如何在工作中寻找乐趣，发现快乐，善于发挥自己的长处，也已经变成新时期航天精神的内涵之一。

睿智、儒雅在曹大师身上完美展现，他把老一辈的航天精神和不断注入的新元素结合在一起，全部传输给不断成长的新一代航天人。

大师的苦恼

曹玉玺也有苦恼的时候，当看到产品定型后有些工序明明可以有更好更快的方法，却不能更改，他有很深的无力感，有些落后的管理方式和工艺路线，以及干活过程中无谓的扯皮，都令他非常苦恼。

曹玉玺是个不爱争论的人，但偶尔也会动点儿“小心思”，有一次，面对有微裂纹的工装反复使用存在隐患的问题，曹玉玺忍不住了，发话憋住活不让动，等找来工艺员后，他据理力争，终于说服工艺员更改了工艺规程。用他的话来说，要做个上等的中医，治未病，把不好的苗头扼杀在摇篮里，在这方面就算引来非议，他也毫无顾忌。

唯有在工作上，曹玉玺想拥有更多的话语权。他不想看到的是有些工作程序受落后的生产方式的制约，不能简单化，两三个人能解决的问题，却拉扯上更多的人去完成；也不愿看到有的人对焊缝质量能达到及格线就满足了，从自己班组交出去的产品，如果没有达到他最满意的程度，对他来说是最大的折磨。

传承

在班组组织成员学习《梁家河》时，曹玉玺动情地说："习主席说不要小看梁家河，这是有大学问的地方，我也想说，不要小看5车间，这也是有大学问的地方。"

谈到自己工作近40年的5车间，不轻易动情的曹玉玺，有些小激动。他提到了很多人，从手把手教授技艺的师傅王光明，到委以重任、充分信任的车间领导，还有不受制度制约、特殊时刻敢于现场拍板、跟着自己一起加

曹玉玺（右一）在给徒弟进行"传帮带"，教技艺、教做人

班加点的型号负责人，以及积极配合工作的同事。

一路走来，曹玉玺记住的全是别人的优点。在他身上，有的是一种健康乐观、积极向上的动力和情感，这跟5车间优良的传统分不开，这是个有爱有关怀的大家庭，无论是工作还是参加厂里的任何活动，大家都拧成一股绳，透着一股子认真劲儿，集体荣誉感特别强。在这里，无论是师徒情还是同事情，都被体现得淋漓尽致，这一点从大家对5车间的依恋上就可以看出来。只要是在5车间工作过的人，无论时间长短，总会抽时间回车间看看，遇到同事婚丧嫁娶更是不会缺席。

师傅待他如徒也如友，师傅话不多，但是技术过硬，也爱钻研，喜欢读书，骨子里带有文人的清高，在活不多的时候，师傅爱一个人独处，看书思索。两个人的性格有很多相似的地方。师傅王光明曾借阅过一本徐悲鸿作品《素描集》给曹玉玺，集子中的一句“尽精微　致广大”对曹玉玺产生了强烈的冲击，并成为他的座右铭和QQ签名。作为一名普通焊工，曹玉玺一直在普通岗位上极尽精微，最后也成就了一番大事业，而他自己却始终觉得自己没有多高尚，并且始终觉得乐在其中。

曹玉玺常感觉社会发展太快，一个人如果缺少了正能量，肯定不会在社会上走得太好，思想会走偏，行为会失去控制。为了引导车间的青工们树立正确的三观，他说要用正确的行为来引导，言传身教相结合；对社会上负面的、消极的声音，要有分辨和抵抗的能力。他对年轻人说得最多的一句话就是：“做事先做人，有为才有位。”人不能只盯着单位给了自己什么，要多问自己给单位创造了多少。而年轻人看到的“曹大师”虽已年过半百，心态却非常年轻，能和年轻人轻松愉快地交流，爽朗的笑声常伴左右，反而是有些年轻人，老气横秋，毫无活力，还“少年不知愁滋味，为赋新词强说愁”。对比过后，年轻人在赞叹的同时，也意识到更应该充满活力，充满热情和激情。

为了更好地将技艺传授给年轻的班组成员，曹玉玺在班组成立了专门小分队，由小队长带领团队完成生产任务。由于每个人对技术的理解和掌握程度不同，接受能力也存在差异，他针对每个人都制定出人才培养计划。“不见其人，先闻其名”，几乎每一位徒弟在见到曹玉玺之前，都知道在7103厂5车间有一位国家特级技师，因此，他们都是带着些许的忐忑投入曹玉玺麾下的。经过接触，徒弟们发现，这位师傅不仅技术精湛，还很细心，人也很随和，徒弟们本以为“大师”的脾气都很大，最后发现师傅难得跟大家红脸。

徒弟们不知道的是，为了当好一名管理者，这位爱看书的师傅在书中寻找了不少经验。“批评人的时候，要尽量在人少的时候；夸奖人的时候，要尽量在人多的时候。”这是曹玉玺的一条心得，努力用最善良的方式去管理徒弟们，尤其现在80后、90后的徒弟越来越多，曹玉玺也要努力跟上他们的思维方式和习惯。

工作之中，曹玉玺是师傅；生活之中，曹玉玺是徒弟们的“保姆”。每天要是看到哪个徒弟脸色不好了，他就要关心地问个原因；徒弟们特点各异，他要想着因材施教，给每个人规划职业生涯；徒弟们家庭困难了，他要想办法帮助一把。

对于曹玉玺而言，徒弟的成长是对他最大的安慰。他平时也很少说徒弟，总是在一旁观察，在找到他们的问题时，才有针对性地指导。在他带过的多名徒弟中，有两名已成为高级技师，一名成为技师，其余的也都成为车间生产一线的主力。

曹玉玺的授徒也不完全按套路出牌，他经常会变些小魔术，比如，拿个小玩具或是小试件，露一手，把看似根本无法下手焊接的材料和型面焊接成功，把别人眼里的不可能瞬间变为可能，勾起年轻人的好奇心，却又不马上告诉他们答案，让他们自己去想、去琢磨。徒弟们在他的再三提示下若是还想不出来，曹玉玺才会揭晓答案，耐心地讲解在“魔术”过程中运用的原理和手法。他费尽心思所做的这一切，就是为了培养徒弟们对焊接的兴趣，激发他们的工作热情，让更多高、精、尖的焊接工人迅速成长起来，追赶和超越自己。

家，永远的亏欠

正如每一个奉献的航天人一样，曹玉玺奉献事业的背后，是对家庭的亏欠。

“作为父亲是不及格的，作为丈夫也就打 60 分左右。”曹玉玺如是评价自己在家庭中的角色。

每天一大早去上班，晚上 8 点多回家吃饭算是早的，家里的事情全交给爱人袁军。他只参加过两次孩子的家长会，陪孩子玩耍的时间屈指可数，有一次骑摩托车带孩子兜了个风，把孩子乐坏了。孩子曾问他，怎么就这么喜欢焊接，有意思吗。曹玉玺回答说：“这是我的爱好，工作带给我的是游戏般的乐趣，就像你们 80 后、90 后喜欢网络一样。”

如今家人对他的工作更多的是理解和支持。而随着年龄的增长，曹玉玺也开始反省，如果重新来过，是否还会将大部分的时间留给工作。面对这个问题，他的回答实实在在：“我应该会把时间统筹得更好、更加高效，但是生活是公平的，人的精力是有限的，说自我也好，自私也罢，也许我还是会选择沿着自己选定的道路走到底，我对家是有愧疚的，但是没有后悔。”他的神情透着一丝苍凉，但更多的是坚毅。

又是一个如常的夜，偌大的 5 车间厂房里，只有工作室的灯在亮着，沉浸在书海里的曹玉玺又忘记了时间，他独处在自己的世界里，又一次把别人眼里的“大国工匠”彻底归零。学习，学习，再学习，永无止境。他守护着这孤独，享受着这孤独。漆黑的夜空里，他引燃的焊花格外璀璨，照亮他一路前行的道路。他用行动书写了一首献给航天的长诗，于平平淡淡中描画出精彩的一笔。尽管时光会把大多数人打磨得越来越圆滑，而曹玉玺却在时光的雕刻下脸部的线条更加硬朗，眼神也更加清澈和坚毅……

后记

稿子写完了，本想用尽洪荒之力向读者展示一个真实的“大国工匠”的不凡风采，终究不抵多年不动笔写文的生疏，就这样吧。仿佛回到二十多年前，笔者从红光技校毕业后分到 7103 厂 5 车间，工作之余，大家在玩军棋，我在当裁判。角落里，曹玉玺在默默地看书，瘦削却高大而挺拔的背影，真是酷到了极点。

依稀听到外冷内热、让大家又敬又怕又爱的绰号“于老怪”的于永远主任在说“年纪轻轻的就知道玩，没事儿都给我多看看书，多练练本事，多学点东西……”

此时此刻，航天特级技师曹玉玺，在笔者眼里越来越酷，身穿黑色风衣，走在路上还是那么飒爽英姿，只是笑容里有了更多的包容和温暖……

李红丽

铣泽绮丽别样红

在航天六院 7103 厂 35 车间 607# 厂房的南跨，安放着十余台大型的机械加工设备，这些大家伙如钢铁战士一般从西向东，整整齐齐地排列着。

它们有的外壳漆面已见片片斑驳，不难看出尘封许久的印记，但也难掩在激情岁月服役时的熠熠荣光；有的造型现代大气，正兢兢业业、昼夜不辍地运转，只见铣刀快速地在工件毛坯上来回翦刻，“哗哗”地嘶鸣声中，金属碎屑伴着潺潺的冷却液簌簌滑落，彰显着高精尖利器独特的工业之美。

这些威武的“钢铁战士”是干什么的？

是专门用来铣槽的！

什么是铣槽？

液体火箭发动机，不管是常规发动机还是液氧煤油发动机的推力室，都是由喷管内外壁钎焊所组成的夹层结构。“铣槽”专指液体火箭发动机推力室内壁上再生冷却通道的铣加工。喷管内壁大的直径近 2 米，而厚度只有几毫米，在加工时，需要用专门的设备在又大又薄的不锈钢或铜制毛坯件整体表面上，小心翼翼地铣削出数百条筋宽和槽底剩余壁厚都仅有 1 毫米的沟槽。

加工完成的喷管内壁就是铣槽件，之后铣槽件与喷管外壁经钎焊后组成推力室。当发动机工作时，推进剂将顺着沟槽在内外壁间流动，起到对推力室室壁对流冷却的作用，同时推进剂自身得到了预热，进一步提高了燃烧的效能。

铣槽件上的沟槽深度和宽度，与推进剂流动发挥的冷却换热效果息息相关。而槽与槽之间的筋能否加工精准，也将直接影响后续内外壁钎焊强度，进而制约整个推力室的承压能力。

可以说，铣槽件加工难度巨大、工艺独特复杂、设备专机专用，它的地位至关重要，是发动机生产中最大的“细活”。

回顾 7103 厂的铣槽设备及技术，从无到有，从生产瓶颈到国内乃至国际领先，一路走来，有艰辛的坎坷与挑战，更有成功的激动与喜悦。

没人能数清工厂的这些设备总共铣出了多少条槽，但是可以确定的是，某种意义上，在这一条条细细的、或直或曲的沟槽上，承载与拓展着的不仅是中国航天液体动力发展，自主创新、自主创造的传奇之路，还见证了、铭

李红丽在工作中

记了一个个奋斗者追梦圆梦的精彩瞬间和点点滴滴。

说起铣槽，熟悉发动机生产的人一定会不约而同地想起一个人，她就是7103厂35车间研究员、铣槽团队负责人李红丽。

在人们一般印象中，科技行业特别是军工型号研制领域往往是男同志发挥智慧的舞台，而李红丽却勇敢地、执着地、笃定地用“铣槽”的方式把巾帼不让须眉的豪情壮志，铭刻于自己近三十年如一日扎根航天、奉献航天的职业生涯中。

李家才女初长成

1968年8月，李红丽出生在河南省舞阳县一个半工半农的家庭。她的父亲在铁路系统工作，是一名共产党员，母亲是普普通通的农村家庭妇女，家中四个孩子，李红丽是长女。

父亲的工作需要常年奔波于全国各地，很少在家。尽管不能常常陪伴在孩子身边，但他非常重视孩子们的教育，每次回家都会仔细询问他们的学习情况，如果谁学习不认真，父亲都会严厉批评。父亲还喜欢和孩子们分享自己在祖国走南闯北的见闻趣事，教育他们要做对国家有用的人。

正是因为父亲工作繁忙，照顾家庭的重担几乎全落在了母亲一人肩上。在那个物资匮乏的年代，母亲不仅要拉扯几个孩子，安顿好四位老人的饮食起居，还要操持好一大家子的土地，母亲着实艰辛不易。

家庭对孩子的影响是潜移默化的，同时也是至关重要的。尽管家庭负担很重，李红丽的父母坚持尽最大的努力让孩子们受到好的教育。也许是继承了父亲的聪慧认真和母亲的勤劳坚韧，李红丽从小聪明能干。作为长女，她很能体谅父母的艰辛，学业之余帮助家里干农活，贴心地照看老人和弟弟妹妹。在学习上，她更是不需要父母过多操心。小学时，懵懂的她还曾经因为爱学习、爱思考，晚上竟然失眠，躺在床上辗转反侧，只因心里不断追问如何才能学完世界上所有的知识。秉持着这份求知欲和上进心，她的成绩一直名列前茅，每年都能挣回各种各样的奖状。

1984 年，李红丽升入舞阳二高。出色的成绩引起了舞阳县另外一所中学——舞阳一高的青睐，舞阳一高是舞阳县最好的中学，那里会集了全县学习成绩最优秀的学生。舞阳一高诚邀她转学就读，这次“挖墙脚”引起了舞阳二高的“不满”，如此出色的苗子，怎么能轻易放走呢？为此，两家高中对她展开了一番你争我夺。沸沸扬扬的抢“红”事件，竟然惊动了舞阳县教育局，最后教育局出面协调，同时也是出于对李红丽学业前途的考虑，她随后转入教学水平更好的舞阳一高继续就读。

三年高中时光，李红丽没有辜负大家的期望，学习一直努力刻苦，转眼到了高考填报志愿的关键时刻。在那个年代填报志愿是在高考前进行，对梦想上大学的人来说，填好志愿绝对是一门艺术，想去哪里，能去哪里，很大程度取决于个人正确的自我认知和定位。父亲从小教育她 “做一个对国家有用的人”，在冥冥之中为她指明了方向，她填报了有着悠久国防军工背景的西北电讯工程学院（后更名为西安电子科技大学，简称“西电” ），选择了“高大上 ”的工业自动化专业。

最终，高考的结果对得起李红丽的努力付出和父母、老师的殷切期望，她以高考总分全县第三名的出色成绩，如愿以偿地进入了西电的校门。

1987 年秋，李红丽离开生活近二十年的中原家乡，来到了临省的省会大城市。进入大学，她还没有来得及好好体验初入象牙塔的兴奋和新鲜，很快工科生的“苦逼”日子接踵而至。每天繁重的课业压力，不得不让她徜徉于电路图、机械图的海洋，有时她也羡慕其他专业同学相对轻松的学习和生活。但就在这每天穿梭于宿舍、教室、食堂三点一线中，她准确地找到了自己的坐标，把自己定位于做一个平凡的学生：扎实做事，认真做人。这种充实和简单，也让她苦中作乐、自得其乐，除了课业成绩出类拔萃，大学期间她还担任了班级的团支书和副班长，在各方面都得到了很好的锻炼和发展，这为她日后成长成才打下了坚实基础。

投身航天　缘定铣槽

1991 年，李红丽即将大学毕业，和很多同学一样，她也面临着被“挑选”的命运。当得知分配到陕西宝鸡秦岭山中一家火箭发动机制造企业，又要远离家乡和父母时，淡淡的伤感涌上心头。但很快她又平静了：国之重器需要的正是人才，我要用自己的所学为国家做贡献！

七月初，经历了十几个小时绿皮火车和曲曲折折盘山公路的漫长车程后，她终于到了比自己想象中还要偏僻的红光沟，走进了 7103 厂。

一入职，她被分配在技术处数控组，跟着张改霞师傅实习，学习当时厂里最先进的四坐标加工中心相关技术。实习的那段日子让她受益匪浅，她跟着张师傅深入生产现场工作和学习，一方面参加设备的调试与使用，了解产品的生产过程；另一方面也养成了她理论联系实际、到基层解决实际问题的作风。她扎实的理论基础、饱满的学习热情、虚心的钻研态度，很快得到了大家的一致认可，同事们都非常喜欢这个漂亮聪慧的姑娘。

十二月的一天，领导找到李红丽，对她说：“小李，我们要安排你跟高工方群他们一起研究仿型铣槽技术，铣槽是个新东西，很有挑战。但你不要有压力，有老专家带领着，你就好好钻研钻研吧。”对于刚刚入职半年不到的李红丽，铣槽的确比较陌生，她只知道是非常前端的研究。

那是在 20 世纪 80 年代末决战“长二捆”的关键时期，为提高长征运载火箭的运载能力，〇六七基地组织设计开发了大膨胀系数的二级发动机，其中喷管内壁材料为某特殊钢板，刚性较差，毛坯则由多块板材拼焊而成，整个零件厚度不均，在其外表面上设计分布着 500 多条槽底壁厚相等、筋宽相等的槽和筋。加工这样的零件，工艺难度非常大，普通机床根本无法完成。整个〇六七基地在相关工艺技术和加工设备等方面都是一片空白。

为此，7103 厂成立了以方群、徐新等技术人员组成的攻关组，开始研制 7103 厂首台铣槽机。团队受日常生活中配钥匙方法的启发，结合零件的工艺特点，制定了以自身外表面为基准仿型铣槽的工艺方案，并经过数月走南闯北，与机床厂家和高校的技术研讨，瞄准世界先进水平，联合自主开发出数控仿型系统，一举解决了零件外轮廓度差、剩余壁厚难保证等一系列难题。

1990 年，7103 厂首台数控仿型铣槽机（FCX-2000）正式投产，在那个数控技术欠发达的年代，这台设备的诞生，绝对算得上是轰动整个〇六七基地的喜事。

刚参加工作的李红丽，刚好赶上了这项新技术初步形成，还有大量持续改进工作亟待完成的时候。工厂的领导和专家敏锐地看到了她的能力和潜力，相信她的加入可以为铣槽攻关组注入新的活力，提供有力支持。

领导的信任与重托，让年轻的李红丽既激动又忐忑，她觉得自己能分到厂里掌握最先进工艺的技术处数控组，就已非常幸运，还能跟着专家们一起研究尖端的铣槽技术，更是宝贵的机会，“我一定要挑战一下自己。”

没有思考过多，她欣然接受了工作安排。那时她肯定想不到，铣槽这一干，就是二十多年。

李红丽刚接触铣槽技术那几年，常规运载火箭发动机的任务量也上来了。

厂里仅有的一台数控仿型铣槽机远远不能满足生产需要，必须探索更先进高效的铣槽技术。“低成本、高可靠性”是新铣槽机的定位。为此，在高工方群的带领下，李红丽立即参与到新铣槽技术研制中。他们多次远赴武汉第二机床厂，在首台铣槽机的工艺技术基础上，合作开发出了液压仿型专用铣槽机（HB-U225）。该设备一改第一台的数控仿型技术，利用液压压力保证仿型轮紧贴工件表面，实现铣槽仿型。因为未采用数控技术，所以造价低廉、性能稳定可靠。在后来十余年里，液压仿型专用铣槽机一直承担着运载大喷管的铣槽任务，它每天满负荷地运转，为运载发动机批生产，发挥着不可或缺的作用，所创造价值早已远远超出本身投资金额的数十倍。

螺旋槽实现“零突破”

正当大家齐心协力为提升直槽铣槽技术潜心钻研时，液氧煤油发动机研制项目几乎同时上马启动了。

因为液氧煤油发动机具备大推力、高压力等技术特点，其推力室设计方案，不仅有长度和直径最大的直槽结构扩张段Ⅱ段内壁，还在喷管燃烧室内壁、前段内壁、后段内壁等部件广泛采用了前所未有的螺旋槽设计结构。

第一次看到螺旋槽的设计图纸时，李红丽就被它精致却异常复杂的结构震惊。螺旋槽的型面由离散点、圆弧等复杂曲线组成，满满当当的槽子盘旋覆盖于整个外表面，槽深和槽宽还沿着轴线不断变化。与已经逐渐成熟的直槽生产技术不同，该如何加工复杂的螺旋槽，一下子让大家犯了难。李红丽有两方面顾虑：一方面，这种设计的许多概念还处在模糊状态，原理上说得通并不等于工程上行得通；另一方面，工厂在螺旋槽加工技术和设备上完全

李红丽（左二）在和同事们一起研究加工方案

处于空白状态，国内没有现成可借鉴的成熟技术，国外也未见可供参考的相关文献资料。

的确，要把想象变成实物，绝不可能一蹴而就。铣槽攻关组上下沉下心来，统一了思想，刚起步的液氧煤油发动机生产面临如此瓶颈，决不能退缩，哪怕一切从零开始，也要坚持自主摸索，保证完成研制。

为了寻求复杂型面上螺旋槽加工的工艺方法，方群副总师带领李红丽等技术人员与大连理工大学、北京第二机床厂的老师专家们进行了多次研讨交流，大家集思广益，逐渐明晰了采用片铣刀加工螺旋槽的工艺方案，构建了片铣刀通过五轴四联动加工复杂型面上螺旋槽的数学模型。

此时，工厂刚好打算引进具备数控仿型和大型镗铣功能的大型数控镗铣床，攻关组立马想到了利用该设备拥有的五轴联动功能，开发螺旋槽加工功能。

经历了在型号战线几年的摸爬滚打，李红丽的技术水平日臻成熟。她被委以重任，担任螺旋槽铣槽技术研发的主管工艺员。

这次专用设备和技术研制工作是李红丽参加工作以来承担的最重要、最艰巨的任务。由于没有什么资料可以借鉴，方案设计、资源协调、试验验证等环节的工作量相当大，要求她必须全身心投入参与。

1996 年初春，在研制最要紧的时候，李红丽刚刚在武汉第二机床厂完成对收液压仿型铣槽机进行验收，准备启程返回西安，一个电话打来，让她立即赶往北京厂家进行设备相关技术对接。此时，李红丽已经两周多没有与仅一岁半的宝贝儿子见面了，丈夫姬飞飚作为厂里液煤型号的主管工艺师，也是经常加班加点，奔波在外。

一边是自己负责研发的新设备，一边是年幼离不开父母的儿子，对李红丽而言，两边都是孩子啊，她恨不得把自己掰成两半使。夫妻俩对儿子纵有千般不舍，但对液氧煤油发动机这个“大孩子”，更是心神所系，两人狠狠心咬着牙，把孩子托付给了退休的老研究员邱师傅帮忙照顾。

谁能想到这一走，竟是一个多月。那段时间，对要潜心钻研、誓要攻克铣槽难关的工程师李红丽来说，时间似乎飞逝如箭；但对要克服挂念孩子的母亲李红丽来说，却更是度日如年。在外地的那些日子，李红丽看见谁家的孩子都亲，看见谁家的孩子都爱，看见谁家的孩子都会说起自己的乖儿子，同事们也很心疼她，戏谑地逗她，称她为“祥林嫂”。

那几年，李红丽一心为了螺旋槽，不是出差在外，考察调研螺旋槽专用设备、工装、配件，就是整天泡在办公室和生产现场，紧盯螺旋槽功能的开发和加工试验，解决各种突发的、意想不到的工艺试验问题，真是比对自己孩子头疼脑热时还要操心，而她一直也没有抽出时间，回老家与亲人共度春节。

1997 年春节前，李红丽和丈夫终于在安排好工作后，安心地踏上了回河南和父母团聚的归途。几年未曾归家，一进家门，李红丽一把将年迈的父母搂入怀中，心里既欢喜又感慨。可刚坐下没多久，时任厂总工程师王亚平的电话来了："红丽啊，咱们的燃烧室内壁螺旋槽结构又有变动，必须抓紧进行螺旋槽铣槽试验，时间紧迫，赶紧回来吧！"放下电话，李红丽懵了，这才刚到家，又得回西安了！父亲很是理解和支持她的工作，让母亲赶紧把和好的饺子馅儿和擀好的饺子皮帮她打包好。就这样，李红丽他们拎起行李，马不停蹄地往西安赶。大年三十夜，在古城西安隆隆的鞭炮声中，李红丽吃着由河南老家父母做的饺子皮和饺子馅儿、自己现包现煮的饺子，为大年初一的紧急攻关补充着能量，个中滋味谁又能体会。

1999 年 12 月 4 日，7103 厂卧式镗铣床验收评估会召开。会上，整个螺旋槽项目总协调人，7103 厂方群副总师动情地说："我们在卧式镗铣床上成功开发出螺旋槽功能，影响深远，不仅填补了国内空白，还具有国际领先性，参与项目的三家单位的同志们一起克服了相当大的困难，为型号研制打下了好的基础，我马上就要退休了，也希望大家还能继续合作，为航天后续发展做出更大贡献。"时任北京第二机床厂研究所所长王春仁作为乙方专家发言时讲道："在整个研制过程中，大家特别团结，让我感受到了航天人的作风，也结下了深厚的情谊，特别是五月份，美轰炸我南联盟使馆的暴行后，大家不讲代价、不讲条件，顺利完成了设备的调试安装，我们做到了用实际行动保家卫国。"

听到两位老专家的话语，坐在会场的李红丽眼睛湿润了。这几年作为攻关组的一员，和大家一起心无旁骛地为攻克螺旋槽技术，如何经历坎坷、付出心血的一幕幕又浮现在她的脑海：为实现螺旋槽复杂轨迹，大家打开想象的翅膀，在土豆、萝卜、蜡模上雕刻尝试，模拟片铣刀加工螺旋槽的工艺方案；为设计螺旋槽铣头的机械结构，分析、优选电气控制系统，三家技术人员不知道往返西安和北京讨论了多少个回合；为寻求耐磨性能高的 B 轴转台，东奔转台之乡烟台；为寻找保证螺旋角的角度铣头，南赴云南机床附件厂；为解决高强度的铣头转接装置，北上河北黄骅；为了寻找合适的片铣刀，骑着自行车穿梭于西安大大小小的五金工具市场；为解决复杂结构螺旋槽的五轴联动程序编制问题，与高校联合开发了编程软件；为保证螺旋槽的槽深、槽底剩余壁厚、筋宽等技术指标，每种螺旋槽要反复编制、调试上百遍程序；为解决螺旋槽空间对刀问题，不断探索各轴对刀顺序及对刀方法，总结出起刀点的计算公式；为节约研制周期和成本，成功尝试出用 1 ： 1 的铸铝试验件代替青铜材质的零件进行试验；为解决螺旋槽不易检测的问题，研究制备了一系列专用量具；为测试几百个加工方案，半夜坚守机床边，多少次被“扎刀”（加工中，铣刀与金属材料发生异常碰撞，被卡死或断裂）发出的巨大声音惊吓到；当然还有大家因螺旋槽而结下了深厚的“革命友谊”，在辛苦之余，大家常会聚到李红丽家中，一起包饺子、吃饺子庆祝某个关键技术被攻克……

螺旋槽加工技术和设备终于实现了 “零突破”，一举突破了液氧煤油发动机关键零件生产的瓶颈。李红丽的这个“孩子”在液氧煤油发动机生产的前十年，可谓是立下了汗马功劳，承担了几乎所有螺旋槽零件的螺旋槽加工，加工出的产品在试车和发射中也表现出惊人的可靠性，还获得了国家发明专利一等奖。后来，曾经的“孩子”设备也当了“妈”，脱胎于它，工厂以其为范本，针对不同复杂曲面的螺旋槽结构特点，陆续研发了三台螺旋槽铣槽专机。这台设备一直服役至 2014 年，是名副其实的功勋设备。

让铣槽技术成功“立”起来

千禧年后，李红丽深感肩上担子的沉重，她已经稳稳接过推动铣槽技术发展的接力棒，成为工厂铣槽工艺团队的核心人物和技术带头人。

夜幕降临，35 车间办公楼显得格外寂静，一间被沉寂笼罩的办公室中投来些许光亮，李红丽坐在电脑前梳理着当前工作的思绪，疲乏困倦的身影、充盈血丝的双眼，在更阑人静的夜中显得格外清晰……这样的夜晚，不是偶尔，而是惯例；这样的辛苦，不是暂时，而是常态。

李红丽凝视着显示屏上的发动机推力室结构图，最近出现的问题一个个从脑中闪过：液煤直槽件的加工还不尽完美，清根装置主轴转速低、机械精度差，只能手动操作，不仅效率低、刀具断折频繁，而且无法完成窄槽清根，有时必须借助于加工中心进行清根，这该如何解决？数控仿型铣槽的位置与铣槽位置存在差异，槽深没有达到精准控制，能否采用更先进的技术去实现？仅有的三台设备日益老化，长期超负荷运转导致故障频出，容易造成产品超差、报废，现在生产依靠的都是延长设备和工人工作时间，这样肯定不行，该如何提升……

夜太深了，拖着疲惫的身子，她慢慢走出工厂，此时航天城万籁俱寂，她不由得加快了回家的脚步。轻轻推开家门，看见正熟睡的老公和孩子，李红丽心头一热，一半是依恋，一半是愧疚：对不起老公，这些年他又当爸又当妈；对不起儿子，儿子生病哭喊着要她，她却还在加班；寒暑假，别的小朋友有爸爸妈妈带着出去旅游，他们夫妻俩整天奋战在科研一线，根本无暇陪伴。她轻吻儿子的脸颊，慢慢地躺在床上，此时她感觉自己骨头快要散架了，这才意识到，这些年她也不够爱惜自己身体。不一会，她睡着了，在梦中，铣槽、内壁、刀具，那些朝夕相处的朋友们又与她做伴了。

诚然，经过十几年的发展，工厂研发的铣槽技术和设备基本解决了铣槽能力有无问题，但是面对着长征系列的高密度发射、液氧煤油发动机多型号研制并举局面，铣槽件种类多、周期长带来的影响已经显露出来。一般生产单个铣槽件的加工周期在 1 个月左右，最长周期 50 天，依靠已有的三台铣槽机和人员倒班，一直日夜不停地运转都难以保证生产需求，铣槽设备能力不足的问题愈发明显。

这时，工厂领导坐不住了，车间领导坐不住了，李红丽更坐不住了。尽管完成生产任务的压力巨大，大家还是有一个共识，不能简单依靠增加设备数量来提高生产能力，必须瞄准世界先进数控技术，研发具有革命性的技术成果。

如何通过优化工艺方法和设备结构，才能真正实现保质增效、减轻人工劳动强度，这也是一直萦绕在李红丽脑中的问题。2006 年，经过深思熟虑，她大胆提出立式铣槽、激光仿型的新概念。李红丽的设想是：采用立式结构，避免因铣槽夹具重心偏离导致分度误差，保证槽的分度均匀；采用激光扫描技术对毛坯外表面逐条槽外形进行扫面，通过计算机中完成零件真实外形的重构，保证采样准确性，实现槽深的准确控制；增加自动清根装置，提高质量、效率，减轻工人的劳动强度。

李红丽找到了老朋友、老搭档——大连理工大学，大家一拍即合，决定一起完成这个挑战，这次新设备的研发还有齐齐哈尔第二机床厂共同参与。

在确定了机床整体设计方案后，经历了方案论证，图纸审查，设备验收、安装、调试，以及大量的各种铣槽件工艺转化试验。历时五年，2012 年，首台立式铣槽机横空出世。

立式铣槽机的性能非常先进：它的数字化铣槽系统，使槽型控制智能化、参数化，人机对话界面更人性化。采用高速采样方案，只需输入零件母线参数、刀具参数、槽型参数等，即可进行逐条采样，并可完成铣槽，这叫外型计算机重构，实现数字化操作，采样时间由三天缩短到半天；增加自动清根装置，利用高速电主轴和数控手段，完全替代人工手动清根，大幅提高质量、效率，减轻工人的劳动强度。

立式铣槽机的效率非常惊人：以扩张段内壁为例，实现了清根操作自动化，由原来清根需要刀具 150 把，减少到 15 把，刀具成本降低 90%，原来清根需要 10 天，缩短到仅需 3 天，清根效率提高 70%；还实现了 1 人同时操作多台设备的工作模式，极大降低了工人的劳动强度。特别值得一提的是铣槽质量提高了 30%，整个铣槽周期平均缩短了 50%。

该系列立式铣槽机的诞生，让铣槽生产“挺直了腰板”，以前只能靠加班加点、“连滚带爬”完成的铣槽任务，竟会出现铣槽毛坯件供不应求的局面，工厂彻底告别了铣槽瓶颈的时代。铣槽技术成功“立”起来了，李红丽的梦想也实现了，但她的身体却落下了病，这个不爱惜自己的李红丽，因为长期劳累，嗓子嘶哑，很长一段时间几乎不能发声。

一支不凡的团队

2014 年，李红丽团队的铣槽项目斩获大奖，《关联面形约束的大型复杂曲面加工技术与装备》荣获中国教育部技术发明奖一等奖。2015 年，该项目又荣获国家技术发明二等奖。两个国家级的殊荣，掷地有声，无可挑剔。

2015 年 9 月 20 日早上 7 时 01 分，我国新型运载火箭长征六号在太原卫星发射中心点火发射，成功将 20 颗微小卫星送入太空。

电视机前，默默关注液煤首秀的人群里，李红丽早已激动得热泪盈眶，一旁的丈夫姬飞飚打趣地说：“都多大年纪了，还跟小姑娘似的，那么容易动情啊！”李红丽不好意思地抹了把眼泪，但内心的激动却久久不能平复。是啊，这一天，不只是她，对很多人而言，已经等了太久……

铣槽项目二十余载，荣誉与成功的背后，是一群人日日夜夜为大型薄壁件的铣槽工艺技术研究、大型铣槽设备的研制、复杂型面上螺旋槽加工工艺

李红丽（前排左二）所在的团队多次收获褒奖和荣誉

研究的攻坚克难、奋斗不息，凝聚的是历届决策者的智慧、技术人员的心血、一线工人的汗水。

方群，工艺副总师，已退休，开创了仿型铣槽的先河；

徐新，高工，已退休，1989年到1992年不仅参与了设备研制，而且在设备的使用期间，一人身兼工艺、操作、维护数职；

李红丽，研究员，1991年参加工作后就接过铣槽工艺的接力棒，一直从事铣槽工艺研究，是工厂铣槽技术发展的核心和主要推动者，负责铣槽项目组的技术、生产、人员管理的工作；

郭忠富、邵建华，电工维护，已退休，铣槽专机的电气系统维护专家，铣槽机的守护者；

陈曦、秦利云夫妻，韩磊都等是铣槽机操作者，所有的铣槽件的加工均出自他们之手，是一群“干起活来，不讲条件，就像野人”的朴实工人；

工厂的技术处（现工艺处）、机动处（现设备动力处）、工装所（现特装所）的同志们，为铣槽自主开发和生产贡献了智慧和汗水；

还有大连理工大学、北京第二机床厂、齐齐哈尔第二机床厂等单位的同志们，大家在思想碰撞、技艺切磋中，推动了铣槽技术的发展。

不久前，有消息说因为车间场地紧张，厂里打算拆除西侧那三台工龄二十多年已经光荣退役的老铣槽机。李红丽轻轻地走到它们身边，抚摸着、凝望着、回忆着，万般不舍涌上心头。

二十八年了，从技术处、2 车间（现研发中心）再到 35 车间，她的整个职业生涯都与铣槽萦绕交织，这些可爱的“大孩子”，寄托了她最美好的青春年华。

就在此时一束阳光，投在她背后，照在刚刚攻关完成的世界首台薄壁钛合金铣槽件上熠熠生辉。在闪耀光泽的映衬下，李红丽鬓角青丝中的几丝华发，也显得格外美丽。

五十而知天命，李红丽与铣槽结缘一世，也写出了自己那别样的绮丽人生。

雷茂长
老骥无缰向天歌

2005年1月5日。

航天六院165所抱龙峪试验区。

被残雪覆盖的群山异常安详寂静，一条小河潺潺的流水声似乎在诉说着这里发生的一切。山沟间一座崭新的试车台像一名战士一样庄严地矗立着，它即将迎接一次严峻的考验。

一份合格的答卷

下午3时27分，所有人的目光都聚焦到了这座亚洲最大的液体火箭发动机试车台上，这一刻，空气凝固了，时间浓缩了，随着指挥员一声令下“开车”，试车台导流槽中一团橘红色的火焰喷薄而出，震山撼岳的怒吼声在山沟间回荡。

此时此刻，在远离试车台200多米的山头上，有一位老者正面对试车台

雷茂长在工作中

静思，他要亲身体验整个试验区在试车过程中的真实情况，亲自观察试车台周边会发生什么状况，冷却水管工作可靠性如何，发动机的火焰长短、冲击导流槽板的情况如何，燃气的排放是否顺畅，燃气流的走向会对环境有什么影响，燃气流对液氧库和水泵房有什么破坏，试车时噪声强度如何，试车时周围山体上会否掉落石头，甚至冷却水的汽化率怎样，等等，所有这些疑团他都要用身心去感受、验证。

随着发动机怒吼声的戛然而止，控制指挥大厅掌声雷鸣，人们抑制不住内心的喜悦，互相握手，相互祝贺。山头上观看试车的人群更是欢呼雀跃，激动不已。

试车成功了！所有的期待与梦想都在这石破天惊的30秒中得到了升华，我国新建的液氧煤油火箭发动机试验区试车台经受住了考验，拿到了承担我国新一代运载火箭动力系统试验任务的“通行证”。

没有人注意到，山头上的那位老者早已老泪纵横，掩饰不住内心的激动，大声喊着：“试车成功了！我们胜利了！”那一刻，他瞬间感觉如同千斤重担卸下了身，辛辛苦苦近七年终于等到了这一刻，战战兢兢的心总算稳定下来。

这位老者不是别人，他正是这座液氧煤油火箭发动机试车台的总设计师雷茂长。

试验结果一切如愿！试车成功当天晚上，雷茂长思绪万千，在记事本上顺手写了一段顺口溜：

建设新台老中青，肩上担子都很重，出谋献策创新路，跻身世界高水平；

建设新台工程大，各行各业显奇能，科学管理大协同，质量安全双一流。

这一年，雷茂长已经69岁。

献身航天 扎根“三线”

1936 年阴历六月二十九日（阳历 8 月 15 日），雷茂长出生在原山东省泰安县第十区孙伯乡孙伯东村一个贫穷的农民家庭。他自幼勤奋好学，1951 年 2 月，不满 15 岁的雷茂长考上山东济宁一中，1953 年又考取了泰安二中读高中，是他们村第一个考上高中的学生。1956 年 8 月，又以优异的成绩被山东工学院金属压力加工工艺及设备制造专业录取。

1960 年 4 月，24 岁的雷茂长大学毕业，他和近百名学生来到原国防部五院一分院一〇一试验站工作，被分配到一号台试车台气路组。

雷茂长说：我是个农民的孩子，若不是国家出钱助我上学，我肯定上不成大学。更让我没有想到的是，毕业后能被挑选到老五院从事国防事业，真是感到幸福和光荣，这是党和国家对自己最大的政治信任。我一定要报恩国家，决不辜负祖国对我的培养和教育。

由于雷茂长在大学所学专业是金属压力加工工艺及设备制造专业，为了尽快能适应液体火箭发动机地面试验技术工作需要，雷茂长抓紧一切可以利用的时间学习，向身边有经验的同志请教，经过一年多的努力，他很快适应了工作需要，并很快成为一号台的技术骨干。1961 年 10 月他光荣地加入党组织，1962 年 4 月被任命为液气工程组组长。因为他在我国第一个自行研制发动机的组合件研制试验工作中做出的成绩，1963 年初被一〇一试验站即中国人民解放军总字 742 部队记三等功一次。

在一〇一试验站的那几年里，初出茅庐的雷茂长充满青春热血，一头扎进试车台建设所需设备的外协加工中，走上海，跑北京，发现并解决了某型号双层容器的加工难题。雷茂长说：作为一名科技人员，能到工厂配合设备加工真是件幸运的事，在工厂可以学到很多书本外的知识，对今后从事技术设计和提高处理技术问题的能力都是有益的。

1966 年 4 月，雷茂长又一次被幸运选中，和所有创业者一样，义无反顾地来到秦岭深处偏僻的陕西省凤县红光沟，成为一名国防“大三线”建设的创建者，为架设中国航天的通天之路建功立业。

初来山沟时，雷茂长在老家农村的爱人身体不好，家境十分困难，拖着三个未成年的子女。为解决两地分居，他将爱人和子女的户口，迁到离试验基地七里地以外的一个叫做国安寺的小村庄，当起了“插队”农民。当时沉重的家庭负担仅靠雷茂长每月 62 元的工资，实在难以支撑，为了解决一家人的温饱问题，他动员全家在房前屋后想方设法种菜种地。生活的重担并没有把他压倒，相反，他更如饥似渴地扑到了当时我国最大的地面及高空模拟试车台的建设中。

1970 年，凤州二号台建成投产后，为提高试验技术水平，雷茂长带领技术人员攻克了推力、流量测试等关键技术，为某型号定型发挥了重要作用。1979 年，他又承担了一个新型号研制工作。某型号高压推力室试验系统是制约该型号的一个瓶颈，雷茂长以咬定青山不放松的毅力，刻苦攻关，终于破解了这一难题。

从 1972 年到 1994 年，雷茂长先后担任过 165 所二室副主任、主任、科技处处长、副总工程师和副所长等职务，在试验技术研究中积累了丰富的经验，总能在细微处发现问题的症结，剥茧抽丝，找到解决技术问题的钥匙。担任主管军品的副所长期间，他分管 165 所所有型号发动机试验工作，擅长大发动机试验工作的雷茂长又如饥似渴地钻研起姿控发动机试验技术。

在某重点型号姿控发动机试验中，经常发现流量测试数据不稳定且偏差较大等问题，严重影响着该型号研制进度。为解决这一“拦路虎”，他组织实施建立了一个简易真实介质标定校准系统，为该型号转阶段研制发挥了重要作用。

老而弥坚 初心如磐

1994 年下半年，58 岁的雷茂长从 165 所副所长位置退居二线，任 165 所科技委副主任，主管所内技术改造工作。

这年的 10 月，一个喜讯传遍 165 所的干部职工，原航天工业总公司下文，批准改造 165 所凤州试验区二号台承担引进的液氧煤油火箭发动机试验。

在时任所长张斌章的建议下，雷茂长挑起了改造二号台技改项目技术负责人的重担。从那时开始，雷茂长就专心组织有关单位的领导和技术人员，开展总体方案设计和试验系统技术设计工作。

液氧煤油发动机试验在我国是一项新技术，它是一种高空工作发动机，需要进行模拟高空性能试验，借鉴俄罗斯的经验，技术人员采用了空气泄入式扩压器装置，扩压器与推力室喷管装配间隙尺寸通过模型件地面吹风试验数据确定。还同时研制了为解决发动机点火起动瞬间，推进剂供应管道内液体流动产生的液体惯性流阻影响泵前入口压力的问题，采用了在近发动机最近处管道上安装起动容器的技术。

这次试车台技术改造，需要一个 50 立方米的液氧容器，通过多次调研考察，最后在杭州成功订货。但是一个问题摆在了面前，如何将这样一个 3 米直径、10 多米长、40 吨重的庞然大物安全地运到凤州试验区？最后厂家通过火车将该容器运到了宝鸡，再用大型拖车运到凤州。

当天雷茂长正在西安开会，听说容器从宝鸡即将运往红光沟，听到这个消息，他立即离开了会场，马上驱车前往宝鸡。这么大的容器，要翻山越岭，穿山洞、过桥梁，他不放心，要亲自护送。追上拖车后，他乘坐的小车就一路跟在拖车后面，他亲眼看着拖车像蜗牛似的慢慢爬行，整整走了一夜，第二天天亮，拖车终于安全到达了试验区试验台上，雷茂长这时才长长地舒了一口气，一颗悬着的心终于放下。

真是好事多磨。在检查容器的时候，雷茂长钻了进去，当发现容器内部很脏，杂物很多时，他非常生气，马上打电话让器材处郭德寿处长立即通知厂家来人处理。厂家来人后，雷茂长严肃地问道："你们的容器质量能保证吗？""是我们的失误，但制造质量绝对没有问题。"来人一面承认错误，一面组织人员立即处理。

从 1995 年 9 开始，凤州二号台技术改造进入了如火如荼的调试安装阶段，雷茂长和大家一起，远离西安大本营，吃住在凤州试验区，加班加点，随时解决出现的问题。

1995 年 12 月 15 日下午 6 时许，液氧煤油发动机第一次试车将要进行，在这激动人心的一刻，雷茂长和参试人员一起期待着。10 秒钟的试车圆满成功。

1996 年 2 月份，凤州试验区二号台又圆满地完成了第二次液氧煤油发动机试验任务，为今后进行我国自行研制液氧煤油发动机试验奠定了良好的基础。

完成了两次试车之后，雷茂长编写的"液氧煤油发动机试验技术"科技成果报告，喜获 1995 年度部级科技进步成果一等奖。同时因在液氧煤油发动机试验工作中的突出表现，雷茂长荣获 1995 年度航天系统"劳动模范"称号。

1996 年 8 月，雷茂长到了退休年龄。

"老雷，你要退休了，但是所里的技改工作，特别是液氧煤油发动机这一块还需要你呀！所里想返聘你。"时任所长张斌章诚恳地说。

"既然所里需要我，说明我这个老头子还有用啊！好吧，我听你的，继续干！”雷茂长幽默地回答。

就这样，在给雷茂长办理退休手续的同时，所里又给他办理了返聘手续，让他继续负责技术改造工作。

返聘期间，雷茂长根据 11 所编制的组合件试验建台任务书要求，进行了液气供应系统动力理论计算，设计了高压组合件试车台液气供应系统原理图，试验系统最高工作压力 30 兆帕，气源最高工作压力 45 兆帕，确定并编制了设备清单。

当时国内尚无这样的试验装备，预先研究或型号研制工作急需这样的试验条件，为此所里向○六七基地申请去俄罗斯进行考察和技术交流。这次考察的成员有臧礼久、耿文忠、韩荣辉、曾立、王永忠，雷茂长任团长。

这次出国考察担任团长，雷茂长感到机会异常珍贵，责任更加重大，同时也感到一种无形的压力。

“雷所长，这可是地道的鱼子、黄油啊，你怎么不吃？”随行的翻译王永忠边吃边不解地问。

“唉！一言难尽呀，当这个团长真不是个好差事。”看得出，雷茂长很是疲惫。

是啊，在俄罗斯的那段时间里，白天，成员们紧张地考察交流，晚上，除了团内开会讨论问题外，雷茂长还要考虑下一步的工作内容和交流技巧，争取多交流一些内容，多获取一些第一手材料，每天都感到既辛苦又疲劳。

这次出国考察，雷茂长和成员们确实学到了一些先进的技术和知识，为我国后续建设液氧煤油高压组合件试车台奠定了良好的基础。

1998 年 9 月，雷茂长根据 11 所提供的百吨级液氧煤油高压补燃发动机研制大纲，研究编制了试车台技术改造方案。这是我国自主研发百吨级液氧煤油发动机，还是按照改造凤州二号台的计划做方案，由于下一步是由 165 所二号台还是上海七〇一三试车台承担任务，还没有最终确定，当时谁也不敢提新建试车台技术方案。

临危受命 再披战袍

1998 年底，在返聘两年之后，雷茂长离开了工作 38 年的工作岗位。为祖国的航天事业忙碌了一生的他，终于有时间回家陪伴年老多病的老伴、照顾年幼可爱的孙女，享受天伦之乐。然而，这种悠闲温馨的日子仅仅过了半年时间，就被时任 165 所所长史峰章的一个电话彻底改变了。

1999 年 4 月初，史峰章所长给雷茂长家中打来电话："雷所长，上个月我在北京开会，会上有专家提议能否在西安建设液氧煤油发动机试车台，上级领导同意可以进行论证工作。这项工作很重要啊！你有工作经验，所里想请你帮忙，不知你的意见如何？你若同意请明天来我办公室详谈。"

"太好了！在西安建台一直是我们 165 所的愿望，过去一直不敢有这个奢望，这对 165 所甚至〇六七基地都是天大的好事，我没有理由拒绝你，明天我就来你办公室商讨下一步工作。" 听到这个消息，雷茂长像个孩子似的兴奋和激动，他毫不迟疑，立即在电话中回复了史峰章所长。

这一夜是那么的漫长，天不亮，雷茂长就起床了。

"这大清早的，你要干什么去呀？" 老伴不解地问道。

"对不起，老伴，我可能又要食言了，工作上的事需要我去办公楼一趟。"雷茂长有些愧疚地说。那一刻，雷茂长也万万没有想到，这一去又耗费了他七年的心血。

早上一上班，雷茂长就来到史峰章所长办公室，迫不及待地说：

"史所长，快给我详细地讲讲这件事，我们一定要抓住这个难得的机会。"

史峰章也很兴奋地说：“雷所长，辛苦您了，快坐下，我们好好谈谈。”

这一年，雷茂长已经 63 岁。

雷茂长心里十分清楚，航天运载能力反映一个国家自主进入空间的科技水平，为了确保自己的领先地位，美国、俄罗斯等世界航天大国，纷纷潜心研制新型大推力运载火箭，占领世界航天运载市场。而我国对于大推力、无毒无污染新型新一代火箭的渴望，更是几代航天人心中的梦想，是中国在新世纪继续保持航天大国地位，赶超世界先进水平的关键所在，而液氧煤油发动机试车台的建设就是实现这一梦想的平台。

其实，所里请雷茂长再次出山，也是经过慎重考虑，认为他有能力承担这个重任。

雷茂长先后参加过 101 所一号台技术改造工作，引进 543 发动机试验，我国第一个自行研制东三发动机的推力室、涡轮泵联动装置试验，红光沟二号台重新选址、总体设计、建设的全过程及一系列的技术改造，特别是负责进行了引进俄罗斯的 85 吨液氧煤油高压补燃发动机试验的二号台技术改造工作。在机关工作期间，对 165 所的所有试验单位和试验装备在技术上是熟知的。另外对 101 所的整体情况是熟悉的，并参观过 806 所的试验设施，也曾去俄罗斯化工所进行过考察和参观，可以说对国内三个试验基地的整体情况是熟悉的，积累了宝贵的经验和财富。

当时有人对雷茂长说：“你从 1993 年起就开始享受国务院政府特殊津贴，曾荣获多项国家和省部级科技奖、陕西省先进工作者、部劳模、部一等功等荣誉，早已是功成名就，也该好好地享享清福，没有必要再拼上老命了。”

“我是一名有着几十年党龄的老党员，领导能把这么重要的担子交给我，说明信任我，能在自己的有生之年为祖国的航天事业再出一把力，我感到很荣幸。”雷茂长这样回答。

从那天开始，雷茂长又开始了正常的上班，陪伴老伴的时间少之又少了。

相濡以沫的老伴像过去几十年一样，一如既往地理解他、支持他，还时常提醒他："你的身体也不好，工作再忙，也不能忘记了吃药。"

过关斩将负重前行

从承担起建台任务，雷茂长就默默告诫自己：试车台建设决不能出问题，否则自己就成为国家和 165 所的双重罪人。

可是，要建成这么大的一个试车台谈何容易，用过五关斩六将形容一点不为过，雷茂长说自己承受着平生最大的重负。

"雷茂长为西安建台方案技术负责人，各方要大力支持，鼎力相助，共同完成好这一历史使命。"史峰章所长在全所中层干部会议上传达了上级的相关精神，并对所里的工作进行了安排部署。

1999 年，雷茂长虽然 63 岁，但心力和精力都是挺足的，他有信心有能力带领大家把前期工作做细做扎实，力争上级领导同意并批准在西安建设亚洲第一的大型液氧煤油发动机试车台。

做技术方案，首先要做到技术上是可行的，但考虑问题的重点是建设项目的可批性。首要的一个问题是试车台建在西安什么位置。165 所在清水头已有试验区，为了可批性，不可能在别的地方选址建台，很快上下形成一致意见在清水头建台。大前提定下来，就可以开始做具体的技术方案了。

雷茂长起初的想法是，在清水头建台，最好是建水平式试车台，因为俄罗斯的 800 吨液氧煤油发动机试车台是倾斜十度的水平式试车台，他们的 200 吨液氢 / 液氧发动机试验台也是水平式试车台，但最后综合考虑上级领导和设计方意见，确定建垂直式试车台。雷茂长立即组织有关技术人员做技术方案。

1999 年 5 月 8 日，雷茂长汇总编写了“在西安建设液氧煤油高压补燃发动机试车台初步技术方案”，并向〇六七基地领导进行了汇报，拉开了建设液氧煤油发动机新试车台的帷幕。

1999 年 5 月 13 日，雷茂长修订了初步方案后，编写完成了“液氧煤油高压补燃发动机研制技术保障条件项目建议书——发动机试验”，这份项目建议书很快上报了总公司，也成为这个项目的立项依据。

1999 年 7 月 30 日，雷茂长根据上级要求编写了“在西安地区建液氧煤油发动机试车台综合效益分析报告”，作为项目建议书的补充材料。这两份材料也成为上级领导和中咨公司评估的依据。

2000 年 9 月 7 日，是雷茂长终生难忘的日子，国防科工委等国家有关部委终于批准了在西安地区建设液氧煤油火箭发动机试车台。雷茂长终于露出了开心的笑容，他负责编写的三个报告，在评估立项中发挥了重要作用。

评估工作结束后，史峰章所长对雷茂长说：“试车台已立项，后续的工作任务还很多很重，你得继续留下来。”

雷茂长心里也很清楚，后续的工作艰巨复杂，需要有工作经验和判断力强的老同志共同完成，他对史峰章所长说：“我建议把唐德芳和卞水思两位老同志一同返聘，便于对重大问题我们三个人一起讨论，避免出现重大差错。”史所长认为雷茂长的想法很有道理，立即就答应返聘这两位老同志。

原立项报告确定在清水头试验区建台，但评估专家在评估书面意见提出，在清水头建台，台址距小峪河太近，且与河床高差太小，将来有被淹的可能，建议在更适宜的地方建台。同时认为最好能提出两到三个方案让专家抉择。

当时我国有三个大型发动机试验基地，雷茂长参加过两个试验基地的建设，对三个试验基地都清楚，也参观过俄罗斯化工所平地上的试验基地，但从未参加过试车台建设选址工作，对选址工作心中无底，对能否选择一个理想的试车台建设场址也无把握，心中着实不踏实。

雷茂长心里很清楚，试车台选址是项十分重要的技术工作，它是试验基地建设的基础性工作，它的理想程度直接影响着试验基地整体布局的合理性、投资规模的大小、试验工艺流程的合理性和安全性，以及使用方便和良好的可维修性等。

1999 年 11 月初，165 所组成了老中青相结合的选址小组，共有 10 余人参加，在半个多月的时间里，雷茂长和大家一起像个陀螺，跑遍了户县、长安县、蓝田县等距西安大本营 50 公里范围内的秦岭北麓的十余处山坡地、峪或沟，但还是没有找到他心目中的一个小山头或一个宽阔的丘陵地带，因为建试车台最好有明显的地形高位差。

幸好基地周同副主任过去曾踏看过抱龙峪和太平峪，建议选址小组去察看。在察看抱龙峪时已有简易道路、修了河堤和两座桥。周同告诉大家，航天部 504 所在 20 世纪 70 年代曾在此选址建设工厂。为弄清当时的情况，

在给试车台选址的路途中，雷茂长（前排中间）和同志们一起蹲坐在地上就着咸菜啃面包

雷茂长和基建处付江南处长立即赶到 504 所询问情况，并借回抱龙峪建设初期所有档案资料查阅并进行了复制。经过多方面了解和分析，将抱龙峪定为一个预选方案。

在抱龙峪选点时，水源是个很重要的因素，雷茂长找到当地的一个老乡，仔细询问："这条河平时的水量如何？水位多高？有没有干枯过？"那位老乡疑惑地看着雷茂长，不知道他问这些要干什么，但还是很痛快地说："这条河里的水从来没干过。"雷茂长的心里乐开了花。

选点小组同时也踏看了太平峪内西角峪，将其也作为一个预选方案。三个预选方案经过讨论，最终决定只做清水头和抱龙峪两个地址的细化综合对比工作。

作为技术负责人，雷茂长说他如履薄冰，谨慎小心，时刻提醒自己，绝不能因决策失误悔恨终生，或给航天事业造成重大损失，更不能辜负各级领导对自己的重托和信任。对遇到的每个问题，或别人提出的问题决不轻易放过，必须弄个水落石出。

水文地质情况如何？

噪音如何治理？

环境保护？

安全评估？

……

这一串串问题整天装满雷茂长的脑海，必须一个个分析、解决。

为了弄清楚两个选址区的水文地质情况，委托陕西省西北地质工程勘察研究设计院等六家单位的专家对选址区的地质构造、水文地质等是否适合建台给出书面结论性意见。

为了解噪声治理技术，雷茂长和时任所长助理史超，带领几个同志到武功县 5702 飞机发动机维修厂，参观航空发动机试验噪声治理技术，并多次到西安交通大学请教相关专家，并委托航天科工集团七院环保所研究提供发动机试车噪声治理方案。

经过对各种因素的综合分析对比，经过无数个不眠之夜的思虑后，雷茂长下定决心倾向在抱龙峪建设试车台。

后续又经过所内评审会、基地评审会、集团公司在西安召开的评审会，最终在 2000 年 4 月陕西省计委和集团公司联合召开的地方政府部门评审会上做出结论：同意在抱龙峪建设液氧煤油发动机试车台。紧接着在集团公司召开的专家评审会上也做出结论：抱龙峪作为液氧煤油发动机试车台建设首选方案。

雷茂长幽默风趣地说：传说抱龙峪是一个吉祥的地方，这条沟曲曲弯弯活像一条巨龙，试验的发动机一定也会像一条长龙腾云驾雾飞向太空！

选址结束后，按说应该进行后续工作了，可半路又杀出一个“程咬金”。事情是这样的。

2000 年 7 月，陕西省地震局给 165 所下发红头文件，根据 1994 年国务院一四〇号令，地震监测设施和地震观测环境保护条件：鉴于子午地震台在我国防震减灾工作中的重要性和特殊地位以及在中国地震台网和国际资料交换中的不可替代性，请贵所慎重考虑，重新选择试验基地场址，其与西安子午基准地震台直线距离应经过实际测量后确定，但至少要大于 5 公里。请贵所充分考虑，并予以落实。

其实，在选址阶段，165 所就委托陕西省地震局下属工程地震勘察设计研究院进行勘察并提供书面结论，清水头和抱龙峪场址均不在地震带上，建议建筑物按防八度抗震设防。在进行建设项目可行性研究阶段，165 所委托他们进行工程地震详勘，但该单位拒绝进行。

但是，为了和陕西省地震局争取达成一致意见，还需要做大量的工作。

雷茂长和付江南立即赶往地震局，为他们详细介绍液体火箭发动机试车技术；并邀请地震局到凤州现场实际测量试车对地震记录有多大影响。

2000 年 9 月 5 日，正好凤州一号台有试车，地震局布设了 5 个测量点进行了记录，并给出了意见：第一，本次测试的 05 号点，基本模拟了长安县抱龙峪与西安基准地震台地貌与距离条件，记录到的试车事件明显大于正常噪声背景，其幅度约为正常噪声背景的四倍……所以初步估计贵所在长安县抱龙峪建火箭发动机试车台，将对西安基准地震台的地震观测造成干扰；第二，建议贵所在距西安基准地震台 5 公里以外选择试车台场址。

与此同时，165 所试车台建设总指挥左洪书专门去北京请来地球物理所周公威、张少权、张伟清三位教授地震专家来西安讨论解决问题。

最终，国家地震局给出的意见是：1. 同意在抱龙峪建设试车台，试车台需距地震台 2 公里以外；2. 试车台需采取防震措施；3. 需要上一级出具试车信息不怕泄密的证明材料；4. 一旦试车台建成后对西安地震台的功能有影响，子午镇地震台搬迁费用由 165 所承担。

虽然前后用了半年时间，总算解决了地震局的问题。

可喜的是，在试车台建成后第一次试车时，专门安排地震台进行测量，测量结果大出意外，试车干扰信息只是正常噪声背景的两倍，比红光一号台试车干扰小了一半。

真是好事多磨。

参加过三线建设的人，对山区建设过程中发生滑坡、塌方等事故都不会生疏。雷茂长还清晰地记得凤州一号台、二号台在开挖施工过程中发生的大面积滑坡和塌方。所以，预防地质灾害这根弦从一开始他就绷得很紧。之所以将试车台建在这个位置，就是因为看到这一片山体都是整体性较好岩石山体，就是为了避免塌方。同时在开挖前、开挖中都请西北综合地质勘察设计研究院专家、建筑设计院设计专家等会审、勘察、把关。

千防万防还是没有防住！

试车台基础岩石开挖完成八米高的第一级台阶后的第二天，2002 年 5

月4日上午9时，基建处徐万林副处长给雷茂长打来电话：

“雷总，不好了！试车台基础开挖面岩石发生了不同程度的裂缝，同时标高742米工作平台面上整体岩石也发生了几条裂缝，最宽约400毫米。”

听到这个意外的消息，雷茂长心急如焚，立即赶到现场，当看到眼前的状况后，他的心情非常沉痛，“这么好的整体岩性怎么会发生这么大的问题呢？”

“徐万林，通知施工单位立即停止一切施工。”雷茂长下令道。紧接着，他马上向史峰章所长、左洪书总指挥报告了情况，并通知西勘院、建筑设计院派专家速来现场察看，研究下一步如何办。

专家们的意见也是停止施工，查找分析原因。之后一段时间由于连降几场大雨，地质灾害扩展得越来越严重，中位水池附近山体发生了几条大裂缝和大面积滑塌。

看到突如其来的地质灾害，雷茂长的心情非常沉重、昼夜难眠。“是不是这个位置不适宜建台？！”

为了确定地质灾害的性质，第二天，雷茂长起草了一份165所给责任单位西勘院的函，要求他们对如下问题给出明确结论：山体开挖后为什么山坡会产生裂缝、滑塌等地质灾害，产生地质灾害的根本原因是什么，这片山体是否还处于稳定状态，这个地域是否还适合建设火箭发动机试车台，地质灾害能不能进行治理，治理后能否保证山体稳定和试车台的长期安全。如果这些问题弄不清楚，就不可能继续在抱龙峪这个位置建设试车台。

与此同时，所里还邀请了铁道部勘察设计院西安分院、水利水电地质勘察设计院及陕西省地质勘察设计院的专家，分别先后到现场察看、分析，专家们的意见基本是一致的。基于可以治理好的地质灾害，雷茂长开始研究试车台建台位置调整方案，并委托建筑设计院也做相应的工作。

在六院召开的发动机试车台地质状况暨拟调整方案论证会上，十余名参会的地质专家评审结论为：地质灾害是岩石构造破碎等多原因造成，属浅表层滑动塌方；山体是稳定的，可以通过加固治理保证试车台长期安全；试车台位置调整对下一步施工安全是有利的。有了这个结论就说明可以在抱龙峪继续建设试车台，压在雷茂长身上的一个大包袱甩掉了。

为选择一个地质灾害治理的质量信得过单位，左洪书带领相关人员考察了多家单位。最后通过招标，中铁西北科学研究院中标，设计和施工均由中铁西北科学研究院承担。

真是选对了治理灾害施工单位，中铁西北科学研究院是一个治理经验丰富、能吃苦、敢打硬仗、信得过的单位，自2002年12月初动工至2003年6月，基本完成了标高742米平台及以上高边坡治理工程，为试车台建设全面开始施工创造了条件。

雷茂长对治理工程的设计方案和工程质量是放心的，百年大计肯定没问题。理由是：方案采用了五级边坡段，从上至下分级治理，为卸荷重进行了削坡处理，大部分山体坡度在45度左右，基本上相当于自然稳定坡度，每五米见方的四个角打近20至30米深的孔，再送入钢索浇灌混凝土将索头与周围岩石固定，外端用钢筋混凝土框架梁固定索头，整个山坡成为钢筋混凝土梁组成的方格体，锚索数百个，坡根用混凝土档墙护坡，坡根平面上打了11根抗滑桩，每个桩孔2米见方、深15米至20米不等，绑扎钢筋后再浇灌混凝土，用它稳住坡角等。修建完成后中铁西北科学研究院王恭先院长讲：可以说这是我们的一个样板工程，165所若不是保密单位，我要请人来参观。

呕心沥血 奉献余热

2018年6月10日，165所首次庆祝建所纪念日活动，有一项内容是回顾历史，其中有一张照片引起了许多人的回忆和感动，那是在选址过程中，雷茂长为了摸清终南山脉的地形状况，带着一干人翻山越岭，满鬓银丝被山里瑟瑟的冷风吹得飘起，一个干馒头就着矿泉水凑合着一顿饭。

当时和雷茂长一起参加选点的王会程说：选点时，每天连轴转，雷总带领大家跑红光沟、清水头、抱龙峪等地。有的山上，灌木杂草丛生，从来没有人走过，有时裸露在外的小石头会滚落，年轻人都吃不消。有一次爬天子峪时，大家都很吃力，雷总开玩笑地说："看你们的孬样子，还不如我一个老头子。"大伙心里都知道，他是给大家鼓劲加油。当时他拄个木棍，和大家一起爬 70 多度、落差 145 米的陡坡，几步一休息，满头大汗的样子实在叫人不忍心。

有一次，为了尽快确定液氧煤油发动机试车台高位水池的位置，雷茂长拄着木棍又要往山上爬，正赶上雨后上山困难，试车台建设总调度长赵俊卿劝他："雷总，您这么大年龄就不要上去了，我们几个上去察看，回来给你说清楚您拿主意。"雷茂长听后生气地说："我理解你们的好意，但我不能这样做，因为听别人讲和自己亲眼看大不一样，设计人员只有对自己的设计方案仔细推敲，掌握了第一手资料，判断和决策问题才不会出偏差，也才能经得起时间的检验。"说着，雷茂长头也不回，自己径直往山头去了。赵俊卿说：看着雷总苍老的背影，看着他坚定的步伐，我们在场的人无不动容。

回想起建台过程，雷茂长动情地说："当年为了弄清山上的情况或施工情况，我自己都记不得有多少次爬上山头，特别是最后两年，我明显感觉到上山时已是气喘吁吁，但还是要亲自上去，做到眼见为实呀。"

作为新台总设计师的雷茂长时刻告诫自己：要打破常规，瞄准当前世界航天试验技术发展前沿，要通过超前的设计和周密的考虑，把新试验区建成技术一流、设备一流的试验区。

抱龙峪液氧煤油发动机试车台建设过程中，雷茂长不顾年老体弱，身先士卒，冲在最前线

选址确定后，雷茂长就组织人马开展可行性研究报告技术工作。为了达到良好的效果，雷茂长想到了一个办法，在地形图上用按比例剪制的各工号图片排兵布阵，反反复复无数次推敲，探讨研究试验区最佳的总平面图多种布局方案。通过一系列艰苦细致的工作，于 2001 年 4 月 20 日国防科工委批准了可研报告。

初步设计是建设项目的技术设计，是将可行性研究阶段的技术方案、框架图、原理图等技术方案做细化技术设计，要确定各试验系统的组成，要确定各种试验装备、非标设备、管材、线路、附件的具体规格、型号、数量、制造厂家等技术细节。要确定各建筑工程的建筑面积、结构形式及特殊要求等。

面对数十个大系统，数百个分系统，数千张图纸的设计画图，数万台次的仪器设备的选型，雷茂长组织几个副总工程师分头把关，核审设计资料。参与当时设计工作的苏红军说：大系统套分系统，分系统套子系统，整天埋在图纸堆里的感觉，我们年轻人有时都感觉吃不消，对雷总这样一个年近古稀的老人来说，那种感觉可想而知。

在这项要求非常细致的工作过程中，雷茂长和大家一起加班加点，进行大量的计算设计、查找各种标准资料和样本。当时他身患萎缩性胃炎，和他一起工作的同志常常能看到，他由于胃部不适痛苦的表情。

“雷总，您该休息休息，去看看病。”大伙劝他。

“没事的，是老毛病了，吃吃药就扛过去了。时间紧，不能影响进度呀。”他总是这样说。

这种情况被时任所党委书记郭宽峰看在眼里，2000 年某天，郭宽峰亲自带车陪雷茂长到咸阳中医药大学找名医看病、取药。这使雷茂长深切感受到领导的关心和爱护。

建设现场的“总操心”

2003 年 7 月 9 日，这一天是抱龙峪发动机试车台开工奠基的大喜日子，陕西省计委、西安市、长安区、航天科技集团、航天六院的领导都参加了开工典礼。

工程建设开工后，施工场面轰轰烈烈，施工人员、车辆频繁来来往往，为了赶进度施工人员经常挑灯夜战，抱龙峪山沟内灯火通亮，大干快上的场面十分壮观。雷茂长曾多次让总调度长赵俊卿派车，夜间去施工现场察看建设情况或处理技术问题。

那时，雷茂长主要处理和解决在工程建设过程中发现和发生的各种技术问题、质量问题、安全生产问题等。

平时在现场，雷茂长非常尊重施工单位的管理人员和施工人员，主动和他们打招呼，休息时和他们聊天，还时不时给他们送上一支烟，给他们鼓劲。

在施工单位人员的印象中，雷茂长是一个非常随和的老头，直到有一天他们看到了不一样的雷茂长。

这一天，雷茂长和往常一样进行工作巡查，当走到试车台场坪第三层，这是前几天刚完成楼板钢筋混凝土浇铸，就发现楼板表面多处有裂纹，他脸一沉，立即召集有关各方开会，紧紧抓住施工单位中天公司和工程监理公司监理人员不放，要求他们一定要找准原因，并采取有效的补救措施。

还有一次，在检查直径 1.2 米的冷却水管焊接质量时，发现外表质量个别地方不太理想，雷茂长立即想到，不知管道内壁焊缝的焊透性如何。为了弄清楚这个问题，他让安装公司的经理、焊工和监理一起陪着钻进管道内检查焊缝质量。沿山铺设的 1.2 米的冷却水管坡度有 60—70 度，雷茂长硬是爬进坡度较小的 100 多米内仔细检查，还真发现了少量焊缝未焊透。从冷却水管出来后，他要求安装公司将管道内壁的焊缝全部封底焊一次，作为焊缝补强措施。

雷茂长经常给施工单位领导和职工宣传这样一个观点：这是一项国家重点工程建设项目，实行的是工程质量终身负责制，五十年内若发生了质量问题，必须追查有关单位的责任。

在长期的工作中，原机械部七院总工程师王全麟同志负责工程建设中处理现场技术问题，他是资深的土建结构专家，有很深且熟练的技术造诣，对工作很热情又很负责，他俩经常形影不离，有一次他对雷茂长开玩笑说：“你这个总设计师，怎么什么事都管！你真是个‘总操心’！”

雷茂长笑着说：“你要知道，我除了总设计师头衔外，还是第一副总指挥，所以为了工程质量什么事我都可以管，我就是个爱操心的人，只要我看见不符合质量要求的事，我必然要管，保证工程建设质量是我的职责。”

王总的这个笑话“总操心”很快被传开，有些人干脆见了雷茂长直接称呼“总操心”，他也会乐呵呵地默认。

铁汉柔情爱满夕阳

在 165 所乃至航天六院，雷茂长和爱人相濡以沫几十年的爱情故事也被人们津津乐道。1947 年， 12 岁的雷茂长和 19 岁的孙桂荣结为伉俪，生活上他们相互照顾。随着年岁的增加，老伴孙桂荣身患多种疾病瘫痪在床，年岁已高的雷茂长与子女一道无微不至地照顾比他大七岁的老伴，与老伴相濡以沫，直到 2013 年 8 月 9 日老伴与世长辞。

退休以后的雷茂长，当时最大的心愿就是多陪老伴散散心，弥补多年工作忙顾不上家的亏欠。然而，新任务、新挑战、新担子一个接一个，他只能把逛公园散散心的日期推了又推，直到与老伴的金婚纪念日过后，雷茂长才陪着老伴逛了一趟公园，在美丽的郁金花旁留下了相互搀扶的恩爱合影。

对子女，雷茂长也是严爱相加。小儿子雷震说：“父亲对我们五个子女的管教是很严的，不管谁做错事或说错话，他一般不会打骂，只看谁一眼，谁就会知道错了或害怕了。父亲是一个身教重于言教的人，很少给我们长篇大论讲道理，但我们从他的言行中学会了做人的道理。”目前雷茂长的两个儿子都在抱龙峪试验区工作，其中一个是研究员，一个是高级技师。

2002 年，雷茂长的家庭荣获“陕西省五好文明家庭”及“绿色家庭示范户”光荣称号。

2014 年，在航天六院首届感动六院十大人物评选中，雷茂长光荣当选。遗憾的是，12 月 9 日雷茂长因故（前往北京体检）没有参加现场颁奖，让小女儿雷丽华代他领奖。他临行前写了两句话让女儿在颁奖典礼上代读：我衷心感谢六院各级领导和全体同志对我的厚爱！我把一生奉献给了航天，我无怨无悔！

评委会对雷茂长的颁奖词是：

他数十年如一日，执着奉献；

他老而弥坚，壮心不已，始终燃烧着为航天事业奋斗的激情；

他为爱坚守，不离不弃，传递着人间真善美的温暖。

从北京体检回来后，雷茂长认真观看了颁奖典礼的光盘，风趣地说：“我这个耄耋老头离开岗位这么多年，还被评为首届“感动六院十大人物”，给我颁了荣誉证书和奖杯，这是对我人生价值的最高评价，我觉得我这一生很值了！”

史峰章
钟情试验　心系动力

2018 年 1 月 26 日，中央电视台纪录片频道《创新中国》节目播出了中国首台泵后摆火箭发动机首次试车的高清画面，场面极为壮观。这次的火箭发动机试验不但使中国成为世界上第二个掌握泵后摆核心技术的国家，而且也为中国研制 500 吨级重型火箭发动机打开了胜利之门。

在红光沟凤州试验区，史峰章代表全所干部职工宣读承诺书

此时此刻，一位老者也在电视机前，当他观看到这一壮观画面上，更是心潮起伏，久久难以平静。

他，就是史峰章，165 所原所长。作为液氧煤油发动机试验技术的创始人之一，这一路走来经历了太多的挫折与困境，曾经汗水淋漓的奔走，曾经风雨之中的锤炼，但无论怎样，他都没有想过要放弃，因为他知道只要还有一点希望，他都会在缝隙中寻见光的影子，让自己在光中一路踏歌前行。这就是奋斗不息、生命不止，勇敢开拓、踏歌前行。

卧龙秦岭　液煤初鸣

1990 年我国引进了 3 台 RD-120 液氧煤油发动机。那一年起至 1996 年的六年时间，是 RD-120 发动机技术引进、消化和吸收的时期。而消化吸收发动机试验技术，更是被提到了“不能等，等不起”的关键日程。

在此期间，165 所采用“走出去、请进来”的方式，几次派人出国考察和技术培训，史峰章作为技术骨干也曾赴俄罗斯学习，特别是 1992 年俄罗斯专家来所讲课和技术交流后，165 所基本掌握了 RD-120 发动机试验技术。理论清楚，不付诸实践也是枉然，液氧煤油发动机研制的每一个阶段都必须通过试车考核，所以，液氧煤油发动机试验技术的掌握，就显得尤为关键。

然而，165 所当时的试车台，只能承担常规发动机试验。要承担这一全新的发动机试验，谈何容易？

经过反复考察、论证、研究，航天工业总公司于 1994 年 10 月做出决定，批准改造 165 所凤州试验区二号试车台，用以承担 RD-120 发动机试验。

二号试车台自 1970 年 12 月 28 日成功地完成考台试车以来，在 20 多年的发展过程中留下了闪光足迹。1970年至1977年是远程运载火箭发动机研制定型工作的攻关阶段，由二号试车台承担发动机性能试车任务，1980年远程运载火箭飞行太平洋发射成功，证明了二号试车台的试验数据是可信的。

1977年至1978年，是75吨高空发动机研制关键时期，为了完成试验任务，二号试车台在原高空模拟试验装备的基础上，进行适应性改造并圆满完成3次试验，为二号试车台积累了高空模拟试验技术。1979年至1984年，在机动发射洲际导弹研制阶段，二号试车台发挥了不容忽视的作用。1986年至1987年，二号试车台进行了全方位的技术准备，设计了高空点火试验装置和真空抽气系统、推力架等，承担了某型号常规推进剂发动机研制和批生产抽检试车任务。

二十多年里，二号试车台在试验技术领域的发展和储备为承担RD-120发动机试验奠定了一定技术，但是依然困难重重。当时改造二号试车台，使其具备RD-120发动机试验条件，具有相当大的技术难度。

一方面，大型液体火箭发动机的低温试验技术对165所而言还是空白，另一方面是液氧煤油发动机试验系统、试验技术比常规发动机试验复杂得多。

面对着两大难题，时任主管发动机试验工作的165所副所长史峰章，丝毫没有退缩，他清醒认识到，液氧煤油发动机研制关系到中国航天事业的发展和165所的未来，并且与每一位职工的前途、命运息息相关。他带领大家披星戴月，忘我地奋战在第一线，既是组织者、领导者，更是普通的参试人员。他以身作则，严于律己，和大家一起挑灯夜战攻克难题。在他的带领下，技术人员不断梳理问题，确定主要目标——设计空气泄入式扩压器，为了确定空气进入通道的最佳截面尺寸，在701所进行了缩尺件冷吹风试验，根据试验结果确定了扩压器结构尺寸；同时研制出低温气动球阀，这是当时我国最大口径的低温阀门。

经过一年多的建设、改造，分别于 1995 年和 1996 年成功进行了两次热试车，试车的那一天，消防车、救护车、通勤车按指定位置原地待命，人们怀着紧张而兴奋的心情，等待这一历史性时刻的到来。控制间的史峰章，尽管深知前期做了十分充分的准备工作，但此刻也是忐忑不安，

两次试车成功，为我国自行研制液氧煤油发动机创造了试验条件，积累了实践经验。两次试车成功，不仅鼓舞了液氧煤油发动机研制团队的士气、增强了液氧煤油发动机试验团队的信心，更为 165 所在液氧煤油发动机试验领域积累了宝贵的经验。

在随后的 1999 年至 2004 年，120 吨液氧煤油发动机及其组合件模样和初样研制试验时期，二号试车台通过再次改造满足了涡轮泵联动装置和发动机系统试车要求。

1999 年 2 月 6 日，首次液氧煤油发动机发生器—涡轮泵联试获得成功，验证了涡轮泵、燃气发生器和五种阀的设计方案与工艺路线的正确性，考核了闭式循环发动机的工况调整方法和起动过程动态仿真技术。试后，“863”专家委员会、国防科工委发来贺电，做出高度评价。

但是在 2001 年进行的四次整机试车均出现不同故障，令整个液氧煤油发动机研制队伍的情绪受到极大影响，在外界不利舆论和内部迷惑困顿的紧急关头，张贵田院士给大家带来了信心，“液氧煤油发动机是我们第一次接触，补燃循环技术是第一次使用，这么多新技术哪能不交点学费？”他的话使团队再次燃起了拼劲、鼓起了干劲、铆足了闯劲。

此时，已担任所长的史峰章亲自挂帅召集参试人员，群策群力，为攻克难题迈出坚实的步伐。2002 年的“五一”是我国第一个黄金周，全国人民都翘首以盼，但是 165 所参试人员却在凤州试验区紧张地进行试车前的各项工作，经过精心周密的准备，5 月 16 日试车取得成功，史峰章悬在嗓子眼儿的心落下了，这次整机试车的成功，标志着我国掌握了液氧煤油发动机研

制技术，使我国成为世界上第二个掌握此项技术的国家。

液氧煤油发动机研制试验的初期，二号试车台在试验技术和工艺方法上进行研究，不断改进、不断完善、找到了较好的试验工艺方法，为新建试车台积累了丰富的试验经验，为加快液氧煤油发动机研制进度发挥了重要作用。在抱龙峪液氧煤油发动机试车台建成以前，二号试车台为液氧煤油发动机的研制工作做出了不可磨灭的贡献。

抱龙出世历尽艰辛

春华秋实。从 1990 年引进液氧煤油发动机开始，液氧煤油发动机研制团队不断地学习、消化、吸收，整个过程荆棘遍布。165 所二号试车台承担了各个阶段的热试车任务，见证液氧煤油发动机的点滴进步。随着研制工作的不断推进和深入，鉴于液氧煤油发动机对我国未来航天发展具有十分重要的意义，同时也由于凤县红光沟的自然条件及二号试车台本身能力的限制，165 所于 1999 年 5 月按照六院及上级要求，起草了第一份《在西安建设液氧煤油高压补燃发动机试车台初步技术方案》进行汇报。

1999 年 10 月，国防科工委委托中国国际工程咨询公司组织航天专家对液氧煤油火箭发动机试车台建设项目的必要性进行了评估，并深入 165 所凤州试验区调查研究，评估认为应在西安地区建设液氧煤油发动机试车台，试车台建设规模以 500 吨推力为宜。同年 11 月初，史峰章和所班子成员决定在由所里的 12 名老中青专家组成选址小组，开始了选址工作。秦岭共有 72 峪，长安区有 17 个，当年为了寻找合适的建台地址，在史峰章的带领下，选址工作组的成员们跑遍了每一条峪，在那 100 多公里的十几个深浅山沟都留下了他们的足迹，有的峪虽然各项条件都非常适合建台，但它是旅游胜地；有的峪虽然人迹罕至，但水源不够丰富。六院专家根据选址小组提出清水头、抱龙峪、太平峪三个预选场址的建议，并进行现场查勘后，确定清水头、抱龙峪作为试车区预选场址。

航天科技集团公司和陕西省发展计划委员会共同组织了陕西省、西安市、长安区有关地方政府参加的选址评审会，航天科技集团公司又组织航天专家召开了试车台选址评审会。经综合比较，抱龙峪作为建设液氧煤油发动机试车台地址的首选方案。虽然抱龙峪被确定为首选地址，但抱龙峪山沟的东侧沟里有陕西省地震局的一个地震监测点，属世界级监测点，试验台建在距地震监测点不足几公里以内，每次试车带来的振动是否会影响到此时地震到来的讯号监测？

陕西省地震局提出异议，不同意试车台建在抱龙峪。为此进行了很多技术方面的探讨：试车振动和地震波有何不同？多远距离试车振动地震测试仪可以感受到？试车台试车对地震监测有影响吗？这一串串问题必须逐个分析、解决，稍有纰漏都有可能使得建台计划功亏一篑。史峰章用航天人严谨的作风和面对困难锲而不舍的精神，一次次地和专家讨论商榷，还特意请地震专家到凤州试验区现场检测试车时的振动与地震波的差异，让事实说话，最终省地震局同意在抱龙峪建设试验台。

也许是应了俗语“好事多磨”，刚刚把“地震”的问题解决了，2002年5月，由于山区施工地质病害造成试车台主体基础滑坡，给试车台建设带来了极大的困难。一时之间。是继续建设，还是另寻新址，争议很大。

围绕抱龙峪地区能否建台，地质病害影响到底有多大，地质病害如何有效治理，所里邀请了包括四位院士在内的各方面专家，对此进行了广泛的调查研究与论证求解。六院委托所里召开了液氧煤油发动机试车台周边地质状况暨试车台位置拟调整方案论证会。专家们一致认为：秦岭北麓的地质结构普遍存在这种地质病害，属于局部浅表层滑塌，可以治理。

史峰章说，不论后续建台任务何去何从，首先要搞清楚发生地质病害的原因，不能随意或轻易下结论。史峰章找到西勘院，希望他们就山体滑坡的根本原因、能否治理、治理方法、治理效果给予建议。除了西勘院，所里还邀请了铁道部勘察设计院西安分院、水利水电地质勘察设计院及陕西省地质勘察设计院的专家，就抱龙峪山体治理进行论证。经过多轮现场考察、地质专家商讨确认：地质病害是岩石构造破碎等多原因造成，属浅表层滑动塌方；山体是稳定的，可以通过加固治理保证试车台长期安全；试车台位置调整对下一步施工安全是有利的。

这个结论让史峰章如释重负。接下来，就必须选取一个地质病害治理的质量信得过的单位，对抱龙峪山体进行加固。中铁西北科学研究院在多家竞标单位中脱颖而出，根据中铁西北科学研究院的建议，采用了五级边坡段，从上至下分级治理，为卸荷重进行了削坡处理，大部分山体坡度在 45 度左

史峰章（左二）在向上级领导专家汇报试车台建设情况

右，基本上相当于自然稳定坡度，每五米见方的四个角打近 20 至 30 米深的孔再送入钢索浇灌混凝土将索头与周围岩石固定，外端用钢筋混凝土框架梁固定索头，整个山坡成为钢筋混凝土梁组成的方格体，锚索数百个，坡根用混凝土挡墙护坡，坡根平面上打了 11 根抗滑桩，每个桩孔 2 米见方、深 15 至 20 米不等，绑扎钢筋后再浇灌混凝土，用它稳住坡角等，终于解决了边坡治理难题。

功夫不负有心人，建成后的抱龙峪试车台施工质量堪称一流。

基础工作完成后，2003 年 7 月 9 日，抱龙峪试验区主体工程奠基，土建工程施工全面启动，可是这时离试验投产只剩一年半的时间了。要保进度更要保质量，史峰章提议所里打破以往办事的程序，采用土建与安装交叉、安装与调试交叉、试车与土建交叉的新模式。同时对参与建设的十几家单位和外协单位的质量严格控制，做到经费开支受控、材料过程受控、加工设备受控、安装调试受控。在管理上实行“三计划一例会”制度，即月计划、季计划、年计划，每周坚持一次调试计划会，保证了工期按计划节点高质量的完成。使命感、责任感，再加上超常规的效率，最后创下进度无误、事故为零的纪录。时任六院院长雷凡培感慨地说：“165 所为航天创造了一个奇迹。”

在外国人眼里一座建设规模以 500 吨推力为宜的试车台，至少要用两年的时间，而在 165 所仅用了一年半。经过考台和正式试车的进一步验证，这座亚洲第一试验台的总体设计、技术、设备等指标均达到了国内外先进水平。

巨龙怒吼　腾空而上

时间到了 2003 年夏天，抱龙峪液氧煤油发动机试验区的建设进入攻坚阶段，任务异常繁重，工期要求非常紧张，当年在二号试车台进行液氧煤油发动机试验，是在原常规型号试车系统中进行技改，而抱龙峪试验区必须打破常规，紧跟当前世界航天试验技术发展前沿，把抱龙峪建成技术一流、设备一流的试验区。和发动机试验系统打了半辈子交道的史峰章，深感液氧煤油发动机试验区系统设计的艰难，因为这是全新的领域，要通过超前的设计和周密的考虑，他率领工程建设指挥部想方设法，采取超常规措施，制定严密的实施计划，严格控制、加强管理，围绕总目标，强化责任制，明确责任人，进一步加强计划调度和协调，最大限度地实施并行交叉作业，确保按计划完成建设工程计划。液体火箭发动机试验是发动机研制过程中的重要环节，试车数据是发动机合格与否、试验成功与否的依据。

从 2000 年新试车台建设项目启动那天起，作为 165 所一所之长的史峰章，深知液氧煤油发动机试车台系统设计任务的艰难，在史峰章的组织领导下，所里组成了老中青三结合的专家课题组，落实了新台设计队伍，明确了责任人，向攻克试车台系统设计的重重难关发起了冲击。

史峰章更清楚，液氧煤油发动机新试车台建设作为国家重点工程，高达二亿多元人民币的投资，容不得一丝一毫的损失；事关国家新型运载火箭的研制，责任重于泰山。

当时摆在设计人员面前的困难是可想而知的，数十个大系统、数百个分系统、数千张图纸的设计画图、数万台次的仪器设备的选型，都需要设计师系统来组织、参与或把关，真正吃透技术。大系统套分系统，分系统套子系统，所有工作千头万绪。设计初期，困难重重，对没有经历过试车台系统设计的年轻人来说几乎是老虎吃天，无从下手，从工艺系统到测控系统，个个都是难啃的骨头。史峰章鼓励张辉、冷海峰等设计人员，要毫不气馁，迎难而上。他们一方面虚心向老专家学习，一方面查阅大量的文献资料，从国内外的发动机试验技术中汲取营养，理出设计思路，确定设计方案。大家一头扎进了系统设计中，废寝忘食，勇克难关，紧跟国际航天试验技术前沿，力求设计方案跻身国际先进水平，经得起历史的检验，为党和人民交上一份满意答卷。

随着液氧煤油发动机试验区进入最后安装调试阶段，史峰章根据全所情况提议在原临时液氧煤油设计室的基础上，正式组建液氧煤油试验室（二室）。新试验室的组建结束了长达四年的以设计师系统抓总的临时设计机构，液氧煤油发动机试验区正式进入了安装调试阶段。

901 试车台可承载 500 吨推力，可承担 120 吨发动机地面性能和 600 秒可靠性研究性试车，可进行单台发动机单向和双向摇摆试车。根据需要经过改造后，可承担二级发动机高空性能模拟试验、双台发动机并联单向或双向摇摆试验，四台发动机并联试验。901 试车台多项技术达到世界先进水平，发动机主要参数推力、压力、流量、振动、温度、应变等参数，一次试车有 300 多个通道，除了个别参数外，其余参数都可以进行实时处理传输显示，试验过程多方位多画面实时监视录像，为试后故障分析提供依据。在发动机工作程序控制方面，为确保万无一失，采用三冗余三级计算机表决保证工作可靠。试验过程对发动机工作采用故障诊断技术，一旦出现故障即立刻关机把试验损失减到最小。

工艺系统是发动机试车的躯体和血液。901 试车台由试车间、准备间和容器间组成。试车间平板车上安装的升降平台，不仅可以调整发动机的左右前后位置，也可以调整角度和升降高度，能保证产品的安全，也能保证高空作业的安全。由 165 所技术人员潜心研制的这套设备，在国内外试车台还是首次采用。

试车间零位以下的导流槽采用水冷式，利用地形高差形成水头供水，节省了庞大的供水泵组和动力系统，既具有中国特色，也体现了 165 所工程技术人员的聪明才智。

煤油容器和液氧容器间各种规格的球阀和各类低温球阀均为 165 所自行

设计制造。其中液氧容器间的低温球阀为国内最大的低温球阀。发动机试车中使用的高压氮气，由气体生产车间采用高压液氮泵升压，经过汽化器、气体加热后，通过场区高压气体管道输送到高压气瓶场。不仅节省了供气成本，也提高了工作效率。水系统和分析化验系统也和其他系统一样，采用的都是进口的具有国际先进水平的仪器设备，保证了介质分析化验的精度。

控制系统是发动机试车的中枢神经系统，它的工作可靠程度直接关系到试车的成败。为提高控制可靠性，所有控制设备、控制对象使用的电源均采用了直流电池组供电，为避免对控制系统元器件及线路工作状态的判断错误导致的不正常关机，控制程序过程采用“三机并行运行、三机表决”的控制技术，确保控制系统在客观的状态下正确运行。这项技术在国内外试验技术中尚属首次。

测量系统采用了分布式布局方式，推力压力参数采用了原位校准技术，流量参数为克服涡轮流量计无法进行真实介质校准引起的测量误差，采用了分节式电容液位流量测量技术。最多可测的试验参数达 300 多个，测试能力为常规发动机试验区的数倍，而且还留有充分的扩展空间。测量控制系统的外部线路铺设在架空的电缆桥内，避免了地下沟内铺设因潮湿环境导致的电缆电线的锈蚀现象。

经过 165 所广大建设者的辛勤努力，2005 年 1 月 5 日抱龙峪 901 试车台考台试车圆满成功。

山高为峰　谱写华章

诗仙李白用“乘风破浪会有时，直挂云帆济沧海”形容开拓者，史峰章就是这样一位在液氧煤油发动机试验领域勇于开拓创新，勤于探索思考的航天人。在做科研时，他苦心钻研高端技术，兢兢业业，勤奋努力，在经过历练与磨砺之后，成为科研界的精英。在做领导时，他积极探索全新管理方式，用战略眼光引领单位迈向新阶梯。致力科研，专注科研，史峰章的初衷是怀着一种崇高的目标——匠心情怀，使命至真。

从引进液氧煤油发动到165所新建试车台再到首次试车圆满成功，这10多年里，史峰章的思想没有一刻松懈，在他的脸上写满的是岁月留下的沧桑，但这份沧桑里也隐含着深邃的积淀与智慧的蕴藏。

李克强总理曾引用老子的一句名言来论述科研工作，他说："天下大事，必作于细。"史峰章对于这句话也是深有感触，他觉得做科研工作绝不可有半点浮躁之心，更不能急功近利，特别是从事航天事业，更是要从每一个细节抓起，勤勤恳恳、脚踏实地，一步一个脚印地走下去。只有做好最最基本的工作，才有资格说干大事；只有实现一个一个小的目标，才能向宏大的蓝图进军。

史峰章（左）和时任165所党委书记郭宽峰（右）在试验一线研究工作

那些年，抱龙峪液氧煤油发动机试验台建设是史峰章心头最为牵挂的大事，但是作为一所之长，需要他决策和掌握的事情太多了，他不仅要懂技术会管理，更要及时掌握国家宇航发展态势以及与行业有关的政策法规，为单位规划蓝图指引道路。他还要根据单位发展计划制订相关的工作计划和方案，他还要协调好单位与合作伙伴以及上级单位之间的关系，做好联络、沟通与关系维护的工作。可以说，史峰章在工作中投入了十二分的热情。

抱龙峪试车台建设期间，他恪尽职守、兢兢业业，无论是严寒，还是酷暑，施工一线时常可以看到他的身影，他要求每一项工作必须做得一丝不苟，甚至是有点苛刻。当别人说他太较真时，他是这样说的："领导的责任重于泰山，我必须严阵以待、恪尽职守，决不能有半点马虎啊。"

是啊，试车台建设工作没有模棱两可，也没有马马虎虎，有的只有精确的数据标准和严肃的规则纪律。史峰章建设中坚持廉洁、清正的工作作风。他从不参加任何宴请，也从不与合作单位有任何的交易。别人说他太过迂腐，不合时宜，但他自己却说："廉洁坚守永远是最时髦的行为准则，谁违反了这个规则，谁就不配做科研守望者。"

有一次，招标单位请他帮忙走点后门，并塞给他一个厚厚的大红包，但是他却严辞拒绝。他心里，有这样一个工作准则："人情是糖衣炮弹，自己决不能被其迷惑。必须让廉洁成为工作的风向标，向着贪腐与幽暗发出沉痛的控诉、警戒与鞭挞！"

面对工作，史峰章可以说是尽心尽责，问心无愧。可是面对家人，他却是满眼泪光，因为更多的是一份深深的愧疚。他的妻子是一名医护工作者，工作也很繁忙，夫妻二人都无暇顾及家庭。他曾多次对女儿说："等爸爸有时间一定好好陪陪你。"但是一忙起工作来，他就又是像拼命三郎一样全心投入工作，真的是无法抽出时间来陪孩子。他的女儿中考时，虽然成绩不是很理想，但是当时的子弟中学对职工是有照顾政策的，加上他又是领导干部，本来也可以顺利入学。但是史峰章再三权衡，还是决定让孩子上职业学校，因为在他心中，规则大于亲情，纪律高于一切。好在女儿非常理解他的心情，给了他极大的支持与理解，这让史峰章在感到愧疚的同时也感到了一丝欣慰。他自己说："工作无小事，家中无大事。"他就是这样，舍弃了小家的享乐，成全了大家的事业。

唯有耐得住寂寞，方可淡定自若，成就大业；唯有守得住初心，方可笑对风浪，开拓未来。在抱龙峪建设初期，征地的困难、山坡治理的困难、经费不足的困难……但史峰章在困境面前丝毫没有退缩，也没有半句怨言，而是一点一点克服困难，一步一步向前迈进。当资金缺乏时，他就利用各种资源，想尽一切办法让建设工作在有限的条件下得以继续。当人手不够时，他就一人身兼数职，拼尽全力做科研的多面手。可以说是史峰章的坚持与坚韧才让抱龙峪建设有条不紊。

古诗有云："石可破也，而不可夺坚；丹可磨也，而不可夺赤。"而史峰章就是愿意做这样一位信心坚定、不屈不挠的航天精神的传承人，就算是千磨万击，他也保持自己一颗初心的坚定与执着。同时，他自己更是用不懈的努力与无悔的坚守来将航天精神践行，让其精神内涵在他的岗位上绽放至美至纯的信仰之花。

史峰章对待下属也是平易近人，没有一点领导架子。他总是能虚心听取各方意见，并对员工们提出的建议进行梳理、总结，从而让员工们提出的每一个意见都能得到重视，且落到实处。在开会时，即使他与别人有不同意见，发生争执。在会后，他也会心态平和地找到对方，说声抱歉或请多多理解。他就是这样一位十分谦逊的领导，处处低调行事，心中却胸怀大志，拥有不一样的大我之情怀。情怀是一种创造，精神是一种动力，史峰章在工作中注入情怀与理想的高度；职业表现修养，素养体现艺术，史峰章的工作做到了智慧性与艺术性兼具。

经过风雨的磨砺，史峰章懂得何为初心之本，何为信念至真。这是史峰章对实干精神、工匠精神、航天精神的高度认同与深度理解，更重要的是他将精神内涵付诸实践，并一点一滴地做到极致。

李伟民

与液氧煤油发动机试验为伴的日子

他 20 岁西北工业大学毕业后来到 165 所投身航天事业至今，从一名基层工艺技术员开始，脚踏实地钻研业务工作逐渐走上关键岗位——试车指挥员，并先后担任 165 所一室主任助理、副主任、主任、165 所副总师。

李伟民在工作中

他参与的试车数不胜数，亲自组织指挥的试车有 200 余次，型号覆盖武器、运载、载人航天、探月工程等，试车成功率始终保持 100％。

他 38 岁享受国务院政府特殊津贴，41 岁荣获“中国载人航天工程突出贡献者”称号……在他的履历里，荣誉、成绩不胜枚举，但是这些都不是他最看重、最难忘的东西。

在他的职业生涯里，从事液氧煤油发动机试验台建设和试车的那段经历，是他最难忘的一段时光。

他就是现任 165 所副总师李伟民。与液氧煤油发动机为伴的日子，有辛劳苦涩更有欢喜鼓舞，他常说：液氧煤油发动机成全了我的职业理想，丰满了我的人生历程，是我生命旅途上浓墨重彩的一笔。

才华初现　委以重任

20 世纪 80 年代末，中国航天处于低谷时期，李伟民也曾因任务少而动过离开航天一线的心思，在时任 165 所副所长张斌章的劝说下，他考虑再三还是不舍抛下自己的专业，最终选择了坚守在试验一线。终于，1989 年 1 月“长二捆”火箭研制任务下达到〇六七基地，坚持过凛冽的寒冬，迎来了发展航天的和暖春天。此时，勤奋刻苦、深钻技术的李伟民日渐崭露头角，从一批工艺技术员中脱颖而出，被任命为工艺组组长，负责“长二捆”火箭发动机试验助推发动机转接机架的设计工作。其实“长二捆”火箭的其他试验项目都是过去已经成熟的技术，而李伟民负责的这部分恰恰是该项目试验技术中唯一一个难点，他领命后，感到肩头沉甸甸的压力，每天加班加点，甚至放弃了新婚后的旅行，但他没有半句怨言，反而乐此不疲。就这样，李伟民在磨砺中成长起来了。众所周知，发动机试验工作是一项高风险的工作，也是一项高压力的工作。李伟民在一线兢兢业业，他的妻子在后方大力支持。身为妻子，她能体会每次试车前李伟民不仅要面对试车成败和系统正常的全局压力，还要面对指挥无误和紧急预案这样的个人压力，试车前苦思冥想，试车中剑拔弩张，试车后如释重负。

一直以来国际航天竞争激烈纷呈，中国对于大推力、无污染环保型新一代火箭的渴望成为几代航天人心中的梦想，而要研制这样大推力火箭最大的瓶颈就是作为火箭心脏——发动机的设计、制造、试验，其难度可想而知，但是困难再多对于在打造金牌常规发动机屡建功勋的航天六院人来说，立志用自己的双手书写新的传奇。165 所作为液氧煤油发动机试验的承担单位，从接受任务那一天起便开始与困难与险关为伍了，他们所要面临的，不仅仅只是一个国家重点建设工程，而是在新世纪里又一次艰苦的创业。

特别是液氧煤油发动机研制试验初期，发动机和试验系统经常出现爆炸、起火、泄漏等故障，每当妻子询问试车结果时他越是轻描淡写，妻子心里越是担心。每当试验工作遇到重大挫折时她就带上孩子来到 300 公里外的试验区陪伴他，短短的几天，通过在试验现场的生活和工作体验，她看到了试验系统不断完善，试验管理不断规范，试验技术不断提高，试验风险不断可控，渐渐的担心少了，她相信他和他的团队一定能够圆满的平安的完成液氧煤油发动机研制试验任务。

为了掌握液氧煤油发动机研制技术，我国引进了苏联 RD-120 发动机用于学习。为了做好该型号发动机的引进消化吸收工作，详细掌握该发动机的工作特点和关键技术，设计、生产、试验每一个环节都非常重要。从 1989 年到 1995 年以至后来的几年间，165 所多次派人到苏联 / 俄罗斯，参加并验收购买的发动机工艺鉴定试车，了解发动机的组成及工作原理，学习发动机试车台系统构成、试车工艺过程、试验管理等等。与此同时，也请对方专家来所讲课，进行广泛的技术交流。

上级决定改造红光沟二号试车台，进行 RD-120 发动机试验，以此来鉴定我们的试验技术消化吸收工作。二号试车台的改造主要是利用原来的条件，增设了 50 立方米的高架真空绝热容器作为液氧供应主容器，铺设了液氧煤油主管道、增设了起动容器；自己研制了低温球阀、低温流量计、低温传感器；设计了煤油抽真空系统、氮气加热系统、多路氮气吹除系统；设计加工了空气泄入式扩压器；对二号试车台基础和推力架重新进行了强度校核；建立了液氧煤油分析化验手段、试后碳氢化合物分析手段，特别在发动机试验工艺过程、试车程序、试后处理、试验辅助系统等方面进行了深入细致的探讨和大的改造，测控系统进行了适应性改造。组织有关人员学习 RD-120 发动机工作原理及试验工艺规程、试验系统学习培训。

和长征系列常规发动机试验相比，液氧煤油高压补燃发动机试验对 165 所来说是全新的。试车台的总体设计布局、试验工艺系统、试验辅助系统有很多是以前所没有认识和了解的，比如：低温介质供应系统的设计、预冷、补偿、防爆技术；煤油供应系统抽真空充填、多余物控制、氮气加热技术；试验时，推进剂的供应要模拟箭上系统的水力特性，发动机起动时，惯性流阻对入口压力的影响；发动机试验时，主容器和起动容器的接力技术；试车过程，氮气给储箱增压，其温度变化如何确定；吸入式二次喉道扩压器的设计；RD-120 发动机试验工艺过程，试验当天工艺过程，开车前试验系统和发动机状态；发动机试后处理技术；发动机试验辅助系统的设计；液氧煤油使用规范，安全防护；点火剂的生产、检验、灌装；发动机试验故障诊断及关机；发动机试验液氧流量测量等。165 所人员通过学习和交流咨询，对以上技术问题，有了进一步的理解和提高，为消化吸收和掌握液氧煤油发动机试验技术打下了基础。

举步维艰　自主发展

随着液氧煤油大推力发动机研制的进一步深入，对试验台和试验技术的要求越来越多也越来越严苛。发动机设计工作如火如荼，试验能力与条件的提升也刻不容缓，对工艺系统来说首先必须适应液氧的低温特性，其中低温阀门的设计和选用成为一项亟待解决的难题。当时国内市场没有适合的阀门，从俄罗斯和乌克兰的进口阀门费用大、周期长、技术依赖性高。所以，综合考虑后，165 所决定利用现有的经验和设备自行研制低温气动球阀。

“自己研制低温阀？”

“能行吗？”

“这来得及吗？”

“谁能干呢？”

……

一时之间，议论纷纷，争议不断。李伟民就这样扛着压力，迎难而上。他并没有考虑那么多，因为在他看来，凡是组织上分配的工作，只有尽心尽力去做，没有挑挑拣拣一说。在那个攻关的时期，李伟民和他的同事们可以说是和时间赛跑、和困难在斗争。

说干就干！李伟民带领团队的同志们从查阅国内外资料开始，凡是涉及低温球阀的文献，他们一篇一篇看，一篇一篇讨论，写下了厚厚的读书笔记，他时常开玩笑说“真是，书到用时方恨少啊”。沉浸在书海里的他，难以自拔。从宿舍到试验台的那段路程，李伟民不知道走了多少个来回，却从未留意过安河里的水何时上冻、路边的草何时发芽，他的心眼儿里、脑子里琢磨的都是阀门的事，哪里有闲情逸致去理会其他呢？连妻子也偶尔嗔怪他：“这个阀门的魅力可真大，让你日思夜想。”

夜深了，李伟民的办公室依然亮着灯，面对时间紧、任务急、难度大，团队里的同事们难免会有畏难情绪。他经常第一个开始工作，最后一个关灯离开。不用一言，不用半语，他的行动感染了大家，大家齐头并进为着同一个目标努力着！

李伟民深知，从理论研究到工程设计这中间需要很多改进，所以，他一边吸收文献资料的精华，一边结合阀门在试车台上的使用工况，聚焦阀门的密封性、可靠性、安全性。当理论知识达到一定厚度的时候，他带领团队着手方案论证和技术调研，打电话、发传真、上门请教……反反复复，不厌其烦，只为低温阀的研制能够顺利进行。

过了设计关，还有加工关，这一路过关斩将，李伟民自己都已经数不清战胜了多少困难。加工球阀时，发现球体存在低温工况下变形较大和进出口圆角过小等问题。球体的这种变形是试验绝对不允许的，采用修补手段并不能彻底解决问题，甚至会造成更大隐患，必须重新设计。也许是经历的困难太多了，团队里的成员一时之间难以接受重新设计这个现实。

怎么办？

放弃自主研发？

“还是进口吧，省事儿！”

不，自从接受任务，李伟明就从未想过放弃。不就是遇到困难了吗？难道困难比办法多？难道俄罗斯、乌克兰能解决的问题，我们就束手无策？他什么都没说，只是一如既往，甚至“变本加厉”地投入攻关之中。他认真分析了产生形变的原因，决定从材料和工艺两方面入手进行改进，当他把自己的想法和团队同事们沟通后，大家都被他执着的劲儿感动了，全体动员，重新设计。

重新设计的难度和工作量较第一稿来说，都有大幅度的增加，李伟民承担了绝大多数的工作。凡是和他共事过的同事都说，任何时候，只要涉及工作上的问题，不明确的地方需要沟通时，他总是和颜悦色并且耐心有加，即使自己手头正在忙碌，也会先解决交叉衔接的部分，而把自己的工作留在加班时完成。在大家齐心协力下，最终找到了采用不锈钢锻造后经深冷处理再精加工的大圆角球体的解决方法。

为了检验低温气动球阀各项常、低温性能是否满足设计要求，他们还重新设计和配置了专用的试验系统，对球阀进行常温、低温条件下的动作试验、密封性能试验、寿命试验等。即使只是检验一个阀，也同样涉及测量、控制、工艺，以及各个系统的衔接与配合。他白天安排施工，晚上对第二天的工作进行安排，从未有一天懈怠过。专用试验系统搭建慢慢地步入了正轨，慢慢地接近尾声，慢慢地符合试验条件。

到了正式试验的那一天，李伟民既兴奋又紧张，兴奋的是终于到了检验

李伟民（左一）在向上级领导专家介绍液氧煤油发动机试验情况

结果的时候了，紧张的是万一试验失败，大家的辛劳又将是一场“无用功”……多想无益，还是按照事先的计划，按部就班进行试验吧。

当数据处理人员将阀门试验的结果打印出来后，李伟民和同事们看着各项指标均在合格范围之内时，喜不自禁，纸上那枯燥的数字仿佛跳动的音符，奏出一首欢快的乐曲，为他们那日日夜夜的辛劳喝彩。

就这样，李伟民带着他的团队攻克了低温球阀的研制难题，同时这项成果获得省部级科技成果二等奖、填补了我国大口径低温气动球阀的空白。从技术员到技术专家，李伟民总说，干工作就是要“干”字当头，扎下去、沉下去，尽可能做力所能及的事，把工作当成事业做，一定会有所收获。

千锤百炼　百折不挠

然而发动机研制的道路并不是总与成功相伴，失败与挫折如影相随。从1999年7月到2002年底，3年多的时间里，十多次试车，其中包括涡轮泵试车、半系统试车和整机试车，多是失败，多是爆炸，刚一点火就爆炸，可以说我们全院经历了最为艰难、最为困惑的时期。

失败并没有击溃大家的信心。相反，更加磨砺了科研人员百折不挠的品质。

液氧煤油闭式循环高压补燃发动机是高技术，代表了当今世界航天发动机的高水平。发动机的系统结构设计，涡轮泵动密封技术，发动机高强度材料，发动机的各自动器、阀门设计，发动机的起动技术等等都非常复杂，关键技术很多，怎么办？六院人没有被困难吓倒，在院坚强有力地组织下，厂所一盘棋，设计生产试验一体化，试验爆炸了，分析原因，吃透技术，请教专家，然后再组织生产试验，再爆炸了，再分析原因，再研究。经过了日日夜夜，经过了试验一失败一再试验，可以说一直到 2003 年初，研制工作才走出了阴霾，认识了关键技术并较好地解决了它。到 2003 年 6 月 17 日，液氧煤油发动机整机在 2# 台成功进行了 100 秒试车。这 100 秒成功来之不易啊！

2001 年 9 月 28 日，经过改进设计的发动机在凤州试验区进行第三次整机试车。

1999 年由李伟民接替来代初担任了一室主任，前两次的爆炸场面历历在目，这次试车让他感觉压力重重。要知道，在试车台上的那台产品是设计、生产、试验三大环节所有工作人员辛勤劳动的结晶，是挑灯夜战的成果、是废寝忘食的成品，大家都知道每次试车都事关液氧煤油发动机后续研制方向。

自从 1994 年担任 0 号指挥员以来，李伟民指挥过大大小小近百次试车，但这一次试车还是让他终生难忘，身上的责任太重了。试车当天，张贵田院士和前几次一样，静静地站在他身后，似乎是看出了他的紧张，拍着他的肩膀说："小李，发现异常自己决断，有啥责任，我来担。"

按照试验流程每一项工作都有条不紊地进行，最后一道检查结束后。李伟民发出清晰坚定的口令"101，起动"，伴随着一声轰鸣，发动机开始工作，他双眼紧盯观察窗，如炬的目光聚焦在发动机上，突然红光猛的遮住了窗口，只听"停车"，控制台操作员迅雷不及掩耳按下停车按钮，发动机停止工作，试车台消防系统起动。从点火到关机，仅仅用了 2.84 秒。推进剂泄出、各贮箱泄压，各应急措施处理结束后，李伟民迫不及待地冲上试车台，趴在试车架细细地观察发动机，一边看一边懊恼地说："哎呀，问题不大，不应该叫停车。"此时，同样在观察试后发动机的张贵田院士听见他的话，转头说："小李，你指挥得很好，出现红光肯定情况不对。"张院士的话，并不是单纯安慰李伟民，而是真的很欣慰，及时关机可以完好地保住发动机，为下次试验提供完整的产品。要知道生产一台产品的周期是相当长的，而此时是液氧煤油发动机研制关键时期，每分每秒都很可贵。这次试车的 2.84 秒数据，为液氧煤油发动机研制从模样阶段转初样阶段提供了准确可靠的数据支撑。有了这组数据，设计人员、试验人员分别对产品结构和试验系统进行合理调整，所有人对第四次试车充满了期待。

可以说，第三次试车取得的成绩和李伟民密不可分，上百次试车指挥的锤炼让他临危不乱、试车前对可能出现情况的预想让他沉着冷静、紧急停车后的应急处置恰如其分……

2002 年 5 月 16 日，液氧煤油发动机第五次试车。李伟民不到 7 点就上台了，和往常一样，单元测试、综合测试、各岗位互检、质量工程师专检……下午 2 点，各项工作准备就绪，张贵田院士依然站在李伟民身后，笑着说："还是那句话，听你指挥。有啥责任，我来担。"依然是清晰有力的口令："101，起动！"

发动机工作正常，平稳关机，试验取得圆满成功！

观察间响起热烈的掌声久久不停，现场的工作人员激动地握拳舞动着，还有人按捺不住兴奋冲出观察间，呼喊着，红光沟的山谷回声不断。而李伟民当时并没有表现出过于激动，犹如惊涛骇浪过后的风平浪静，他深深地凝望着试车架上的那台牵动着他一喜一怒的产品，千言万语不知该从何说起。回过神儿的他扭头与张贵田院士四目相对，两人心领神会，双手用力地握在一起，许久没有松开。这一次试车成功，标志着中国已经初步掌握了高压补燃研制技术，液氧煤油发动机研制步入崭新篇章。

建设抱龙　开创新篇

从接触液氧煤油发动机的那一刻起，李伟民就知道这不是一件轻松容易的事儿，技术引进阶段的挑灯夜战学习，攻克低温球阀研制阶段的废寝忘食，亲历一点火就爆炸的惊险时刻，亲手果断按下停车键保住发动机的千钧一发……往事一幕幕，还容不得他有片刻回味的时候，为了为满足液氧煤油发动机进一步研制的需要，165 所在西安开始了第二次创业，李伟民作为技术专家，又投入新台建设中去。

再次面对新任务，李伟民感受到组织对他的信任，也越发觉得肩上的担子更加沉重。要知道，新的试验台建设目标瞄准的是国际一流水平，那么什么是国际一流水平？我们又与国际一流水平的差距在哪里？这是一个值得深入思考的问题，李伟民就是带着这样的思考开启了新台建设之旅。

在大学读书期间，他就是品学兼优的好学生，走上工作岗位后，他也从未放下书本，始终紧跟液体火箭发动机试验技术发展，只要了解到哪里有与发动试验相关的资料，他都要想方设法买到，就算买不到也要借到，外文资料的翻译周期长，他等不及，就自己翻译。正是长期的积累，让李伟民在新台建设过程中，具备了丰厚的理论基础和洞悉技术发展趋势的敏锐感。李伟民认为，过去在常规发动机试验区进行的同类型试验是在原常规型号试车系统中进行技术改造，而新建试验区必须打破常规，另起炉灶。他的这一观点，与参与新试验区建设的其他专家不谋而合，在认识统一的情况下，各项工作有序展开了。

虽然目标是明确的，思路也是清晰的，但是摆在设计人员面前的困难也是可想而知的。要知道，数十个大系统、数百个分系统、数千张图纸的设计画图、数万台次的仪器设备的选型，都需要设计师系统来组织、参与或把关，真正吃透技术。对于设计员来说，面对的只是一项单一的具体任务，把这项任务完成好就是成功。但对李伟民来说，绝不是这么简单，他要做的是顶层设计和统筹规划，设计员的错误只需要局部修正，而一旦他的决策失误，也许就需要整体调整了。对大多数人来说，压力可想而知，李伟民也不例外，但他有一套独特的解压方法。他说：“我是听着试车的声音长大的，所以呀，在别人耳里，试车声音大、吵，但我听着就是觉得震撼，我现在就想象着新试验区的试车声儿呢。”心中有理想，手中有力量，李伟民就是这样一个不向困难低头的航天人。

新的试验台设计时期，真是“苦不堪言”。大系统套分系统，分系统套子系统，整天埋在图纸堆旦的感觉，是残酷的，而对于李伟民来说，却几乎成了一种“享受”，他耳边的试车声，敦促着他早日完成任务，他带着设计员们如痴如醉地扎进了系统设计的海洋中，任凭系统设计中的艰难困苦磨炼他们的身心。

设计初期，困难重重，对没有经历过试车台系统设计的年轻人来说几乎是老虎吃天，无从下手，从工艺系统到测控系统，个个都是难啃的骨头。李伟民时常勉励年轻人说“胆大，心细，放手干，有问题不要怕，咱们一块解决，谁都不可能一口吃个胖子”。

工艺技术员出身的李伟民尤其关注工艺系统的设计，他深知工艺系统是发动机试车的躯体和血液。他把自己在常规发动机试验台上积累的经验毫无保留地分享给参与新区建设的同志们，大家针对常规发动机试验台发动机吊装过程比较繁琐，不仅耗时而且安全性低的问题，在新台的吊装设计方面，就充分考虑到这一点，采用了在试车间平板车上安装升降平台的方式，不仅可以调整发动机的左右前后位置，也可以调整角度和升降高度，既能保证产品的安全，也能保证人员在高空作业的安全。这套由165所潜心研制的设备，在国内外试车台还是首次采用。

与其他技术人员不同的是，李伟民除了担任液氧煤油发动机试验区建设专家外，他还承担着常规液体火箭发动机试验工作。其他同志，要么就一心一意在西安千新区建设，要么就专心致志在凤州试车，只有他不辞辛劳地两边奔波，而且哪一边的工作都不能耽搁。

沟里要试车了，他得走。

女儿问：“不去不行吗？我要考试了，您等我考完了再回，行吗？”

他还没有回答，女儿又说：“我开玩笑的，你去吧，有妈妈呢！”

李伟民什么都没说，他又能说什么呢？

一想，这不知道是第几次拒绝女儿，这小得不能再小的愿望，李伟民心里不是滋味。他心里清楚，孩子上学，妻子也要工作，自己这三天两头地奔波，全家的生活担子都压在妻子身上，里里外外都是妻子操劳，好在女儿乖巧懂事，给了他莫大的安慰。

日子一天天过去了，液氧煤油发动机试验区从图纸变成了实物，它的推力自动校准系统，20 分钟可以完成一次现场校准；它的自动升降平台给发动机装卸提供了便利和安全保障条件；它的“三机表决”冗余控制系统提高了试车控制系统的可靠性……

李伟民（左一）和大家一道，分享液氧煤油发动机推举新一代三型运载火箭实现完美首飞的喜悦时刻

终于建好了，终于试成了，当耳边想象着的试车声音真正传入李伟民的耳中时，他笑了，这么多年的付出，值了！

165 所发动机试验能力、技术水平在国内处于领先地位，液体火箭发动机试验系统的历史也掀开了新的一页。

郭立
奋斗的青春最美丽

2016 年 1 月 16 日晚，中央电视台科教频道举办的《科技盛典》颁奖晚会正在进行，这是年度全国十大科技创新人物（团队）的最高荣誉，格外引人关注。

郭立在工作中

当播放完液氧煤油发动机研制团队潜心攻关的创新事迹和感人故事的专题片后，主持人宣布请获奖代表上台时，中国工程院院士、航天六院时任科技委主任张贵田，11 所时任所长李斌，7103 厂国家特级技师曹玉玺和 165 所二室主任郭立一起登上了领奖台，接受中国工程院院长周济的颁奖。

从北京回到西安后，郭立的心情久久不能平静，他说："作为最年轻的六院代表，能够走上这么高规格的领奖台，我倍感骄傲和自豪，应该说我赶上了一个好时代，遇到了一个好机遇。这个荣誉的背后，是老一辈航天人的无私奉献，是一个团结创新、善于攻关、吃苦耐劳、能打硬仗的团队集体的智慧结晶，我只是其中普通的一员，做了自己应做的事。"

初出茅庐赶上好机遇

2003 年 7 月，23 岁的郭立从西北工业大学电子工程系通信工程专业毕业，来到航天六院 165 所常规液体火箭发动机研究室工作。作为一名出生在凤县红光沟的航天后代，他成为和父母一样的"航天战士"。

常规液体火箭发动机研究室的工作地点在凤州试验区，刚上班，凤州试验区一号台就有一次重要的试车任务。作为该室的工作人员，在控制指挥大厅，隔着厚厚的防爆玻璃，郭立第一次感受到了发动机巨大的轰鸣，感受到了试验时的地动山摇，更感受到了一份沉甸甸的责任，他的心情既紧张又激动。

随后不久，由于工作需要，郭立有幸加入了我国新一代液氧煤油发动机试车台建设的队伍，成为设计室的一员。

当时抱龙峪液氧煤油发动机试验区的土建工程正在如火如荼地建设中。第一次去抱龙峪，郭立和大家一起，坐车沿着一条长长的两边长满白杨树的乡村公路，穿过一个不大的镇子，再沿着一条颠簸的土路进入一个山沟，沿山路行驶 4 公里左右，眼前豁然开朗，两座基本完工的高大建筑映入他的眼帘，“这就是大家口中的抱龙峪试验区 901 试验台和 903 测控大楼”，郭立自言自语道。

由于内楼梯和电梯还没完全修好，郭立戴上安全帽，跟着同事从 903 测控大楼的一楼外楼梯往上爬，没有护栏，只有临时围挡，还要时刻注意头上错综交织的脚手架，爬了十几分钟到八楼，早已是上气不接下气，向下一望，好高，脚底直发麻。

903 测控大楼共有八层，八层是指挥控制大厅，七层是测量大厅，都已基本建成，还没有开始装修，从八层出来是一条不到两米宽的电缆廊和 901 试车台相连，电缆廊两边还没有护栏，只有简易围挡，他跟在师傅们的后面，小心翼翼地通过电缆廊来到 901 试车台，试车台的土建和设备安装主要工作已经结束，一座亚洲承载推力最大的试车台呼之欲出。

小牛试刀从头始

走进设计室的办公室，郭立被眼前的情景深深吸引，只看到大家各守一方，有的在精心绘图，有的在探讨问题，忙得不亦乐乎，一派热火朝天的景象。

“会用电子图版吗？”

“不会。”

“会用 VEE 吗？”

“不会。”

“Labview 呢？”

“也不会。”

师傅张辉一个接着一个问道，郭立不好意思怯怯地回答。

“那这样吧，边干边学，现在由于人手紧张，也不能安排专门的学习时间，你只能抽空，做好吃苦的准备吧。”师傅说着，拍了拍他的肩膀。

从那时起，郭立有了一台画图的旧计算机，有了一本《电子图版入门》，有了 VEE 和 Labview 两本一千多页的英文原版使用手册。同时，他在工作记录本上认真地写下了“负责 903 控制系统 5 个接线柜设计及接线图，电源系统接线柜设计及接线图，主控操作台设计及接线图，控制系统表决、单程控、手控电路原理图绘制，指令及信号检测系统程序设计，工艺流程图绘制及程序设计”。

面对这么多的任务量，郭立算了算，时间太紧了，2005 年 1 月考台试车的目标早已确定，一切计划都是倒排，除去试车台系统联合调试、测控系统联合调试、控制系统调试、单机调试、系统安装、设备订货到货的时间外，留给设计、绘图、编程的时间所剩无几，何况大部分知识还得从头学起。

于是，郭立就像学生备考那样过起了家和办公室两点一线的生活，他给自己列出学习计划、定出工作节点，每天晚上都工作学习到深夜，学累了就画图，画图累了就编程序。

由于要进行控制系统接线柜、电源系统接线柜、主控操作台的设计及接线图绘制，但郭立在学校学的大多是理论计算，最多在实验室搭过一些简单的电路，像这种几百个通道的工程化应用从没接触过。所以郭立抓紧一切可以利用的时间，向臧礼久、邓辛庆等老师傅们请教，并借阅以前系统的设计方案和图纸，细细地体会设计者的想法和思路，询问各系统操作人员系统使用的感受，听取他们的意见和建议，终于悟出了一些设计思路，知道怎样下手了。

面对信号检测系统程序设计，而且要用 Labview 和 VEE 开发，这对于只学过C语言基础的郭立来说着实有些困难。由于是小众开发环境，参考书很少，手头只有两本像汉语词典一样厚的全英文使用手册。加之专业性较强，书里大量的专业词汇都不认识，只能手边放着英文词典，不停地查阅注释。再有不理解的，就只能向厂家寻求技术支持。但当时两种开发环境的许多新模块也才发布不久，国内技术支持也要到国外去进行培训，所以只能不停地尝试，摸着石头过河。

由于要进行工艺流程图绘制，但郭立对试验工艺系统的原理和组成几乎一无所知。所以几乎每天早上一上班，他都奔去工艺设计办公室，看哪位师傅有时间，就拿着系统原理图请教分系统的原理和组成，师傅们总是不厌其烦地一遍遍耐心讲解，几轮下来，郭立终于对试验工艺系统的原理和组成有了一定了解,工艺流程图也历经十几版的修改和优化,慢慢地完善和美观起来。

初有成效信心满

一晃几个月过去了，时间到了2004年的5月，设计工作基本进入尾声，一摞摞亲手编写的设计报告和绘制的图纸也能铺满好几张桌子了，工艺流程图经过评审，试用版已经完成，检测程序也已经编写得差不多了，随着控制大厅的装修完成和控制台、集线柜、控制设备的陆续到货，该去抱龙峪进行设备安装调试工作了，郭立的心里甭提多高兴了。

由于一直在赶进度，这时903测控大楼的控制大厅装修基本完成，具备进场安装的条件，但电梯、卫生间、暖气、空调、换气等设施仍然无法使用，试验区的食堂也没有完工。每天早上一到试验区，先要顺着903测控楼外楼梯爬到八层测控大厅；要去卫生间，只能沿着通往901平台的场内道路步行

800 多米下到半山腰的一个临时搭建的厕所；中午吃饭只能去 903 测控楼河对面的临时食堂对付一下。

控制大厅采取密闭结构，只在面向 901 试车台的一侧墙上嵌有几个又窄又厚的防爆玻璃，其余地方都是密不透风的，装修的味道还没散去，天气就一天天地热起来了，没有空调和通风系统，坐一会就满头大汗，更别提干活了，半天下来，所有人背上都是深深的汗印儿。

工作都是并行开展的，郭立负责的集线柜、电源系统、主控操作台、指令及信号检测系统、工艺流程图等工作几乎都同步进行。每天一到控制大厅，他就坐在电脑前调程序，这期间要去了解集线柜、电源系统、主控操作台的安装情况，解决安装过程中出现的各种问题，有时还要对图纸进行现场调整和修改，和安装师傅们讨论问题、制定解决方案，一天下来总感觉头绪太多、应接不暇，但他感觉过得很充实。

安装调试的日子过得很快，从设备安装、单机调试、控制系统调试、测控系统联合调试、到全试车台系统联合调试，这期间不知道开了多少次技术讨论会，查阅了多少技术资料，发现并解决了多少技术问题，当这些问题都迎刃而解时，再回过头好好看看控制大厅，才猛然发现和他刚来的时候已经完全是两个样子了。明亮的大厅、清晰的背投、整齐的控制台、错落有致的电缆、摆放有序的设备，话筒里试车指挥员铿锵有力的指令声赋予了它们生命，看着指示灯在闪烁，听着继电器在动作，一条条指令通过长长的传输电缆控制着 901 试车台的对象，回测着 901 试车台的各种参数，郭立的心中升腾起一股莫名的感动。

看着一张张图纸一点点的转化成实物，郭立心里的自信和成就感也一点点地建立起来，从设计到安装，与其说是一直背着巨大的压力前行，倒不如说是一个加速学习的过程，他感慨地说："只有在现场，和师傅们一起工作，一起发现问题，一起解决问题，虚心向有经验的师傅们请教，收获是事半功倍的。这比坐在办公室里，捧着厚厚的专业书，一点一点消化吸收，效果要好得多。”

成功失败五味杂陈

液氧煤油发动机试车台考台试车的时刻到了。

2005 年 1 月 5 日，抱龙峪试验区 901 试车台迎来了第一次大考，郭立的心里是既兴奋又紧张，以前他只是看过发动机试车，这次可是自己要表演了，心情完全不一样。

试验前一天晚上，由于不知道发动机的热辐射程度，郭立和全组人员从上到下把能包的插头和阀门全用石棉布和玻璃丝带进行了包扎，回到家已经晚上 11 点多了。

1 月 5 日下午 3 点 27 分，随着指挥员一声铿锵有力的口令，一道火红的火焰从发动机推力室喷涌而出，震耳欲聋的轰鸣声响彻山谷，发动机起动正常，工作 30 秒后正常关机。成功啦！整个控制大厅热烈的欢呼声和掌声经久不息，郭立也激动得热泪盈眶。这短短的 30 秒，是一个崭新的起点，它标志着抱龙峪试验区 901 试车工位正式投产了。

随着 901 试车台开始承担 120 吨液氧煤油发动机研制试车，发动机试车过程中的姿态控制，也就是大家习惯称之的“摇摆试车”显得越来越迫切了。由于 120 吨液氧煤油发动机伺服机构由北京 18 所和上海 803 所两家配套，这就意味着要在短时间内建立一套兼容两家伺服机构、包含前后端设备的摇摆测控系统。

“郭立，这次摇摆测控系统的研制，你来负责主控和参数采集程序的开发，有信心吗？”师傅张辉问道。

“好的，我试试。”郭立痛快地答应了。

郭立心里清楚，由于主控和参数采集硬件使用 VXI 总线设备，VXI 设备针对 VEE 以外的开发环境只提供动态链接库调用，所以对他来说这又是一次全新的挑战。

为了便于后续程序的编写，郭立花了大量精力熟悉 VXI 总线设备动态链接库的定义，然后一个个按照定义封装成 API 函数，半个月下来粗略一统计，已累计做了 100 多个 API 函数。经过无数次的沟通交流、修改方案、编写程序、设备及系统调试，摇摆系统终于准备就绪了。根据六院计划安排，100-027C 要进行首次摇摆试车。试车前一周，一院 18 所的伺服机构及地面设备首次来到抱龙峪，虽然前期进行了沟通，可由于是两家的第一次碰面，一到现场才发现，需要协调的事情还很多，准备也远远没有想象的充分。直到试车前一天，还有转速测量值干扰大、伺服机构动作偶尔出现干扰的问题一直没有解决。整整一晚上，在师傅张辉的带领下，郭立和其他组员一直在查找原因，不停地尝试各种方案，当伺服机构干扰排除，最后一次测试通过时，已经是第二天早上 6 点多了。大家休息了一个小时，又投入紧张的试车当天的工作。

郭立说：“由于各项工作做充分了，点火试车的那一刻心里还是很踏实的，看着发动机喷管按照预定程序划出优美的弧线时，感觉之前所有的付出都值了。”

后续，发动机摇摆试车越来越频繁，测控系统的控制也升级成数字总线方式，由于每次试验外协单位基本只能提前一周到达，两家参试设备才能联合调试，因此问题较多，基本上天天晚上都要加班查问题、解决问题，同事们都笑称郭立所在的班组是“加班班组”。

试车连续取得成功，大家的心劲儿也很高，对于从来没有经历过试验失败或者爆炸的郭立来说，每次指挥员下达开车的口令，他的脑海中习惯性的就会浮现出，开车后几分钟发动机就会按程序正常关机，然后是大家相互握手、脸上洋溢着成功笑容的画面，直至某次试车改变了他的想法。

试车当天，准备工作和以往一样有序地进行着，发动机和试验系统各项参数和状态均正常，连续成功给每个人或多或少都会造成思维惯性。可就在发动机点火后不久，随着一声巨响，发动机周围的摄像头里闪出一片耀眼的火光。

不好，发动机爆炸了！

“紧急停车，打开消防水”，指挥员立即按照既定紧急预案执行。哗的一下，发动机周围的消防水倾泻而出，向发动机喷去，发动机立刻笼罩在水帘之中。这个场景对于郭立来说太陌生了，他没有一点思想准备，完全愣住了。虽然之前听说过发动机试验如何高风险，试验爆炸如何可怕，但那都只是听说，当真真切切地坐在现场参与其中时，那种感受是从未体验过的，完全是一种震慑。

当所有紧急预案执行完毕，确认试车间安全，警报解除后，郭立和同事去了试车间，眼前完全是一个陌生的场景：昨天还是崭新的试车间，今天完全被熏得黑乎乎的，钢板被撕开、管道被冲断、电缆被烧毁、摄像机护罩的玻璃被烤裂、地面四处散落着铁屑和残渣，一片狼藉的景象。

这次爆炸，郭立对发动机研制以及试验有了全新的发自内心的深刻认识：发动机试验是高风险的，作为试验团队的一员，时时刻刻都要把每次试验当作第一次来认真对待，不能有任何的思维惯性或者侥幸，哪怕一秒钟，都会造成难以估量的损失。

郭立说：“刚入职时一位老师傅说过，发动机试车就像走钢丝，我们就像钢丝上的舞者，刚开始走得再好，一不留神，都会摔下来。此时此刻，我是真的能体会这句话了。以至于到现在，同学或朋友问起我的工作感受，我都会把这句话告诉他们。”

崭露头角当上指挥员

指挥员，就是试车台的0号，负责从试验大纲的编写，到试验系统的调整计算，并根据试验任务书的不同要求，合理确定试验系统状态，做好试验系统调整状态的确定。在发动机试验期间，要沉着指挥，冷静应对，针对试验可能出现的问题，制订紧急预案，做到心中有数，确保试验指挥准确无误。试验当天，几十个岗位的几百条动作指令都要由指挥员下达，由岗位操作人员按指令执行。可以说对指挥员要求是非常高的。

有一天，主任来代初对郭立说：

“室里经过慎重研究，准备培养你当试车指挥员，有什么想法？”

“这可是个重要岗位，我真有点担心自己的能力。”郭立当时有些犹豫地说。

的确，地面试验系统复杂庞大，以往大型试车台的指挥员，大多是从工艺系统技术人员中选取，测控专业的很少，因为测控专业人员最大的短板就是对台上的工艺系统缺乏细致的掌握，对工艺调整计算、仿真分析缺乏掌握，当试验系统出现问题时，缺乏短时间做出反应的能力。

“我们综合分析，认为经过这几年的锻炼，你有能力承担这个岗位，我们相信你。”来主任给了他充分的肯定，并给了他信心。

要当好指挥员，就要付出加倍的努力。有挑战才能快速提高，经过短暂的考虑后，郭立下定决心：不管这条路多难走，困难有多大，都要坚持下去，做一个合格的发动机试车指挥员！

于是，每天上台，郭立手里都拿着厚厚的各系统原理图，挨着岗位一个阀门、一条管道的去对应、去记忆、去向岗位人员请教。系统测试时，他就坐在指挥员身边，仔细感受测试的流程、口令，把这些都记在工作本上，一有时间就拿出来整理、记忆。每次试车时，他就坐在指挥员身边，手里拿着指挥员试车当天操作程序仔细对照，每进行一步就用笔打个勾，用心去感受指挥的节奏。后来慢慢地，郭立开始校对、编写大纲，进行系统调整计算，指挥单元、综合测试及一些系统调试，渐渐地摸着了一些门道儿。

2009 年，抱龙峪试车台 100F-047C 次试验，这次郭立这个指挥员就要正式亮相了，这是他第一次指挥 901 台 120 吨级液氧煤油发动机试车。

试车前一天晚上，他一个人在办公室，把第二天要用的大纲、资料整理好，把指挥员试车当天工作程序反复地看，记在脑子里。试车当天，主任来代初和指挥员曹文庆坐在他左右两边协助他，帮他把关，防止出错。

郭立仔细对照指挥员试车当天工作程序一步一步执行，单元测试、综合测试、加注、冷却、总检查……一切准备就绪后，他一声令下“开车”，发

上级领导专家对郭立（左一）这位年轻指挥员的出色表现给予了充分肯定

动机按预定程序起动，他一直紧盯眼前电脑上实时传回的关键数据，直到正常关机，大家为成功而鼓掌的那一刻，他的心才稍微放松下来。

事后，郭立说："通过这次实战，我深刻地感受到作为一个指挥员担当的责任和风险，也深刻地感受到作为一个指挥员一定要严慎细实。"

有了第一次的成功，郭立的信心倍增，后来他又陆续指挥了 902-2 试车台 18 吨液氧煤油发动机试车。通过经受一次次试车的考验，他在不断地积累经验和自我提升，但有一个做法他一直保留着，那就是每次试车前一天晚上，都要把指挥员试车当天操作程序仔细地看上几遍，感觉每次都有新的感悟。

勇挑重担成为领头雁

2010 年 6 月，郭立被所里聘为二室（液氧煤油发动机试验研究中心）副主任。走上管理岗位后，身份变了，要求高了，他感觉肩上的担子更重了，以前做好自己分内的工作就可以，现在不同了，不但要做好以前的各项工作，更重要的是配合主任做好室里的各项管理工作，带领大家一起高质量地完成各项中心任务。

为了提高管理水平和能力，郭立一方面购买了管理方面的有关书籍在家自学，还报考了西北工业大学的工商管理学硕士学位，系统学习了前沿的管理方法，接触了先进的管理理念；另一方面，虚心向经验丰富的领导学习和请教，解决自己实际工作中的困惑，积极听取同事们的建议和意见，改正自身存在的问题。

2012 年 6 月的一天，又一个新的机会来到郭立眼前，所里派他前往集团公司武器部计划处挂职锻炼。

那一年，郭立的父亲身体不太好，孩子又小，爱人工作也很忙，在这种情况下，郭立对母亲说：

“老妈，辛苦您了！”

“没事，你放心去吧，有我呢！”母亲对自己的独子充满了爱怜和支持。

新的工作环境，对郭立来说，既是机遇又是挑战，他直言：工作十多年，始终在基层单位工作，从没接触过机关具体工作，甚至通知、请示等这些公文流程怎么走，机要文件怎么发，型号计划怎么编，项目怎么协调，总结分析怎么写，会议怎么准备，真的都不是很清楚，在部、处领导和同事们的关心帮助下，自己就像一个小学生一样要从头学起。

每天下午下班，郭立基本上都留在办公室，仔细学习同事们发的各类模板和报告，体会不同类型公文格式应该怎样书写，报告应该怎样组织，怎样才能做到语言规范、书面化等等。刚开始写一份报告，同事和领导往往要改好几遍，但慢慢的，通过大家不断的帮助和自己逐步的体会，报告的格式和语言逐渐规范了，修改的次数和章节慢慢减少了，有些报告最后基本上能一次通过。

挂职期间，郭立能够经常参加一些重要会议，能够现场感受会议的氛围，亲身体会领导和专家们讨论和处理各种复杂问题的方式方法，深受启发。他说：“这一年的挂职锻炼，机会非常宝贵，收获很多，不但增长了知识，开阔了眼界，提升了管理能力，更重要的是对自己以后遇到问题时，处理问题的思路和方法有很大的帮助。”

虽然在一年时间里郭立只回了两趟家，最终却带着满满的收获，回到了自己的工作岗位。

2013 年 7 月，从集团公司挂职回来不久，33 岁的郭立再一次挑起重担，被所里任命为二室主任，全面负责抱龙峪试验区的组织管理工作。这一刻，郭立感觉肩上的担子和责任一下子重了许多。

“我决不辜负所里对我的信任，我也有信心做好各项工作。”郭立暗暗为自己鼓劲。

“你放心大胆地干，家里的事我多操心。”善解人意的妻子鼓励他。

这么年轻就担任起发动机试验研究室的主任，在 165 所的历史上实属少见。

郭立也坦言：面对 70 多人的液氧煤油发动机试验研究室，每年要承担几十次的重要发动机试验和能力保障建设重任，压力还是蛮大的。

抓管理带队伍成绩斐然

近年来，抱龙峪试验区试验任务和能力保障建设异常繁重，保成功、保质量、保安全、保节点压力巨大，在这种情况下，郭立带领全室职工迎难而上、集智攻关，以超常规作战方式保证了各项任务的圆满完成。

随着 120 吨级和 18 吨级液氧煤油发动机研制的逐步深入和上天产品的陆续交付，试验任务也越来越密集，从最初的一年几次，到十几次，再到几十次。任务多了，但是试验准备过程中暴露出来的质量问题也明显增多，既有设备、操作问题，还有管理问题等等。尤其是 2014 年，有两个月基本上每次试车当天都会冒出这样那样意想不到的问题，大家手忙脚乱，心理负担很重。

郭立坦言：“当时思想压力真的很大，地面试验是发动机研制交付的重要环节，不能因为试验系统的问题导致产品损坏或无法交付。”任务多了，交叉作业多了，但这些不是质量问题增加的借口，按照以往的工作流程和质量管理模式已经不大适应了，一定要结合实际，梳理制定适合新形势下的质量管理方法。

那段日子，郭立一有时间就不停地翻阅其他试验单位的质量管理要求和资料，研究靶场的质量管理模式和方法，向航空、船舶、兵器等试验单位的同行们请教、交流，把他们的理念、方法和要求反复比较。通过梳理制定自己的试验流程，再将试验流程标准化、规范化，组织创建了《新型火箭液氧煤油发动机工艺试车全周期精细化质量管理》方法，开展试验系统技术状态基线建立、过程控制优化、质量记录表格完善、多媒体记录与试验数据包建立等，制定 7 天试验流程，分解出 50 余项具体节点工作，制定 40 多张过程质量控制表格，明确 200 余项产品基础数据和关键特性数据，建立试验基础数据库，使工艺试车试验系统技术状态得以固化稳定。

规则制定好了，但是要让大家改变以往的工作方式，适应新的流程还是有一定困难。郭立组织大家学习，开展岗位试点，不断修改和完善，一年下来，终于将该方法应用到型号试验中去，并且为大家所接受。在接下来的几年来，通过严格执行，抱龙峪试验区试验系统技术状态得到有效控制，试验准备过程中的质量问题明显下降，工艺检定试车全部取得成功，保证了上天产品的顺利交付。

根据火箭总体要求，120 吨液氧煤油发动机双机并联模块将用于 CZ-5、CZ-7 运载火箭，并且在火箭发动机动力系统试车前，需要进行双机并联热试车考核，验证两台发动机并联后的工作适应性、协调性和可靠性，为后续动力系统试车和火箭首飞提供重要依据。

郭立说："接到这个任务时，心理压力确实很大，双机并联不是简单的 1+1=2，对二室来说是一次全新的挑战。"的确，液氧煤油发动机双机并联热试车在国内尚属首次，两台发动机的振动有多大，两台发动机之间会不会发生共振，发动机和台体之间会不会发生共振，单台发动机的热辐射已经很大，那么两台发动机的热辐射会不会烧坏台体，导流槽能不能经得起考验，两台发动机能不能同时起动，发动机之间会不会互相影响，推进剂流量供应是否对称协调，等等这些都是摆在眼前要分析解决的棘手问题。

作为 120 吨液氧煤油发动机双机并联试验的主要负责人，郭立和二室班子其他成员团结协作，统筹兼顾，组织室里技术人员，制定详细的论证方案，进行复杂的仿真计算，查阅对比单机试验历史数据。同时，所内又组织多轮次的技术讨论和评审，围绕大流量推进剂供应系统分流及非对称同步供应、双机同步起动、双机大推力及低温大流量测量、高温大流量燃气热防护、双机同步控制及故障诊断、双机双向摇摆等技术难题进行集智攻关。

那段时间，白天，郭立和大家一同奋战在技术改造一线，现场解决难题。晚上，又常常加班到深夜，回到家年幼的儿子已在睡梦中了。妻子心疼地说："我看你都成陀螺了，儿子想让你陪陪他都没时间。""任务紧呀，等有空了一定好好陪陪孩子。"看着可爱的儿子，郭立心里也很歉疚。

在试车台改造过程中，技术人员兵分几路，多方查找资料，收集相关信息，组织论证。为解决热辐射过热问题，大家集思广益，找出在平台底部增加不锈钢反光板来减少热辐射的办法，对台体进行有效保护。同时，又对导

郭立（左一）在向 165 所所长史超（右一）介绍后续试验设想

流槽进行全面改造，增大了井口冷却能力。针对仿真计算，得出双机试车开、关车水击压力较大的问题，在泵前管路上加装多个高压补偿器，一方面可以对管道进行冷缩补偿，另一方面可以有效吸收水击压力。

在双机试车中，双机能否同时起动是最为关键的问题，双机起动的特性和单机截然不同，为此，郭立组织进行多次反复论证，更换较大的液氧起动容器，最终保证了双机起动阶段液氧的充分供应。与此同时，根据双机试验的特性对双机试车故障诊断系统进行改进，分别对两台发动机进行实时控制，确保若其中一台发动机出现故障，对两台发动机同时发出关机指令。

一系列关键技术的突破，为双机并联试验顺利进行奠定了坚实的基础，2010 年 11 月 11 日，在抱龙峪试验区成功进行了国内首次 120 吨液氧煤油发动机双机并联试验，同年 11 月 23 日，首次双机并联摇摆试验再奏捷报。

“2010 年至 2015 年，抱龙峪试验区先后进行了 5 次双机并联试验，均获得圆满成功。试验系统及发动机各项技术指标满足任务书要求，为新一代运载火箭动力系统地面试车和未来飞行试验提供了重要保障，加快了新一代运载火箭的研制进度。攻克的多项试验关键技术，对我国未来进行重型运载火箭 500 吨级液氧煤油发动机的研制、试验奠定了坚实的技术基础。”谈到这些，郭立如数家珍，喜悦之情溢于言表。

双机并联取得了突破，试验获得了成功。在郭立和他的团队还没松口气的时候，2015 年，新的任务又摆上了议程，要在 901 台进行 18 吨液氧煤油发动机四机并联试验。

“四机并联试验，难度同样很大，需要攻克四机同步起动技术、推进剂供应四分流技术、基于网络的多参数测量技术、三冗余双机控制技术、四机试验故障诊断技术、双机摇摆测控技术等关键技术难题。但是二室干部职工有信心高质量完成这项任务。”面对挑战，郭立永远充满自信，他坚信只要耕耘，必有收获。

初冬的抱龙峪寒风瑟瑟，气温变幻无常，但是这些都挡不住二室干部职工的工作热情。

在泵前推进剂供应管路系统改造中，为了赶时间、赶进度，技术人员采用 3D 模装技术，模拟四机推进剂入口尺寸，进行泵前管道点焊配制，将已经焊接完成的四机泵前管道安装到位，配置剩余的管路，并进行放液试验。在改造过程中，工作量非常饱满，职工们几乎每天从早上忙到晚上八点多。他们钻进狭小的试车架内一干就是一两个小时，稍作休息后又投入紧张的工作。同时，工作人员对每个细节都严格把关，大到管路整体布局，小到每个卡箍的位置都要经过反复的斟酌。

在泵前系统改造的同时，辅助系统的改造工作也有节奏的展开。气源的稳定供应以及气源多余物的控制是试车成败的关键之一。因此，气体供应管路的配置和焊接质量以及多余物的控制显得尤为重要的。副主任曹文庆、质量工程师薛宁从管道清洗的源头抓起，每根管道都亲自复查，为气路管道配置严格把关。辅助系统管道数量多，管路配置对现场实际空间尺寸要求比较高，需要发动机上台后配置。为了节约发动机上台后的改造时间，在发动机上台前，辅助系统工作人员已经清洗好了足够的管路及附件。发动机上台后，辅助系统改造正式展开，工作人员充分发挥严慎细实的工作作风，对每根管道的配管、焊接接头、探伤、打压、清洗、吹除、安装等工作都严把质量关。

“四机并联试车，要求测量通道比单机试车多了近四倍，这是测量系统自建台以来遇到的最大挑战。”测量组组长雷震这样评价道。

为了在短时间内满足测量需求，测量系统工作人员兵分两路：一方面通过增加采集系统，对原有速变系统进行扩容；另一方面大胆将分布式测量系统引入发动机缓变参数测量。

在试车台前间安装传感器，是对测量工作人员身体状况的一大考验，此时的气温已降至零下 5 摄氏度左右，用来包扎线头的绝缘胶带因为气温太低已经开始罢工，工作人员的手更是冻得僵硬，一个小小的接头都得花很长时间才能对接上。由于室内室外温度都很低，很多工作人员都出现了感冒、发烧等症状。

“大家多喝些热水，累了就休息休息。”郭立关心着自己的下属。

“轻伤不下火线。”一位感冒的年轻职工还调皮地开着玩笑。

“大家默默地克服着身体的不适，心里只有一个想法，要确保系统改造按期完成，确保系统安全可靠。”谈起这些，郭立很是感动。

2015 年 11 月 27 日，901 台四机并联 600 秒摇摆试车获得圆满成功，同年 12 月 10 日 400 秒试车告捷，标志着抱龙峪试验区具备了液氧煤油发动机研制阶段又一关键状态的试验能力。至此，165 所完全具备了两型液氧煤油发动机七种飞行状态热试车的能力。

“郭主任，你和你的团队好棒呀！”一次试车成功后，有人说道。

“成功的花，人们只惊慕她现时的明艳！然而当初她的芽儿，浸透了奋斗的泪泉，洒遍了牺牲的血雨。”郭立觉得冰心的这段话最能反映他和团队们的付出。

2016 年 8 月 1 日，500 吨级重型运载液氧煤油发动机首次发生器涡轮泵联试在抱龙峪试验区进行。虽不见熊熊火光，可是伴随着联试装置两个工艺喷管喷出闪亮有力的富氧燃气，联试装置起动正常，参数达到调整值，首次 500 吨级液氧煤油发动机燃气发生器涡轮泵联试试车取得圆满成功。

“从上一台 120 吨级液氧煤油发动机试车，到重型发动机发生器涡轮泵联试仅仅一个月时间，试验更是短短的几秒钟，但这其中，融入了二室职工太多的酸甜苦辣。”郭立的眼睛有点湿润。

如何突破 500 吨级液氧煤油发动机燃气发生器—涡轮泵联试试验关键技术，建立试验系统，完成首次热试车考核，郭立和他的团队面临着很多难题，如大口径低温推进剂供应管路设计、大流量液氧供应、满足发动机入口条件、大流量液氧供应系统关键设备研制、大流量高压煤油降压回收等等，这些无成熟经验可借鉴的一系列难题，都需要他们去一一解决。

兵马未动，粮草先行。为确保节点要求，郭立和班子成员首先制定了先期改造外围系统的方案，编制改造实施计划，合理安排工作，细化时间节点。在改造过程中，结合工作进展和试验任务，对与试验任务冲突的改造工作进行动态调整，确保工程进展顺利。

工程技术人员利用试验间隙，先后完成了容器基础制作、液氧主容器安装，起动容器和回收容器安装、外围管路的配置安装、主管路的预制、配气系统安装等工作。

在新建的液氧供应系统中，液氧管道直径增大了一倍，DN600 低温涡轮流量计以及 DN600 低温气动阀门、过滤器、大口径低温法兰等管道组件的研制成为了重中之重。直径大、结构尺寸大，这些都对设计提出了更高的要求，既要考虑研制设备低温下的变形量、结构的可靠性、密封难度大等因素，还要考虑设备的加工精度，制定加工工艺。设计人员详细考虑，精益求精，并在设备投入使用前进行了充分的单体试验考核，考核结果均满足设计指标要求。

在煤油供应及回流系统中，设计使用了新型降压装置。由于联试状态煤油回收压力高、流量大，如果采用以往的多级孔板方案，一是孔板无法进行液流验证，流量系数可能存在较大偏差；二是不同工况下孔板级数和孔径不一致，且回收管道通径大、压力高，安装与补偿困难，不易密封。为了满足试验要求，设计人员针对存在的问题设计研制了新型降压装置，相比较多级孔板方案，结构更简单、可靠性更高，可以通过调整节流喷嘴的数量满足不同工况试验要求，而且只有一个高压密封接口，从而安装简单，密封可靠。

本次的联试装置上台安装和以往不同，需要进行垂直方向 180 度的翻转，为此专门设计了翻转工装。联试装置本来就有 7 吨多，加上翻转工装将会更重，设计人员要在尽量降低翻转工装重量的前提下，保证其强度和稳定性。

在翻转过程中联试装置受力复杂，如何设置翻转工装的吊点，让翻转更加平稳可靠，也对设计人员提出了考验。设计制作完成后，工作人员进行了多次试吊和演练，确保联试装置翻转一次成功。最终，一个 9 吨重的大家伙顺利完成了 180 度的华丽转身并安装到位。

“在发生器—涡轮泵联试试验中，以室里年轻人为主的设计人员自主研发设计了国内首台 DN600 口径低温气动阀门、DN600 口径低温涡轮流量计和可调孔板煤油高压降压装置，以及大口径法兰、过滤器等一系列关键非标设备表现完美、一次成功，为重型整机试车台建设以及 500 吨级液氧煤油发动机整机试车奠定了基础，该项目获集团公司科技进步三等奖。更重要的是，通过这个项目，使年轻设计人员体会这样一个设计过程，积累宝贵设计经验，锻炼了一批人，提升了室里的研发能力。在后续的设计工作中，我们还要进一步发挥技术人员的优势，不断提升试验技术水平。”谈到这次改造，郭立深有感触地说出了心里话。

二室研究员李正兵同样说道：“郭主任的管理有思想，能把握好大局和方向，特别是在培养年轻人上更是有一套经验。这几年，二室一大批年轻人快速地成长起来，工作上都能够独当一面。”

“在二室的管理中，郭主任不是眉毛胡子一把抓，而是分工明确，责任清晰，碰到问题首先是眼睛向内，找差距补短板，效果非常好。”政治指导员沈继彬对郭立的管理方法更是赞不绝口。

职工眼中的“暖男”

2017 年临近春节，抱龙峪试验区测控系统仍在如火如荼地进行搬迁改造，职工们加班加点地工作，同时也计划着春节如何过。郭立也计划好去海南陪父母和孩子一起过春节，机票也提前预订好了。

这时突然接到所里的通知，由于工作计划变动，二室 30 多人春节期间需要加班。听到这个消息后，有个别职工心里有了情绪。作为主任，郭立耐心地给大家解释情况，安抚大家的心情，并在第一时间退掉了自己飞往海南的机票，陪大家一起加班、一起过春节。

加班期间，郭立一直坚守在测控大厅，了解各系统的进展情况，随时协调出现的问题。看到主任这样，其他人员也没有怨言了，最终按计划保质保量完成了任务，有的职工还开玩笑地说："今年的春节过得很有意义啊！"

"小徐，你家里远，每年也难得回家一趟，'十一'你就不用加班了，做好回家的准备吧。"2016 年'十一'前，二室正在紧张地进行工艺系统的某项技术改造，'十一'加班已是板上钉钉的事了，听到主任这样说时，家在东北的徐鸿鹏真有点不敢相信自己的耳朵。

徐鸿鹏说："在我眼中，郭主任非常平易近人，工作上对我们要求很严格，但私下很随和，经常和我们聊天，有时也开玩笑，和我们分享一些好玩的地方、好吃的东西。"

张宇这样评价郭立："郭主任非常平易近人，没有架子，对我们老同志也很尊重，都是以师傅相称呼。"

年轻的技术人员祝敏讲到这样两件事情：

"有一次，凤州试验区有试验任务，需要二室人员配合摇摆试验工作，安排我和郭立回去配合。郭立提前回沟做相关准备工作，我晚了两天回去，当我进到公寓准备去打热水时，拿起水壶才发现，郭立已经提前给我打好热水了，我当时特别感动，路途的疲惫也一下子全消失了。郭立那时已经是副主任了。"

"还有一次，需要铺设电缆，他让我在外面配合，自己钻到电缆桥架里，那里面空间狭小，很难操作，一不小心就会碰到头或脚底打滑发生危险。他硬是不怕苦不怕累，一步一步艰难地在里面操作，最终完成了任务。他是一个很敬业、一丝不苟、克服一切困难都要完成任务的人。”

有一件小事给控制组组长王薇留下了深刻的印象：“抱龙峪房间比较紧张，为了工作方便，所里给郭主任分了一个房间，但是为了让大家吃过午饭有一个短暂的放松休息的地方，郭主任硬是把自己的房间让给了工艺组，自己来到控制组，和大家挤在一起。”

“前段时间，年轻技术人员霍涛的父亲病了，郭主任给我说，你安排工作时，要考虑他的具体情况，尽量不要安排他加班，让他回家后能有时间照顾父亲。像这些关心职工的小事，郭主任都会记在心里，让人很是感动。”二室政治指导员沈继彬讲了这样一件事情。

类似的事情还有很多。

2018 年，在郭立的带领下，他和他的团队圆满完成 40 余次重点型号发动机研制试验任务，以及大量的能力保障建设任务。同时，郭立也是收获满满，先后获得国务院政府特殊津贴、航天贡献奖、集团公司优秀共产党员等荣誉，并受聘为西安市首批“招才顾问”，评为研究员。

面对沉甸甸的成绩，郭立有感而发：“近年来，抱龙峪试验区试验任务和能力保障建设任务都异常繁重，每年试验任务多数都在 50 多次、60 多次，再加上大量的能力保障建设任务等。这些成绩的取得，离不开各级领导的大力支持，离不开兄弟单位的协同配合，更离不开全室职工的共同努力。”

“非常感谢各级领导和职工对我的厚爱和鼓励，对我来说，未来的路还很长，还有许多高峰要去攀登，许多困难要去攻克，但我始终坚信，青春就是用来奋斗的！”

后记

POSTSCRIPT

在航天六院成立50周年之际，《中国新动力》一书和大家见面了！

当这本书从2018年春天的鸟鸣里分蘖出胚芽，穿越夏日、秋光、寒冬，洞开幽深的岁月之门，将六院人在液氧煤油发动机攻坚克难的征程中，无数个艰难跋涉的日日夜夜，浓缩成2019年冬日的一次绚丽绽放时，我们才意识到它已经翻越了两个年头，而最终将带着我们把对液氧煤油发动机研制历程中所有的敬佩和感动，以及给予它的一切，摆上读者的案头，并将交给岁月去点评。

这本《中国新动力》是六院继携手陕西人民出版社出版发行的长篇报告文学《中国动力》之后，又一部反映中国航天液体动力事业取得新辉煌、新成就的报告文学力作。

应该说，液氧煤油发动机的研制成功，对于中国航天液体动力发展史来说，具有特别重要的意义。它使我国新一代三型运载火箭（长征五号、长征六号、长征七号）拥有了绿色环保新动力，使我国长征火箭近地轨道的运载能力从现在的9.2吨提高到25吨，意味着中国载人登月、建立空间站和深空探测等一系列和平开发和利用空间的航天活动，即将变成现实。更为重要的是，液氧煤油发动机的研制成功，为中国航天飞得更高、飞得更远、飞得更稳，奠定了坚实的动力基础。而对于中国航天液体动力事业的发展来说，更具有里程碑式的意义。

特别是在面对前所未有的新技术、国内尚处于空白的新材料、无从借鉴的新工艺等诸多困难的情况下，六院研制团队坚持自主创新，经过艰苦卓绝的努力，攻克了液氧煤油发动机高压补燃关键技术 80 余项、研制成功 50 多种新材料，直接推动了我国新材料的发展。其中，先进的补燃循环技术、自身起动技术、大范围推力调节技术、高效燃烧技术等多项具有自主知识产权的技术，均填补了国内技术空白，走出了一条具有中国特色的液体火箭发动机自主创新研制之路。

如何将这段不平凡的研制岁月记录下来，如何以文学的形式展现研制团队和典型人物在液氧煤油发动机研制期间感人的事迹和鲜为人知的动人故事，对此，六院党委、院领导班子高度重视，为本书的策划、创作和出版工作给予了热情的指导。在 2018 年本书策划阶段，时任院党委书记黄亮、院工会主席吉钢铁给予了具体的指导。本书创作和出版阶段，院长刘志让、党委书记周利民亲自担任编审委员会主任，院党委副书记栾希亭担任编审委员会副主任和本书主编，为本书的创作出版提供了全方位的支持和保障。根据院党委、院领导的统筹安排，六院思想政治工作部牵头组成了编辑部，政工部部长巨建辉、政工部副部长兼宣传处处长张美书、正高级政工师杨军担任副主编，统筹本书的创作与出版工作。承担液氧煤油发动机研制工作的各相关单位对本书的创作出版提供了大力支持。召开专门会议，研究确定典型人物，物色撰稿作者，为撰稿者的采访、创作大开绿灯，确保了采访创作工作的顺利推进。

这本书最大的特点，就是自己人写身边人、身边事。创作过程中，六院本部及所属单位 11 所、7103 厂、165 所宣传系统的在职宣传干部、退休老同志及兼职通讯报道员、文学爱好者，都以极大的热情积极投入这项工作。大家夜以继日地采访写作，字里行间始终浸透着敬佩和感动之情。大家不厌其烦地修改加工，反反复复地精心雕琢，体现了航天人一丝不苟的态度、严谨细致的作风和可贵的合作精神。

本书由团队篇和人物篇两部分组成。设计团队、制造团队、试验团队分别由梅小娟、汪明发、韦明撰写；十九位人物（以此书登载为序）分别由王勇、朱怡蓝、李云霞、何怡、何怡、梅小娟、刘琳、梅小娟、梅小娟、刘军利、成楠、王庆、张燕、杨静、舒克兢、贺亚红、保盛楠、保盛楠、贺亚红撰写。全书由张美书、杨军统稿，六院的一些领导和专家审阅了书稿，并提出了宝贵的意见和建议。该书的出版发行，得到了西安市委宣传部宣传文化发展专项资金项目支持。在此，一并表示感谢！

由于编者、作者的水平所限，书中难免有纰漏和不足之处，请广大读者批评指正。

《中国新动力》编辑部

2019年12月